RENDEZ-VOUS DANS 5 ANS

PAIGE TOON

RENDEZ-VOUS DANS 5 ANS

Traduit de l'anglais par Raphaëlle Pache

EDITIONS PRISMA

Titre de l'édition originale :
Five Years from Now

À la mémoire de Pascale Honore

Lettre à mes lecteurs

Cher lecteur,

Merci infiniment d'avoir choisi ce livre : j'espère que vous prendrez autant de plaisir à le lire que j'en ai pris à l'écrire.

Il me semble que je me suis davantage investie, sur le plan émotionnel, dans les personnages de *Rendez-vous dans 5 ans* que dans n'importe lequel de ceux que j'ai créés au fil des années. Peut-être cela tient-il au fait que je m'identifie énormément à eux car j'ai calqué leur histoire sur la chronologie de ma vie. Peut-être cela s'explique-t-il par le fait que mes recherches m'ont rapprochée d'un côté de ma famille que je ne vois pas très souvent. Ou alors est-ce dû à la source de mon inspiration, un propos que mon père m'a tenu quand j'étais adolescente et que je traversais une période particulièrement difficile à l'école : « Dans cinq ans, tu regarderas en arrière et tu comprendras pourquoi ces événements se sont produits. »

J'ai réfléchi plusieurs fois à ces paroles au fil des années, et pas seulement parce que je n'aurais pas eu mes deux beaux enfants si je n'avais pas raté mes examens et atterri dans l'université où j'allais rencontrer mon mari. J'ai eu assez de chance pour trouver un bon côté à la situation, mais cela peut ne pas être toujours le cas pour mes personnages.

J'aimerais savoir ce que vous avez pensé de *Rendez-vous dans 5 ans*. Si entrer en contact avec moi vous tente, vous pouvez le faire sur les réseaux sociaux énumérés ci-dessous. Afin de réduire autant que possible le risque de divulgâcher mon intrigue, j'ai également créé une page Facebook où mes lecteurs peuvent parler librement : vous la trouverez ici : @PaigeToon5Years.

Je vous embrasse,

www.paigetoon.com
#TheHiddenPaige
Twitter/Facebook/Instagram : @PaigeToonAuthor

Prologue : Quarante

– Oh, mon bébé, je murmure en repoussant les cheveux du front de Luke.

Il refoule ses larmes. C'est encore mon « bébé », même s'il a presque quinze ans.

– Je n'arrive pas à croire que je vais être enfermé pour le reste de l'été, gémit-il d'une voix étranglée, avant de se rendre compte d'autre chose : Et je vais rater la fête d'Angie, en plus.

Je devine que ce dernier point le fait davantage souffrir que sa cheville cassée.

– Elle va sans doute sortir avec Jake et tout sera fichu, ajoute-t-il, amer.

Je me penche pour lui masser les épaules.

– Angela Rakesmith te regarde comme si des rayons de lumière te sortaient des fesses, je souligne. Tu n'as aucun souci à te faire.

Mon fils sourit malgré lui, mais son rictus est rapidement remplacé par une grimace.

– Tu as besoin de plus d'antidouleurs ? je demande, inquiète.

Ma main se dirige déjà vers le bouton d'appel de l'infirmière, mais il secoue la tête.

– Ils me donnent la nausée.

– Je suis désolée que tu manques cette soirée. C'est nul. (Ma compassion est sincère : Luke l'attendait avec une immense impatience.) Mais pense à toute l'attention dont tu vas être l'objet quand tu reviendras à l'école. Les filles vont se bousculer pour signer ton plâtre. Angie sera verte de jalousie.

Sa lèvre inférieure tremblote, il s'empresse de déglutir, mais impossible de ravaler ses larmes de détresse et de frustration.

– J'avais fait des tas de projets pour cet été ! Comment je me suis débrouillé pour me faire ça en surfant ?

Il frappe son matelas du plat de la main.

– Ça aurait pu être pire.

Je frissonne à cette idée.

Il lève les yeux au ciel, ce qui interrompt le cours de mes pensées.

– Ça pourrait toujours être pire. Mais ce genre de réflexion ne m'aide pas, maman.

– Ce que je vais te dire peut ne pas signifier grand-chose maintenant, je le sais, mais un jour… (Un frisson me court le long de la colonne vertébrale quand je m'entends prononcer les mots suivants.) Peut-être que dans cinq ans, tu regarderas en arrière et tu comprendras pourquoi tout ceci est arrivé.

– Non, grommelle-t-il. Je penserai juste que j'ai été le dernier des crétins d'avoir invité Jensen à venir surfer avec nous.

Je lève les yeux au ciel.

C'est ainsi que l'accident s'est produit. Jensen, l'ami de Luke, s'est fait prendre dans un courant d'arrachement et mon fils s'est élancé à sa poursuite. Ils ont heurté les rochers en regagnant le rivage. Jensen, dont le visage a été projeté contre un récif, s'est récolté trois points de suture au niveau d'un sourcil, mais s'en est sorti indemne pour le reste. Mon fils a eu moins de chance.

– Tu as raison. Tu n'aurais pas dû l'inviter, je confirme. Et vous n'auriez jamais dû, ni l'un ni l'autre, surfer à Porthleven dans des conditions pareilles, surtout Jensen, qui manque beaucoup d'expérience.

À la différence de Luke, qui surfe presque tous les jours depuis qu'il a dix ans.

Il se mordille la lèvre, sachant qu'il n'a pas fini d'en entendre parler. Je persiste alors à faire valoir mon point de vue, même s'il a déjà rejeté l'idée un peu plus tôt.

– Si ça se trouve, quelque chose de bon va sortir de tout ça. Peut-être qu'un jour, dans le futur, Jensen y réfléchira à deux fois avant de surfer dans le même genre de conditions. Et toi aussi. Ou l'un de vos amis. Et cette prudence vous sauvera peut-être la vie. Et puis, il n'est pas exclu que tu fasses quelque chose d'autre cet été, que tu rencontres quelqu'un que tu n'aurais jamais croisé sinon et qui aura un impact sur ton existence. Cette histoire va peut-être renforcer les sentiments d'Angie pour toi. Et dans le cas contraire, tu le sauras et tu ne perdras plus ton temps avec elle. Tout ce que je cherche à te dire, c'est que, même si tu as l'impression de n'avoir jamais rien vécu de pire, un jour, tu regarderas peut-être en arrière et tu comprendras que cet accident n'est pas arrivé par hasard. Il y a longtemps, mon père m'a donné ce conseil de penser à « dans cinq ans » et je ne l'ai jamais oublié.

Luke prend une profonde inspiration, le visage tordu de douleur.

– Tu es sûr que tu n'as pas besoin d'autres cachets ? je lui demande, inquiète.

Il secoue la tête.

– Ça va. Je veux juste... Change-moi les idées, s'il te plaît, ajoute-t-il d'une voix tendue.

Je lui souris, pleine d'espoir.

– Tu veux que je te raconte une histoire ?

– Du moment qu'il ne s'agit pas des aventures de Caramel et Carie, réplique-t-il en riant, puis grimaçant aussitôt.

– Comment oses-tu ? fais-je semblant de m'insurger. Caramel et Carie sont mes plus grandes créations !

Ce n'est pas tout à fait vrai et il le sait.

Il me sourit.

– Tu sais que je les aime, vraiment. Alors, quand est-ce que papi t'a dit ce truc des cinq ans ?

– Quand j'avais ton âge, ce qui est assez drôle. Mais j'avais surpris quelqu'un qui tenait un propos dans le même esprit, dix ans auparavant.

– Quand tu avais cinq ans ? Et tu t'en souviens ?

Je hoche la tête.

– Difficile d'oublier Ruth.

– C'était qui ?

– L'amour de la vie de ton grand-père. Et il ne s'agissait pas de mamie, j'ajoute avec un regard entendu.

– Qu'est-ce qui lui est arrivé ?

– Eh bien, c'est une longue histoire.

Il me lance un regard chagrin.

– J'ai tout mon temps.

– D'accord, je réplique avec un petit sourire. Alors autant que je commence par le commencement. Qui, pour moi, a eu lieu quand j'avais cinq ans…

Cinq

Il y avait un garçon dans le lit de Nell.

Elle serra Lapin plus fort dans sa main en baissant les yeux vers lui. Le garçon lui rendit son regard d'un air maussade.

– Nell, voici Vian, annonça papa de sa voix faisons-mine-d'être-joyeux-et-que-rien-ne-cloche.

– Vian, descends de ce lit, l'exhorta Ruth avec douceur.

Nell avait déjà fait la connaissance de Ruth au rez-de-chaussée. Elle avait un gentil sourire et des boucles rousses qui rebondissaient quand elle marchait. D'instinct, Nell avait bien aimé Ruth. Mais si c'était à cause d'elle qu'un garçon se trouvait dans son lit, Nell réviserait sans doute ses affections.

– Vian, l'exhorta de nouveau Ruth.

Nell détourna les yeux du garçon et de ses prunelles noires insondables pour les lever vers son père.

– Pourquoi il est dans mon lit ?

Papa sembla mal à l'aise pendant quelques secondes, mais sa voix guillerette ne tarda pas à revenir :

– Nous avons pensé que tu aimerais dormir sur le lit du haut, maintenant que tu es une grande fille.

Nell secoua la tête.

– Je veux mon lit.

Son père échangea un regard gêné avec Ruth, laquelle s'agenouilla.

– Lève-toi, Vian, s'il te plaît.

– Non, marmonna-t-il en reculant jusqu'à ce que tout son corps soit plaqué contre le mur.

Ses cheveux foncés ressortaient nettement sur la peinture blanche.

Nell promena les yeux à travers la chambre, remarquant des oursons qu'elle ne connaissait pas sur la couette et des petites voitures rangées sur l'étroite étagère, derrière son oreiller. Quelque chose lui soufflait que Vian occupait ce lit depuis un bon bout de temps.

Mais c'était son lit à elle. Ça avait toujours été son lit et sa chambre. Il y avait même des étoiles qui brillaient dans le noir, collées aux lattes soutenant le matelas du haut. Nell jeta un rapide regard pour vérifier qu'elles étaient toujours en place. Oui.

Son père écarta Ruth en lui posant une main sur le bras.

– Tout va bien. Pourquoi on n'irait pas prendre un bon chocolat chaud avec un gâteau ?

Un chocolat chaud et un gâteau juste avant le dîner ? Nell aimait bien l'idée, mais Vian continuait de faire la tête. On aurait dit qu'il la considérait, elle, comme l'intruse.

– Papa, je ne veux pas dormir dans le lit du haut, chuchota-t-elle, inquiète, en sortant de la chambre sur les talons de son père. Qu'est-ce qui va se passer pour mes étoiles qui brillent dans le noir ?

Elle ne saisissait pas le sens de ces chambardements.

– On t'en trouvera d'autres pour les coller sur le mur, lui promit son père en se tournant pour prendre Nell dans ses bras lorsqu'il atteignit le bas de l'escalier.

– Mais moi, j'aime les regarder en l'air, protesta-t-elle.

Et elle sentit des larmes lui picoter les yeux alors qu'il la portait sur le reste du trajet jusqu'à la cuisine.

– Dans ce cas, on te trouvera aussi des étoiles pour le plafond, promit papa.

– Mais j'aime mon lit.

Son père fronça les sourcils, agacé, et la reposa sur le sol.

– Nell, je t'en prie. Sois gentille, d'accord ?

Elle était blessée. Car elle était gentille. Elle aimait séjourner chez son père en Cornouailles. C'étaient leurs moments à eux. Pourquoi fallait-il que cela change ? Pourquoi ces gens devaient-ils être ici, eux aussi ?

Maman lui avait expliqué, bien sûr. Papa avait une nouvelle petite amie, qui avait emménagé « plus vite que la lumière ».

« Ça ne ressemble pas à ton père. Ce n'est pas du tout caractéristique de son comportement. Je me demande s'il s'est fait laver le cerveau, mais nous avons discuté et elle semble assez gentille. Sans doute qu'elle lui fait du bien, elle le tire de sa vie d'ermite. Et puis, ça te fera de la compagnie, parce que son fils a le même âge que toi, il est né pile deux jours avant toi. Ton père pense que c'est le destin, que vous allez être comme Tom-Tom et Nana ou quelque chose du genre. »

Toutes ces informations lui avaient donné le vertige, mais Nell s'en était délectée, parce que maman était en général trop occupée pour parler avec elle, or là, elle était en train de rire. La dernière personne à la faire rire, ces derniers temps, c'était Conan, son professeur de tennis. Non que maman ait joué au tennis avec lui depuis longtemps.

– Ruth, tu viens ? appela papa d'une voix sonore.

– Une minute, répondit-elle.

Son père sourit à Nell.

– Vian est un petit peu timide, mais il est très gentil. Tu vas bien l'aimer, je te le promets. (Il avait affirmé la même chose au téléphone.) Bon alors, qu'est-ce qu'on va manger comme petits gâteaux ? Des biscuits à la crème pâtissière ou des biscuits au chocolat fourrés à la crème ? Ou alors des sablés à la confiture de prune ?

– Des sablés à la confiture de prune, répondit Nell avec un sourire.

Son père la regarda, rayonnant, en déchirant l'emballage du paquet de biscuits pour en verser le contenu sur une assiette.

– Et voilà, lança-t-il joyeusement au moment où Ruth apparaissait, tenant Vian par la main.

Le garçon faisait à peu près la taille de Nell, peut-être deux centimètres de plus. À la lumière de la cuisine, elle voyait à présent qu'il avait les yeux bleus. Bleu foncé. Et toujours l'air très grognon.

Nell blottit Lapin contre sa poitrine et se dissimula derrière les jambes de son père.

– Tout est réglé, lança Ruth d'une voix joviale. À partir d'aujourd'hui, Vian dormira dans le lit du haut.

Le père de Nell voulut protester.

– Chuuut, le coupa Ruth. Tout va bien. Ça ne le dérange pas, n'est-ce pas mon cœur ?

Vian jeta un coup d'œil à sa mère et tira une chaise de sous la table. Le crissement du bois sur le carrelage fit tressaillir tout le monde, à l'exception du responsable. Il s'affala sur la chaise, maussade, la lèvre inférieure boudeuse. Les bras croisés, il regardait droit devant lui.

La situation semblait bel et bien déranger Vian.

Nell s'efforça de ne pas y prêter attention. Elle n'avait fait que rétablir ses prérogatives, après tout. Et elle aimait vraiment son lit.

*

Plus tard, cette nuit-là, après ce qui avait été un dîner pesant – le père de Nell avait parlé bien plus que de coutume quand Vian n'avait pas ouvert la bouche –, elle s'était assise par terre, agitée, dans le couloir obscur devant la salle de bains. Ruth aidait son fils à se préparer pour le coucher pendant que le père de Nell rangeait la cuisine. Nell attendait pour se brosser les dents et aller aux toilettes, car sa maman la laissait toujours se débrouiller toute seule, mais Vian et Ruth prenaient des heures. Comme la porte était entrebâillée, elle apercevait le garçon planté à côté de la baignoire, la tête basse.

– Je ne veux pas mettre ça, grommela-t-il.

Nell songea que son visage avait pris une teinte rosée.

– C'est en attendant que tu sois habitué à l'échelle, lui chuchota Ruth.

– Mais les couches, c'est pour les bébés.

Intriguée, Nell tendit l'oreille. Vian faisait-il pipi au lit ? Il renifla. Était-il en train de pleurer ?

Ruth s'accroupit auprès de lui.

– Tout ira bien, Vian, je te le promets. Demain, les choses vont s'arranger, quand Nell et toi, vous aurez eu le temps de jouer ensemble.

– Elle m'aime pas.

– Elle ne te connaît pas. C'est très nouveau pour elle aussi, cette situation, ne l'oublie pas. Elle a l'habitude d'avoir son papa pour elle toute seule quand elle vient ici. C'est la seule occasion où elle le voit.

– Pourquoi est-ce que je ne vois pas mon papa, moi ?

Ruth poussa un lourd soupir et se redressa.

– Viens là, mon petit chéri, le réprimanda-t-elle.

L'esprit de Nell tournait à plein régime. Qui était le papa de Vian ? Où se trouvait-il ?

– Mets ça pour cette nuit, par sécurité. Tu ne veux pas avoir un accident quand Nell est en dessous de toi.

Nell haussa les sourcils.

Quand ils furent tous les deux en pyjama, papa leur lut une histoire sur le canapé du bas et non à l'étage, dans le lit de Nell, comme il le faisait d'ordinaire. Nell jetait des coups d'œil à Vian, qui restait assis, tout à fait immobile, à écouter avec la plus grande attention. Il avait les mêmes boucles que sa mère, mais ses cheveux, plus courts, lui encadraient le visage en lui tombant en partie sur les yeux. Ils étaient marron foncé, presque noirs.

Vian ne lui avait pas adressé la parole directement depuis son arrivée. Elle ne parvenait pas à imaginer comment il pourrait devenir un camarade de jeux, quelqu'un avec qui elle aurait envie de passer du temps.

– Bon, ça y est. Il est l'heure d'aller au lit, déclara papa.

Il caressa les genoux nus des deux enfants.

Nell se leva d'un bond et l'embrassa sur les lèvres.

– Bonne nuit, je t'aime, lui souffla-t-elle.

Son père parut déconcerté au moment où elle se détourna et fila en haut de l'escalier. Par le passé, elle faisait durer le rituel du coucher aussi longtemps que possible, réclamant sans cesse « juste » une histoire de plus, « juste » un baiser de plus ou même une chanson…

Mais ce soir-là, sa détermination la poussait vers sa chambre.

Elle lança Lapin sur le lit du haut et grimpa au sommet de l'échelle. Quand Vian apparut dans l'encadrement de la porte, elle s'était déjà pelotonnée sous la couette. Il l'observa, stupéfait.

– Tu peux prendre le lit du bas, lui proposa-t-elle avec amabilité. Je m'en fiche.

Vian se rua hors de la chambre en hurlant :

– Maman ! Nell dit que je peux dormir en bas !

– Oh, mais quelle petite fille gentille et attentionnée !

Nell entendit Ruth sortir précipitamment du salon.

Elle sentit des bulles de joie pétiller dans son ventre quand elle entendit les pas de son père dans l'escalier. Il apparut sur le seuil de la chambre, les yeux étincelants de fierté.

– Merci, murmura-t-il en grimpant jusqu'à l'échelon intermédiaire pour planter un gros bisou sur la joue de sa fille. Ton geste signifie beaucoup pour moi. J'apprécie énormément. Tu as bien agi.

Oui, en effet.

Et très honnêtement, sa décision était quelque peu liée au fait qu'elle ne voulait pas que Vian lui fasse pipi sur la tête.

*

Geoffrey Forrester, le père de Nell, avait toujours vécu dans le même cottage doté de deux chambres, au bord du fleuve Helford. Il tenait la maison de sa mère, morte prématurément, et il supposait que lui aussi ne la quitterait que dans un cercueil.

Bâtie au sommet d'une colline pentue, elle offrait d'immenses panoramas sur le fleuve. Geoff aimait par-dessus tout s'asseoir sur le banc de son jardin, devant un gros buisson d'hortensias violets, à contempler la marée affluer et refluer dans le fleuve, depuis l'océan tout proche.

Ce jour-là, toutefois, il avait de la compagnie et « paisible » n'était pas le mot susceptible d'être employé pour décrire l'atmosphère.

– À vos marques, prêts, partez ! cria Ruth.

Nell se concentra pour se donner autant que possible la forme d'une aiguille avant de se mettre en mouvement. Elle couina alors qu'elle dévalait la pente abrupte, espérant que Ruth la rattraperait en effet, comme promis, avant qu'elle ne bascule par-dessus bord, dans le fleuve. La marée était basse, mais il y avait des écoulements de boue, se rappela

Nell qui y avait perdu une botte en caoutchouc, l'année précédente.

Ruth rattrapa la fillette étourdie et la remit sur pied dans le même élan, mais son rire fut couvert par le cri de guerre de Vian qui s'élançait à son tour.

– Espèce de canaille ! s'écria Ruth en rattrapant son fils tout en bas. Je n'étais pas prête.

Vian se releva en hurlant :

– Encore ! Encore !

Il croisa le regard de Nell et la fillette comprit que la compétition avait débuté. Aussi se mit-elle à courir, courir, courir jusqu'en haut de la colline, aussi vite qu'elle put, avant de se jeter au sol, haletante.

Ruth poussa un cri perçant.

– Oh, bon sang, Geoff ! AU SECOURS !

Ruth rattrapa Nell juste à temps pendant que Geoff se chargeait de Vian, mais il se renversa du thé brûlant sur la main dans sa hâte de le saisir.

Nell et Vian se sentirent coupables en entendant Geoff proférer des jurons sonores, mais Ruth rejeta alors la tête en arrière et éclata de rire, bientôt suivie par les trois autres.

*

– Vous avez de l'herbe dans les cheveux, constata-t-elle plus tard, en chassant des brins de pelouse fraîchement tondue de la chevelure des enfants.

Ils étaient en train de manger des sandwichs au fromage, préparés avec le pain croustillant vendu à l'épicerie du village. Installés à la table de la cuisine, ils avaient vue, grâce à la baie vitrée, sur le large fleuve qui s'étirait devant eux. Ses rives pentues étaient plantées, de part et d'autre, de vieux chênes dont les cimes vertes paraissaient aussi douces que du coton.

– Oui, ta mère m'a dit que je devais mieux te peigner, cette année, sans quoi elle allait tout couper, ironisa Geoff en caressant l'épaule de Nell.

Laquelle en resta perplexe. Elle savait que cette menace n'était pas à prendre au sérieux. Elle avait déjà demandé si elle pouvait avoir les cheveux comme Isabel de son école, mais sa mère avait répondu qu'Isabel ressemblait à un garçon et, à son intonation, Nell en avait déduit que ce n'était pas une bonne chose.

– Je te les peignerai, proposa gentiment Ruth. Ils ont une si belle couleur. On dirait le blé qui pousse dans les champs, de l'autre côté du fleuve.

– Tu as envie d'y retourner, ce soir, pour peindre ? suggéra Geoff, mine de rien. (Nell se rappela alors ce que sa mère lui avait dit : Ruth était peintre.) Je garderai les enfants, ajouta-t-il.

– Non, je veux y aller, moi aussi ! s'exclama Vian, tout excité. Je peux ?

Ruth sourit à son fils.

– Bien sûr que oui.

– Youpi ! Je me construis une cabane, confia-t-il à Nell après lui avoir décoché un regard.

– Je peux y aller ? demanda-t-elle, pleine d'espoir, à son père.

– Eh bien, je me dis qu'on pourrait y aller tous les quatre, en emportant un pique-nique. Je vous aiderai à construire votre cabane pendant que maman travaillera.

Chacun convint que c'était une excellente idée.

★

– Où est *LouLou* ? s'enquit-elle plus tard, à propos de la barque nommée en l'honneur de sa mère.

Le vrai nom de sa mère était Louise. Nell n'avait jamais entendu personne l'appeler LouLou, mais il semblait que papa l'ait fait, à une époque.

– Comme elle était un peu trop petite pour nous tous, j'en ai acheté une nouvelle, répondit son père.

Nell observa la barque orange vif qui se balançait doucement sur les eaux glauques, légèrement nauséabondes.

– Qu'est-ce que vous diriez de l'appeler *Ornithorynque* ? demanda son père. C'est une suggestion de Ruth.

– Les ornithorynques viennent d'Australie, intervint Vian avec le plus grand sérieux. Mon papa est australien.

Nell était déjà au courant, pour la première partie de sa déclaration – sa maîtresse, qui était australienne, apportait souvent des livres sur les animaux originaires de son pays afin de leur lire à l'heure des histoires –, mais la seconde partie lui fournissait une information qu'elle ignorait.

Nell saisit les expressions pleines d'espoir qui s'étaient peintes sur le visage de ceux qui l'entouraient et son regard se posa finalement sur Vian.

– J'aime bien, décréta-t-elle.

Le visage de Vian s'éclaira quand il lui sourit et cette joie emplit Nell de chaleur.

La marée montait et descendait deux fois dans la journée, mais les horaires des marées n'étaient jamais les mêmes d'un jour à l'autre. Ce jour-là, et pour les deux suivants, il était impossible de traverser le fleuve en fin d'après-midi et de rentrer à la maison juste après le coucher du soleil, sous peine de s'ensabler.

Ruth s'installa à la proue du bateau, tandis que les enfants allaient s'asseoir à la poupe, deux fois plus costauds que d'ordinaire en raison des épais gilets de sauvetage jaunes qu'ils portaient. Le père de Nell occupait le poste de pilotage, mais au milieu du trajet, elle lui demanda de tenir un peu la barre à son tour, ce qui incita Vian à lui adresser la même requête. Le bateau tangua dangereusement quand Geoff céda sa place aux enfants, mais après avoir passé dix minutes à tourner en rond, ils changèrent à nouveau de place, si bien que Ruth put poursuivre son travail.

Une fois le bateau solidement amarré aux branches basses d'un arbre, leur petite famille recomposée s'achemina sous les chênes qui poussaient le long de la rive, pour atteindre les pentes herbeuses bordant le champ d'un fermier.

Nell regarda Ruth grimper péniblement la colline, toute seule, un chevalet de bois plié sous son bras et un sac suspendu à son épaule. Ses boucles rousses étincelaient sous le soleil de l'après-midi.

Plus tard, quand la construction de la cabane eut perdu tout intérêt à ses yeux, Nell grimpa pour rejoindre Ruth, intriguée par ce qu'elle faisait.

– Salut, toi, lui lança Ruth avec un gentil sourire. Ton papa sait que tu es ici ?

Elle se tenait au milieu des épis de blé aux teintes biscuit, tenant un pinceau à la pointe orangée dans sa main gauche.

– Oui, il a dit que je pouvais venir, répondit Nell, à bout de souffle après son ascension de la colline. Qu'est-ce que tu peins ?

– Ça, répondit Ruth en désignant le panorama d'un geste du menton.

Nell regarda par-dessus son épaule. Le ciel d'un bleu sans nuage décrivait un arc de cercle au-dessus de sa tête, caressant, de l'autre côté, les arbres et leur cime qu'on aurait dite duveteuse. Le fleuve en contrebas était si paisible qu'il reflétait le paysage comme un miroir et, à la droite de Nell, leur cottage et son annexe, qui se dressaient en haut d'une colline verdoyante, scintillaient d'un blanc éclatant sous le soleil.

– Tu veux jeter un coup d'œil ? lui proposa Ruth en lui faisant signe de venir la rejoindre de l'autre côté du chevalet.

Nell s'exécuta.

Elle fut surprise de ce qu'elle découvrit. La toile explosait de mille couleurs : des bleus et des verts vifs, des jaunes et des oranges radieux, des rouges et des violacés chatoyants. C'était joli, mais absolument pas réaliste.

– Tu aimes ? demanda Ruth.

– Oui, répondit sincèrement Nell.

– Je ne peins pas toujours ce que je vois, expliqua Ruth. Parfois, je peins ce que je ressens.

Nell réfléchit à ce qu'elle venait d'entendre et coula un regard à la maman de Vian.

– Tu es heureuse ?

Ruth éclata de rire, ce qui plissa son nez constellé de taches de rousseur et fit danser ses prunelles bleues.

– Oui, ma puce. Oui, je le suis. Tu aimes l'art ? demanda-t-elle en souriant.

Nell hocha la tête avec le plus grand sérieux.

– J'en fais à l'école.

Mais ses dessins n'étaient jamais aussi éclatants ou aussi beaux que cette peinture.

– Alors, un de ces jours, je te laisserai utiliser mes aquarelles. Ça te dirait ?

Nell ne savait pas exactement ce qu'étaient des « aquarelles », mais elle lui sourit de toutes ses dents.

– Tu es tellement mignonne, fit Ruth avec une petite moue pensive. Un jour, je pourrais peut-être te peindre ?

Comme elle avait donné une intonation interrogative à sa phrase, Nell hocha la tête.

– Regarde, reprit Ruth en arrachant un épi de blé doré pour le rapprocher des cheveux de Nell. Je n'étais pas bien loin, tu vois ? (Elle s'empara d'une mèche de Nell et l'entortilla devant son visage, afin qu'elle puisse comparer sa couleur à celle de l'épi.) Mais tes yeux, reprit-elle en fronçant les sourcils sous l'effet de la concentration, tes yeux, c'est plus difficile… Ils font penser… On dirait la couleur du miel liquide. À la lumière du soleil, ajouta-t-elle, réfléchissant à haute voix pendant qu'elle examinait la fillette. Très, très beaux.

Nell appréciait énormément cette description.

À cet instant, son père l'appela depuis la rive en contrebas. La brise soulevait ses cheveux bruns de son front tandis qu'il lui faisait signe de revenir. Nell vit qu'il avait étalé une couverture à carreaux rouges et noirs, sur laquelle Vian s'était étendu pour entamer le pique-nique sans attendre. Nell sourit une dernière fois à Ruth, puis piqua un sprint, avec sa chevelure blonde qui flottait derrière elle tandis que ses pieds la portaient au bas de la colline.

*

– C'est quoi, ta couleur préférée ? lui demanda Vian plus tard, alors qu'ils étaient couchés dans leurs lits respectifs.

– Le vert, répondit-elle sans un instant d'hésitation. (Ça avait toujours été le vert, aussi loin que remontaient ses souvenirs.) Et toi ?

– Le rouge, répondit-il. Mais avant, c'était le bleu.

– Pourquoi ton papa habite en Australie ? demanda Nell, passant du coq à l'âne.

Aucune réponse ne lui parvint de la couchette inférieure.

– Je sais pas, finit par lâcher Vian.

Nell entendit une espèce de bruissement puis, quelques secondes plus tard, le visage du petit garçon apparut au sommet de l'échelle.

– Il m'envoie des cartes postales, marmonna-t-il en lui tendant un rectangle de carton.

Nell s'assit pour examiner la photo dans la lumière déclinante : le tissu jaune des rideaux était trop fin pour la bloquer complètement, même à cette heure de la soirée.

L'image représentait un bateau, sur l'immensité bleue d'un océan.

– Il est pêcheur, expliqua Vian, crochetant son bras maigrichon autour de la rampe de sécurité en bois de leur lit.

– Il te manque ? demanda Nell, parce que son père à elle lui manquait beaucoup quand elle se trouvait à Londres.

Les Cornouailles étaient trop éloignées pour qu'elle y vienne passer le week-end et, depuis un an, elle ne pouvait le voir que pendant les vacances scolaires.

Vian haussa les épaules.

– Je sais pas.

Nell trouva la réponse bizarre.

– Tu l'aimes ? demanda-t-elle.

– Je sais pas, répéta Vian, ce qui augmenta l'étonnement de Nell. Maman dit qu'elle m'emmènera un jour en Australie pour que je fasse sa connaissance.

– Tu ne l'as jamais vu ?

Elle n'était pas certaine d'avoir bien compris. Vian secoua la tête et reprit sa carte postale, avant de plonger sous le matelas de Nell pour regagner le sien.

– Tu es triste ? demanda-t-elle.

– Non, répondit-il.

Mais elle n'en était pas persuadée.

★

Une semaine s'était écoulée sur le mois que Nell allait passer en Cornouailles, et Geoff devait reprendre son emploi principal. Il travaillait comme jardinier à Glendurgan, une propriété située sur la rive opposée de Helford, dont le

National Trust assurait l'entretien et la conservation. Nell l'accompagnait souvent. Elle préférait cette option plutôt que de rester avec l'adolescente maussade du village qui l'avait gardée par le passé. Mais, même si Geoff lui confiait de petites tâches en permanence, comme couper les fleurs fanées et arracher les mauvaises herbes, les journées paraissaient longues à une fillette de son âge.

Aussi, quand Ruth déclara que Nell pouvait rester à la maison avec Vian et elle, la fillette considéra-t-elle sa proposition avec le plus grand sérieux. Finalement, elle choisit de s'en tenir à ce qu'elle connaissait, néanmoins, tandis qu'elle errait seule dans le labyrinthe pendant que son père taillait les haies, elle se surprit à regretter son nouveau camarade de jeux.

Au cours de la semaine qui s'était écoulée, ils avaient construit des cabanes sur les berges et des châteaux de sable sur la plage. Ils avaient fait voler des cerfs-volants sur des collines ventées et dévalé des dunes pentues à toute vitesse. Quand Vian avait fait tomber sa glace dans le sable, Nell avait partagé la sienne avec lui. Et quand elle avait avoué regretter les étoiles que son père n'avait pas encore remplacées, il avait décollé la moitié de celles qui étaient au-dessus de sa couchette pour les fixer au plafond au-dessus de celle de Nell avec de la colle en tube.

Parvenue dans la minuscule hutte au toit de chaume qui se trouvait au centre du labyrinthe, Nell s'assit sur le banc de bois et laissa son esprit revenir à la nuit dernière. Une fois de plus, Vian et elle étaient restés éveillés longtemps, à se chuchoter des histoires et à discuter de leur envie commune d'un chiot. Nell s'était alors souvenue qu'elle avait laissé Ouaf, son chien en peluche, dehors dans le jardin, mais, quand elle était sortie de sa chambre pour aller le récupérer, elle avait entendu Ruth parler à son père dans le salon. Ayant surpris son propre nom dans la conversation, elle s'était arrêtée.

– L'expression qu'a eue Nell aujourd'hui, c'était impayable, disait Ruth. (La fillette avait deviné qu'elle devait sourire, même si elle ne voyait pas son visage.) Ses petits gloussements quand elle dévalait la dune derrière Vian... Elle est adorable, Geoff. Je l'aime déjà de tout mon cœur.

Celui de Nell s'était réchauffé et son papa avait répondu d'un petit : « Aah. »

Ayant entendu un bruit, Nell avait tourné la tête et découvert Vian en train de se faufiler hors de leur chambre. Elle avait pressé un index sur ses lèvres et désigné le haut de l'escalier, où ils s'étaient installés afin de mener à bien leur espionnage.

– Quand je me suis rendu compte que j'allais avoir Vian, j'ai pensé que ma vie était fichue, avait déclaré Ruth.

En voyant le sourire de Vian se figer, Nell s'était crispée face au tournant aussi soudain qu'étrange pris par la conversation. Elle avait entrecroisé son petit doigt au sien.

– J'ai dû retourner vivre chez ma mère et j'étais morte de trouille. Mais si j'avais su où j'en serais cinq ans plus tard, avait poursuivi Ruth, je ne me serais jamais inquiétée. Je t'aime, Geoff. Et Vian aussi. Nous sommes tellement heureux d'être ici avec Nell et toi. Merci de tout ce que tu as fait pour nous.

– Non, merci à toi, ma chérie, avait répondu le père de Nell, dont la voix lui avait paru plus rauque qu'à l'accoutumée. Tu as ramené la lumière dans mon existence. J'ai une chance inouïe de t'avoir ici avec moi.

Nell avait poussé un soupir de soulagement avant de croiser le regard de Vian. Il lui avait gentiment rendu son sourire et ils avaient regagné tous les deux leur lit, Nell ayant décidé que Ouaf ne mourrait pas de passer une nuit dehors.

À présent qu'elle était assise au centre du labyrinthe, une pensée lui vint à l'esprit. Elle se leva d'un bond et s'en fut trouver son père.

– Papa, dit-elle en tirant sur sa chemise verte.

Elle levait vers lui des yeux pleins d'espoir.

– C'est presque l'heure pour aller boire un thé et manger un gâteau, promit-il, supposant que c'était la raison pour laquelle sa fille était venue le trouver.

Elle secoua la tête.

– Vian et moi, on a parlé.

– Ah…

– Est-ce qu'on pourrait avoir un chiot, papa ? demanda-t-elle en regardant son père froncer ses sourcils broussailleux. (Avant qu'il ne puisse proférer un mot, elle insista.) S'il te plaît, papa ! On aimerait vraiment, vraiment un chiot ! On l'emmènerait se promener, on lui donnerait à manger et on jouerait tout le temps avec lui. Vian et moi, on a vraiment envie d'avoir un chien, tous les deux, et on te promet qu'on s'en occupera !

Nell avait déjà supplié son père d'avoir un chien, mais il avait toujours refusé : il travaillait trop et Nell ne passait pas beaucoup de temps dans les Cornouailles. Mais désormais, pour la première fois, il paraissait bel et bien étudier la question.

Le week-end venu, Geoff avait cédé sous la pression et, une fois que le cottage avait été, par précaution, organisé pour résister à l'épreuve des chiots, il conduisit Ruth et deux enfants surexcités dans un village, à quelques kilomètres du leur, où les propriétaires du pub local avaient une portée de bâtards tout prêts pour l'adoption. Ils baptisèrent du nom de Langoustine la boule de poils noir et blanc sur laquelle ils jetèrent leur dévolu, en guise de clin d'œil à l'établissement où ils l'avaient récupérée.

Ce fut le plus bel été dans la vie de Nell et, alors qu'août touchait à sa fin, elle ne voulait plus rentrer chez elle. Elle pleura quand Vian essaya son nouvel uniforme, prêt à débuter sa première année dans la petite école du village. Nell supplia, implora pour qu'on lui permette de rester en Cornouailles et qu'elle puisse l'accompagner plutôt que d'être obligée de retourner dans l'école privée très stricte qu'elle fréquentait à Londres.

Hélas, il ne devait pas en aller ainsi. Du moins pour deux années encore, avant qu'il ne prenne à Louise l'envie de plier bagage et de déménager sur la Côte d'Azur à la poursuite d'un homme. Nell vit alors son souhait se réaliser et, quand elle effectua ensuite le long voyage jusqu'en Cornouailles, ce fut enfin pour y rester.

Dix

– Nell ! hurla Vian en faisant irruption par la porte d'entrée. Où tu es ?

– Ici.

Elle était assise à la table de la cuisine, sur le point de s'attaquer aux devoirs qu'on lui avait donnés pour les vacances de printemps. Elle n'était rentrée de l'école qu'une demi-heure plus tôt.

Vian, comme à son habitude, avait refusé de se joindre à elle.

Débordant d'énergie, il lui agitait frénétiquement la main.

– J'ai trouvé un caneton ! Il a perdu sa mère ! Vite !

Nell se leva aussitôt d'un bond et s'élança à ses trousses.

Ils avaient eu de fréquentes conversations sur le plaisir que ce serait d'élever un caneton, mais, jusqu'à cet instant, aucun caneton n'avait été assez infortuné pour se rendre disponible.

Langoustine fut gagné par l'excitation des enfants alors qu'ils dévalaient la pente menant au bord du fleuve, mais, même avec le vacarme de ses aboiements, Nell entendait piauler. Elle repéra une tache duveteuse, marron et jaune, parmi les branches d'un saule pleureur.

– Ramène Langoustine à l'intérieur et récupère les gilets de sauvetage, ordonna Vian. Je prépare le bateau.

– Mais ta mère a dit qu'on ne devait pas la déranger, protesta Nell.

Le père de Nell était toujours au travail et Ruth dans son atelier – une petite annexe séparée, située à quelques mètres du corps principal du cottage. Des siècles auparavant, elle hébergeait une famille entière, mais elle avait été rénovée et transformée en salle de jeux pour son père, quand il était petit.

– On ne va pas la déranger, répliqua Vian avec un sourire effronté. Et maintenant, dépêche-toi avant qu'on ne le perde de vue.

À en juger par les ondulations de l'eau, Nell devina que la marée était en train de descendre et elle savait que quand l'eau refluait, le phénomène se produisait remarquablement vite. Elle n'avait jamais été ensablée, mais il y avait une première fois à tout, donc elle avait eu la présence d'esprit de se munir de bottes en caoutchouc pour le voyage, ainsi que du filet qu'ils utilisaient toujours quand ils partaient à la pêche au crabe.

Même si elle redoutait de se faire gronder pour avoir pris le bateau sans demander la permission, Nell était soutenue par son sens de la justice. Elle avait vu des canetons se faire becqueter dans l'eau par d'immenses hérons, elle savait donc qu'il n'y avait pas un instant à perdre. Elle s'assit à la poupe, le corps tourné face à l'eau et le filet déjà prêt.

En tendant l'oreille, elle entendit bientôt les piaillements du minuscule oiseau.

– Là ! fit-elle en pointant le doigt.

Le caneton apparaissait et disparaissait entre les branches de l'arbre qui effleuraient la surface de l'eau. Il se dirigeait vers le pont et ensuite, il allait gagner le cours d'eau où aucun bateau ne saurait le suivre.

Vian ramait avec une détermination accrue. Nell tendit son filet aussi loin que possible, espérant accrocher son prix comme à la pêche au canard d'une fête foraine, mais le caneton filait à toute allure. Une fois de plus, Vian s'élança à sa poursuite, mais Nell remonta son filet, de nouveau bredouille. Une voiture passa sur le pont. En levant les yeux, elle entrevit le visage blafard d'un garçon aux cheveux bruns qui les observait. Quand elle reporta les yeux sur le fleuve, le caneton avait disparu.

– Oh-oh !

Nell décela de la panique dans la voix de Vian : des bancs de vase affleuraient le milieu du fleuve, tels les dos visqueux d'énormes baleines.

– On ferait mieux de rentrer, marmonna-t-il d'une voix écœurée.

– Pas question, répliqua Nell avec des nerfs d'acier. S'il le faut, on sortira du bateau et on marchera. Où tu es, mignon petit canard ? cria-t-elle en scrutant le fleuve. On essaie de te sauver.

– Ici ! aboya Vian en désignant le pont.

Il rama énergiquement, grimaçant quand son aviron heurta le lit boueux du fleuve. Devinant qu'il s'agissait là de leur dernière chance, Nell se cramponna au rebord et se pencha aussi loin qu'elle put, ce qui manqua de la faire tomber quand le bateau s'immobilisa dans une secousse. Il s'était échoué et allait rester ainsi pendant les six prochaines heures, mais les enfants s'en moquaient. En remontant le filet de Nell, ils y avaient découvert le caneton et ils étaient absolument ravis.

★

Ruth se trouvait devant le cottage en compagnie d'un couple et d'un enfant quand les deux garnements revinrent.

En plus de vendre ses œuvres, Ruth travaillait comme gardienne pour le propriétaire d'un groupe de maisons de vacances dans le village. Cette famille devait venir récupérer des clefs.

– Qu'est-ce que c'est que ça ? s'exclama Ruth à la vue de Nell et Vian.

Ils avaient dû laisser leurs bottes derrière eux et terminer le trajet pieds nus. Leurs jambes étaient couvertes presque jusqu'aux genoux d'une épaisse couche de boue.

Rayonnante, Nell exhiba leur trouvaille. Mais son expression disparut devant le visage horrifié de Ruth.

– Oh, non ! s'écria-t-elle. Allez le remettre où vous l'avez trouvé !

– C'est pas possible, maman, répliqua Vian. Il va mourir !

– Sa mère ne doit pas être loin, se lamenta Ruth.

– Non, protesta Vian avec ferveur. Il était tout seul. On a dû le sauver.

Ruth soupira et, quand elle rouvrit la bouche, elle semblait lasse.

– Kate, Simon, je vous présente Nell et Vian.

La fillette sourit aux adultes. Elle aimait bien la robe de Kate : bleu pâle, le tissu flottait autour de ses chevilles.

– Et voici Edward, dit la jeune femme en désignant son fils qu'elle fit avancer.

À peu près de la taille de Nell, il avait des cheveux châtain clair qui encadraient un visage ouvert et amical. Avec ses grands yeux noirs, il lui fit penser à Bastien de *L'Histoire sans fin*, qu'ils avaient vu au cinéma un mois plus tôt.

Elle avait vraiment aimé le film.

– Pourquoi êtes-vous pleins de boue ? demanda sèchement Ruth.

Nell regarda ses pieds.

– On s'est retrouvés coincés à marée basse, marmonna Vian.

– Vous avez pris le bateau ? Tout seuls ? Où se trouve-t-il ?

À chaque question, la voix de Ruth montait d'un ton dans les aigus. Vian pointa du doigt les remous du fleuve en contrebas.

– On l'a attaché à une branche pour qu'il ne dérive pas vers la mer.

– Bonté divine, grommela Ruth en secouant la tête avant de se tourner vers Kate et Simon. Je suis désolée.

– Ne vous en faites pas, répondit Kate avec un sourire. Nous vous sommes reconnaissants de nous avoir permis d'arriver un jour plus tôt. (Le jour des départs et des arrivées était normalement le samedi.) Si vous voulez, nous pouvons aller faire un tour et revenir plus tard ?

– Ou bien rester pour une tasse de thé ? proposa Ruth. Les femmes de ménage sont minutieuses, mais rapides. D'ici une demi-heure, vous pourrez très certainement prendre possession des lieux.

– Une tasse de thé, ce serait adorable, convint Kate. La route a été longue, mais il n'y a pas d'urgence. Prenez votre temps.

Tout le monde porta le regard sur les mains que Nell avait réunies en coupe. Les yeux du caneton s'ouvraient et se fermaient, lourds de sommeil. Il paraissait étonnamment satisfait.

– J'imagine que vous feriez mieux de le mettre dans la baignoire pour le moment, lâcha Ruth d'une voix résignée. Je vais y faire couler un peu d'eau. Et vous deux, allez vous nettoyer sous le robinet de dehors. Pas question que vous mettiez de la boue à l'intérieur.

Adultes et enfants se séparèrent, ces derniers pour contourner le cottage.

– Je peux te le tenir, proposa Edward à Nell quand ils atteignirent le robinet.

– Non, c'est moi, intervint brusquement Vian. Attends une seconde.

Il entreprit de se laver à l'eau glacée. À son grand désappointement, Edward resta dans les parages.

– Il est tellement petit, glissa le casse-pieds à Nell, qui avait ouvert les mains pour lui montrer la petite boule duveteuse.

Le caneton tendit le cou et tenta de se lever, ce qui s'accompagna de plusieurs piaulements perçants.

– Il ne doit avoir qu'un jour ou deux, répondit Nell, qui referma les mains pour inciter le caneton à se réinstaller.

Elle aimait la sensation de ses pattes palmées et visqueuses contre ses paumes.

Franchement, elle n'arrivait toujours pas à croire en leur chance.

– Elle est loin, la plage ? demanda Edward.

– Il y en a des tas, répondit-elle. On va apprendre à faire du surf sur celle qui est vraiment tout près, pas vrai, Vian ?

L'interpellé grogna.

– J'adorerais faire du surf, dit Edward.

– Tu devrais venir avec nous ! proposa aussitôt Nell.

– Je pourrais ? répliqua Edward, alors que Vian jetait un regard ulcéré à Nell.

– Bien sûr ! Demande à tes parents.

Elle ignora Vian. Elle n'avait aucun mal à se faire des amis et Vian finissait toujours par s'habituer aux nouvelles personnes, même s'il commençait par résister au changement.

– OK, je leur demanderai, confirma Edward.

– Tu as quel âge ? demanda Nell pour faire la conversation pendant qu'elle attendait que le robinet se libère.

Vian prenait des heures et ne paraissait pas beaucoup progresser. La boue collait comme de la glu.

– Dix, presque onze. Et toi ?

– Dix, répondit Nell, avant de désigner Vian d'un signe du menton. Vian a dix ans, lui aussi. Nos anniversaires tombent à deux jours d'écart.

Edward parut troublé.

– Vous êtes jumeaux ?

– Comment on pourrait être jumeaux si on n'est pas nés le même jour ? ronchonna Vian.

– On n'est pas vraiment frère et sœur, expliqua Nell, sans se laisser décontenancer par le ton que Vian avait adopté. Mon père est amoureux de sa mère, mais ma vraie mère vit en France et le vrai père de Vian habite en Australie. Et toi, tu vis où ?

– À Londres, répondit Edward.

– Moi aussi ! s'exclama-t-elle. Enfin, j'y habitais jusqu'à ce que ma mère déménage. Je vais en France pour les vacances d'été.

Vian parut vraiment malheureux à ce rappel. Nell éprouva une pointe de compassion pour lui. Elle-même s'était sentie désespérément seule l'année précédente, quand Ruth l'avait emmené en Australie. C'était la deuxième fois qu'il y partait. Son premier voyage avait eu lieu quand il avait rencontré son père, l'année de ses sept ans. Elle savait qu'il lui manquerait pendant qu'elle séjournerait en France, mais c'était toujours plus difficile pour ceux qui restaient.

– Ça fera l'affaire, déclara Vian en essuyant ses mains mouillées sur son T-shirt rouge et en les tendant vers Nell.

Elle transféra précautionneusement le caneton dans ses paumes froides et s'approcha du robinet, non sans avoir eu le temps de tourner le regard assez vite pour voir Vian s'éloigner.

– Attends ! appela-t-elle, consternée, alors qu'il disparaissait de sa vue. Ce qu'il est embêtant ! pesta-t-elle.

Allait-il emporter le caneton dans la baignoire sans elle ?

Edward donna un coup de pied maladroit contre les pavés.

– Tu as de la chance de pas avoir de frère, s'emporta Nell.

Elle frottait énergiquement la boue gluante qui lui couvrait les jambes.

– J'avais un frère, avant, répliqua Edward avec désinvolture. Mais il est mort.

– Qu'est-ce qui lui est arrivé ? demanda Nell, sous le choc.

– Il est tombé malade. J'étais un bébé, alors je m'en souviens pas. Il avait deux ans de plus que moi.

Nell ne savait pas quoi dire, mais elle était pleine de compassion pour lui.

– Ma mère va avoir un bébé, lui révéla Edward. Sauf qu'on ne sait pas si ce sera un garçon ou une fille. Je vais être un très grand frère, déclara-t-il fièrement, croisant les bras sur sa poitrine. Les nouveau-nés pleurent beaucoup, mais j'aiderai ma mère.

Nell lui sourit. Il était gentil. Elle l'aimait bien.

*

– Veux-tu quelque chose à boire, Edward ? lui demanda Ruth depuis la cuisine, quand ils rentrèrent dans le cottage.

– Non, merci, répondit Edward en se débarrassant de ses tennis dans le couloir.

La salle de bains était droit devant et Nell y jeta un coup d'œil : le caneton nageait tout heureux dans la baignoire.

Vian laissait pendre sa main par-dessus le rebord. Il avait les ongles toujours cerclés de la boue noire du fleuve.

– Pourquoi tu n'as pas attendu ? cria Nell.

Vian fit semblant de n'avoir pas entendu. Elle soupira bruyamment et suivit Edward dans la cuisine.

Les adultes étaient assis autour de la table. Comme le tissu de la robe de la mère d'Edward était plaqué sur son ventre, Nell en constata le renflement. Lequel n'était pas du tout évident quand Kate s'était tenue debout dans le jardin.

– La naissance est prévue pour quand ? demandait Ruth.

– La fin août, répondit Kate. Ça va être un peu bizarre de revenir aux couches sales et aux nuits sans sommeil après tout ce temps.

– J'imagine, convint Ruth.

– Maman et papa, est-ce que je pourrais apprendre le surf ? les interrompit Edward. Nell et Vian vont prendre des cours.

– Oui, à Poldhu Beach, précisa Ruth. C'est à dix-quinze minutes de voiture. Ils y vont le matin.

– Je peux ? insista Edward, plein d'espoir.

Ses parents échangèrent un regard. Puis Simon se retourna vers Ruth.

– Il faut réserver ?

– Il devrait suffire de se présenter, répondit-elle. Mais je vais vous trouver le numéro, pour que vous vous évitiez une mauvaise surprise.

Kate attira son fils dans son giron.

– Je t'avais dit que tu te ferais des amis, le taquina-t-elle.

Edward s'empourpra et se releva, gratifiant Nell d'un sourire timide.

★

– Pourquoi il a fallu que tu l'invites ? se plaignit Vian ce soir-là.

Il ramena Nell vers la pleine conscience. Ils étaient dans leurs lits superposés et elle était en train de s'assoupir.

– Il est gentil, répliqua Nell, somnolente. Je trouve qu'il ressemble au garçon de *L'Histoire sans fin*.

– Je croyais que tu trouvais que c'était moi, marmonna Vian après quelques secondes de silence.

– Tu me fais plus penser à Atreyu, même si tu as les cheveux courts, maintenant.

Les cheveux d'Atreyu lui descendaient presque jusqu'aux épaules.

Nell jeta un coup d'œil par-dessus la balustrade de la couchette du haut – ils n'avaient jamais échangé de lit, finalement.

– Edward ressemble plus à Bastien, ajouta-t-elle.

Vian avait toujours l'air grincheux, mais Nell savait qu'il serait rasséréné par la comparaison. Atreyu était courageux et héroïque : un sauveur de l'univers, cavalier émérite et chasseur de monstres. Bastien, lui, ne faisait que lire l'intrigue dans un livre, même s'il chevauchait le dragon porte-bonheur à la fin.

– Il me fait de la peine. Il est tout seul. Son frère est mort, ajouta-t-elle gravement. (Vian était abasourdi.) C'est arrivé quand il était bébé, mais c'est quand même horrible, tu ne trouves pas ?

Vian hocha la tête. Il leva le visage vers Nell : ses yeux étaient pleins de larmes.

– Qu'est-ce qui ne va pas ? chuchota-t-elle.

– J'aurais bien aimé que tu ne sois pas obligée de partir, cet été, répondit-il d'une voix étranglée.

Nell rejeta sa couette et descendit l'échelle. Langoustine était couché au sol, à côté de Vian, sa queue la frappa sans conviction quand elle enjamba son corps ferme et duveteux pour grimper dans le lit, où Vian s'était écarté afin de lui laisser de la place. Elle lui glissa un bras autour des épaules. Il fit de même et ils se serrèrent l'un contre l'autre.

– J'aurais bien aimé que tu viennes avec moi, chuchota-t-elle. Je vais m'ennuyer.

– Au moins, tu auras une piscine.

– Ça, c'est génial, concéda-t-elle. Mais n'empêche que je préférerais me baigner dans la mer avec toi.

– Même si elle est glacée ?

– Oui, même si elle est glacée.

En général, ils portaient des combinaisons de plongée, mais elles étaient tellement pénibles à enfiler qu'ils affrontaient parfois l'eau sans elles.

– J'espère que le caneton va bien, lâcha Vian.

– Moi aussi, renchérit Nell, tout excitée. J'arrive pas à croire qu'on l'ait attrapé.

Il était pour l'heure dans une boîte, enfermé à la cuisine au grand désarroi de Langoustine, mais le lendemain, ils allaient remplir d'eau leur vieille pataugeoire en forme de coquillage et bâtir un enclos autour.

Le père de Nell s'était montré étonnamment blasé et plutôt conciliant quand il était rentré à la maison et avait découvert ce qu'il s'était passé. Non seulement il était allé demander des graines pour poulets chez Steven et Linzie, les fermiers qui vivaient un peu plus loin sur la route, mais il avait également convaincu Ruth que les enfants étaient assez grands et capables pour prendre le bateau tout seuls, à l'avenir, du moment qu'ils en informaient d'abord un adulte et qu'ils vérifiaient que la marée n'allait pas leur jouer des tours.

– Ça te dirait qu'on l'appelle Webster ? demanda Vian.

Nell fronça les sourcils. Un nom de garçon ? Elle voulait une fille et Webster avait vraiment des allures de nom de garçon.

Cependant, plus que tout, Nell voulait rendre Vian heureux et, s'il fallait pour cela que leur caneton soit un garçon, eh bien, ainsi soit-il.

– Oui, j'aime bien Webster, répondit-elle. On va l'appeler comme ça.

Vian sourit.

Ils étaient à ce point captivés par leur conversation qu'ils n'avaient pas entendu les pas dans l'escalier. La porte grinça et Vian rabattit le couvre-lit sur leur tête, fixant Nell de ses grands yeux pleins d'inquiétude.

Il y eut deux pas lourds, puis les couvertures furent rabattues dans l'autre sens.

– Retourne dans ton lit, cria Geoff.

Langoustine préféra décamper. Filant du lit de Vian, Nell regagna sa couchette à la hâte, avant d'oser croiser le regard de son père.

– Pardon, papa, bredouilla-t-elle.

Il avait l'air très en colère.

– Pardon, fit Vian en écho.

– Je ne veux plus vous entendre parler ! ordonna Geoff en ressortant.

*

Plus tard, cette nuit-là, Nell fut de nouveau tirée de son sommeil. Elle pencha la tête vers le mur et entendit son père et Ruth parler fort, au rez-de-chaussée.

– Ils se disputent, murmura Vian depuis le lit du bas, sentant qu'elle était réveillée.

– À propos de quoi ? demanda-t-elle avec appréhension.

Son frère se glissa hors de son lit.

– Vian ! souffla-t-elle. Non !

Mais il avait déjà atteint la porte et l'ouvrait. Elle redescendit l'échelle pour le rejoindre sur la pointe des pieds à l'endroit où il tentait d'en entendre davantage.

– Je n'ai pas envie de déménager, entendirent-ils Ruth protester.

– Tu crois que j'en ai envie ? répliqua Geoff. C'est la maison où j'ai grandi ! Mais ils devraient avoir leur propre chambre – et leur propre lit –, maintenant.

– Ils n'ont que dix ans ! Tu en parles comme s'ils faisaient quelque chose de mal.

– Je sais que c'est très innocent, mais les enfants grandissent vite. Ce n'est qu'une question de temps avant…

– Oh, arrête ! l'interrompit Ruth.

Elle paraissait écœurée. Vian et Nell échangèrent un regard plein de confusion.

– Il faut qu'on réfléchisse à ces choses, reprit Geoff d'une voix lasse. On pourrait peut-être transformer le studio en chambre, suggéra-t-il.

– Où est-ce que je vais travailler, moi ? s'enquit Ruth. Et de toute façon, qui pourrait bien avoir envie de dormir là-bas ?

– Vian aimerait peut-être avoir son propre espace.

Vian tressaillit et Nell en éprouva une douleur physique. Sans rien dire, elle lui passa devant et dévala l'escalier.

– Vous ne pouvez pas le faire dormir dehors ! hurla-t-elle, avant même d'être arrivée jusqu'à eux.

Ruth et Geoff la dévisagèrent, sidérés, mais, quelques secondes plus tard, les épaules de son père s'affaissèrent.

– On ne fait que parler, Nell. C'est une conversation d'adultes…

– Je m'en fiche ! hurla-t-elle. Vous ne pouvez pas lui faire ça. Je dormirai dehors si quelqu'un doit y aller, mais pas Vian !

Elle tapa du pied. Le visage blême, son acolyte parvint en trébuchant au pied de l'escalier, pour surgir derrière elle.

– Non ! L'obligez pas à faire ça ! Pourquoi on ne pourrait pas partager ? On veut être ensemble.

– Vous grandissez, les enfants. Vous devriez avoir vos propres chambres, déclara Geoff avec fermeté.

– Pourquoi ? insista Vian.

– C'est juste… (Ruth se balançait d'un pied sur l'autre, mal à l'aise.) Ce n'est pas correct, les enfants. Les garçons et les filles ne sont pas censés dormir ensemble.

Vian et Nell en restèrent soufflés. Mais pourquoi donc, bon sang ?

– Vous dormez bien ensemble, vous, objecta Vian.

– C'est différent, répliqua Ruth, frustrée. Nous sommes des adultes et nous sommes… Bon, nous ne sommes pas mariés, admit-elle, mais c'est tout comme.

– Nell et moi, on va se marier, nous aussi, annonça Vian.

Nell hocha la tête. Ils s'étaient mis d'accord là-dessus quand ils avaient six ans. C'était un fait établi.

Ruth lança un regard à Geoff.

– Vous êtes bien trop jeunes pour parler de ce genre de choses, rétorqua vivement celui-ci, avant qu'ils ne puissent argumenter. Il n'y a rien de certain. Nous étions en train de discuter de la possibilité de déménager dans une maison plus grande et c'est une conversation que vous n'auriez pas dû écouter, tous les deux. Vous devriez dormir à poings fermés. Alors maintenant, retournez dans vos lits.

– Je ne veux pas déménager ! hurla Nell.

– Peut-être que Ruth et moi, on finira par aller dormir dans le studio, lâcha Geoff pour l'apaiser. Ce n'est pas une question que nous avons besoin de résoudre dans la minute, mais… (Et sur la fin de la phrase, sa voix devint de plus en plus forte.)… si vous n'allez pas dormir sur-le-champ et si vous n'arrêtez pas de grimper dans le lit de l'un ou de l'autre pour vous tenir éveillés, nous allons vous séparer. Et sans tarder !

La menace fonctionna. Nell et Vian regagnèrent leurs pénates et on n'entendit plus le moindre bruit monter de leur chambre pendant le restant de la nuit.

★

Le lendemain matin, l'ambiance était pesante au cottage, mais personne n'aborda le sujet de la nuit précédente. Même le petit Webster ne fut pas bien efficace pour soulager le poids qui pesait sur le cœur de Nell.

Ils s'apprêtèrent pour partir à la plage juste après le petit déjeuner et, même si Nell avait incité Edward à les rejoindre à l'école de surf, elle espérait désormais qu'il n'en ferait rien. Elle ne voulait pas que quoi que ce soit d'autre vienne causer de la peine à Vian.

Mais quand ils arrivèrent, Edward faisait déjà la queue pour s'inscrire, en compagnie de ses parents. Jetant un coup d'œil par-dessus son épaule, il leur adressa un sourire. Nell attrapa la main de Vian, qu'elle serra, mais il échappa à ses doigts. Elle ne réussit qu'à offrir un petit sourire, en réponse à celui d'Edward.

– Ça va ? demanda-t-il plus tard, alors qu'ils bataillaient pour enfiler leurs combinaisons de plongée.

L'équipement qu'Edward avait emprunté, toujours plein de sable et humide après sa dernière utilisation, paraissait spécialement malcommode à passer, alors que Nell et Vian avaient apporté le leur. Ils étaient environ une dizaine de personnes dans ce cours sans limitation d'âge.

– Oui, répondit-elle, heurtant de l'épaule le père d'un des autres enfants. Et toi ?

– Un peu nerveux, admit-il. Pas toi ?

– Pas vraiment.

En fait, Nell ne l'était pas du tout. Elle s'était sentie excitée au cours des deux dernières semaines, mais pas nerveuse. Cela faisait des lustres que Vian et elle désiraient apprendre le surf.

Ils transportèrent leurs planches par deux – une sous chaque bras – jusqu'au rivage et se placèrent en demi-cercle, en face de leur moniteur. Vian alla se poster à une extrémité, à côté de Nell, ignorant Edward placé de l'autre côté de sa « sœur ».

Elle détestait que Vian se montre aussi distant, non seulement avec Edward, mais avec elle aussi. Il pouvait être très jaloux, alors qu'il n'était pas vraiment comme ça, à l'école. Là-bas, ils avaient leurs propres amis et jouaient rarement ensemble à la récréation. Mais les vacances, c'était leur temps à eux, et Vian leur faisait bien comprendre qu'Edward empiétait dessus.

Nell se sentait prise entre deux feux. Elle s'efforça néanmoins de se focaliser entièrement sur le cours, ce qui fut bien plus aisé lorsqu'ils se retrouvèrent dans la mer, à se débrouiller seuls. Quand Vian parvint à se redresser dès son second essai et à prendre la vague presque jusqu'au rivage, elle l'acclama aussi bruyamment qu'elle put. Il lui jeta un coup d'œil par-dessus son épaule et leva les pouces. Et il s'illumina, radieux, en voyant Edward tomber.

*

Cet après-midi-là, il plut à verse, si bien que Ruth proposa aux enfants de venir peindre avec elle dans le studio. Nell préférait écrire, mais elle aimait bien utiliser les aquarelles de Ruth et adorait l'odeur du studio, même si elle n'aurait jamais pu s'imaginer y dormir. La pièce comportait quatre grandes fenêtres dont la vue donnait droit sur le fleuve, mais à part ça, ce n'était que pagaille, éclaboussures de couleurs partout sur le plancher et alignement de toiles appuyées contre les murs.

Nell n'utilisait pas les onéreuses peintures à l'huile ou à l'acrylique de Ruth, mais Vian, si. Il avait hérité du talent artistique de sa mère et ses œuvres étaient même exposées dans une galerie de Truro après sa participation à une compétition artistique réservée aux enfants. Le propriétaire de la galerie avait été impressionné par ses voiliers abstraits, pourtant Nell aimait par-dessus tout ses dessins de *pixies*.

Deux ans plus tôt, Ruth les avait emmenés à une séance de contes à la bibliothèque, où la conteuse avait parlé des différents types de créatures légendaires. L'expérience avait motivé Nell à inventer ses propres histoires de lutins des Cornouailles – ou *pixies*, comme on les appelait dans leur région. C'était ainsi qu'elle avait conçu Caramel et Carie, deux lutins insolents vivant au bord du fleuve Helford, dont les maisons étaient menacées en permanence par les méchants Farfadets qui habitaient en amont.

À la demande de Nell, Vian avait donné vie aux personnages de ses histoires et peint de minuscules saynètes sur des galets lisses qu'ils avaient trouvés sur la plage. Elle avait disposé toute une série de ces galets sur le rebord de la fenêtre de leur chambre et elle les comptait parmi ce qu'elle possédait de plus précieux.

Nell aimait observer Vian pendant qu'il peignait. Elle était fascinée par l'expression de son visage, la façon dont ses sourcils bruns se fronçaient et dont ses yeux se plissaient sous l'effet de la concentration. Aucune autre tâche ne sollicitait autant son attention. C'était le seul moment où il paraissait véritablement absorbé. Elle n'avançait jamais vraiment beaucoup dans son travail parce que, en général, elle était trop préoccupée par le sien. Même à présent, elle ne cessait de regarder ce qu'il faisait.

– Qu'est-ce que tu peins ? finit-elle par demander.

– Tu ne reconnais pas ? répondit-il sans lever les yeux de sa toile.

– On dirait un *Ornithorynque* à l'envers.

Elle voulait parler de leur bateau, pas de l'animal.

– C'est un *Ornithorynque* à l'envers, confirma-t-il, ajoutant une touche d'orange à la forme verdâtre.

– Euh, pourquoi ? demanda-t-elle, perplexe.

Il la regarda et sourit.

– Tu te rappelles, tu m'as dit que Caramel et Carie n'avaient plus de logis après que les Farfadets ont attaqué leur pommier sauvage ?

Caramel et Carie vivaient dans cet arbre depuis le printemps, après avoir offert la floraison des pommiers aux fées des Haies en échange de quelques pincées de poussière volante magique. Aidés par les fées des Brownies, qui étaient amoureuses de la nature, ils avaient pris soin de ces pommes minuscules, les avaient cultivées pendant des mois. Puis les méchants Farfadets avaient attaqué l'arbre, confisquant les éclatants fruits rubis à leur seul profit. Ces créatures étaient obsédées par les trésors et, à leurs yeux, ces pommes ressemblaient à des pierres précieuses. Ils n'avaient nulle envie de les manger : ils n'avalaient que les escargots, limaces et autres sangsues récoltés aux abords du fleuve. Tout ce qu'ils voulaient, c'était les exposer, tels des ornements, jusqu'à ce que les fruits pourrissent, et sur ce ils les jetaient dans l'eau.

Quand les Farfadets eurent déshabillé le pommier sauvage de ses fruits et de ses feuilles – les feuilles, c'était uniquement pour le plaisir de causer des dégâts –, Caramel et Carie se retrouvèrent alors sans domicile. Ils vivaient sur des branches dénudées, tremblant de froid et sans la moindre protection vis-à-vis des passants. Caramel avait failli être repéré par un humain, ce qui aurait été catastrophique.

Nell examina la peinture devant elle, pendant que Vian attendait patiemment qu'elle relie les informations entre elles.

– Ils vont vivre sous le bateau pendant l'hiver ! s'écria-t-elle enfin.

Vian s'esclaffa et hocha la tête.

– Regarde, je leur ai même fait une petite porte. Qu'est-ce que tu en penses ?

Elle secoua la tête, émerveillée.

– J'adore.

Son esprit carburait déjà, créant des dangers sous forme de marée montante et une intrigue impliquant un poisson piégé qui battrait furieusement des nageoires et devrait être sauvé.

Ruth s'approcha, intriguée par la conversation des deux enfants. Avec ses cheveux roux retenus par un ruban vert en une queue-de-cheval lâche, elle était particulièrement belle, ce matin-là, songea Nell.

– Ces algues sont incroyables, Vian ! s'exclama Ruth. (Son fils piqua un fard, fier comme un paon.) Honnêtement, je pense que vous devriez faire publier vos histoires. Je parie que des tas de gens auraient envie de les acheter. Je pourrais les taper à l'ordinateur pour toi, ajouta-t-elle en s'adressant à Nell. Et peut-être que je pourrais vous aider à choisir quelques scènes clés pour que Vian les illustre. On les photocopierait, on les relierait et peut-être même qu'on pourrait les envoyer aux gens qui font des livres pour connaître leur opinion ?

Nell en resta d'abord bouche bée, puis elle se mit à sautiller d'excitation. Ruth lui embrassa le sommet du crâne, mais quand elle se redressa, son ruban de satin vert glissa de ses cheveux et tomba par terre. Nell, qui le convoitait, le récupéra en gloussant et tenta de nouer ses propres cheveux avec. Hélas, comme elle les avait récemment fait couper au carré, à hauteur de menton, le ruban ne se noua que sur le vide.

Ruth éclata de rire et tira doucement sur l'une des mèches de Nell.

– Il va falloir que tu les laisses repousser si tu veux les attacher comme ça.

Pendant plusieurs années, elle avait sérieusement cherché à chasser les nœuds de la tignasse de Nell, dès le premier été qu'ils avaient passé tous ensemble. Elle n'y avait pas complètement réussi : la mère de Nell avait encore soutenu que ses cheveux « ressemblaient à de la paille » quand la fillette avait regagné Londres. Finalement, Nell avait remporté la bataille consistant à les lui faire couper plus court, mais, à présent, pour la première fois, elle regrettait sa décision.

– Je sais ce qu'on va faire, annonça Ruth, et elle transforma le ruban en un bandeau qu'elle noua autour de la tête de Nell.

– Quelle couleur tu veux pour la porte ? demanda Vian, ramenant l'attention d'une Nell ravie vers sa peinture.

– Du vert, répondit-elle sans une seconde d'hésitation.

Vian et Ruth échangèrent un regard et se sourirent. Nell était si prévisible !

– Quel est ton vert préféré, ma puce ? demanda Ruth en sortant des tubes d'acrylique d'une boîte. Depuis que tu es toute petite, tu affirmes que le vert est ta couleur préférée, mais quel vert préfères-tu ? Il existe du vert citron, du vert gazon, du vert pin, du vert sauge, olive, menthe... Tu aimes le vert jade ? Ou la couleur de ce ruban ? Je dirais que c'est de l'émeraude.

Nell examina les couleurs devant elle. La fillette les aimait toutes, mais elle était plus attirée par le vert menthe et un vert appelé « bleu sarcelle ».

– Intéressant, lâcha Ruth. Ce ne sont pas ce que j'appellerais les plus verts des verts. Ils tirent davantage sur le bleu-vert, ajouta-t-elle en désignant le sarcelle. Et si tu regardais par la fenêtre ? ajouta-t-elle en l'éloignant de la boîte. Tu aimes la couleur des feuilles sur les arbres ? Les feuilles des chênes sont plus foncées que celles des érables près du pont. Et la couleur de l'herbe, comment la trouves-tu ? Ou celle de l'eau du fleuve ?

Nell fronça le nez en entendant la dernière suggestion de Ruth, ce qui la fit sourire.

La fillette ne s'était jamais demandé pourquoi le vert était sa couleur préférée. Elle ne possédait aucun habit vert, mais, s'ils jouaient à un jeu qui avait des jetons verts, il était acquis qu'elle prendrait un vert. Sa brosse à dents avait toujours été verte et, le jour où ils avaient accueilli Langoustine, elle avait supplié qu'on lui achète un collier vert. Finalement, Vian avait gagné à pile ou face et Langoustine s'était retrouvé avec un collier rouge. Cela étant, la couleur préférée de Vian n'était pas demeurée inchangée. C'était dorénavant le jaune.

– Et le blé dans le champ du fermier ? continua Ruth en désignant l'autre rive du cours d'eau.

Il faudrait encore un mois environ avant que les céréales ne virent au blond.

Nell s'approcha de la fenêtre et regarda dehors.

– Oui, j'aime bien cette couleur, déclara-t-elle d'un ton assuré.

– Une fois encore, j'appellerais plutôt ça du bleu-vert, commenta Ruth. Je dirais même que cette couleur comporte une touche de gris. Il ne s'agit certainement pas du vert éclatant de l'orge qu'ils ont fait pousser dans ce champ l'année dernière. Un vert citron.

Vian soupira.

– Je t'ennuie, mon fils ? le taquina Ruth.

– Je peux y aller pour regarder *Inspecteur Gadget* ? demanda-t-il, épaules basses.

Ruth sourit en levant les yeux au ciel.

– Filez. Laissez vos pinceaux, je les nettoierai avec les miens.

– Merci, maman, lança Vian avec un sourire.

Là-dessus, il lui fit un rapide câlin avant de filer. Nell reproduisit exactement ses gestes.

*

Comme il n'y avait pas cours de surf le lendemain, vu qu'on était dimanche, Nell et Vian décidèrent de tuer le temps en prenant l'*Ornithorynque* pour aller pique-niquer sur l'autre berge du fleuve. Ils projetaient également d'aller pêcher des vairons. Webster était toujours nourri de graines pour poulets et les enfants se disaient que deux ou trois savoureux petits morceaux de poisson pourraient constituer un changement bienvenu. Le caneton s'était vraiment entiché de la pataugeoire et Langoustine s'était vraiment entiché du caneton. Fort heureusement, Webster ne paraissait pas trop décontenancé par les jappements enthousiastes du chien.

Ce jour-là, ils emmenèrent Langoustine avec eux pour accorder un peu de paix et de calme à Webster et, comme de coutume, le chien bondit du bateau avant même qu'ils n'aient accosté et attendit que les enfants aient mis le pied sur le rivage pour secouer frénétiquement son pelage humide sur eux.

Pendant qu'ils se trouvaient de ce côté du fleuve, Nell en profita pour examiner plus attentivement les blés.

Ils lui paraissaient verts, un point c'est tout, mais elle voyait ce que Ruth voulait dire quand elle affirmait que les épis avaient une teinte légèrement bleutée.

– J'aime vraiment beaucoup cette couleur, confia-t-elle à Vian, déjà en train de piocher dans les biscuits qu'ils étaient censés manger pour le dessert. Je crois que c'est mon vert préféré. Tu pourrais faire la porte de cette couleur ?

Il haussa les épaules.

– Ramasse deux ou trois épis, qu'on les rapporte. Je verrai si je peux reproduire la couleur.

★

Quand les enfants regagnèrent la maison, ils eurent la surprise de trouver Edward, assis dans l'enclos du caneton, berçant Webster au creux de ses mains.

– Salut ! leur lança-t-il.

– Qu'est-ce que tu fabriques ici ? demanda grossièrement Vian, alors que Langoustine se déchaînait, aboyant à tue-tête.

– Ton père a dit que je pouvais venir le voir. Il nous a vus descendre vers le fleuve, avec mes parents.

Nell se força à sourire, pour tenter d'amortir l'impolitesse de Vian.

– Il est mignon, non ?

Vian bondit dans l'enclos et renversa le contenu de leur seau dans la pataugeoire. Les minuscules poissons filèrent dans toutes les directions.

– Donne-le-moi, ordonna-t-il.

Edward se hâta de lui tendre Webster et Vian le plaça dans la piscine. Presque aussitôt, le caneton s'agita sous l'eau et passa en mode furtif pour se trouver de la nourriture.

Les enfants observèrent la scène avec jubilation, oubliant momentanément la tension entre eux.

– Vous avez pris votre bateau ? demanda Edward à Nell.

Il s'était accroupi pour caresser Langoustine, lequel se roula aussitôt par terre pour lui permettre de gratouiller son ventre.

– Oui, on est allés pique-niquer sur l'autre rive.

– Ça a l'air archi bien.

Avant que Nell ne puisse seulement songer à l'inviter à les accompagner la prochaine fois qu'ils seraient de sortie, Vian lui pinça le doigt.

– Je te retrouve au studio, lança-t-il d'un air entendu. Je vais chercher la clef.

Embarrassée par le comportement de Vian, Nell resta où elle était.

– Ton frère ne m'aime pas, constata Edward.

– Il est jaloux, admit Nell qui s'agenouilla à côté de lui pour caresser Langoustine, elle aussi.

– Pourquoi ? demanda Edward en grimaçant.

– Je ne sais pas.

Ce n'était pas comme si elle l'abandonnait. Mais elle avait l'impression de devoir protéger Vian. C'était juste comme ça. Il semblait éprouver les choses plus profondément, des choses qui, pour elle, glissaient comme de l'eau sur les plumes d'un canard.

Elle n'avait pas oublié les premiers jours de leur cohabitation et les difficultés qu'il avait eues à accepter que Ruth lui accorde à elle de l'attention. Mais il n'avait pas tardé à s'y habituer, parce que Nell était devenue elle aussi un membre de la famille, or la famille revêtait la plus haute importance aux yeux de Vian.

Cela fendait le cœur de Nell quand le père de Vian lui envoyait des cartes postales d'Australie. Il était au septième ciel lorsque l'une de ces cartes arrivait dans leur boîte aux lettres, mais ensuite, il se repliait sur lui-même et rien de ce que sa « sœur » lui disait n'était en mesure de le tirer de son humeur maussade. Elle avait appris à se contenter de le serrer dans ses bras quand ça se produisait. Il leur était arrivé un nombre incalculable de fois de s'endormir ensemble sur la couchette du bas.

Nell éprouva un pincement à la pensée que leurs parents voulaient les séparer. Elle n'en voyait toujours pas la raison.

Vian ressortit du cottage. Il se tint sur le seuil pendant quelques secondes et observa Nell et Edward avant de se diriger vers le studio pour le déverrouiller.

Ruth avait emporté quelques-unes de ses œuvres à Padstow pour une rencontre avec un propriétaire de galerie, elle était absente pour la majeure partie de la journée. Avec un peu de chance, elle ne se formaliserait pas que Vian ait pénétré seul dans le studio – ils n'étaient en réalité pas censés le faire.

– On surfe encore demain ? demanda Edward avec désinvolture.

– Oui, répondit Nell, démoralisée. Il faut que j'aille donner ça à Vian.

Elle ramassa le faisceau d'épis de blé.

– C'est pour quoi faire ?

– Il va les peindre pour moi.

– Pourquoi ?

– Parce que j'aime la couleur. Je suis en train d'écrire un livre, expliqua-t-elle, toute fière de prononcer ces mots. Vian fait les illustrations.

– Ça parle de quoi ? s'enquit Edward, très intéressé, avant de se rappeler que Nell était sur le point de partir.

– Désolée, marmonna-t-elle, bourrelée de remords, en s'éloignant.

Au studio, Vian farfouillait dans une boîte, dont il tirait différentes nuances de vert et de bleu.

– Pourquoi tu es aussi méchant avec lui ? demanda-t-elle, furieuse.

– Je ne suis pas méchant.

– Bien sûr que si, tu es malpoli !

– Pourquoi tu l'aimes autant ?

– Il est gentil et il n'a personne avec qui jouer. J'ai de la peine pour lui.

– Eh ben, va jouer avec lui.

Nell lui lança un regard noir que Vian ignora. Il continuait à fouiller dans la boîte. Elle était folle de rage.

– C'est peut-être bien ce que je vais faire, répliqua-t-elle. Ce n'est pas comme si tu avais besoin de moi ici.

– Non, convint Vian.

– Très bien, dans ce cas…

Il n'ajouta rien quand elle quitta le studio.

Edward était toujours assis dans l'herbe, à caresser Langoustine. Il leva les yeux à son approche.

– Ça t'intéresserait d'entendre mes histoires ? demanda-t-elle.

– Oui, répondit Edward avec un sourire.

Comme le père de son nouvel ami ne tarda pas à venir lui annoncer qu'ils devaient rentrer prendre le thé à la maison, Nell s'en fut vérifier les progrès accomplis par Vian.

– Ça va ? lui demanda-t-elle, passant la tête par la porte du studio.

– Oui, répondit son « frère ».

Elle aperçut une feuille de papier scotchée sur le chevalet de Vian, presque entièrement couverte de peinture bleu-vert.

– Tu penses que c'est bon, comme ça ? demanda-t-il en tenant le faisceau d'épis à côté.

La couleur, bleu-vert avec une touche de gris en bas du dessin, devenait peu à peu vert pâle vers le sommet.

– C'est parfait ! s'exclama-t-elle. Je veux le coller sur mon mur !

– Tu peux, si tu veux. (Il parut ravi.) Avec un peu de chance, je serai capable de me rappeler quelles couleurs j'ai mélangées et je pourrai faire la porte de Caramel et Carie.

Elle était soulagée qu'il ne soit plus énervé à propos d'Edward.

– Tu pourrais écrire ton nom dessus ? demanda-t-elle.

Il passa son pinceau dans les dernières gouttes de peinture bleue éclatante et Nell regarda les mots apparaître sur le papier en écriture cursive : « Vian Stanley Stirling ».

Le nom de famille de Ruth était Stanley, celui du père de Vian, Stirling. À un moment, au cours des cinq dernières années, Ruth avait décidé que Vian devrait porter les deux.

– Qu'est-ce que vous fichez ici, tous les deux ? les interrompit son père depuis la porte. Oh la la ! Ça fait beaucoup de vert, constata-t-il après un coup d'œil à la peinture de Vian.

– C'est la couleur du blé, lui expliqua Nell.

– Le blé est jaune, répliqua Geoff en fronçant les sourcils.

– Non. (Nell secoua la tête et ramassa les épis qu'elle avait cueillis un peu plus tôt.) Pas à cette époque de l'année. Est-ce qu'on pourrait couper les bords de la feuille pour qu'elle soit complètement verte ? demanda-t-elle à Vian.

Il hocha la tête.

Geoff ébouriffa affectueusement les cheveux de Vian.

– Tu veux que je le fasse avec un cutter pour que ce soit bien droit ?

– D'accord, accepta Vian. Tu peux le faire maintenant ?

Ruth rentra à la maison alors qu'ils étaient en train de terminer.

– Vian a peint la couleur du blé ! lança Nell.

Mais Ruth n'avait pas du tout l'air contente.

– Oh, Vian, tu as utilisé tout mon bleu céruléen ! s'écria-t-elle, consternée, quand elle se fut approchée pour inspecter les tubes de peinture. J'en avais besoin pour achever ma toile.

Le visage de Vian se décomposa.

– On peut aller en rechercher, intervint Geoff d'une voix douce.

– Comment ? Quand ? exigea-t-elle de savoir. Tu travailles demain et nous, on sera à la plage... Quand est-ce que je vais aller à Falmouth pour refaire mes stocks de peinture ? (Ils n'avaient qu'une voiture pour deux.) Et comme tu as utilisé tout le lait, je ne peux pas préparer de gratin de pâtes.

– Je fonce tout de suite au magasin, déclara Geoff d'une voix calme, dans l'espoir de la calmer.

– On est dimanche ! Le magasin est fermé ! lâcha-t-elle sèchement. Laisse tomber, je vais demander à Linzie si je peux lui en emprunter.

– J'y vais.

– Non, j'ai besoin d'air et d'exercice. Je suis restée enfermée plus de deux heures dans une voiture. La circulation était infernale.

Elle se rua sur la porte, exaspérée.

Geoff lança un petit sourire aux enfants, mais, alors qu'il rangeait le studio, Vian avait toujours l'air affecté.

– Ça va aller, fiston, lui dit gentiment Geoff. Je ne pense pas que le rendez-vous de ta maman se soit bien passé, si j'en juge par son humeur. On va lui remonter le moral pendant le dîner.

*

Ruth mettait des heures à rapporter le lait et le ventre de Nell commençait à gargouiller. Vian boudait à l'étage, mais, pour sa part, elle traînait dans la cuisine, prélevant des filaments dans le fromage qu'avait râpé son père en prévision de leur dîner. Les regards de Geoff sur la pendule se faisaient de plus en plus fréquents.

– Où est-elle ? marmonna-t-il enfin. Je sais que Linzie peut être bavarde, mais c'est ridicule ! Je devrais peut-être l'appeler, conclut-il à haute voix, en allant chercher le numéro de la ferme dans l'entrée. Oh, bonjour, Steven, c'est Geoff, l'entendit dire Nell. Oui, très bien, merci. Et vous ? (Il y eut une pause.) Je cherche Ruth, en fait. Les enfants commencent à avoir une petite faim, donc je me suis dit que je ferais bien de la rappeler un peu à l'ordre. (Nouvelle pause.) Oh. Elle était censée venir vous demander si elle pouvait vous emprunter un peu de lait. (Il parut confus.) Oh, répéta-t-il. Oui, si vous pouviez. C'est un peu inquiétant. En fait, je pourrais prendre ma voiture et…

Le hurlement d'une sirène coupa net la tirade de Geoff. Un coup d'œil dans le couloir permit à Nell de voir son père ouvrir brusquement la porte d'entrée et se précipiter dehors. Le téléphone, suspendu au bout de son câble, cognait contre le mur et elle entendait la voix ténue qui sortait du micro.

– Geoff ? Geoff ?

Nell rejoignit son père à temps pour voir les lumières clignotantes rouges et bleues d'une ambulance dévalant la colline depuis le village. Les sirènes hurlaient et elle plaqua les mains sur ses oreilles quand le véhicule dépassa le cottage pour gravir la route, en direction de la ferme. Geoff le regarda s'éloigner et Nell sentit un grand froid se répandre en elle.

– Reste à l'intérieur, lui ordonna son père d'une voix tremblante avant de la dépasser pour récupérer les clefs de la voiture. Reste avec Vian. Je reviens tout de suite.

Il avait le visage livide.

Terrifiée, Nell le vit courir vers la voiture, y grimper et s'élancer à la poursuite de l'ambulance.

Le téléphone pendouillait toujours quand elle revint à l'intérieur. Un long bip étouffé sortait du micro. Étourdie, elle le ramassa et le reposa sur son socle, puis traversa le salon. Elle leva les yeux vers l'escalier, rechignant à y monter.

Quelques secondes plus tard, la porte de leur chambre s'ouvrit et elle entendit les pas de Vian.

– Elle est où, maman ? demanda-t-il en apercevant Nell.

Elle le regarda et secoua la tête.

– Je ne sais pas.

– Je crève de faim, ronchonna-t-il en soupirant.

– Je suis sûre qu'elle va bientôt revenir, dit Nell, mais elle avait une drôle de voix.

Vian franchit d'un bond les trois dernières marches pour atterrir tout en bas dans un bruit sourd. Il traversa le salon jusqu'à la cuisine. Nell le suivit, les entrailles hérissées par l'effroi.

– Il est où, ton père ? demanda-t-il en regardant autour de lui, les sourcils froncés.

– Il a entendu une ambulance, murmura Nell. (Vian lui décocha un regard perçant, puis, tout à coup, il comprit.) Vian, attends ! cria-t-elle. Papa a dit qu'on devait rester ici ! (Mais il enfilait déjà ses tennis.) S'il te plaît ! supplia-t-elle encore. Ne me laisse pas toute seule.

C'était le seul argument qui lui était venu à l'esprit pour l'arrêter dans son élan.

– Viens avec moi !

Il lui tendit ses chaussures. Elle devina, à la détermination qu'elle lut sur son visage, qu'elle serait incapable de l'arrêter. Mais elle n'allait pas tarder à regretter de tout son cœur de ne pas avoir essayé davantage.

Quarante

Luke dort. Je pense qu'il a piqué du nez quand j'ai commencé à parler des nuances de vert, mais j'ai continué mon récit en chuchotant. La distraction s'est avérée efficace.

Je me lève, étire les bras au-dessus de ma tête. Je suis exténuée. Je devrais aller me promener ou manger un peu plus à la cafétéria de l'hôpital, afin de garder des forces, mais je n'ai même pas l'énergie pour le faire. Je soulève ma chaise pour l'approcher du lit et je m'y rassieds, me penchant en avant pour appuyer ma joue dans mes bras. Je ferme les yeux. Serais-je capable de m'assoupir dans cette position ?

Mais mon esprit fonctionne à plein régime et il ne lui faut pas longtemps pour me ramener dans le passé…

Quinze

La première chose que je vois quand je me réveille, c'est la couleur du blé. La première chose à laquelle je pense, c'est Vian. Je dors dans *son* lit maintenant et je le considère toujours ainsi, même s'il était le mien pendant les années qui ont précédé son arrivée et qu'il est le mien depuis qu'il est parti. Je dors dedans pour me sentir plus proche de lui, mais, géographiquement, nous ne pourrions pas être plus éloignés l'un de l'autre.

Mes yeux glissent vers les cartes postales collées à la Patafix sur le mur autour de la peinture : des surfeurs prenant des vagues, les côtes accidentées de l'Australie, des petites villes reculées aux toits de tôle et des bateaux de pêche, petits et gros…

Mes amis ont des posters – tout ce qui va de Bros et Milli Vanilli jusqu'à Guns N' Roses et George Michael –, mais moi, je n'ai que des cartes postales et elles sont toutes de Vian.

Il écrit moins qu'avant. Il est occupé entre l'école, le surf et le travail. Je n'arrive pas à imaginer ce que cela fait de se retrouver en mer pendant des jours, mais il embarque souvent sur des crevettiers avec son père. Tout ça me semble très étrange.

Mon réveil me tire de mon hébétude. Je roule sur le côté et l'éteins avant de sortir du lit, frissonnant tandis que je m'approche de la fenêtre. La marée est haute et l'eau, d'un calme plat, reflète les arbres qui s'étagent en descendant vers les rives. Il y a quelques semaines seulement, ils étaient coiffés de rouge, orange et jaune, mais à présent, les branches marron ont perdu leur feuillage et resteront ainsi pendant des mois. Je me penche au ras de la vitre pour examiner la pelouse. Toujours dans l'ombre du cottage, elle semble avoir été enduite de glaçage blanc. La vitre s'embue sous mon souffle et je recule.

Oui, c'est une journée à porter des collants. Je farfouille dans mes tiroirs et en sort ce dont j'ai besoin avant de descendre au rez-de-chaussée pour me préparer. Mon père paraît bien solitaire, à la table de la cuisine, dans son ample gilet marron, en train de cajoler un mug de thé entre ses mains. Je me rappelle qu'autrefois, ce vieux gilet était de la même couleur que ses cheveux, mais il les a presque tous blancs, désormais. La perte de Ruth l'a fait vieillir d'un coup.

– Bonjour, je lui lance d'une voix encore cotonneuse.

– Bonjour, répond-il.

Je croise son sourire avant d'avoir atteint la salle de bains. Lorsque je ressors, vêtue de mon uniforme scolaire, il m'a préparé une tasse de thé.

– Tu veux des œufs brouillés ? je demande, en lui plantant un baiser sur la joue.

– Ce serait chouette, répond-il avec gratitude.

Il me remercie d'une petite pression sur les épaules. Je me prépare toujours mon petit déjeuner et, quand il n'est pas déjà parti au travail lorsque je descends, je me charge aussi du sien. Il a perdu beaucoup de poids après la mort de Ruth et n'en a pas repris assez, tant s'en faut. J'essaie de l'aider comme je peux.

Après l'accident, maman a voulu que je déménage en France. Elle ne pensait pas que papa soit en mesure de s'occuper de moi, pas quand nous étions tous les deux aussi ensevelis dans notre chagrin. Mais je me suis battue bec et ongles pour rester. Je ne pouvais rien envisager de pire que le laisser tout seul.

La situation a été dure, cela dit. Et c'est un sacré euphémisme.

Perdre Ruth nous a tous brisés, mais perdre Vian aussi… Enfin, c'était juste…

Les mots sont impuissants à décrire ce que j'ai éprouvé, ce que j'éprouve encore.

Le père de Vian a souhaité qu'il aille vivre avec lui en Australie et mon père m'a dit que nous devions le laisser partir. Papa et Ruth n'étaient pas mariés et Vian pas le fils adoptif de papa, donc, d'après lui, nous n'avions pas le choix.

Pourtant, en mon for intérieur, je pense que mon père aurait pu faire davantage d'efforts pour garder Vian. Il était comme un frère pour moi, mon jumeau métaphorique, mon alter ego. La mort de Ruth nous a avalés et nous a recrachés dans deux directions opposées, loin, très loin l'un de l'autre.

Parfois, la nuit, je suis dans mon lit, incapable de dormir, pleine d'amertume, de rage et même de haine envers mon propre père pour avoir laissé partir Vian.

Alors je m'efforce de ne pas y penser. Et nous ne parlons que rarement de Vian.

★

Mon père et la mère de mon amie Ellie se partagent nos trajets en voiture : la mère d'Ellie nous emmène à l'école en se rendant à son travail et papa nous ramène à la maison. Il travaille toujours aux jardins de Glendurgan et commence tôt, à sept heures trente, mais il termine à temps pour venir nous chercher. Cependant, aujourd'hui, comme la mère d'Ellie a une réunion, mon père va débuter plus tard.

Ellie – Eloïse Culshaw –, ma meilleure amie, habite en haut de la colline, à Mawgan, pourtant nous ne nous voyons pas aussi souvent qu'on pourrait le penser, étant donné notre grande proximité. Papa ne me laisse toujours pas aller ou revenir de chez elle à pied, après ce qui est arrivé à Ruth. Les routes de campagne sont étroites et sinueuses et il y a trop de conducteurs dangereux dans les parages. On n'a jamais retrouvé celui de la voiture qui l'a tuée.

Papa se gare dans l'impasse où habite Ellie. Comme je dois déposer des affaires chez elle pour plus tard – je dors chez elle ce soir –, je sors de la voiture et gravis quatre à quatre les marches de son perron.

– Oh, la vache ! je m'écrie quand la porte s'ouvre.

Hier après-midi, les cheveux châtains d'Ellie lui descendaient jusqu'aux épaules, mais après son incursion de la veille au soir chez le coiffeur, ils ont maintenant raccourci de plusieurs centimètres, et sont bouclés. Elle voulait une permanente depuis des lustres.

– Qu'est-ce que tu en penses ? me demande-t-elle avec un sourire.

Elle se tourne d'un côté et de l'autre.

– Tu ressembles à Bébé dans *Dirty Dancing*, mais en brune !

C'est le plus grand compliment que je puisse décerner. *Dirty Dancing* est notre film préféré : nous l'avons regardé des milliers de fois en vidéo.

– Tiens, laisse-moi prendre ça.

Ellie attrape mon sac et le jette dans le couloir avant de refermer la porte derrière elle.

Nous grimpons côte à côte à l'arrière de la voiture. J'ai abandonné les trajets sur le siège passager après avoir attrapé un torticolis à force de me retourner pour lui parler.

– Tes cheveux rendent bien, constate-t-elle. Tu les as froissés ?

– Oui.

Mes cheveux avaient de toute façon une légère tendance à onduler, mais avec de la mousse et un diffuseur, je peux les faire boucler.

– Pour la fête ? me demande-t-elle avec un coup de coude de conspiratrice.

L'oreille de mon père se dresse.

– Quelle fête ? s'enquiert-il depuis l'avant de la voiture.

– Les seize ans de Brad Milton, je réponds en lançant à Ellie un regard qui veut dire : « Nous y voilà… »

Brad est le frère aîné de Brooke, une fille de notre classe. Ils ont seulement un an d'écart et c'est largement grâce à ces deux-là que nos groupes d'âge se mélangent autant.

– Quand m'en as-tu parlé ? demande mon père.

– La semaine dernière, je déclare avec aplomb. C'est pour ça que je vais dormir chez Ellie, ce soir, tu te rappelles ? Ses parents nous ramènent.

– Où a lieu cette soirée ?

– Dans la maison de Brooke et Brad, à Helford.

– Et à quelle heure les parents d'Ellie vont-ils aller vous chercher ?

– Je ne sais pas, vers vingt-trois heures ?

Je lève les yeux au ciel à l'intention d'Ellie. En réalité, Graham, le frère aîné de mon amie, a proposé de nous ramener : il a son permis et, ce soir, il se rend à une fête d'anniversaire lui aussi, les dix-huit ans d'une connaissance, au club nautique d'à côté.

Mais papa va se ronger de stress si je le lui dis.

★

– Qu'est-ce qui va se passer s'il parle à ma mère ? me demande Ellie dans la soirée, alors que nous descendons la route étroite et pentue qui mène à Helford, en chancelant sur nos talons hauts.

Sa mère nous a déposées sur le parking en haut, parce qu'il est difficile de faire demi-tour en bas et, si la marée est haute, c'est presque impossible, parce que la route est coupée par l'eau.

– Il ne le fera pas, je réplique en balayant sa supposition d'un revers de la main.

Je laisse traîner mes doigts sur les pierres qui saillent du mur à ma droite. Des pousses de fougères pointent de leurs interstices. L'air sent la tourbe humide et l'eau salée.

– Il est très protecteur avec toi, constate Ellie.

– Surprotecteur, je rectifie. Mais il ne pourra pas éternellement m'envelopper dans du coton.

Je trébuche sur une bosse de la route et titube, ce qui m'oblige à agripper le bras d'Ellie pour rétablir mon équilibre et je manque de l'entraîner par terre. Nous éclatons toutes les deux de rire.

– Tu as bu, Forrester ? lance une voix effrontée dans notre dos.

Un coup d'œil par-dessus mon épaule et je découvre Drew Castor, qui marche quelques mètres derrière nous, un grand sourire aux lèvres. Il est vêtu d'un jean et d'un blouson noir, encore plus sexy que d'habitude.

– C'est ces idiots de talons, je réplique, en me retournant avant qu'il ne voie le rouge qui m'est monté aux joues.

J'ai un gros faible pour Drew. C'est un ami de Brad et il a des cheveux caramel splendides, trop longs pour être qualifiés de courts, mais trop courts pour être considérés comme longs. Je ne sais pas quel produit il utilise, en tout cas quand il les peigne d'un côté, ils y restent, en rebiquant légèrement et, s'il les pousse dans l'autre sens, il obtient le même résultat. Parfois, ils tombent en avant sur ses yeux verts et j'ai perdu plusieurs minutes de ma vie à rêver tout éveillée d'être celle qui les remettrait en place. Sa dernière copine avait ce privilège, mais ils ont rompu il y a deux mois.

Je ne peux pas prétendre que la nouvelle m'ait fait pleurer.

Nous entendons les pas de Drew qui foule l'asphalte pour nous rattraper.

– Vous allez chez Brad ? demande-t-il quand, parvenu à mon niveau, il me prend le bras. Je t'aide à rester verticale, plaisante-t-il.

Je le repousse d'un coup de coude, hilare.

– Oui, on y va. Et toi ?

– Moi aussi.

– Tu ne devrais pas arriver par l'autre côté ? demande Ellie.

Les parents de Drew possèdent le pub du village, à quelques minutes de marche de l'endroit où nous nous trouvons, et sa famille vit dans le cottage en face.

– Mon père m'a envoyé faire une commission, explique-t-il.

Drew et Nicholas, son frère aîné, travaillent à temps partiel pour leurs parents. Nick sert au bar et Drew aide en cuisine – je l'ai vu quand papa et moi sommes allés dîner là-bas, ce qui malheureusement ne se produit pas souvent.

Les haut-parleurs beuglent « Like a Prayer » de Madonna quand nous arrivons aux abords de la maison des Milton, un cottage mignon à croquer, bordé d'un côté par la route et de l'autre par le fleuve Helford. Nous pénétrons dans le jardin par le portail pour découvrir des arbres garnis de guirlandes lumineuses et une foultitude de copains de lycée. Il fait bien trop froid pour ôter nos manteaux, mais nous nous en débarrassons quand même, les bras aussitôt couverts de chair de poule. Je porte une robe noire qui dénude mes épaules et s'arrête juste au-dessus du genou. Mes épais collants de lycée ont été remplacés par des bas noirs, extrafins. Il fait une température glaciale, pourtant nous restons là, à claquer des dents, jusqu'à ce que tout le monde se replie à l'intérieur.

Plus tard, nous affrontons le problème opposé, quand le salon se mue en fournaise. Nous sommes tous serrés comme des sardines dans le petit espace : la sueur ruisselle sur notre peau et la condensation sur les vitres pendant que nous dansons. Je jette un coup d'œil à Drew et, pour la énième fois au cours de cette soirée, je le surprends qui m'observe déjà. Quelques secondes plus tard, il se dirige dans la cuisine.

J'attends que « Love Shack » des B-52's se termine pour me tourner vers Ellie et Brooke.

– On va boire un coup ?

Elles hochent la tête et me suivent.

Drew se tient près du frigo, dont il sort une bouteille de deux litres de Coca, pendant que Brad et deux potes s'attaquent à un bol de chips.

Brad et Brooke se ressemblent énormément. Ils sont grands tous les deux, avec de longs cheveux blonds, très raides. Certaines filles du lycée trouvent que Brad ressemble à Scott de la série *Les Voisins*[1], mais je dirais qu'elles se montrent un petit peu généreuses.

– Tu pourrais nous servir ? demande Brooke à Drew.

– Pas de problème.

Je sens le regard de Drew sur moi pendant que je m'empare de gobelets jetables dans une haute pile pour les aligner sur le comptoir.

– Tu es vachement charmante, me dit-il. (Nos amis ricanent avant de s'écrouler de rire.) Je veux dire : « sympa », marmonne Drew avec un petit sourire en coin. (Il remplit les tasses de liquide pétillant.) Non pas qu'elle ne soit pas charmante dans l'autre sens du terme, murmure-t-il avec désinvolture.

Sa fossette se creuse alors qu'il m'adresse un sourire effronté.

Ce compliment fait sautiller mon cœur et je ne peux m'empêcher de piquer un fard. Une fois de plus.

Brooke s'empare d'une assiette en carton pour m'éventer le visage.

Je ris et repousse son bras.

– C'est bon, ça suffit. Je vais faire un tour dehors pour me rafraîchir.

Nous sortons tous et l'air de décembre est divin sur nos peaux brûlantes et moites, pendant que nous déambulons sur la berge. Le pub des parents de Drew est pile en face et le reflet des lumières extérieures suspendues autour du ponton étincelle dans les eaux sombres.

---

1. *Neighbours* est une série télévisée australienne qui a rendu Kylie Minogue célèbre.

– Tu travailles toujours au café, le samedi ? me demande Drew.

– Non, malheureusement. (Je travaillais près du club nautique.) Ils n'ont pas assez de clients pendant l'hiver, mais ils m'ont dit de revenir en été. Et toi, tu ne devais pas bosser, ce soir ?

Je dois lever les yeux vers lui : je ne mesure qu'un mètre soixante-cinq contre son quasi-mètre quatre-vingts.

– Non. En échange, je bosse demain soir et toute la journée de dimanche.

– Tu aimes travailler en cuisine ?

Il hausse les épaules.

– Ça va. Je préférerais être au bar.

– Il va falloir que tu attendes encore deux ans, j'imagine ?

C'est-à-dire quand il aura eu dix-huit ans.

Il m'adresse un sourire ironique et secoue la tête. Les guirlandes accrochées aux arbres font étinceler ses yeux.

– Je doute que Nick me laisse jamais mettre un pied dans sa chasse gardée : il aime trop draguer les filles.

J'esquisse un sourire en coin et sirote mon verre. Je suis au courant de la réputation de son frère.

– Alors, qu'est-ce que tu as de prévu pour ce week-end ? me demande Drew en rejetant ses cheveux sur la droite.

– Je traîne avec Ellie. Je dors chez elle, ce soir. Et toi ?

– Je vais faire du surf avec mon frère et des potes.

– J'arrive pas à croire que tu fasses des sorties en hiver.

– C'est la meilleure période de l'année ! (Ses dents blanches, impeccables, étincellent quand il sourit.) Les vagues sont meilleures, plus grosses, et il y a bien moins de touristes.

– Je ne sais pas surfer, je réplique. J'ai pris un cours, une fois, quand j'avais dix ans, mais…

Ma voix s'éteint.

– Tu n'as pas aimé ?

– Si… (J'hésite avant d'expliquer, mais vu que j'ai commencé, je décide de continuer.) On n'avait pris qu'un seul cours quand la petite amie de mon père est morte… Je ne sais pas si tu te rappelles.

– Si, bien sûr. Je suis désolé. Est-ce que ton… enfin, ce n'était pas ton vrai frère, mais comment il s'appelait ?

– Vian.

– Il n'est pas parti vivre en Australie ?

– Si. Maintenant, il sait surfer, je déclare fièrement. En fait, il a même remporté deux compétitions.

Drew paraît impressionné.

– En tout cas, si tu ne bosses pas demain, tu es la bienvenue pour venir avec nous. Il y a de la place dans la voiture de Nick.

– Merci !

Je suis décontenancée par l'aisance avec laquelle il a lancé son invitation.

– Eh, Nell, ce n'est pas ton père, là ? nous interrompt Brad.

Tournant la tête, j'aperçois une silhouette bien trop familière devant le portillon du jardin.

– Attends, je marmonne en me précipitant à sa rencontre. Papa ! Qu'est-ce qui se passe ? Il y a un problème ?

Il secoue la tête, ce qui m'emplit d'effroi. *Vian ?*

– Tu as dit que les parents d'Ellie te ramèneraient chez eux, répond-il d'une voix lourde d'accusation. Pourquoi ne m'as-tu pas expliqué que c'était son frère ? Il vient juste de décrocher son permis.

Je le regarde, estomaquée. C'est la raison de sa présence ici ? Il veut me ramener à la maison plutôt que de laisser Graham nous récupérer ?

– Mais je reste dormir chez Ellie !

– Je suis ici pour vous ramener toutes les deux. J'ai parlé à ses parents. Allez, va chercher ton manteau, m'ordonne-t-il. Qu'est-ce que tu fabriques dehors sans rien sur le dos ?

– Mais… Mais… il est à peine vingt-deux heures trente, je bafouille.

Comment peut-il me faire une chose pareille ? Du coin de l'œil, je vois Ellie approcher.

– Tout va bien ?

– Papa est là pour nous ramener à la maison.

Mes yeux lui communiquent l'humiliation absolue que je suis en train de vivre.

– Oh ! fait-elle. Mais…

– Nous passerons par le club nautique pour en informer Graham, la coupe mon père. Je suis garé en haut de la colline.

– On te retrouve là-haut, je réplique entre mes dents serrées. Il faut qu'on dise au revoir à nos amis.

Par bonheur, il cède sur ce point. Je retourne vers Drew et les autres.

– On doit y aller, j'informe Drew d'une voix lamentable. Il va falloir que je demande à mon père pour demain. Il est un peu bizarre quand il s'agit de laisser d'autres gens me conduire ici ou là.

– D'accord, fait-il, l'air sidéré. Appelle le pub et dis-moi. Ellie aussi peut venir, si ça lui dit.

– Il s'agit de quoi ? demande-t-elle.

– Je te dirai pendant qu'on ira jusqu'à la voiture, je réplique, avant de marmonner des « au revoir » à tout le monde et de serrer Brooke dans mes bras.

Sur le trajet jusque chez Ellie, ma déception et ma gêne cèdent la place à la colère. Je suis là, à bouillonner, pendant que mon amie échange des propos embarrassés avec mon père. Je sais que s'il est venu me chercher, c'est uniquement parce qu'il se faisait du souci pour moi, mais il ne peut pas continuer à me traiter comme une enfant : j'ai quinze ans !

– Ellie et moi, on veut aller à la plage demain, avec Andrew et Nicholas Castor, je déclare quand il se gare devant la maison d'Ellie. (Ce sont mes premiers mots depuis qu'on a démarré.) Nicholas nous emmènera, j'ajoute.

Mon père secoue la tête.

– Je ne fais pas confiance à ce Nicholas Castor.

– C'est ridicule, papa ! je hurle, ce qui fait sursauter ma pauvre Ellie.

– Je vais juste..., commence-t-elle d'une voix à peine audible, avant d'ouvrir la portière et de sortir.

J'attends qu'elle l'ait refermée pour continuer.

– Cette soirée, ça a été la honte totale pour moi ! Qu'est-ce que ça pouvait faire que Graham nous ramène ? Il était juste là, à Helford !

– Tu aurais dû me le dire, rétorque-t-il avec colère.

– Je ne l'ai pas fait parce que je savais que tu péterais un plomb ! Je veux aller à la plage demain et je veux que tu laisses le grand frère de Drew m'y emmener.

– Il n'en est pas question.

Je secoue la tête et des larmes de frustration me montent aux yeux.

– Papa, je ne peux plus supporter ça. Ce qui s'est passé, ça a été... affreux... (Je frissonne.) Mais je ne suis pas Ruth ! J'ai besoin d'espace et d'indépendance ! Je parie que les amis de Vian n'arrêtent pas de le trimballer ici et là dans leur voiture. En fait, je poursuis, alors que la rage qui monte parfois en moi le soir commence à m'engloutir, je parie que s'il était encore ici, tu le laisserais monter en voiture avec n'importe qui. Tu t'en foutais tellement de lui que tu n'as même pas essayé de le garder, alors qu'est-ce que tu en aurais à faire des gens avec qui il traînerait ?

Mon père a l'air abasourdi.

– Comment peux-tu dire une chose pareille ? Je n'avais pas le choix...

– Ruth serait déçue si elle savait ce qui est arrivé à son fils, ce que tu as laissé lui arriver.

Même dans l'obscurité de la voiture, je peux voir son visage se vider de ses couleurs.

– Oh, Nell, murmure-t-il, et une vague de culpabilité douche aussitôt ma colère. Vian me manque tout autant qu'à toi.

– Comment tu peux dire une chose pareille ? je m'exclame, bouleversée. C'est un pur mensonge ! À mon avis, il a plus manqué à Langoustine qu'à toi, quand il est parti. Tu ne parles jamais de lui...

– Je ne parle pas de lui parce que je sais que son souvenir te fait souffrir, m'interrompt-il. Et si je le sais, c'est parce qu'il me fait souffrir, moi aussi ! Mais ça ne signifie pas qu'il ne me manque pas. Et puis, malgré ce que tu affirmes, Ruth aurait voulu qu'il vive avec son père biologique. Elle se sentait coupable de l'absence de véritable relation entre John et Vian. (Ses yeux sont brillants lorsqu'il cherche à attraper son portefeuille dans sa poche arrière et en tire un morceau de papier plié en deux.) Je pense tout le temps à lui, reprend-il en me tendant la feuille que je déplie et examine, dans un état second. J'ai ça sur moi depuis qu'il est parti.

C'est l'un des bords de la peinture verte de Vian, que papa a découpé au cutter, il y a près de cinq ans. La boule dans ma gorge triple de volume et j'éclate en sanglots.

– Il me manque toujours tellement ! Je n'ai plus l'impression de le connaître, celui qu'il est maintenant. Il a l'air tellement différent, au téléphone. Je donnerais n'importe quoi pour le revoir.

– Peut-être pourrait-il venir nous rendre visite ? suggère doucement mon père, tandis qu'une vague d'espoir commence à enfler en moi. Peut-être que je pourrais proposer de lui payer son billet. J'ai mis un peu d'argent de côté, c'était censé servir à t'acheter une voiture, mais…

Sa voix s'éteint.

– Je n'arrive pas à imaginer que tu puisses me laisser prendre un volant, je marmonne.

– Non, en effet, peut-être pas, réplique-t-il en pinçant les lèvres.

– Il pourrait venir pour Noël ? je demande.

– On n'a qu'à appeler et lui poser la question ?

– Maintenant ?

– Et qu'est-ce que tu fais d'Ellie ?

– Je ne suis pas d'humeur à dormir chez elle, je réponds. Elle comprendra. Je vais récupérer mes affaires et lui expliquer.

★

Il est vingt-trois heures passées quand nous arrivons à la maison. Autrement dit, samedi matin en Australie. Plantée dans le couloir, le téléphone collé à l'oreille, perdant de mon enthousiasme à chaque seconde qui sonne dans le vide, je repense à l'une des dernières fois que je l'ai vu. Il refoulait ses larmes avec stoïcisme alors que son père, agenouillé devant lui, lui disait qu'il était impatient de le ramener chez lui.

La première fois que je l'ai vu, John m'a effrayée. Il était immense, bien plus grand que mon père, et il devait se courber pour traverser les pièces de notre cottage. Je me rappelle que ses vêtements m'étaient apparus d'un noir menaçant et qu'il avait une barbe sombre et broussailleuse. Je n'arrivais pas à croire que nous laissions ce géant nous séparer de notre Vian bien-aimé.

Mais quand il s'est agenouillé, j'ai été heureuse de voir que son visage était doux.

Je m'empresse de secouer la tête : je ne supporte pas de repenser à ces journées infernales. Je me suis efforcée de refouler la plupart d'entre elles. Mais parfois, je n'arrive pas à éviter les cauchemars où je cours, cours, cours sur la route pour empêcher Vian de s'approcher du corps brisé et sans vie de sa mère, tandis que mon père hurle à la mort à ses côtés. J'échoue à l'en empêcher dans mes rêves, tout comme je n'ai pas réussi à le faire dans la réalité.

Il y a un déclic à l'autre bout de la ligne.

– Allô ?

– C'est moi, Nell !

Un silence, puis : « Salut ! » Il parle avec l'accent australien désormais et une voix grave. Je me rappelle encore quand il a mué : au cours des mois qui ont séparé deux de nos coups de fil, Vian s'est transformé en un inconnu.

– Je me suis dit que tu étais peut-être sorti surfer, je reprends.

– Non, c'est la sonnerie du téléphone qui m'a réveillé.

– Oh, pardon.

Je me rends compte que sa voix paraît en effet endormie.

– Pas grave.

Si nous ne parlons pas souvent, ce n'est pas seulement parce que le téléphone coûte cher. En fait, nos conversations ne sont pas très fluides. Vian n'est pas ce qu'on appelle un bavard, il ne l'a jamais été.

– Ça va ? me demande-t-il.

– Oui. (J'échange un regard avec mon père.) J'ai quelque chose à te demander. On a discuté, papa et moi, et on voulait savoir si on pourrait te persuader de venir nous voir à Noël. Papa est prêt à te payer ton billet.

Pas de réponse à l'autre bout de la ligne.

– Ce Noël ? demande-t-il après un silence qui me semble avoir duré une éternité.

– Oui, comme qui dirait, dans quelques semaines, quoi.

Nouvelle pause prolongée.

– Je ne suis pas sûr, finit-il par répondre. Il va falloir que je demande à mon père.

– Pourquoi ? Parce que tu travailles ? Tu ne peux pas y échapper ? Ton père s'en ficherait, non ? Tu nous manques ! je divague. Attends, papa veut te parler.

Je place le téléphone dans les mains de mon père et arpente le couloir en croisant les doigts pendant que papa propose à Vian de parler à John en son nom. Finalement, ils prennent congé l'un de l'autre et mon père raccroche. Il me répète ce que Vian m'a déjà dit.

– Il a dit qu'il demanderait. Il nous rappellera.

– Quand ?

– Je ne sais pas, mais ce ne sera pas avant plusieurs heures. Donc on peut aller dormir un peu, nous aussi.

Je me rends compte avec du retard qu'il a l'air bien fatigué : les poches sous ses yeux saillent presque autant de son visage que ses sourcils broussailleux. Prise d'un élan d'affection, je m'avance pour le serrer dans mes bras.

– Je t'aime. Merci, papa.

Il dépose un baiser sur le sommet de mon crâne.

– Je t'aime, moi aussi, murmure-t-il. Je suis désolé si je t'ai embarrassée, ce soir. C'est seulement parce que je me fais du souci pour toi.

– Je sais, je bredouille. Mais s'il te plaît, papa, il va falloir que tu me lâches un peu les basques.

– Je vais essayer, promet-il d'une voix bourrue.

*

Le lendemain matin, Vian nous rappelle avec une nouvelle : son père est d'accord ! Ses vacances scolaires commencent à peu près en même temps que les miennes, mais il ne retourne pas à l'école de tout le mois de janvier, donc nous pouvons d'ores et déjà réserver ses billets.

– Où est-ce qu'il va dormir ? j'interroge papa.

Je me demande s'il rentrera encore dans ma couchette.

– Je me disais qu'on pourrait déblayer l'annexe et la transformer en chambre d'amis.

Je suis frappée par un souvenir de Vian et moi, plantés dans les escaliers, en train de crier sur nos parents. Qui voulaient que nous dormions dans des chambres séparées.

À l'époque, bien entendu, nous ne comprenions pas pourquoi garçons et filles ne devaient pas dormir ensemble, mais à présent…

Papa attend toujours ma réponse. Je tente d'avoir l'air heureuse et enjouée.

– Ça me semble super. On peut s'y mettre aujourd'hui ?

*

Le lundi, je tombe sur Drew qui sort du réfectoire.

– C'était bien, le surf ? je demande.

– Ouais, répond-il froidement.

Oh-oh, j'ai tout gâché. J'ai été si distraite par Vian qu'il ne m'a pas traversé l'esprit d'appeler le pub pour le prévenir que je ne pourrais pas aller à la plage.

– Je suis désolée de ne pas être venue, je m'empresse de préciser, m'apprêtant à développer plus que je l'aurais fait en d'autres circonstances. Mon père m'a vraiment pris la tête après l'autre soir. Ça a été affreux, mais finalement, il a demandé à Vian de venir séjourner chez nous pour Noël !

– C'est génial !

– Peut-être qu'on pourrait l'emmener surfer quand il viendra ? je suggère, pleine d'espoir.

– Tout à fait, répond-il en faisant apparaître ses fossettes. Tiens-moi au courant.

Je n'y manquerai pas…

⋆

Deux semaines plus tard, papa et moi allons récupérer Vian à l'aéroport. Je suis frémissante, à la fois nerveuse et excitée, pendant que, plantés dans le hall d'arrivée, nous attendons qu'il sorte. Allons-nous seulement le reconnaître ? Je n'ai pas vu une photo de lui depuis des années. Son père nous a envoyé un cliché où on le voit en uniforme scolaire, quand il avait environ douze ans, mais c'est le dernier dont je me souvienne.

– Le voilà ! s'écrie papa en agitant frénétiquement la main.

Je suis la direction de son regard et j'en reste bouche bée. Si je trouvais que Vian avait la voix d'un inconnu, ce n'est rien par comparaison avec son allure. Mes yeux montent… montent… montent… jusqu'à ce qu'il se plante devant nous et je dois me casser le cou pour regarder la version humaine de la tour Eiffel.

Papa jette les bras autour de ce… cet… alien… pendant que je reste figée, complètement à court de mots.

Il doit faire entre un mètre quatre-vingt-dix et un mètre quatre-vingt-quinze – il dépasse mon père de près de quinze centimètres – et il est très mince, comme si son corps avait été étiré et qu'il n'avait pas encore pu le remplir. Sa belle chevelure, aux mèches sombres légèrement ondulées, lui descend bien en dessous du menton et il porte un jean noir ainsi qu'une veste en jean sur un sweat-shirt à capuche gris.

Mon père et lui se séparent, puis les bras de Vian sont autour de moi et il me serre fort. Mon cœur se met à battre de façon désordonnée : est-ce qu'il l'entend ? Est-ce qu'il le sent tambouriner contre sa cage thoracique ?

Qui es-tu ?

Il s'écarte et me regarde. Son sourire a gagné jusqu'à ses yeux bleu foncé.

Je rougis et détourne le regard, mais comme papa commence à papoter, lui demandant comme s'est passé son vol et s'il a réussi à dormir, mon attention revient sur le visage de Vian, ses longs cils noirs, ses sourcils obliques, si frappants, ses pommettes hautes, saillantes, et son nez impeccablement droit.

J'essaie de me focaliser sur ce qui est dit et je réalise qu'il n'a pas non plus la même voix qu'au téléphone.

Bon sang, ça me fiche la trouille !

– Venez, on va à la voiture, lance papa, pragmatique.

Il s'empare de la valise de Vian qui, pour sa part, passe sur son épaule un sac à dos kaki à la toile usée. Je lui coule un timide regard en coin et il croise mes yeux.

– Tu as beaucoup changé, constate-t-il. (Je ne peux m'en empêcher, j'éclate de rire.) Quoi ? demande-t-il en fronçant les sourcils.

– C'est toi qui es méconnaissable ! je m'exclame.

Un large sourire se dessine sur son visage, qui en accuse un peu plus les angles déjà acérés.

– Ça fait un bail, réplique-t-il.

Mais l'humour que je perçois dans sa voix disparaît de son expression. Plus nous nous rapprochons de la maison, plus Vian devient tendu. Je suis assise sur la banquette arrière, à le regarder, et je remarque la tension qui s'insinue dans le positionnement de ses épaules et le tressautement de sa mâchoire quand il serre les dents.

La conversation s'est éteinte il y a un moment – il a toujours été silencieux en voiture, préférant regarder par la fenêtre plutôt que jacasser sans relâche comme Ellie et moi. Papa et lui ayant au moins ce trait en commun, le silence est relativement confortable.

– Je reconnais ce village, murmure Vian.

– Oui, on n'est plus très loin de la maison, confirme mon père.

Quand la voiture s'arrête devant notre cottage, personne n'en descend. C'est une journée d'hiver lumineuse et glaciale. L'argent des tuiles d'ardoise étincelle sous la lumière du soleil, l'herbe verte dévale vers le fleuve, entre les bâtiments, et au-delà, comme la marée est basse, les petits ruisseaux nés du cours d'eau principal se taillent un chemin vers la mer dans la boue épaisse.

Papa se retourne vers Vian. Dans son profil, je remarque le froncement inquiet de ses sourcils hirsutes.

– Ça te dirait, une tasse de thé et un gâteau ? demande-t-il.

Dans son esprit, ces deux choses sont en mesure de résoudre des tas de problèmes.

L'air est traversé par le bruit sourd des portières qui se referment, le cliquetis des clefs de mon père et le raclement de la valise de Vian sur l'étroite allée de notre jardin, mais la souffrance de Vian résonne sur tout cela et me frappe en plein ventre. Pendant que papa franchit le portillon et ouvre la porte d'entrée, Vian reste en retrait, les yeux rivés sur l'annexe qui a jadis été le studio de sa mère.

En se faufilant entre les jambes de mon père, Langoustine détourne aussitôt l'attention de Vian.

– Langoustine !

Il s'esclaffe et tombe à genoux, tandis que l'intéressé agite frénétiquement la queue de-ci de-là. Vian prend le museau du chien entre ses mains, gloussant lorsque Langoustine lui lèche les joues. La bestiole s'écarte de lui pour m'accueillir de la même manière, mais Vian reste à genoux sur les pavés glacés, les yeux brillants de larmes pendant qu'il regarde son vieil ami détaler pour se réfugier à l'intérieur.

– Comment tu aimes ton thé, Vian ?

La voix de mon père est joviale, pourtant Vian sursaute de façon manifeste.

– Avec du lait et un sucre, s'il te plaît, répond-il d'une voix tendue.

Il se remet debout, rentre la tête dans ses étroites épaules et suit mon père dans la cuisine.

– Ça va ? je lui chuchote quand nous sommes attablés.

Papa est près de l'évier, occupé à remplir la bouilloire. Vian hoche la tête, mais il s'intéresse davantage au chien qu'à moi.

– Tu voudrais d'abord jeter un coup d'œil alentour ? je demande. (Il hésite, puis hoche de nouveau la tête.) Je vais montrer le cottage à Vian, j'annonce à mon père en me relevant.

Les pieds de la chaise de Vian grincent sur le carrelage quand il s'écarte de la table, ce qui nous fait grimacer, papa et moi.

Il ne faisait ça que quand il était en colère ou contrarié, jadis…

– Tout me semble si petit, commente-t-il quand je lui fais traverser le salon.

Il examine l'espace douillet, avec son plafond bas et ses minuscules fenêtres. C'est la partie d'origine de ce cottage vieux de quatre cents ans, qui a conservé ses murs en pisé traditionnels, faits de boue, de paille et de pierre. La salle de bains, l'entrée et la cuisine sont des adjonctions plus récentes.

– Fais attention dans les escaliers, je le préviens en indiquant sa tête, lorsque nous entamons notre ascension.

Il doit se baisser pour passer sous les poutres et le cadre de la porte pour entrer dans ma chambre.

Ses yeux passent de la fenêtre à la commode, puis aux lits superposés.

– Tu ne rentrerais plus là-dedans, dis-je, énonçant l'évidence.

– Non, convient-il en se penchant pour regarder le mur et s'immobiliser.

– J'ai toujours ta peinture, j'ajoute. Et toutes tes cartes postales.

Ses cheveux noirs tombent vers l'avant et masquent son visage, mais je vois clairement sa pomme d'Adam monter et descendre, une fois, deux fois, trois fois.

– Et si tu regardes sous… (Je désigne les lattes de bois qui soutiennent le matelas du haut.) Tu verras que j'ai aussi gardé toutes tes étoiles. (Comme il ne dit rien, je meuble le silence.) On a transformé le studio – je veux dire : « l'annexe » – en chambre d'amis.

En dépit de sa rapidité, ma rectification n'a pas été efficace, si j'en juge par le masque de souffrance plaqué sur son visage quand il se redresse.

Avant que je ne puisse ajouter autre chose, papa nous appelle depuis le rez-de-chaussée.

– Les enfants ! Le thé est prêt !

– On n'est plus des enfants, marmonne Vian, plus pour lui-même que pour moi, me semble-t-il.

Il est agité quand nous regagnons la table. Il ne cesse de regarder vers la porte. Je devine qu'il est impatient d'effectuer le reste du pèlerinage sur la trace de ses souvenirs.

Mon père s'empresse de lui montrer ce que nous avons fait de l'annexe, mais le fil invisible qui nous reliait, Vian et moi, nous connecte toujours – quoique fin et tendu à l'extrême – et je perçois sa peine pendant que ses yeux balaient les murs bleu pâle, fraîchement repeints, le lit double avec son couvre-lit rayé rouge et bleu marine et les nouveaux tapis sur les lattes polies du plancher. Les vieilles armoires encastrées occupent toujours un pan de mur, mais papa lui désigne la commode où il pourra plutôt ranger ses affaires. Vian affiche un sourire poli pendant toute la visite, mais ses yeux sont dénués d'expression.

– C'est super, lâche-t-il d'une voix morne.

– Tu peux avoir ma chambre, si tu préfères, je m'empresse de proposer. Si ça se trouve, il préfère être dans la maison, j'explique à mon père, à l'évidence complètement perplexe. Je serais super contente d'être ici.

Qu'est-ce qui lui prend ? semble-t-il se demander. *Après tout le travail qu'on a effectué !*

– Mais..., commence-t-il à protester, sidéré.

– Non, c'est incroyable, le coupe Vian. Vraiment. (Il semble presque sincère et il m'adresse un sourire – un vrai sourire.) Tu n'as pas changé, me souffle-t-il discrètement, ce qui fait exploser une bulle de bonheur dans mon cœur.

– Bien, nous interrompt maladroitement papa. Vian, est-ce que tu aimerais faire un brin de toilette ? Je peux te faire couler un bain.

Vian hoche la tête, mais quand il reprend la parole, l'effort est de nouveau perceptible dans sa voix.

– Ce serait super.

– Tu veux aller jeter un petit coup d'œil vite fait au ponton, avant ? je demande.

– OK.

– Ne glisse pas, je le préviens alors que nous descendons la colline.

– Je n'arrive pas à croire comme c'est raide.

– On faisait des roulades pour descendre. Tu te rappelles ?

– Oui.

Son expression est empreinte de tristesse et je réalise que chacun de nos souvenirs est souillé. J'essaie de ne pas m'appesantir sur ce constat, pour me concentrer plutôt sur notre trajet à travers le ponton visqueux et glissant.

– Waouh, fait-il, pince-sans-rire, devant notre petite barque crasseuse, couchée de travers dans le lit boueux du fleuve.

– Tu veux faire un tour ? je plaisante.

Il fronce le nez.

– Une autre fois, peut-être. Tu sais, quand la marée sera haute. Eh, qu'est-ce qui est arrivé à Webster ?

– Elle a grandi et on l'a laissée partir.

– « Elle » ? répète-t-il en haussant les sourcils.

Je souris et acquiesce.

– Après qu'on l'a relâchée, elle est revenue plusieurs fois, mais ensuite, elle a disparu jusqu'à… (Je marque une pause, pour ménager mes effets.) Jusqu'au printemps suivant, où elle est réapparue avec dix canetons !

– Non !

Il est ravi et je ne sais pas pourquoi j'ai tellement hésité à en parler.

– Comme je te le dis. Elle les a emmenés droit dans la maison, je n'arrivais pas à y croire ! Je suis sûre que c'était elle.

– Sans doute, oui ! Elle a continué à venir ?

– Seulement pendant quelques semaines. J'ai bien peur qu'elle n'ait été une mère affreuse. Elle avait de moins en moins de canetons avec elle : la dernière fois, il ne lui en restait plus que trois.

– Vian ! appelle mon père depuis la maison. Ton bain est prêt.

Je n'arrive pas à déterminer si c'est la voix de mon père ou ce que je lui ai raconté sur les canetons qui fait grimacer Vian. Il ferme les yeux et croise les mains dans sa nuque, sans esquisser le moindre mouvement vers la porte.

– Qu'est-ce qu'il y a ? je lui demande.

Il pousse un lourd soupir.

– C'est la façon dont vous prononcez mon prénom, ici, répond-il, l'air résigné.

– Qu'est-ce que tu veux dire ?

– Mon père, mes potes, tout le monde là-bas m'appelle Van.

Je fais une moue dépitée.

– Van ? Mais ton nom, c'est Vian.

Nouvelle grimace de sa part.

– Non, réplique-t-il. Maintenant, c'est Van.

– Mais… pourquoi ? je balbutie, décontenancée. Depuis quand ?

– Des années, répond-il.

Je repense alors au « V » dont il signe ses cartes postales. Quand est-ce que ça a commencé ?

– Papa m'a appelé Van la première fois que je suis allé le voir. Ça m'est resté.

– Mais… Mais…, je bafouille de nouveau. C'est… Non ! Tu t'appelles Vian, pas Van.

Je plisse le nez de dégoût.

– J'aime bien Van, lâche-t-il brutalement.

Il n'est pas seulement sur la défensive, il est en colère. Je recule de quelques pas : d'un côté, je suis effrayée par l'hostilité qui irradie de lui ; de l'autre, j'éprouve un frisson d'excitation sous la force de son regard assombri. À présent, je le reconnais.

Je secoue la tête, refusant de céder.

– Tu ne peux pas rester Vian pour nous ?

– Non, répond-il d'une voix ferme. Mon prénom, c'est Van. Tu vas prévenir ton père ou c'est moi qui m'en charge ? Parce que ça va vraiment me flanquer les boules si vous ne m'appelez pas comme ça.

Mes entrailles s'embrasent d'une fureur inattendue. Je le dépasse d'un pas raide et grimpe vers le cottage.

★

Pourquoi n'a-t-il pas corrigé son père ? Comment a-t-il pu laisser passer ça ? Ce n'est pas assez dur que tant de choses aient changé après son départ ? Pourquoi a-t-il voulu perdre son nom par-dessus le marché ? Il est déjà comme un inconnu pour moi et ce changement de nom ne fait qu'empirer les choses.

– Vian est un beau prénom anglais d'autrefois, déplore mon père avec un froncement de sourcils. C'est très original.

Vian rime avec Ian ; Van, eh bien, avec caravane. Je sais qu'il n'y a qu'une lettre, qu'une lettre de différence entre eux, mais les deux prénoms me semblent complètement distincts.

Papa et moi sommes installés dans le salon, à discuter à voix basse, pendant que Vian – Van – se trouve dans la salle de bains.

– *Vian, Van,* je lance d'une voix forte, en essayant de reproduire l'accent que j'ai pêché grâce à des visionnages religieux de feuilletons australiens. *Pique pas une crise, Van.*

J'imagine qu'ils ont des sonorités plus proches avec l'accent australien.

Papa me caresse le genou avec bienveillance.

– C'est son nom.

La porte de la salle de bains s'ouvre. Vian émerge dans un nuage de vapeur. Ses cheveux noirs, en gouttant sur son T-shirt orange, lui donnent une teinte rouge sang.

– Tu veux un sèche-cheveux ? je demande.

– Non, ça va.

– Ne va pas attraper un rhume, ajoute mon père.

– Ça ira, merci.

– Ça vous dirait que je fasse un feu, dans ce cas ? suggère mon père. On pourrait manger une tartelette aux fruits secs. Qu'est-ce que tu en penses, Nell ?

– OK, je réponds.

Prenant cette question comme une incitation à vider les lieux, je m'esquive en veillant à ne pas croiser le regard de Vian.

Je suis surprise de le voir me rejoindre quelques secondes plus tard à la cuisine.

Il s'adosse au plan de travail, les jointures blanches tant il se cramponne à son rebord, de chaque côté de ses hanches. Faute de savoir quoi dire, j'opte pour le silence pendant que j'allume le four afin de réchauffer les tartelettes aux fruits secs, puis prépare une nouvelle théière. J'attends que l'eau bouille et, comme je n'entends aucun bruit de sa part, je me demande s'il est toujours là. La curiosité prenant le dessus, je glisse un regard vers lui. Il a les yeux rivés au sol, l'air à tel point épuisé et malheureux que je suis bourrée de remords.

Il relève la tête et croise mon regard. J'ouvre la bouche, prête à lui présenter mes excuses, mais il me devance.

– Ça me fait penser à elle, explique-t-il. À maman. Chaque fois que ton père ou toi, vous m'appelez comme ça, je pense à elle. Vous avez été les trois dernières personnes à m'appeler Vian.

Il baisse la tête. J'essaie de ravaler la boule dans ma gorge, mais sans succès. Instinctivement, je m'approche de lui, glisse à son niveau, le dos contre le plan de travail.

– Vian est mort avec elle, chuchote-t-il, et mes yeux se remplissent de larmes.

– Je vais essayer de bien penser à t'appeler Van, je marmonne, posant la joue contre son épaule, ce qui ajoute de nouvelles éclaboussures rouge sang sur sa chemise.

J'ai la sensation d'avoir une nouvelle fois perdu mon ami d'enfance. Je le pleure.

⋆

Le lendemain est un mardi, quatre jours avant Noël. Je descends au rez-de-chaussée à sept heures – l'aurore, pour moi, quand ce n'est pas un jour d'école – pour trouver Vian qui se prélasse sur le canapé, ses longues jambes pendouillant par-dessus bord et ses pieds nus dans le pelage noir et blanc de Langoustine. Il a un livre en main et un baladeur CD sur le ventre. Les accords assourdis de « Kick » d'INXS filtrent de ses écouteurs.

La queue touffue de Langoustine martèle le tapis quand il m'aperçoit.

– Tu es réveillé ?

– Je suis debout depuis des heures, réplique-t-il avec un sourire ironique.

Il pose son bazar sur le sol et se soulève sur les coudes. Je me sens un peu gênée avec mon pyjama à pois roses et blancs et mes pantoufles pelucheuses, surtout quand je me rends compte qu'il est déjà habillé. Je suis sûre que mes cheveux ressemblent à un nid d'oiseau jaune paille.

– Tu as pris un petit déjeuner ?

– Ton père m'a donné des céréales.

– Tu as encore faim ? Je suis une experte, question omelettes.

– Ce serait cool.

Il se redresse et décrit des ronds de jambe sur le sol pour atteindre ses chaussettes abandonnées et les enfiler.

La douche est en service. Je frappe quand nous passons devant la salle de bains et demande à papa s'il veut se joindre à nous.

– Oui, bien sûr. J'arrive dans une minute, répond-il.

Nous n'avons qu'une seule salle de bains – le cauchemar de ma vie –, si bien que nous avons appris à faire vite.

Langoustine nous suit à travers la cuisine, accompagné par le cliquetis de ses griffes sur le carrelage.

– Tu penses qu'il se souvient de moi ? demanda Vian en s'agenouillant pour gratter énergiquement notre chien derrière les oreilles.

Langoustine, qui halète de bonheur, se laisse tomber par terre en exhibant son ventre.

– On dirait bien, je commente pour me montrer gentille, même si, à dire vrai, je suis sceptique.

Si je trouve que Vian ressemble à un inconnu et parle comme un inconnu, je n'arrive pas à me figurer comment Langoustine pourrait savoir qui il est après presque cinq ans. Il se comporterait de façon aussi amicale avec n'importe qui.

– Je me disais qu'on pourrait aller acheter un sapin de Noël, aujourd'hui, je reprends, tout en cassant un œuf dans un bol, avant de tendre la main pour le suivant.

En temps normal, notre maison est noëlifiée au moins une semaine plus tôt que maintenant, mais nous avons attendu Vian, en nous disant que la décoration pourrait être une activité sympa à faire ensemble, qu'elle nous mettrait dans un état d'esprit festif.

– Papa et moi, on s'en fiche des arbres et des guirlandes de Noël, me confie-t-il, en s'asseyant par terre pour attirer sur ses genoux le chien plongé en pleine béatitude. Après, c'est trop de tracas pour tout démonter. En plus, c'est de la folie, au boulot.

– C'est comment, la pêche à la crevette ? je demande, parce que je n'en ai vraiment aucune idée.

– Intense, il me répond.

– Je voulais dire : comment ça fonctionne ? Qu'est-ce que tu fais, exactement ?

– On pose les filets au crépuscule et dès que le soleil se lève, on les retire. Ensuite, on sépare les crevettes des autres cochonneries, on les emballe et on les congèle instantanément. Il m'est arrivé de passer dix-huit heures d'affilée sans m'asseoir et de ne dormir que trois heures avant de recommencer le lendemain.

– C'est dingue ! je m'exclame. Et ça dure combien de temps à ce rythme-là ?

– On est restés dix-sept nuits en mer lors de notre dernier voyage.

– Dix-sept nuits ?

Je suis stupéfaite. Je ne m'étais jamais doutée qu'il passait aussi longtemps en mer.

– Ça prend un jour pour aller sur place et un jour pour rentrer. Mais on a aussi beaucoup de temps libre. On ne peut pas pêcher les crevettes au chalut en période de pleine lune, car elles disparaissent toutes.

J'ai interrompu ma préparation du petit déjeuner, tellement je suis absorbée par ce qu'il me raconte.

– Est-ce que ça fait peur, parfois ? je demande en m'installant par terre, en face de lui.

Il hausse les épaules.

– Parfois, si un des filets s'accroche à un rocher ou à n'importe quoi d'autre. Ça fait pencher tout le bateau et on peut chavirer en cas d'intempérie. On s'est accrochés à une voiture un jour. (Il sourit.) Une Coccinelle Volkswagen au large de la côte de Whyalla. Des pêcheurs l'avaient jetée pour créer un récif artificiel. Ils l'avaient marquée sur leur GPS afin de pouvoir la retrouver, mais évidemment, nous, on ne l'avait pas sur le nôtre.

– C'est fou !

– Tu m'étonnes. Le pire truc, c'est le mal de mer. On pêche au chalut dans le golfe Spencer et, quand il y a un vent violent qui souffle contre la marée, ça donne des vagues courtes, vraiment abruptes. On est bien plus secoués qu'en plein milieu de l'océan. Et puis, il y a les crabes qui pincent et les poissons qui piquent : avec eux, tu as tout le bras qui te lance, jusque sous l'aisselle. C'est atroce, mais peu importe que tu vomisses ou que tu aies la tremblote : tu dois continuer de bosser quand même.

– Ça a l'air horrible !

Je n'arrive pas à croire qu'il fasse tout ça alors qu'il n'a que quinze ans.

– Ouais, fait-il en gloussant. C'est un sacré boulot.

Papa, qui entre dans la cuisine, manifeste sa surprise de nous découvrir tous les deux assis par terre.

– Tout va bien ?

– Oui ! je réponds en me levant d'un bond. Vian me racontait...

Le sourire de Vian s'évanouit de son visage.

– Désolée, je me repens. Je ne suis pas sûre de pouvoir m'habituer à t'appeler Van.

– Fais un effort, supplie-t-il.

*

– Tu n'as pas un manteau plus chaud ? demande mon père quand nous quittons la maison.

– Je n'ai que celui-là, répond Vian, qui porte les mêmes vêtements d'extérieur qu'hier.

Papa fronce les sourcils.

– Tu risques d'être congelé. Je vais voir si j'ai quelque chose qui pourrait t'aller.

Vian se balance sur ses talons pendant que nous attendons devant le cottage. Il porte des bottes noires éraflées.

– Comment c'était, dans l'annexe ? je demande, pour faire la conversation, alors son attention dérive vers la porte. Il fait assez chaud, là-dedans ?

– Oui, ça va, répond-il avant de s'éclaircir la gorge. Quand est-ce que vous l'avez vidée ?

– Il y a deux semaines.

Il me décoche un regard acéré.

– Il y a seulement deux semaines ?

Je hoche la tête.

– Elle est restée fermée depuis..., je tente d'expliquer, mais ma voix s'éteint. On l'a remise en état spécialement pour toi.

Il est pris de court. Papa revient avec une longue écharpe verte et sa vieille veste Barbour, en disant d'une voix forte qu'il espère que ces couches supplémentaires seront suffisantes.

– Oh, et les gants ! s'exclame-t-il avant de se précipiter à nouveau dans la maison.

Vian enroule l'écharpe autour de son cou.

– Elle est à toi ? demande-t-il.

– Parce qu'elle est verte ? je réplique avec un sourire et une sensation un peu bizarre. Non, elle est à papa, je précise en secouant la tête.

Il opine du chef et passe la veste par-dessus son blouson en jean.

– Je m'en souviens, lâche-t-il. Elle semble trop grande pour ton père, maintenant.

– Il rapetisse avec l'âge, je chuchote sur le ton de la plaisanterie, en tâchant d'ignorer la pointe d'inquiétude que ce constat fait naître.

Il n'a que cinquante ans, mais parfois, il me semble plus proche de l'âge du grand-père d'Ellie que de celui de son père.

*

Cet après-midi-là, nous mettons une musique de fête et décorons la maison. L'odeur de sapin fraîchement coupé se mêle aux effluves des tartelettes aux fruits secs en train de cuire au four pendant que nous suspendons des décorations sur l'arbre et accrochons des guirlandes aux tringles à rideaux. Pourtant, toutes les tentatives que nous effectuons, papa et moi, pour mettre Vian de bonne humeur tombent à plat et, finalement, il demande si nous ne voyons pas d'objection à ce qu'il aille se reposer un peu dans sa chambre.

– Tu penses que c'est seulement le décalage horaire ? je demande à mon père, inquiète, alors que nous sommes installés à la table de la cuisine devant nos tartelettes intactes.

– Je ne sais pas, Nell, me répond-il d'une voix sombre. Je me demande si on ne devrait pas débarrasser l'annexe de toutes ces choses.

Quand nous avons nettoyé le studio, nous avons conservé toutes les affaires de Ruth dont Vian pourrait avoir envie : ses peintures, son matériel d'art et même ses vieilles blouses. Tout est là-bas, sous son nez, dans l'annexe, enfermé dans les placards encastrés. Nous attendons le moment propice pour le lui montrer.

Je me traîne dans le couloir et enfile mes chaussures. Quelques mètres seulement nous séparent de l'annexe, mais je suis transie jusqu'aux os quand papa frappe à la porte de bois, sans que ni l'un ni l'autre ayons prononcé le moindre mot.

– Entrez, répond Vian.

Il est allongé sur son lit, mais se redresse au moment où nous entrons. Papa se charge de lui expliquer ce que nous avons à lui dire. Quand il sort une petite clef, les yeux de Vian sont rivés aux placards. Rongé par la tension, il se couvre à demi le visage des mains, puis il se penche en avant, le regard fixe, attendant de découvrir le contenu des placards. Je vois alors ses narines se dilater et ses yeux s'écarquiller quand il reçoit en plein visage une bouffée âcre. Jusqu'alors étouffée par l'odeur de la peinture fraîche des murs et des nouveaux tapis, la senteur qui nous était si familière quand nous étions enfants nous submerge tout à coup. La lèvre inférieure de Vian se met à trembler et ses yeux se remplissent de larmes tandis qu'il fixe du regard la pile de toiles appuyée contre le mur. Celle qui se trouve sur le devant nous montre, lui et moi, en train de construire un château de sable à la plage. Elle est plus réaliste que la plupart des toiles que Ruth avait coutume de peindre, mais elle contient néanmoins des éléments du style abstrait qui la caractérisaient, avec les épaisses traînées des rochers, toutes de gris et de marrons, et le dégradé de l'eau, qui commence par un bleu-vert éclatant près du rivage pour se terminer en vert émeraude au large.

Nous avions à peu près sept ans quand Ruth a peint cette toile et je me rappelle encore le maillot de bain que je portais, jusqu'aux frous-frous autour de ma poitrine et de mes cuisses. Vian, torse nu, est vêtu un short bleu pâle, il a la peau dorée et ses cheveux noirs lui descendent presque jusqu'au menton. Il les portait ainsi, à l'époque, avant de les faire couper, l'année suivante. C'est assez ressemblant à sa coiffure actuelle.

– Tu veux qu'on te laisse avec ça ? demande papa.

Cette proposition va complètement à l'encontre de mon instinct naturel, mais avant que je n'intervienne, Vian hoche la tête, en pleurs. La gorge nouée, je regarde les larmes s'écouler de ses yeux et dévaler le long de son nez. Il ne nous regarde pas quand nous franchissons la porte, même quand j'hésite. Je brûle de m'approcher de lui, toutefois mon père m'entraîne à sa suite.

– Il n'a pas envie qu'on le voie pleurer, me murmure-t-il en refermant la porte derrière nous.

Comment peut-il en être certain ?

Étendue sur mon lit, enveloppée de mon propre brouillard de tristesse, je songe soudain que papa est peut-être celui qui ne peut supporter de voir notre tristesse. Il s'est lui aussi replié dans sa chambre et, pour une fois, notre minuscule cottage a des allures de manoir.

⋆

Vian ne se montre pas pour le dîner et, quand papa accepte enfin que j'aille vérifier comment il va, je le trouve pelotonné sur lui-même et profondément endormi sous ses couvertures.

À un moment, pendant la nuit, je suis tirée du sommeil par le bruit d'une porte qu'on ouvre au rez-de-chaussée. Sans y réfléchir à deux fois, je bondis de mon lit, espérant mettre la main sur Vian avant qu'il ne regagne l'annexe. J'arrive trop tard. La porte d'entrée est fermée, la salle de bains déserte et la cuve en train de se remplir.

J'ai les yeux qui me piquent et le corps lourd tellement je suis épuisée, mais je ne prends même pas la peine d'enfiler mes chaussures : je sors en courant par la porte principale pour aller frapper à la porte de l'annexe.

Vian m'ouvre quelques instants plus tard, vêtu d'un jean et d'un T-shirt gris avec un dessin fluo sur le devant.

– Salut ! fait-il, déconcerté.

– Je peux entrer ?

Je sautille d'un pied sur l'autre sur les pavés gelés.

Il baisse des yeux inquiets sur mes pieds et ouvre la porte en grand.

– Tu es tout habillé.

Je frissonne en passant dans sa chambre qui n'est éclairée que par sa lampe de chevet.

– Je n'avais pas l'intention de me rendormir, répond-il. Quelle heure est-il ?

– Trois heures trente.

– Merde ! Vraiment ?

Je me recroqueville pour me tenir chaud, mais mes dents claquent.

– Viens vite sous les couvertures, m'ordonne-t-il en fronçant les sourcils.

Il les rabat même pour moi. Inutile de me le dire deux fois. Je me blottis dans la chaleur de sa couette que je remonte jusque sous mon menton. Un coup d'œil sur ma droite m'indique que les portes des placards ont été refermées.

Vian s'assied au bout du lit, ramenant mon attention sur lui.

– Qu'est-ce que tu fabriques debout ?

– Je t'ai entendu dans la salle de bains. Je me faisais du souci pour toi.

– Je vais bien, se contente-t-il de répondre.

Mes yeux retournent vers les placards.

– Tu en es sûr ?

– Non, me chuchote-t-il et je croise vivement son regard. Mais les gens n'ont pas envie d'entendre cette réponse.

– Moi si, je m'empresse de répliquer. Tu peux me parler de tout ce que tu veux.

– Encore maintenant ?

Le regard qu'il me jette est déchirant et, soudain, je retrouve en lui le garçon qui était capable de se confier à moi et *vice versa*.

– Bien sûr. (Mon nez me gratte.) Je n'ai pas changé.

– On change tous, lâche-t-il d'un ton las.

– Tout au fond, on reste les mêmes.

Il mordille sa lèvre inférieure et baisse les yeux.

– Peut-être.

Te voilà, Vian…

– Tu peins toujours ? je finis par lui demander.

– Pas depuis la mort de maman, répond-il en secouant la tête.

– Mais tu étais doué !

– J'avais dix ans, objecte-t-il.

– Oui, mais ta mère avait dit que tu étais doué.

– C'était ma mère, elle était censée dire ce genre de choses.

– Non, c'est faux, j'insiste avec ferveur. Papa était du même avis, lui aussi. J'ai toujours les pierres avec Caramel et Carie. Tu te rappelles ?

– J'ai remarqué qu'elles n'étaient plus sur le rebord de ta fenêtre.

Je grimace.

– Je les ai enlevées il y a deux ans. Tous mes amis réaménageaient leur chambre et, je ne sais pas, elles m'ont paru un peu... immatures.

Il sourit de me voir aussi gênée.

– Ne t'inquiète pas, je comprends. Tu écris toujours ?

– Plus sur Caramel et Carie.

– Pourquoi ? demande-t-il en fronçant les sourcils.

– C'est notre histoire, j'explique. Elle me faisait trop penser à toi.

Il tend le bras et serre ma main.

– Tes doigts sont glacés !

Sa remarque me détourne de la sensation étrange de sa main sur la mienne.

– Viens dans le lit, toi aussi.

Il hésite, mais s'exécute. Nous sommes allongés côte à côte, chacun la tête sur un oreiller, tournée vers celle de l'autre. Nous avons sans doute été des milliers de fois dans cette position, quand nous étions enfants, et je garde cette idée à l'esprit tandis que je tente de m'habituer au nouveau « Van », en espérant qu'il remplira la même place que Vian dans mon cœur.

– Il est comment, ton père ?

Je veux en savoir plus sur sa vie actuelle. Ses cartes postales et nos rares conversations téléphoniques ne suffisent pas. Il prend une profonde inspiration et réfléchit quelques secondes.

– Il est cool. Et bien plus jeune que ton père. Tu le savais ?

Je secoue la tête.

– Maman avait seulement vingt ans quand elle m'a eu. Papa et elle avaient le même âge. Je ne m'étais pas rendu compte que maman et ton père avaient quinze ans de différence.

– Moi non plus, je fais.

Pour être honnête, je suis sidérée.

– Elle effectuait une année de césure en Australie, quand elle a rencontré mon père, continue Vian. Il travaillait sur la côte : il promenait les touristes sur un voilier et elle était hôtesse. Ils ont eu une amourette de vacances. Elle ignorait qu'elle était enceinte avant de retourner en Grande-Bretagne. Sa mère l'a convaincue de m'élever toute seule – je ne sais pas pourquoi –, mais après la mort de ma grand-mère, maman a changé d'avis. Mon père et elle n'étaient pas restés en contact, mais maman l'a recherché en passant des coups de fil dans les pubs de Port Lincoln, où papa avait grandi, pour demander si quelqu'un le connaissait. Apparemment, elle s'est rappelé le nom de l'endroit en étudiant sur une carte les villes côtières du sud de l'Australie et en essayant de faire travailler sa mémoire.

– C'était quand ? je demande.

– Pas très longtemps avant qu'on ne vienne vivre avec vous.

Je me délecte de ces nouveaux faits qui mettent les choses en perspective, des choses que je n'aurais sans doute jamais comprises quand j'étais plus jeune.

– Vous aviez toujours vécu en Cornouailles ? je demande.

– Non, on était chez ma grand-mère, dans le Somerset, mais maman était souvent allée dans les Cornouailles, quand elle était petite, et après la mort de ma grand-mère, elle a loué une chambre dans un *bed and breakfast* pendant un été, afin de pouvoir peindre. Elle a rencontré ton père dans les jardins où il travaille.

– Glendurgan, je lui rappelle.

– C'est ça. Maman peignait là-bas et moi, qu'est-ce que je m'ennuyais ! gémit-il. Ton père discutait avec nous et cherchait à me distraire. Il me montrait les papillons, les insectes et des tas de trucs, pendant que maman travaillait.

– C'est devenu sérieux très vite. Je me demande comment ça s'est produit, je réfléchis. Je veux dire, j'aime mon père, mais il n'est pas ce qu'on pourrait appeler un parti sexy. Ma mère n'arrêtait pas de répéter qu'il était une sorte d'ermite. Comment ça se fait que ta mère l'ait trouvé attirant ? Elle était si jeune et si séduisante.

Il sourit.

– Je pense qu'il la faisait rire.

– Je ne le décrirais pas vraiment comme drôle, je réplique en fronçant le nez.

– Je ne sais pas comment il s'y est pris, en tout cas elle était vraiment amoureuse de lui. Il était gentil avec elle

– et avec moi – et il l'aimait, vraiment. Je ne me rappelle pas que maman ait eu un petit ami ou quelque chose du genre, quand on vivait chez ma grand-mère. J'ai presque complètement oublié cette période, à part ma grand-mère qui me grondait sans arrêt, ajoute-t-il avec un sourire triste.

– Papa travaille toujours dans ces jardins.

– Vraiment ? J'aimerais bien y retourner. Le labyrinthe qu'il y avait ! Tu étais tellement énervée, la première fois qu'on l'a fait ensemble et que je t'ai battue pour arriver au centre.

J'éclate de rire en plaquant une main sur ma bouche pour en atténuer le bruit.

– C'est vrai ! je chuchote avec force. J'étais furax ! J'avais l'intention de te battre – j'avais parcouru ce labyrinthe plus souvent que je ne m'en souvenais et je me prenais pour une experte de premier ordre –, mais tu es quand même parvenu au centre avant moi.

On n'avait que cinq ans, à cette époque.

Il s'esclaffe.

– Je me rappelle plus combien de fois je l'avais fait avant que tu ne viennes en Cornouailles, cet été-là. Maman passait toutes ses satanées journées dans ces jardins pendant ce qui m'a paru des semaines. J'aurais pu parcourir ce labyrinthe les yeux bandés.

– Papa retournera travailler après Noël, j'indique. On pourrait y aller.

– Ouais, j'aimerais bien. (Il me dévisage, pensif.) Je suis triste que tu n'écrives plus sur Caramel et Carie.

– C'étaient juste des histoires idiotes.

– Non, pas du tout. Elles étaient bonnes.

– Exactement comme tes peintures, je rétorque de façon tranchante.

Il lève les yeux au ciel.

– C'était où, l'endroit où se trouvait l'arbre de Caramel et Carie ?

– Je ne suis pas sûre de savoir de quoi tu parles.

– Tu sais, une falaise, près de l'océan, d'où on apercevait l'embouchure du fleuve. Et là-bas, il y avait un arbre tout tordu, qui avait été coupé en deux par la foudre. Tu avais déclaré que ça ferait une maison parfaite pour Caramel et Carie, mais ensuite, tu as installé cet arbre près du fleuve et tu en as fait un pommier sauvage, pour que les Farfadets aient quelque chose à voler.

– Tu as une sacrée mémoire ! je m'écrie.

Il tourne son visage vers moi.

– Il y avait un sentier sur cette falaise : on était allé pique-niquer et nos parents étaient restés sur la couverture pendant qu'on était partis en exploration.

– Au bord de la falaise ? je demande avec inquiétude.

Jamais on ne prendrait mon père à autoriser une chose pareille, désormais.

– On ne pouvait pas aller jusqu'au bord, parce que les mûriers étaient trop touffus, explique-t-il. Je m'étais écorché à un buisson et tu avais léché mon sang.

– Vraiment ?

Il s'esclaffe devant mon air dégoûté.

– Tu voulais seulement m'éviter d'avoir mal et que je me sente mieux. Tu faisais souvent ce genre de choses. (Ses yeux étincellent.) Et tu continues, d'ailleurs, ajoute-t-il avec un sourire affectueux.

Mon cœur se dilate dans ma poitrine. Je tends les bras pour prendre ses deux mains dans les miennes et les serrer fort.

– Je t'aime, je chuchote.

– Moi aussi, chuchote-t-il en réponse.

Puis il glisse un bras derrière mes épaules et je me rapproche de lui, devinant qu'il désire tout autant que moi retrouver la proximité de notre enfance.

Mais alors que je pose une main sur son torse où je sens son cœur marteler dur sous ma paume, une sensation d'irréalité me submerge. Tout à trac, je me sens extrêmement mal à l'aise.

J'espère qu'il ne remarque pas ma gêne quand je m'écarte pour m'asseoir et faire semblant de bâiller.

– Je devrais sans doute retourner dans mon lit. Tu crois que tu vas te rendormir ? je demande, feignant la normalité.

Il hausse les épaules.

– Ça m'étonnerait. Tu peux me passer mon livre ? Je vais sans doute lire un peu.

J'attrape le roman sur sa table de chevet.

– *La Puissance de l'ange*, je lis à haute voix.

C'est un livre de Bryce Courtenay.

– Ma tante me l'a donné avant que je ne parte. Elle s'est dit que ça devrait me plaire.

– J'avais oublié que tu avais une tante.

– J'en ai deux.

– Je n'arrive pas à croire que j'ignorais ça, je constate en secouant la tête.

– Tu as beaucoup de choses à rattraper, réplique-t-il. C'est le moins qu'on puisse dire.

*

Je ne sais pas pourquoi, mais le lendemain matin, je me sens intimidée à l'idée de revoir Vian. Quelque chose dans le calme et l'obscurité de la nuit nous a poussés à nous ouvrir l'un à l'autre. À présent, au grand jour et avec papa dans les parages, je me suis retirée dans ma coquille. Peut-être en va-t-il de même pour Vian, parce qu'il ne cherche pas à croiser mon regard quand nous nous retrouvons dans la cuisine, à l'heure du petit déjeuner.

– Qu'est-ce que vous aimeriez faire aujourd'hui, les enfants ? demande papa.

– Tu as envie qu'on essaie de trouver ce sentier ? je suggère en jetant un regard à Vian avant de me tourner vers papa. C'est là où le fleuve Helford se jette dans la mer, je précise. Je me dis qu'on pourrait aller se promener et ensuite déjeuner dans un pub.

– Quelle idée merveilleuse ! approuve mon père avec un sourire.

*

Cette nuit-là, je suis de nouveau tirée de mon sommeil. Une fois de plus, je sors de mon lit et je me faufile au bas des escaliers pour jeter un coup d'œil par la fenêtre du couloir. Je sens un élan de joie à la vue de la lumière qui filtre à travers les rideaux de Vian. Je traverse les mètres qui nous séparent en courant et frappe doucement à sa porte. Cette fois, il ouvre avec un large sourire : le plus beau que je lui ai vu de toute la journée.

– Encore ? demande-t-il.

– Je n'arrivais pas à dormir, je mens en passant devant lui pour grimper dans son lit.

Constatant avec du retard qu'il porte seulement un boxer et un T-shirt, je détourne le regard jusqu'à ce qu'il soit couché à côté de moi, dans la même position que la nuit précédente.

– Ils sont comment, tes amis ? je demande, cherchant à chasser ma fatigue d'un battement de cils.

Je suis allée me coucher de bonne heure, mais tout de même… Papa a déclaré que l'air marin et la promenade sur la falaise devaient m'avoir épuisée. Je n'ai pas l'excuse du décalage horaire.

Nous avons retrouvé le sentier, qui s'est avéré tel que Vian l'avait décrit. La mémoire m'est revenue dès que j'ai vu l'arbre de Caramel et Carie.

– Qu'est-ce que tu veux savoir ? demande Vian en guise de réponse.

– Combien tu en as ?

Je vais commencer par ça.

– On est à peu près dix, dans notre groupe.

– Des garçons ou des filles ?

– Les deux.

– C'est qui, ton meilleur ami ?

– Sans doute Dave, répond-il après quelques secondes de réflexion. Mais je fais aussi beaucoup de surf avec Sebastian.

– Tu as des photos d'eux ?

– Ouais, j'en ai apporté quelques-unes.

– Je peux les voir ?

Il saute du lit et se dirige vers sa valise, dont il fouille les entrailles pour en revenir avec une enveloppe de photos. Il appuie son oreiller contre le mur et s'approche de moi. Je l'imite, sursautant quand ses genoux dénudés heurtent les miens.

Il me montre des photos de Port Lincoln, où son père a grandi et où ils vivent désormais tous les deux, dans une maison comptant deux chambres, avec un toit de tôle et un minuscule jardin devant, parsemé d'herbes sèches et hirsutes. Son père, qui a une barbe noire et des yeux bleu foncé, porte un bonnet marron sur la plupart des clichés. Je le reconnais pour l'avoir vu, le jour où il est venu chercher Vian chez nous, cinq ans plus tôt.

Je préfère l'allure d'une de ses tantes à celle de l'autre, ce qui me fait dire à Vian que sa tante Pam me paraît un peu stricte comparée à la souriante tante Nora. Il convient qu'elle n'est pas ce qu'on fait de plus marrant. Ses deux tantes ont tour à tour veillé sur lui quand il était plus jeune et que son père partait pêcher. Depuis qu'il a treize ans, il est autorisé à rester tout seul chez lui, un fait que je trouve difficile à croire en considérant combien papa se montre protecteur à mon égard.

Il a aussi un grand-père, même si celui-ci vit soi-disant en reclus et qu'ils ne le voient qu'une fois tous les trente-six du mois.

– Là, c'est Herbert, m'indique Vian quand nous en arrivons à la photo du crevettier et de son équipage. C'est le capitaine et le propriétaire du bateau. Et voici Connor, mon pote mataf. Matelot de pont, explique-t-il devant mon regard perplexe. Papa est chef de quart. On est quatre en tout. (Les photos suivantes le montrent en train de tenir d'énormes poissons.) C'est un vivaneau, commente-t-il. Et ça, c'est un platycéphale. (Le premier est de couleur rouge et le second ressemble un peu à un crocodile.) Parfois, on attrape des poissons et s'ils n'ont pas l'air trop ravis, on les garde et on les mange pour le petit déjeuner ou le dîner ou n'importe quoi. Y a pas de gaspillage.

J'en arrive au cliché d'un garçon aux cheveux foncés, surfant sur un rouleau bleu.

– C'est toi ?

– Ouais.

– Qu'est-ce que c'est ? je demande, inquiète, en avisant des formes sombres dans l'eau.

– Des dauphins.

– Waouh ! (J'en ai le souffle coupé.) Tu as eu l'occasion de voir un requin ?

J'ai les yeux toujours rivés sur la photo. Ses cheveux, noirs et mouillés, volent derrière lui tandis que sa planche prend une vague de face.

– Un certain nombre de cuivrés.

– Des « cuivrés » ?

– Des requins cuivre. C'est rare de se faire attaquer par l'un d'eux. Et une fois, une seule, j'ai vu un grand requin blanc. (Il sourit.) C'était il y a quelques semaines. On venait juste de surfer et une immense – mais vraiment immense – ombre noire est passée sous l'eau. Je ne peux pas te donner sa taille, sauf qu'elle était gigantesque. Il a sans doute nagé à nos côtés pendant qu'on était dans l'eau.

– Je ne veux plus que tu ailles surfer, je déclare en sentant les doigts froids de la peur se refermer sur ma poitrine.

– C'est bon, répond-il dédaigneusement. On a toujours les requins présents à l'esprit, mais il suffit d'ouvrir l'œil et d'espérer qu'aucun spécimen affamé ne croisera jamais ta route.

La photo suivante est celle d'un groupe d'adolescents assis sur le sable blanc, avec des bandes de broussailles vertes et le ciel bleu derrière eux.

– C'est la plage de Sheringa, explique-t-il. Un de mes endroits préférés pour surfer. C'est presque à deux heures de route en direction d'Elliston, donc parfois on y va pour camper pendant quelques jours. Là, c'est Dave, dit-il en me désignant un beau garçon bronzé, aux cheveux châtains ébouriffés par le vent. Et lui, c'est Sebastian.

Plus large d'épaules, il a les cheveux plus foncés et un sourire amical, plein de chaleur. Toutes les filles, sans exception, sont de splendides créatures à longues jambes : chacune semble tout droit sortie des feuilletons *Summer Bay* ou *Les Voisins*.

– Les filles surfent, elles aussi ? je demande.

– Certaines d'entre elles.

Je ressens une pointe d'envie et m'efforce de ne pas les observer trop longtemps.

– Tu fais toujours du surf ? demande-t-il.

– Pas depuis notre unique cours.

Il sombre dans le silence. Sans doute se rappelle-t-il que sa mère est morte le lendemain du jour où nous avons commencé.

– Où est-ce qu'on l'a pris, ce cours ? demande-t-il au moment où je réalise que j'ai fait le tour des photos.

– Sur la plage de Poldhu, je réponds en posant les clichés sur la table de chevet. On faisait aussi du bodyboard, là-bas. Tu t'en souviens ? Ce n'est pas loin d'ici. On pourrait peut-être y aller demain.

– Pourquoi pas. Et tes amis, ils sont comment ? demande-t-il. Ellie est toujours ta meilleure amie ?

– Oui.

Je lui souris. Je lui ai parlé d'elle dans mes lettres. Il roule sur le côté pour me faire face.

– Elle habite en haut, dans le village, c'est ça ?

– Oui. (Zut, j'entre vraiment dans les détails.) Est-ce que je te saoule avec mes histoires ?

– Non, j'aime bien quand tu me racontes ta vie, me répond-il avec un sourire.

– Ça ne te rend pas triste ?

– Si, parfois. (La douleur se lit sur ses traits et il s'éclaircit la gorge.) Sur quelle plage on avait construit le château de sable ?

– Papa et moi, on pense qu'il s'agissait de Kynance, je lui réponds doucement, sachant qu'il parle du château figurant sur la toile de sa mère.

C'est la seule qui nous montre, lui et moi, si l'on excepte les cahiers pleins d'esquisses. Les autres peintures ont été vendues lors de la dernière exposition de Ruth.

– Il n'y a presque pas de plage, à marée haute, je lui rappelle. Mais quand elle est basse, on peut atteindre tout un pan de plage caché sinon. C'est magique. On pourrait aussi y aller, une fois.

Vian hoche la tête et s'éclaircit de nouveau la gorge.

Je tends la main pour hameçonner son petit doigt du mien. C'est un geste que nous avions coutume de faire. À ce signal, il serre mon auriculaire. Il me redevient de plus en plus familier, à chaque minute que nous passons ensemble.

Je ne sais pas combien de temps nous restons ainsi, mais quand la lumière grisâtre de l'aube rampe dans la chambre de derrière les rideaux, je décide qu'il vaudrait mieux regagner mon lit.

*

– Est-ce que j'ai déjà rencontré ta mère ? me demande Vian pendant notre troisième nuit ensemble.

Nous sommes de nouveau dans son lit et il est presque cinq heures du matin. Je vais peut-être avoir besoin de mettre mon réveil demain, car je me réveille de plus en plus tard.

– Je ne crois pas, non, je réponds. Elle ne vient jamais en Cornouailles.

– Comment tu venais jusqu'ici, alors, pendant les vacances scolaires ?

– Ma nourrice du moment m'amenait. J'en ai eu pas mal.

Il recule.

– C'est hyper bizarre.

– Oui. J'imagine que ça ne devait pas être évident de travailler pour ma mère.

– Elle vit toujours en France ?

– Non, elle est à New York maintenant, avec Robert, son nouveau mari. C'est un Américain, mais ils se sont rencontrés en France. Ça ne marchait plus très bien avec son dernier petit ami et, apparemment, ils sont tombés raide dingues l'un de l'autre. C'est un marchand de bateaux et il était là-bas pour ses affaires.

– Quel genre de bateaux ?

– Aucune idée. Des gros, très chers, j'imagine.

– Des yachts ?

– Sans doute. Ils voyagent beaucoup ensemble. Surtout au Canada et aux États-Unis, mais parfois aussi en Europe.

Son expression se fait inquiète.

– Ça ne doit pas te faciliter la tâche pour la voir, le fait qu'elle se trouve si loin.

– Je préfère vivre ici avec papa, de toute façon.

– Comment ils se sont rencontrés, ton père et elle ? demande-t-il, sentant visiblement que je n'ai pas envie de m'appesantir sur ma relation avec ma mère.

– Papa séjournait à Londres, comme paysagiste.

– Ton père a travaillé à Londres ?

Il paraît surpris. Et je le comprends. Il est assez difficile d'imaginer mon père ailleurs que dans les Cornouailles.

– Juste pendant un an et quelques. Un ami commun les a présentés et, quand la mère de papa est morte, ils ont déménagé ici. À mon avis, ma mère trouvait romantique l'idée de vivre dans un cottage en bord de fleuve, mais la vie citadine lui a vite manqué. Ils ont rompu un an après ma naissance.

– Elle est comment, ta mère ?

– Elle fait à peu près ma taille, blonde, mince, belle.

– Comme toi, quoi.

– Pour ce qui est de la beauté aussi ? je m'esclaffe.

– Oui, bien sûr que tu es belle.

Je ricane pour tenter de masquer mon embarras.

– Et ses yeux, ils sont de quelle couleur ?

Il choisit de ne pas relever que je suis devenue rouge pivoine.

– Comme les miens. Une espèce de marron clair, je dirais.

– Ma mère les décrivait d'une autre façon. (Il s'avance un peu.) Elle disait qu'ils étaient couleur miel. À la lumière du soleil, se souvient-il, avant d'ajouter, pensif : Elle avait raison. Au soleil, ils ont exactement la couleur du miel liquide.

Je ne suis pas habituée à être scrutée avec une telle attention.

– Ah bon ? je fais d'une voix tremblotante. Et toi, tu as les yeux de ton père ?

– Ouais. Tout le monde trouve que je lui ressemble.

– Tu as le sourire de ta mère et la même forme de visage qu'elle.

Je tends la main pour dessiner du bout du doigt le pourtour de sa mâchoire. Il prend une profonde inspiration et mes yeux se portent sur ses lèvres, avant, une seconde plus tard, de se relever et de croiser son regard. Soudain, mon ventre grouille de papillons. Ses prunelles sont si intenses que je brûle de détourner les miennes, mais je ne peux rompre le contact. Mon cœur bat à tout rompre, puis son regard tombe sur mes lèvres et je panique complètement. Je bondis hors des couvertures.

Vian se redresse et me dévisage, inquiet, secouant la tête à toute allure pour retrouver ses esprits.

– Tu retournes dans ton lit ? demande-t-il.

Il a une drôle de voix, comme s'il avait la poitrine pleine d'eau.

– Oui, je réponds. Il va bientôt faire jour.

– OK. À tout à l'heure.

– Dors bien !

Je me précipite sur la porte que je referme derrière moi.

*

– Vous m'avez l'air bien fatigués, ce matin, commente mon père, le lendemain matin, quand nous sommes dans la voiture, en route pour la prison de Bodmin.

Le temps est si affreux que nous avons décidé de garder les plages pour un autre jour.

– Oui, je n'ai pas très bien dormi, j'explique, par-dessus le martèlement de la pluie et le grincement des essuie-glaces en vitesse accélérée.

– Tu ne t'es toujours pas remis du décalage horaire, Van ? demande papa en jetant un coup d'œil à Vian.

Je fronce les sourcils en entendant son nouveau prénom.

– Non, pas encore, répond-il.

Une fois encore, comme j'ai du mal à croiser son regard, j'entreprends plutôt de forer un trou dans l'arrière de son crâne.

★

Le lendemain matin, je me réveille à six heures, mais je reste dans mon lit. Il y a eu une tension bizarre entre Vian et moi, la veille. Heureusement, comme papa nous accompagnait, nous ne sommes jamais restés seul à seule, mais si tel avait été le cas, je suis certaine que ça aurait été embarrassant.

Je n'ai pas parlé à mon père de nos rencontres nocturnes. J'imagine que je tenais à ce que nous ayons un secret, Vian et moi, comme quand nous étions enfants. Mais je me demande ce que papa dirait s'il me surprenait en train de sortir de l'annexe, aux petites heures du jour.

Au bout du couloir, j'entends la porte de la chambre de papa s'ouvrir.

Eh bien, c'est réglé, dans ce cas, je songe avec soulagement. Je ne peux pas aller à l'annexe, puisqu'il est déjà réveillé.

Puis je me rappelle que c'est le jour de Noël ! Je parviens à attraper mon père avant qu'il n'atteigne les escaliers.

– Joyeux Noël ! me souhaite-t-il pendant que nous nous étreignons. Ça fait plusieurs années que tu ne t'es pas réveillée à l'aube pour le père Noël, plaisante-t-il. J'avais pensé qu'on serait en tête à tête pendant un petit moment, Van et moi.

– Il est réveillé ? je murmure, avec une palpitation nerveuse au creux de la poitrine.

– Je suppose que oui. Il est venu au salon tous les matins, cette semaine, en se servant de Langoustine comme d'une bouillotte.

Après nos séances de rattrapage nocturnes, je suis toujours retournée me coucher, donc je l'ignorais.

Je passe quelques habits avant de m'aventurer au rez-de-chaussée. Comme papa l'avait prédit, Vian est déjà réveillé et ils sont attablés dans la cuisine, chacun devant un mug de thé.

– Joyeux Noël ! je lance avec une gaieté forcée.

– À toi aussi, me répond Vian qui se lève pour me serrer dans ses bras.

Paniquée par le rouge qui me monte aux joues, je m'écarte pour me précipiter vers le placard, dont je sors un mug.

– Je vais te préparer une tasse, Nelly. Assieds-toi.

– Non, non, c'est bon.

Je préfère rejeter la proposition de papa, afin d'avoir quelque chose pour m'occuper. Le téléphone sonne.

– Ça pourrait bien être mon père, dit Vian.

– En tout cas, ça ne sera pas ma mère : on est en plein milieu de la nuit à New York.

Elle s'attend à ce que je lui téléphone plus tard. L'appel provient bien du père de Vian. J'ai du mal à ne pas prêter l'oreille à la conversation qui nous parvient depuis l'autre bout du couloir. Il est rassurant de constater que Vian manque aussi de naturel quand il est au téléphone avec son père, et pas seulement lorsqu'il s'entretient avec nous.

– On pourrait emporter ça dans le salon et ouvrir nos cadeaux devant le sapin, suggère papa quand il réapparaît.

– Je vais chercher les miens, réplique Vian.

Dès qu'il a quitté la pièce, je me tourne vers mon père.

– Tu crois que son cadeau va lui plaire ? je demande, anxieuse.

– Je ne vois pas pourquoi il n'aimerait pas.

– Il ne peint plus, il me l'a dit.

– Peut-être que ça lui donnera l'impulsion pour s'y remettre, réplique papa, qui s'en tient à la décision que nous avons prise avant que Vian n'arrive.

Même si les tubes de peinture de Ruth étaient toujours utilisables, nous avons choisi de lui en acheter de nouveaux, une boîte qu'il pourra considérer comme sienne. À présent, toutefois, j'ai l'affreuse impression que nous avons mal évalué la situation.

Ça me réchauffe le cœur de regarder Vian ouvrir les cadeaux offerts par sa famille australienne et de savoir qu'il y a des gens, à l'autre bout du monde, qui se soucient de lui. Une de ses tantes, qui lui a tricoté un pull bleu marine, nous a même confectionné une écharpe pour moi et des chaussettes pour papa.

– Je suis désolé, c'est un peu puéril, marmonne Vian, embarrassé, quand j'ouvre son cadeau : un koala en peluche.

– Non, pas du tout. Je l'adore, je réplique en lui souriant.

Finalement, il ne reste plus qu'un cadeau et je me sens légèrement nauséeuse quand Vian entreprend de l'ouvrir.

Il reste les yeux fixés sur la boîte de peinture entre ses mains, les épaules crispées par la tension.

Je comprends alors que nous avons commis une erreur. Et papa rajoute une gaffe.

– Nell m'a dit que tu ne peignais plus vraiment.

Il n'a pas la moindre idée de la douleur qu'éprouve celui qui, jadis, lui a tenu lieu de fils.

– Non, répond Vian laconiquement.

– On s'est dit que ça pourrait peut-être t'inciter à t'y remettre.

– Mais seulement si tu en as envie, je me hâte d'ajouter, en venant m'asseoir à côté de lui sur le canapé. Sinon, on peut aller rendre la boîte et t'acheter autre chose.

– Oui. Merci, murmure Vian qui enveloppe de nouveau le matériel de peinture dans son papier cadeau et le repose au sol, à côté du sapin.

Papa se lève pour aller prendre une douche. Dès que la porte de la salle de bains se referme, Vian tente de se relever. Je pose la main sur son bras pour interrompre son geste et il reste où il est.

– Je suis désolée, je murmure, alors qu'il a les yeux rivés au sol. Je vois bien qu'on a commis une erreur.

Il ne répond pas.

Je me rapproche encore de lui, appuyant mes genoux contre les siens, sans plus éprouver la moindre sensation de gêne, alors que je cherche à le réconforter.

– C'est juste parce que la peinture te fait penser à elle ? je demande doucement.

– C'est parce que la peinture l'a tuée. (Il se tourne vers moi, une expression de souffrance sur le visage.) Et c'était ma faute !

– De quoi tu parles ? je m'insurge, horrifiée.

Il a les yeux écarquillés par l'horreur en se remémorant un souvenir que je ne connais pas.

– Cette peinture, répond-il. La verte, là, celle qui est accrochée à ton mur. J'ai utilisé tout son bleu céruléen pour la terminer. Elle était en colère et elle est sortie pour en racheter et c'est là qu'elle s'est fait renverser par une voiture.

– Non ! Non, ce n'est pas du tout ça ! Vian...

– Je m'appelle VAN ! me hurle-t-il en pleine face.

– Van, arrête ! je le supplie, paniquée. Tu te trompes ! Elle n'était pas sortie racheter de la peinture, mais du lait ! (Il me regarde fixement.) Elle avait besoin de lait pour préparer le dîner !

– Non, réplique-t-il en secouant la tête. C'était de la peinture. Elle a dit qu'elle devait terminer sa toile. Elle était furieuse.

– Elle était déçue parce que son rendez-vous avec le galeriste s'était mal passé, je déclare d'une voix plus forte. Et elle était agacée parce qu'elle avait dû effectuer un long trajet en voiture ! Ça n'avait rien à voir avec le fait que tu aies utilisé tout son bleu céruléen.

Je trébuche sur la prononciation du mot.

Il secoue de nouveau la tête, sceptique. De son point de vue, il sait ce qui s'est passé et je ne fais qu'essayer de le réconforter.

– Je te le promets, j'affirme. Ce n'était pas ta faute.

– Je savais que tu dirais ça !

– Qu'est-ce qui se passe ? nous interroge mon père, depuis le seuil.

Il est toujours en train de nouer son peignoir à la hâte, les poils de ses jambes, encore humides de la douche, lui collent à la peau.

Je lève un regard implorant vers papa : il faut qu'il m'aide.

– Vian…

– VAN ! mugit-il.

Je sursaute, des larmes me piquent les yeux. Il faut que je l'appelle Van désormais, c'est une nécessité, même en pensée.

– Van croit que c'est sa faute si Ruth est sortie, ce jour-là, le jour où elle a été…

Papa paraît consterné.

– Non, c'est complètement faux. Pourquoi irais-tu penser une absurdité pareille ?

– Il croit que si elle est ressortie, c'était pour racheter de la peinture parce qu'il avait épuisé ses réserves de bleu céruléen, j'explique.

– Non, elle est ressortie pour emprunter du lait à Steven et Linzie, les fermiers qui habitent en haut de la route.

Papa s'agenouille sur le sol, en face de Van qui a les yeux fixés devant lui, désemparé. Les larmes ruissellent sur ses joues. Je sais qu'il voudrait se croire dédouané, mais il va falloir se montrer convaincant.

– C'était un dimanche. Dimanche, répète papa. Aucun magasin n'était ouvert. Elle n'aurait jamais pu aller racheter de la peinture bleue, ce jour-là. Elle ne pouvait même pas acheter de lait ! Elle a été obligée d'aller s'en faire prêter. Je lui ai proposé d'y aller, mais elle m'a répondu qu'un peu de grand air lui ferait du bien, après avoir été coincée pendant deux heures dans les embouteillages. Si c'est la faute de quelqu'un, c'est la mienne, parce qu'on avait utilisé tout le lait. Crois-moi, je me suis assez tourmenté à y repenser, car elle n'avait pas à préparer un gratin de pâtes. Il y avait des tas d'autres aliments dans le frigo.

Papa, en pleurs, pose une main sur le genou de Van. Celui-ci frissonne.

– J'ai toujours cru que c'était ma faute, lâche-t-il d'une voix affligée.

– Non. Non, déclare mon père avec fermeté. La seule personne à blâmer, c'est ce foutu chauffeur qui l'a éjectée de la route !

Van s'effondre et le son le plus déchirant monte des tréfonds de ses entrailles. Je jette les bras autour de son cou pour le serrer fort. Secoué de sanglots, il enfouit le visage contre moi, puis, tandis que tout son corps tangue violemment, il enroule les bras autour de ma taille.

Pas question qu'on le laisse seul face à sa peine, cette fois, papa. Pas question.

*

Nous nous rendons au cimetière, ce matin-là, pour déposer des fleurs sur la tombe de Ruth : une rose rouge et un bouquet de houx confectionné par papa. J'ai relevé mes cheveux blond clair en un chignon haut – coiffure dont ma mère m'a enseigné la maîtrise au cours d'un de ses rares instants maternels. Je porte ma robe moulante de velours rouge, la pièce la plus festive de ma garde-robe.

Papa a belle allure dans un élégant costume gris, mais quand je parviens au rez-de-chaussée, c'est Van qui retient mon attention. Il a enfilé une chemise blanche, légèrement froissée – il n'est pas le genre de gars à posséder un fer à repasser –, qui convient à la perfection à son grand corps mince. Le bouton du haut est ouvert, révélant la peau lisse et dorée de son torse. Il attrape sa veste en jean au moment où nous sortons.

Nous allons prendre notre déjeuner de Noël au pub familial de Drew. J'ai été folle de joie quand papa a fait cette suggestion, mais à présent, je ne parviens pas à chasser mes inquiétudes pour Van.

Il s'est raccroché à cette culpabilité pendant des années, persuadé qu'il était d'une manière ou d'une autre responsable de la mort de sa mère. C'est accablant.

Je me colle à son flanc pendant que nous descendons le chemin qui part du parking, car j'éprouve le besoin de rester proche de lui. Il est très silencieux, mais j'espère qu'il sait que je suis là pour lui.

Le *Boatman* est un vieux pub au toit de chaume, juste au bord du fleuve. En approchant, nous entendons les chants de Noël qu'ils diffusent. Les guirlandes lumineuses extérieures sont allumées, égayant cette journée grise, tout comme le feu qui crépite dans la cheminée quand nous entrons.

Theresa, la mère de Drew, nous accueille : elle nous tend, à Van et à moi, des verres de limonade pétillante à la canneberge, et une flûte de champagne à papa.

– Un verre ne pourra pas te faire de mal, je l'encourage en le voyant hésiter : il ne boit jamais quand il conduit.

– Bon, comme j'imagine qu'on est ici pour deux heures…

Et il accepte la flûte qu'il entrechoque à nos verres.

Au bar, Nick, le frère aîné de Drew, est en train de servir deux femmes. Il est un peu plus grand et plus costaud que Drew, avec des cheveux blonds bouclés. Il y a toujours tout un attroupement d'admiratrices autour du bar : je suis heureuse que Drew travaille en cuisine.

À cet instant, Drew fait son apparition, vêtu d'un costume noir et d'une chemise blanche amidonnée. Il a coiffé ses cheveux en arrière.

– Salut ! lance-t-il en se dirigeant droit vers nous.

Je lui rends son sourire, car je me rappelle la joie qu'il a manifestée quand je lui ai annoncé que nous allions venir pour Noël. Je fais les présentations.

– Tu te souviens de Van ? Et tu connais mon père.

Ils se saluent, puis Drew nous conduit dans le restaurant, attrapant trois menus au passage, en chemin vers la porte. Il nous désigne une belle table, juste devant les baies vitrées. De là, nous avons une vue plongeante sur le fleuve.

Je m'assieds sur la chaise que Drew tire à mon intention et je le remercie d'un sourire.

– Je croyais que tu serais en cuisine.

– Une de nos serveuses est tombée malade, si bien qu'on a eu besoin de moi ici, me confie-t-il.

Je suis distraite par Van qui a l'air sur le point de prendre la chaise près de papa.

– Assieds-toi à côté de moi, je l'exhorte en tapotant le siège à ma droite.

– On ne va pas trop t'embêter, déclare papa alors que Van accède à ma demande.

– Ravi de l'entendre, réplique Drew. Je vous laisse consulter vos menus.

– Merci, je réponds distraitement, car j'aide Van à s'installer.

Il s'empare de son menu et se met à l'étudier avec la plus grande attention.

Vers le milieu du repas, je les prie de m'excuser pour aller aux toilettes. Drew m'intercepte quand j'en reviens.

– Ça te plaît, le repas, pour le moment ? me demande-t-il.

– Mmm. C'est délicieux.

On peut difficilement rater un rôti de dinde. Il fronce les sourcils et indique notre table d'un petit coup de menton.

– Il va bien, Vian ?

– Oui, pourquoi ?

– Il semble un peu morose.

– Non, ça va. (Je n'ai pas envie de partager avec lui le détail de ces derniers jours, particulièrement pénibles.) Et en fait, il s'appelle Van, maintenant, ai-je l'à-propos de signaler.

– Comme Van Morrison ? fait-il avec un petit sourire narquois.

Je me hérisse, agacée par son ton moqueur.

– Je trouve que ça lui va bien.

Il s'empresse de faire machine arrière.

– Oui, tout à fait ! C'est cool. Eh, tu as toujours envie de l'emmener surfer ?

– Oui ! je m'exclame, reprenant aussitôt du poil de la bête. Tu sais déjà quand est-ce que vous irez, la prochaine fois ?

– Peut-être demain. Je vais vérifier avec mon frangin.

En regagnant notre table, je me rends compte qu'en effet, le prénom de Van lui va bien, parce qu'il est cool. Je repense au garçon de la photo, celui qui surfe sur la vague. Je me souviens de ses amis et de ces filles, toutes grandes et bronzées, dotées de longues jambes sexy, et j'arrive à m'imaginer Van passant du temps avec eux, faisant partie de leur bande.

Est-ce qu'il est sorti avec l'une de ces filles ? Est-ce que l'une d'elles est sa petite amie ? La jalousie me déchire les entrailles. Je n'y comprends plus rien. C'est lui qui a toujours été jaloux et possessif, pas moi.

*

– Tu vas venir à notre soirée du Nouvel An, hein ? me demande Drew plus tard.

Je déambule dans la zone du bar, attendant que Van sorte des toilettes. Papa est en pleine conversation avec Christopher, le père de Drew.

– Non, on va à celle du club nautique. (Je m'esclaffe devant son visage qui se décompose.) Mais oui, bien sûr qu'on vient.

Comme des tas de gens du lycée, notamment Ellie et ses parents, qui nous y conduisent. Papa a l'intention de se coucher tôt.

Drew émet un petit sifflement réprobateur et me donne un coup de coude, ce qui me fait de nouveau éclater de rire. Van choisit cet instant pour revenir, l'air plus grognon que jamais.

– Oh, j'ai parlé à mon frère, reprend Drew en rabattant ses cheveux d'un côté. On va à Porthleven après-demain, si ça vous tente.

– Extra ! je m'écrie en me tournant vers Van. Tu aurais envie de faire du surf ?

– Oui ! Tu sais où je peux louer un équipement ? demande-t-il à Drew, le visage soudain illuminé.

– Mon frère peut te prêter une combinaison thermique 3/5 millimètres et un *pin tail* en 7'2, de quoi affronter les grosses vagues, répond celui-ci. T'inquiète, on te fera pas sortir sur une bouée de huit pieds.

Je n'ai absolument aucune idée de quoi ils parlent, mais Van sourit.

– Tu vas adorer Porthleven. C'est un peu le Graal du surf britannique, continue Drew. Là-bas, tu peux te prendre des vagues vraiment sérieuses, mec, des vrais *barrels*.

– Ça a l'air génial.

Mon attention virevolte de l'un à l'autre. Je suis abasourdie par le changement survenu en Van.

– Tu as de l'expérience, hein ? s'enquiert Drew. Parce qu'il y a un *reef break*. Les vagues s'abattent hyper fort, donc il faut pas chuter dans leur impact.

Je perçois une mise en garde dans son intonation. *Qu'est-ce que ça signifie ? Est-ce dangereux ?*

Van hausse les épaules, imperturbable.

– Là où je surfe, il y a des *reef breaks* presque partout.

Et parce que je donnerais tout pour qu'il continue à sourire de cette façon, je m'efforce d'ignorer l'inquiétude qui s'est emparée de moi.

*

Terre humide et herbe tondue... Des mûres brillantes, à point, au milieu des ronces piquantes et des fougères duveteuses... Je cherche à rester au niveau de Vian qui saute par-dessus les flaques d'une épaisse boue marécageuse qui parsèment le sentier sinueux. Chaque fois que je saute, j'entrevois la ligne d'horizon, là où la mer rencontre le ciel.

Nous nous arrêtons sur une colline pentue qui surplombe une crique scintillante. L'air est lourd, chargé d'un mélange d'odeurs, celle de l'herbe chauffée par le soleil et celle des bouses de vache. Je ne sais pas où se trouvent nos parents, quelque part de l'autre côté de la haie. Le bruit du lointain ressac des vagues sur les rochers en contrebas parvient jusqu'à nous. Nous n'allons pas descendre cette colline en roulant sur nous-mêmes.

Vian retire quelques morceaux de mousse grise et friable de la branche d'un arbre. Je remarque de minuscules gouttes de sang, qui perlent d'une égratignure à son bras.

– Tu t'es blessé, dis-je en lui prenant la main. Ça pique ?

– Maintenant que tu as attiré mon attention là-dessus, oui, marmonne-t-il.

Je l'approche de moi pour presser mes lèvres sur sa blessure et sentir le goût métallique de son sang sur ma langue.

– Qu'est-ce que tu fabriques ? me demande-t-il, les narines dilatées.

– Je préfère les baisers.

– Tu viens de me sucer le sang, constate-t-il, inquiet. Comme un vampire.

Je glousse en découvrant son expression. Mais mon rire se meurt quand nous sommes catapultés plusieurs années en avant. Devant moi, ce n'est plus le Vian de dix ans qui se tient désormais, mais le Van de quinze. Son regard est intense, il me *dévisage fixement. Il s'avance. Je recule. Il continue d'avancer. Je trébuche, perds pied, atterris sur le tapis moelleux de l'herbe. Tombant à genoux, il se jette sur moi pour me piéger de ses deux mains, plantées de chaque côté de mes épaules. Les battements de mon cœur s'accélèrent quand ses lèvres s'approchent pour rencontrer les miennes.*

Je me réveille dans un sursaut, puis la honte me submerge.

★

Van me retrouve au bord de l'eau. Je suis en train de nettoyer l'*Ornithorynque* après les récentes précipitations.

– Alors, on sort avec ? demande-t-il tandis que je puise un nouveau seau d'eau dans l'embarcation pour le déverser dans le fleuve.

– Il est très tôt, je marmonne.

Et je ne parle même pas du froid.

– Alors ?

– D'accord, je consens à contrecœur, en soufflant sur une mèche de mes cheveux pour la chasser de mon visage.

Je les ai attachés en une queue-de-cheval désordonnée et je porte mon vieux Levi's 501.

– Tu pourrais demander une serviette à papa, histoire qu'on essuie les sièges ?

En le regardant s'éloigner, j'éprouve une sensation qui s'apparente au mal de mer.

Il a été comme un frère pour moi pendant près de cinq ans. Alors pourquoi je rêve qu'il m'embrasse ?

– Je peux ramer ? demande-t-il quand il revient, serrant la laisse d'un Langoustine apparemment plein d'enthousiasme.

Van insistait toujours pour qu'on emmène le chien avec nous, même si nous détestions nettoyer ses traces de pattes ensuite : il avait pour habitude de bondir du bateau avant que nous ne l'ayons amarré.

– Si tu veux.

Il me jette la serviette. Je me dépêche d'essuyer les sièges, puis je me retourne pour aider Langoustine à grimper à bord. Van me tend les avirons, que j'insère dans leur support, puis il monte dans la barque, ce qui la fait osciller dangereusement. Le rire qui s'empare alors de nous rompt la glace, pourtant je me sens toujours sur les nerfs quand je me rassieds et qu'il s'installe en face de moi. Ses longues jambes heurtent mes genoux. Langoustine se trouve à l'autre extrémité, ses griffes dérapant sur la surface glissante alors qu'il tente de s'installer confortablement.

Van se sert d'un des avirons pour nous repousser du rivage, puis il se met à ramer véritablement et nous propulse avec lenteur dans le fleuve.

– Ça fait hyper longtemps que je ne suis plus sortie avec ce bateau, je lui confie. Et plus longtemps encore que personne ne m'a promenée à la rame.

– Qui manie les avirons pour toi ? demande-t-il.

– Ellie, quelquefois, je réponds. On est allées piqueniquer de l'autre côté, cet été. Je ne sors pas souvent toute seule. Juste quand j'ai besoin de paix et de silence.

– C'est vrai que ton père est très bruyant, plaisante-t-il.

Je souris.

– Tu vois ce que je veux dire. C'est tellement paisible par ici et isolé… au sens positif du terme. Ça me donne du temps pour réfléchir… et écrire.

– Donc tu écris toujours.

– Juste de la poésie. Que je ne montrerai jamais à personne.

– Pas même à moi ?

– À personne, je déclare d'une voix ferme.

Surtout pas à toi, après ce que ce rêve a éveillé en moi.

– Ils parlent de quoi, tes poèmes ?

– Je ne sais pas, je réponds en haussant les épaules. Des trucs.

– Sur Drew ?

Je sursaute et m'empresse de secouer la tête.

– Non. Bien sûr que non.

– Pourquoi « bien sûr que non » ? Tu l'aimes bien, non ?

Son regard s'est fait perçant. Je détourne les yeux avec une moue, mais il tapote sa jambe contre la mienne, pour ramener mon attention sur lui. Il ne va pas laisser tomber.

– Je me trompe ?

– Je ne sais pas, je réponds en haussant les épaules.

Il rame avec une vigueur accrue.

– Tu as une copine ? je demande alors que nous glissons sur l'eau. (Il secoue la tête.) Tu en as déjà eu une ?

– Et toi ? réplique-t-il. Tu as eu un mec ?

– Non.

Il paraît surpris.

– Alors ? j'insiste.

Il hausse les épaules.

– En quelque sorte.

Mon ventre se serre.

– Une des filles sur tes photos ?

– Jenna, répond-il en acquiesçant.

– Laquelle c'était ?

– Elle est grande, avec de longs cheveux bruns.

Je vois exactement de quelle fille il parle et j'ai le souffle coupé par une douleur que je ne comprends pas. Pourquoi devrais-je me sentir trahie ?

– Vous êtes sortis ensemble longtemps ?

– Par intermittence pendant quelques mois. On n'a jamais couché ensemble ni quoi que ce soit.

Je pique un fard violent en entendant cet aveu décontracté.

– Je n'arrive pas à croire que tu ne m'en aies pas parlé, je marmonne quand je me suis ressaisie.

– Tu ne m'as jamais parlé de Drew, rétorque-t-il, les mâchoires serrées.

– Pourquoi je l'aurais fait ? Il ne s'est rien passé du tout ! Je n'ai jamais embrassé un garçon !

– Ah bon ?

Il incline la tête d'un côté et sourit. Mes joues en feu lui disent tout ce qu'il a besoin de savoir. Sans cesser de sourire, Van me désigne d'un signe du menton le rivage que nous sommes sur le point d'emboutir.

– On descend et on se promène un peu ?

Je me retourne pour empoigner une branche. Langoustine se précipite hors du bateau dès qu'il heurte le rivage, ses pattes s'enfoncent de près de dix centimètres dans la boue. Je soupire tout en le regardant grimper dans l'herbe et se secouer entre deux halètements de bonheur. Van suit la direction de mon regard et éclate de rire.

– C'est toi qui nettoieras la boue, je te préviens.

– Ouais, ouais, répond-il avec un geste dédaigneux de la main.

*

Après la dispute que nous avons eue deux semaines plus tôt, papa a promis de m'octroyer plus d'espace et d'indépendance, mais je suis tout de même stupéfaite quand il donne son accord pour que Drew et Nick nous emmènent à Porthleven.

– Prends soin d'elle, demande mon père à Van, peu avant notre départ. Trouvez une cabine téléphonique et appelez-moi s'il conduit trop vite ou trop dangereusement, d'une manière ou d'une autre. Je viendrai vous chercher.

Prenant sa responsabilité très au sérieux, Van accepte la requête paternelle. Je tiens ma langue.

– Ce qu'il y a de génial en Cornouailles, explique Nick pendant le trajet, c'est que tu as quarante plages différentes, toutes orientées un peu différemment, si bien qu'il y a toujours un endroit où tu trouveras une vague correcte, bonne à surfer. Et par grosse tempête, tu trouveras forcément un bel endroit abrité.

Je suis sur le siège arrière de la voiture, en proie à une sorte de malaise. Qui ne tient pas seulement au fait que j'ai Drew d'un côté et Van de l'autre, mais aussi au fait que je n'ai encore jamais été nulle part avec quatre garçons : c'est un petit peu intimidant.

Max, l'ami de Nick, est assis à l'avant, ce qui l'oblige à se retourner pour parler à Van.

– Drew dit que tu fais des compètes.

Il veut parler de compétitions de surf.

– Ça m'arrive, répond Van avec désinvolture.

Il a un bras replié sur son torse, dont le biceps se presse contre le mien.

– Je suis impatient de voir ce que tu sais faire.

J'entends le défi dans la voix de Max et mon malaise augmente, mais Van se contente d'un petit sourire suffisant et laisse aller sa tête contre l'appuie-tête.

Il y a bien trop de testostérone dans cette voiture. Je regrette qu'Ellie ne soit pas là.

Nous finissons par nous garer sur le bas-côté de la route. Notre voiture est parallèle au littoral, environ quinze mètres au-dessus du niveau de l'eau. À travers les vitres embuées, on aperçoit le bleu-gris acier de l'océan.

Van frotte un trou dans la buée de sa vitre pour jeter un œil dehors.

– Waouh ! s'exclame-t-il avec du respect dans la voix.

Nick se penche par-dessus Max pour regarder par la fenêtre du côté passager.

– Meeerde ! lâche-t-il en s'éternisant sur le mot.

Max échange un regard avec lui et ils éclatent de rire, les yeux écarquillés.

– On devrait peut-être aller plutôt à Praa Sands ? suggère Nick. Ça devrait être un peu plus gérable, là-bas.

– Pas question.

Van s'est déjà saisi de sa poignée de porte. Nick et Max sourient, haussent les épaules et sortent de la voiture.

– Attendez…, je commence, quand Van claque sa portière.

Je glisse jusqu'à sa fenêtre et ce que je vois me glace le sang. Je bondis de la voiture juste à l'instant où une vague absolument gigantesque se brise sur les rochers. Je ne plaisante pas, je sens le sol trembler jusque sur le promontoire où nous nous trouvons.

– Non, je fais en secouant la tête.

J'ai surpris le regard anxieux de Drew par-dessus le toit de la voiture. Son habituel petit sourire insolent a disparu sans laisser de traces.

– Non, je répète en contournant la voiture par l'arrière.

Je m'immobilise dans un sursaut en découvrant que Van a déjà les jambes nues. Par chance, son sweat-shirt lui couvre les parties, mais je deviens rouge pivoine et dois me détourner.

– Ne fais pas ça, je supplie.

– Nell, c'est bon, réplique-t-il avec nonchalance.

Il est en train de remonter la fermeture Éclair de sa combinaison thermique pendant que Nick et Max sortent sa planche. Je fais un bond quand une autre vague explose sur un récif.

J'ai sur ma droite la fin d'un alignement de cottages de pêcheurs, sur ma gauche deux maisons modernes, mais devant moi s'étend la pelouse d'un jardin et au-delà, nous avons une vue parfaite sur l'océan.

Un groupe de types se tient un peu plus loin au bord de la route. Il me semble que ce sont des gens du coin. Deux d'entre eux portent des combinaisons thermiques, mais les autres sont en jean et sweat-shirt. Un gars jette un regard vers nous, puis se tourne vers ses amis pour leur dire quelque chose qui les incite à nous observer. Je remarque plusieurs sourcils haussés.

– Je t'en prie, je chuchote à Van. Tu n'as aucune pression.

Il rigole et enfile ses chaussons.

Je ne veux pas l'embarrasser, mais c'est insensé ! Ces vagues vont lui briser les os !

– Tu y vas, mec ? lui demande l'un des surfeurs de l'autre groupe, en s'approchant.

– Oui.

– Tu es sûr ? insiste Nick avec un sourire.

Il appuie la planche de Van contre la voiture.

– Tu vas te faire défoncer, ajoute Max, histoire de le provoquer.

J'ai envie d'effacer le sourire qu'ils affichent tous les deux, mais Van sourit lui aussi, sans paraître le moins du monde perturbé quand il attrape de la cire dans le coffre pour en frotter sa planche.

Je devine que Nick, Max et Drew n'ont aucune intention de se joindre à lui, mais je ne peux même pas me mettre en colère parce que si quelqu'un est à blâmer ici, c'est moi.

Van a les yeux toujours rivés sur l'océan, l'air concentré au plus haut point. Le ciel est immense et couvert, les vagues grises se succèdent, déferlant de la droite vers la gauche pour s'écraser dans un bruit de tonnerre sur les rochers du rivage, à une centaine de mètres plus loin. Il y a quelques surfeurs dans l'eau, tournés vers le chenal sur leur gauche. Ils ont l'air nerveux, je le jure.

Quand il a refermé le coffre et examiné la plage, Van fronce les sourcils. Est-il en train de se raviser ?

– Par où je passe pour entrer dans l'eau ? demande-t-il au surfeur venu jusqu'à nous.

Oh, non, il ne va pas...

Le gars lui désigne une bâtisse en pierre de couleur crème, au bord de l'eau.

– Par là, près de la vieille baraque où il y avait le bateau de sauvetage. Saute du rocher, sur la gauche, tu atterris dans le chenal et tu pagaies vers la droite, jusqu'à la zone de *take off*.

– Pigé.

Avant que j'aie eu le temps de dire « ouf », Van s'est éloigné de nous, sa planche sous le bras.

Drew se matérialise à mes côtés, mais je suis incapable de le regarder et je pense qu'il me sent inapte à une conversation décontractée. Je me mordille l'intérieur de la joue, regardant Van s'élancer dans l'eau et commencer à pagayer pour s'écarter du rivage.

– Il dépasse les autres surfeurs, commente Max, comme si c'était un comportement répréhensible. J'espère qu'il sait ce qu'il fait.

– De toute façon, ils ne démarrent pas, réplique Nick.

Les minutes s'écoulent. Les autres gars, ceux qui étaient plus loin sur la route, se sont plus ou moins intégrés à notre groupe, mais je m'efforce de ne pas écouter leurs bavardages pendant que je demeure les yeux fixés sur Van, très loin, tout seul, dans le vaste océan.

Il attend...

Et soudain, l'horizon vire au noir.

– Y a une grosse série qui arrive, là ! s'exclame Nick.

J'ai l'estomac qui se retourne quand une vague immense et noire déferle à la rencontre de Van.

– Nous y voilà, murmure Drew.

Quand la vague commence à écumer, Van pivote vers le rivage et pagaie énergiquement.

– Il y va ! hurle Nick.

Même à bout de nerfs, je perçois la tension qui monte de ceux qui m'entourent.

– Il va être aspiré par les chutes d'eau.

Contrairement à son habitude, Max a l'air inquiet, mais Van donne deux autres coups de pagaie puissants et bondit sur ses pieds.

– Il a réussi ! crie Nick.

Van attaque la vague du tranchant de sa planche. Mon cœur s'envole…

Puis la lèvre de la vague s'enroule pour former un tube. Van se dresse fièrement et plonge une main dans l'eau pour se ralentir, avant de disparaître de notre champ de vision…

Un… Deux…

– Il va chuter dans l'impact de la vague ! j'entends dire quelqu'un.

Trois insupportables secondes… Quatre…

– Putaiiiiiiiin !

Cinq, et soudain, Van est recraché de la vague dans le chenal, comme s'il venait d'être éjecté d'une gigantesque lance à incendie. Et il est toujours debout !

Les acclamations qui montent autour de moi sont démentielles. Je plaque les mains sur mon visage pour refouler mes larmes, alors que Nick me tape dans le dos en riant.

– Je pensais qu'il était fichu ! il s'écrie. C'était le plus gros *barrel* que j'aie jamais vu.

Van secoue sa tignasse mouillée pour la repousser de son visage et jette un regard dans notre direction. D'où je me tiens, je remarque son sourire.

★

J'ai l'impression d'avoir besoin de temps pour moi quand nous rentrons à la maison. L'atmosphère était pleine d'effervescence dans la voiture, les garçons se bombardant d'histoires abominables sur des surfeurs de leur connaissance qui se seraient rompu les os, auraient eu besoin d'être recousus et sur un gars ayant été littéralement scalpé.

Je me sens toujours secouée à l'heure qu'il est, même si je suis allongée dans mon lit. C'est une bande de tarés, tous autant qu'ils sont.

On frappe un coup à ma porte.

– Oui ?

Le battant s'ouvre dans un craquement : Van me dévisage avec amusement et je lui jette en retour un regard circonspect. Il s'incline pour passer le cadre de la porte et me désigne le lit d'un signe du menton.

– Bouge-toi.

– Où est papa ? je lui demande par précaution.

– Il dort sur le canapé, répond-il.

Je me décale et il s'allonge, la tête sur mon oreiller. Il sent toujours l'odeur de l'océan : froide, sauvage et libre.

– Je suis désolé si je t'ai fait peur, murmure-t-il en croisant les bras sur son torse.

Ses longs doigts s'accrochent aux miens et mon cœur se serre, puis je me crispe quand il tourne le visage vers moi. Mais en levant les yeux sur lui, je me rends compte que les siens sont rivés au mur dans mon dos.

– La couleur du blé, je chuchote avant de tendre le bras pour passer les doigts sur son nom.

Les lettres cursives ont été tracées, je le réalise à présent, au bleu céruléen : « Vian Stanley Stirling ».

– C'est ma teinte de vert préférée. Tu te rappelles ?

Je me tourne vers lui et nos yeux se rencontrent. Il m'adresse un hochement de tête plein de sérieux, puis roule sur le flanc pour appuyer sa tête sur une main.

– Tu peindras encore, un jour ? je demande. (Il hausse vaguement une épaule hésitante.) Qu'est-ce que tu peindrais si tu devais peindre une chose ?

Il ne répond pas, mais, sous son regard, des papillons affluent dans mon ventre déjà noué.

– Van ? j'insiste.

Ses lèvres se retroussent.

– Au moins, tu m'appelles Van, constate-t-il.

– Il me semble que ça te va bien, j'admets, à contrecœur. Alors, qu'est-ce que tu peindrais ?

– Je sais ce que j'aimerais peindre, mais je n'essaierai jamais.

– Et c'est quoi ?

– Tes yeux, répond-il.

Mon corps entier frissonne.

– Pourquoi tu ne veux pas essayer ? je demande d'une voix qui se brise.

– Je n'en serais jamais capable.

Nous sursautons tous les deux en entendant du mouvement au rez-de-chaussée. Van descend lentement du lit, étirant ses bras repliés au-dessus de sa tête pendant qu'il se dirige vers la fenêtre pour jeter un œil dehors. Je m'assieds, tendue comme une corde.

★

C'est le lendemain et nous allons à Kynance Cove. Van observe le soleil, bas sur fond de ciel bleu sans nuage. Il y a juste une légère brise, mais il fait très, très froid. La crique devant nous n'est accessible qu'à marée basse. Un imposant rocher, presque aussi haut que les falaises environnantes, se dresse tout seul sur la plage, à notre gauche, et des vagues bleu-vert s'écrasent à sa base : l'eau est si limpide qu'on peut voir à travers ses remous.

Les falaises, au sommet herbeux, sont un amoncellement de couches de différentes couleurs : marron, orange, violet, argent et anthracite. Le pied des falaises paraît sablonneux, mais il s'agit d'une illusion, créée par les millions de bernacles accrochées à la surface de la roche.

– J'ai l'impression que c'est là qu'on a construit notre château de sable. Je reconnais la forme de la crique.

La voix de Van s'est élevée dans un silence ponctué jusqu'alors du seul cri des mouettes.

Nous sommes seuls : papa est resté au café avec Langoustine. Nous devons attendre que la mer ait un peu reflué pour pouvoir descendre et même ainsi, il nous faut ôter nos chaussures et nos chaussettes, puis patauger dans l'eau glacée qui nous bloque le passage. Mes pieds sont déjà engourdis, mais le jeu en vaut la chandelle.

– La surface des rochers est hyper variée, constate Van pendant que nous nous promenons. Ceux-ci ont l'air de sortir d'un jeu de Tetris, tellement ils sont trapus et solides, alors que ceux-là, les noirs, glissants, ressemblent à de la cire fondue. Et vise-moi un peu ceux-là ! Ils sont verts et rouges ! s'exclame-t-il.

Après que les vagues, en s'écrasant sur eux, les ont polis pendant des milliers d'années, ces rochers semblent revêtus d'une peau de serpent.

– Je crois que cette roche s'appelle de la serpentinite, je lui confie, souriant à son enthousiasme. Cet endroit t'inspire ? Tu pourrais t'imaginer en train de peindre ici ?

Au lieu de me répondre, il grimpe d'un bond sur un rocher, puis se retourne pour me tendre la main. En m'étirant, je parviens à m'en saisir, ce qui lui permet de me hisser à son niveau.

– Je vois ce qui a pu inspirer maman, finit-il par lâcher.

Je cherche à ne pas rester longtemps plantée sur les tapis de moules, accrochées par colonies à la roche, tels des scarabées bleu-noir aux élytres brillantes.

– C'est très différent en été. L'endroit est bondé à ce moment-là.

Aujourd'hui, nos empreintes sont les seules dans le sable. Van réunit ses mains devant sa bouche pour souffler dessus.

– Elles sont bleues ! je constate avec consternation.

Il a laissé les gants que nous lui avons prêtés à la maison. Je retire ma propre paire et la glisse dans ma poche pour prendre ses mains dans les miennes, puis les frotter vigoureusement. Il me contemple et je lui rends son sourire. Comme il a le visage baigné par la lumière du soleil, je prends conscience de quelque chose en cet instant : ses yeux ne sont pas simplement bleu foncé. Des éclats de vert et de doré sont insérés dans le bleu marine, feu d'artifice explosant dans un ciel nocturne. Je ne l'avais encore jamais remarqué. Mais, bon, je n'avais pas vraiment regardé non plus.

– Pourquoi tu t'es arrêtée ? murmure-t-il.

Je ne m'étais pas aperçue que mes mains s'étaient immobilisées.

– Ça va mieux ? je m'empresse de demander.

– Pas vraiment, répond-il en ouvrant la bouche pour me montrer qu'il a les dents qui claquent.

– Tu veux retourner au café ?

– Non.

Avec un sourire, il pose les mains sur ma taille. L'espace d'un instant, je suis désarçonnée, puis ses doigts congelés trouvent ma peau nue et je hurle.

Il éclate de rire quand je recule d'un bond. Mais dans la fraction de seconde qui suit, son visage se décompose et il me rattrape avant que je ne bascule dans le vide.

– Waouh ! fait-il en me tirant vers l'avant, si fort que nous entrons en collision. Excuse, c'est pas passé loin !

Je ris, un peu tendue.

– Ça fait bizarre.

– Oui, confirme-t-il en inclinant la tête pour me souffler son haleine chaude dans le col.

– Qu'est-ce que tu fabriques ? je demande, méfiante, en frissonnant.

– Je te réchauffe. Tu trembles.

– Je tremble parce que tu me souffles dans le cou, je réplique.

Pour toute réponse, il me souffle une nouvelle fois dans le cou. En l'occurrence, le frisson se répercute à travers tout mon corps.

– Ça chatouille. (Je me crispe en sentant ses mains revenir se poser sur mes hanches.) N'essaie même pas de les glisser encore un coup sous mon pull…

– D'accord, promis.

Alors, même si je peux m'écarter de lui, je reste où je suis. Il incline de nouveau la tête, mais cette fois-ci, ce sont ses lèvres qui effleurent mon cou. Toutes mes terminaisons nerveuses sont en alerte. Qu'est-ce qu'il fait ? Je ne pose pas la question. Je suis complètement figée. Ses lèvres remontent dans mon cou et viennent effleurer mon oreille. Mon cœur tambourine contre ma cage thoracique, menaçant de s'en échapper. Puis il pose la joue contre la mienne. Malgré le froid, sa peau est chaude. Est-il seulement en quête de proximité ? Parce que ce que j'éprouve en cet instant est très déroutant.

Rien à voir avec les sentiments d'une sœur pour son frère. Pas le moins du monde. Il recule et plonge ses yeux dans les miens.

– Van ? je fais d'une voix tremblante, en m'écartant.

Pourtant, il réduit de nouveau la distance entre nous. Ses pupilles sont dilatées, noyant le feu d'artifice sous leur flot noir.

Un courant électrique étincelle et pétille sur mes lèvres. Je me rends compte, abasourdie, que c'est parce qu'il est en train de m'embrasser.

Sous le choc, je halète et sa langue se glisse à travers mes lèvres écartées pour frôler la mienne.

– Qu'est-ce…

Mais cette langue m'interrompt, tandis qu'un frisson, parti du sommet de mon crâne, descend en spirale dans mon corps pour atteindre l'extrémité de mes orteils.

Ses lèvres sont douces et ses mains me retiennent, ce qui est une bonne chose parce que les courtes respirations que j'arrive tout juste à prendre me donnent une sensation de vertige. Et puis, tout à coup, il s'écarte de moi. Mes yeux font le point assez vite pour voir l'expression paniquée qui se peint sur ses traits alors qu'il fixe un point au-dessus de ma tête.

J'entends Langoustine aboyer.

Van se force à sourire et agite la main, avant de sauter et d'atterrir sur le sable dans un bruit sourd.

Je jette un œil par-dessus mon épaule pour découvrir papa, dans son pantalon vert et son gilet marron, qui se dirige vers nous, progressant difficilement à cause du sable.

– Je n'ai même pas eu besoin d'enlever mes chaussures ! lance-t-il avec un sourire, constatant le reflux de la marée. Quelle belle journée !

Au moins, je suis sûre d'une chose : il ne nous a pas vu nous embrasser.

⋆

Quand nous rentrons, je file au lit, car, dis-je à papa, je ne me sens pas bien. Ce n'est même pas un mensonge. *S'il nous a vus*… je ne supporte pas d'imaginer à quel point il aurait été choqué… Déçu… Dégoûté… Il considère Van comme son fils, comme mon frère, et cette pensée me rend malade de honte. C'est un peu comme si l'explosion dans les yeux de Van s'était également produite dans mon ventre et qu'en s'éteignant, toutes ses étincelles n'avaient laissé derrière elles que cendres et décombres. Pourquoi Van a-t-il agi ainsi ? Je ne peux même plus le regarder, alors comment vais-je être en mesure de l'interroger ?

⋆

Le lendemain, papa doit retourner travailler, si bien que deux possibilités s'offrent à nous : rester tous les deux tout seuls à la maison ou accompagner papa.

– J'ai bien envie de revoir le labyrinthe, déclare Van au petit déjeuner.

Il se comporte comme si rien ne s'était passé. Je devrais peut-être l'imiter.

Mais j'en doute.

★

Nous nous avançons sur un chemin aux pavés humides, sous des feuilles de palmiers duveteuses qui forment comme un parapluie au-dessus de nos têtes. Van passe les mains sur les feuilles persistantes d'un buisson et celles-ci, en reprenant leur place d'un bond élastique, aspergent son manteau des gouttes déposées sur elles par la pluie.

Ses mains ne vont pas tarder à redevenir bleues. Je ne les réchaufferai pas, cette fois-ci.

– Je n'arrive pas à croire que tu aies encore laissé tes gants à la maison, je marmonne.

– Enfin ! lance-t-il, sardonique. Elle parle ! Je commençais à penser qu'on allait passer toute la journée à se promener ici sans ouvrir la bouche. (Je pousse un profond soupir et croise les bras.) On se cachait là-dessous, ajoute-t-il en s'accroupissant à côté d'un gunnera géant dont les feuilles sont absolument gigantesques. Tu imaginais que les fées organisaient des fêtes, ici.

Il me sourit et se relève. Je ne suis pas vraiment d'humeur pour ce genre de réminiscences bon enfant.

– Voici le labyrinthe, je réplique en le lui désignant, tandis que nous reprenons nos déambulations.

On dirait un cerveau, avec ses tracés ondulés et ses circonvolutions naturelles, plantés dans la colline.

– C'est minuscule ! s'exclame-t-il.

Il veut parler de la hauteur des haies de laurier-cerise.

– Ils arrivaient juste au niveau de nos têtes, je lui rappelle.

Il fronce les sourcils, mais en souriant.

– Oui, sans doute. Je me demande si je saurais toujours retrouver mon chemin.

Il s'élance au pas de course, coupant à travers le gazon, au lieu d'emprunter le chemin, comme nous sommes censés le faire.

Mais, une fois encore, nous ne les avons jamais suivis, ces chemins. Papa avait coutume de nous le reprocher.

Quand j'atteins le pied de la colline, il s'est déjà bien engagé dans le labyrinthe. Les haies ne lui montent plus qu'au niveau du torse et je n'arrive pas à refouler un sourire en voyant son visage tandis qu'il saute par-dessus les flaques de boue sur son chemin. Je repense à notre course sur la piste côtière, le jour où il s'était écorché la main au mûrier.

Oui, j'ai revu ce même jour en rêve, mais quand je repense à la façon dont mon rêve s'est développé, la chaleur me monte au visage. J'ai imaginé que je l'embrassais bien avant que ce baiser ne devienne réalité.

Un sifflement sonore ramène mon attention vers lui. Van a déjà atteint la petite hutte au toit de chaume au centre du labyrinthe, l'air on ne peut plus fier de lui. Je me mordille la lèvre et attends qu'il retrouve son chemin jusqu'à moi.

– Il n'y a pas une plage, par ici ? demande-t-il en revenant.

– Oui, tout en bas.

– On peut aller voir ?

– On a toute la journée devant nous.

Papa s'occupe des bénévoles, aujourd'hui, donc il sera occupé, mais nous pouvons aller nous installer dans la cahutte – la salle de détente – quand nous en aurons assez de vagabonder sans but. Il y a là-bas des tas de livres et de magazines à lire, ainsi que du thé et du café, sans même parler des gâteaux.

Les jardins luxuriants ont été aménagés sur un terrain très pentu, traversé en son milieu par un ruisseau qui s'écoule à leur pied.

Dès que nous avons franchi un portillon de bois, nous débouchons dans le petit hameau de Durgan. Les cottages de pierre ont des toits d'ardoise et des cheminées de brique rouge ainsi que des jardins qui, en été, regorgent de fleurs. Mais pour l'heure, tout est vert et marron, les seules touches de couleurs vives étant apportées par les bateaux rouges et bleus, renversés sur un côté du chemin.

Après avoir traversé les rochers gris de la plage, nous nous arrêtons sur le sable pâteux des berges. L'embouchure du fleuve se trouve plus loin, sur notre gauche, et au-delà s'étale le bleu immense de l'Atlantique. Des voiliers sont amarrés aux bouées qui flottent devant nous et des algues d'un vert éclatant ont échoué sur le rivage, agrémentées à l'occasion de quelques méduses. Van en pousse une de la pointe de sa chaussure. Elle est transparente, avec une étoile marron sur le dos.

– Je me rappelle ces méduses, dit-il. On venait ici pour faire des ricochets.

Il se baisse et ramasse un galet plat avant de s'approcher de l'eau. Je le regarde incliner son long corps mince et lancer la pierre pour qu'elle rebondisse sur la surface.

– Pourquoi tu as fait ça ?

Van se retourne pour me regarder par-dessus son épaule, les sourcils froncés au point qu'ils se rejoignent. Quelques secondes s'égrènent avant qu'il ne réponde.

– Je voulais être ton premier.

– Pourquoi ? je demande, avec une moue.

Il choisit un nouveau galet.

– À ce qu'on dit, on n'oublie jamais son premier, murmure-t-il en lançant le caillou sur la surface de l'eau.

Le projectile rebondit sept fois avant de couler.

– Je ne risquais pas de l'oublier, de toute façon, je marmonne. L'image me brûle la rétine, chaque fois que je ferme les yeux. (Ses lèvres se retroussent sur un sourire.) Je ne comprends toujours pas pourquoi tu as fait ça.

– J'en avais aussi envie, répond-il en baissant la voix.

– Mais pourquoi ? Je suis comme ta sœur, je proteste.

Une fois de plus, mon corps entier est envahi par la honte. Il recule, puis secoue la tête.

– Non, pas du tout, affirme-t-il sans hésiter.

– Et qu'est-ce qui se passe, si papa nous a vus ?

– Ce n'est pas le cas.

– Tu n'aurais pas aimé que ça arrive, n'est-ce pas ?

Il détourne le regard, puis donne un coup de pied dans les cailloux devant lui, avant de se pencher pour choisir un nouveau galet. Je vois clairement qu'il est mal à l'aise.

– Si ça ne te posait aucun problème de m'embrasser, pourquoi tu te soucierais de qui nous voie ? j'insiste.

– C'est ton père, réplique-t-il vivement, en plongeant son regard dans le mien. Je n'aurais pas non plus été à l'aise d'embrasser Jenna devant son père.

– C'était avec elle, ton premier baiser ? je demande d'une voix hésitante.

– Non, fait-il, laconiquement.

– Tu as embrassé combien de filles ?

– Avant hier ? Trois. (Il marque une pause, au cours de laquelle je reste plantée là, en proie à un malaise inexplicable.) La première fille que j'ai embrassée, c'était Kerry-Ann, la sœur aînée d'un copain. J'avais treize ans, elle quinze.

– Épargne-moi les détails !

– D'accord, consent-il, dérouté. C'est toi qui as demandé.

– Et ta deuxième fille ?

Il hausse les sourcils.

– Je croyais que tu ne voulais pas savoir.

– Dis-moi juste.

– Une Anglaise qui était venue passer des vacances en Australie. Elle s'appelait Nicola.

– Je ne veux pas savoir son nom, je rétorque vivement.

– On dirait que tu es jalouse.

– Pas du tout, je réplique à travers mes dents serrées.

– Parce que si tu me considères vraiment comme ton frère, c'est un peu bizarre d'être jalouse.

– Tu étais bien jaloux des autres enfants, toi ! je proteste, gênée. Tu te rappelles, ce pauvre Edward ?

– Qui ?

– Ce garçon, Edward ! Celui qui passait des vacances ici, le jour où on a attrapé Webster !

– Oh, lui, fait Van avec un sourire, et il lance un autre galet. C'était différent. On avait dix ans et je voulais seulement avoir ton attention.

Je soupire.

– Je ne comprends toujours pas pourquoi tu tenais à être mon premier.

Il me dévisage pendant de longues secondes avant de répondre.

– Je me suis dit que c'était soit moi, soit Drew.

Donc il m'a embrassé parce qu'il a laissé libre cours à son habituelle tendance possessive ? C'était juste une manière pour lui de réagir à une menace extérieure ? Je ne sais pas si je dois me sentir soulagée ou déçue.

– Eh bien, ne laisse pas ce genre de choses se reproduire, d'accord ? je lâche dans un souffle.

Il hausse les épaules.

– D'accord.

Il est déçu, c'est une certitude.

*

Ce soir-là, quand nous arrivons à la maison, deux messages nous attendent sur le répondeur. Le premier a été laissé par Ellie et je souris, plantée dans l'entrée, en l'écoutant ronchonner, comme quoi elle s'ennuie à mourir. Elle nous supplie de faire quelque chose avec elle le lendemain, parce qu'elle n'en peut plus d'attendre le réveillon du Nouvel An, ne serait-ce qu'une journée supplémentaire. Je glousse quand son laïus est coupé net parce que le temps imparti aux messages est arrivé à son terme.

– On dirait bien que tu lui manques, commente Van, amusé.

– Oui.

Je regrette d'avoir raté l'occasion de prendre des nouvelles d'Ellie, mais elle sait que j'ai besoin de passer du temps en tête à tête avec Van.

La surprise me fait sursauter au démarrage du message suivant.

– Salut, c'est Drew. Je voulais dire à Nell que mon frangin et moi, on va surfer à Chapel Porth, demain. Je me suis dit que Van et elle auraient peut-être envie de venir.

Van presse ses paumes l'une contre l'autre, dans un geste de prière, et me lance un regard implorant.

Je sens mes épaules s'affaisser. Je n'aime pas trop le stress que j'éprouve à la perspective de le revoir surfer.

– Je vais demander à Ellie si elle a envie de venir, elle aussi, je lâche, résignée.

*

Il s'avère finalement que plusieurs de nos amis sont partants pour une expédition à la plage et le lendemain, je me retrouve assise entre Van et Ellie sur la banquette arrière de la voiture de son frère Graham, pendant que la petite amie de Graham occupe le siège passager.

Même si j'apprécie ma toute nouvelle liberté, qui me permet de sortir avec des gens de mon âge sans avoir à demander à mon père de me conduire ici ou là, je ne suis pas vraiment sereine de me retrouver aussi proche de Van. Silencieux, il a le regard rivé à la vitre, tandis qu'Ellie raconte à un rythme soutenu ce qu'elle a fait pendant ses vacances. Je n'arrête pas de lui poser des questions, afin d'alimenter son flot de paroles, mais je me sens mal, à cause de tous les non-dits entre nous deux. Je me demande si je lui avouerai jamais que Van m'a embrassée.

Nous nous garons dans le parking où, comme nous le découvrons, Drew, Nick, Max, Brooke et Brad viennent d'arriver. Ellie et moi sortons saluer Brooke et laissons les garçons se préparer, pendant que nous allons au salon de thé. L'endroit est connu pour ses cornets de glace « Hérisson » – de la vanille de Cornouailles roulée dans des noisettes caramélisées –, mais ce jour-là, nous faisons le plein de boissons chaudes.

L'établissement est niché dans une anfractuosité entre deux grosses collines herbeuses. De là où nous nous trouvons, elles se dressent vers le ciel avant de plonger vers l'océan, devenant alors de hautes falaises qui plongent droit sur une plage de sable blanc ou une eau d'un vert cristallin, selon que la marée est haute ou basse. En haut des falaises, sur la droite, il y a les ruines de la Wheal Coates, une ancienne mine d'étain, aux abords de laquelle nous nous promenons parfois avec Langoustine, papa et moi.

Comme il y a la queue, les autres sont prêts à partir, lorsque nous revenons avec nos commandes. Nick et Van marchent devant nous, dans le sable.

– On est venus ici hier et on a eu des séries de vagues vraiment lisses, raconte Nick. Des *A-frames*[1] parfaites, pas une goutte d'eau où il ne fallait pas.

1. Dans le jargon des surfeurs, les *A-frames* sont des vagues qui se brisent à gauche et à droite en même temps. (N.d.T.)

– Il surfait avec la *tail* de sa planche, s'enthousiasme Max.

Ellie me donne un petit coup de coude et lève les yeux au ciel en les entendant parler surf, mais j'aime assez écouter leur jargon. Je reporte mon regard sur Brooke qui, de son côté, dévore Van du regard. Ce que remarque Ellie : elle m'envoie un nouveau coup de coude.

Brooke nous regarde.

– Quoi ?

Ellie désigne la nuque de Van d'un petit geste du menton et sourit. Brooke hausse les épaules.

– Ton frère est vachement sexy, me souffle-t-elle.

– Ce n'est pas mon frère, je chuchote en secouant la tête.

Elle se moque des détails techniques et sa tocade empire quand elle le voit surfer. Moi aussi, d'ailleurs, je dois me faire violence pour détacher les yeux de lui. Même Ellie paraît impressionnée.

– Waouh, lâche-t-elle quand Van effectue un rapide changement de direction, dans un jaillissement de gouttelettes.

Il prend de la vitesse en surfant sur la face d'une belle vague verte, puis pousse sa planche hors de la lèvre avant de redescendre pour continuer à surfer.

C'est bien moins douloureux pour moi que l'autre jour. Non seulement parce que j'ai mes amies avec moi, mais parce que ces vagues semblent bien plus amicales que celles de Porthleven. Nous causons de choses et d'autres, même si nous nous taisons par moments pour regarder.

– Qui c'était ? je demande, éberluée, en voyant les ailerons de la *tail* d'un surfeur se dégager de la vague et le gars surfer en arrière pendant deux secondes. C'était Brad ?

– Je crois que c'était Nick, réplique Brooke. Ils ont des cheveux de la même couleur.

Je dois l'admettre, je suis en admiration devant ces garçons.

Soudain, Van s'envole de la lèvre de la vague et fait tourner sa planche à trois cent soixante degrés dans les airs, avant de se reposer et de continuer à surfer.

– Oh ! s'écrie Ellie, qui en reste bouche bée.

– La vache ! explose Brooke en se levant d'un bond.

Waouh. C'était magnifique.

*

Quand nous arrivons au *Boatman* pour le réveillon du Nouvel An, ça ne parle que d'une chose : la rotation à trois cent soixante degrés effectuée par Van. La moitié de nos amis y ont assisté, mais tout le monde en a entendu parler.

– Je n'ai jamais vu quelqu'un effectuer un renversement en l'air, commente Brad, aux anges.

– Moi non plus, sauf des surfeurs professionnels, ajoute Max.

– Tu aimerais surfer en professionnel ? demande Brooke à Van.

Elle a le visage illuminé par la curiosité. Il hausse les épaules, gêné par l'attention dont il est l'objet, et celle de Brooke est avide. Décidant de les laisser entre eux, je pars chercher Ellie. Elle se trouve sur le ponton, sous les guirlandes lumineuses. Nous nous asseyons ensemble sur un banc, tournées vers l'extérieur. Comme un autre groupe d'amis est également dehors, nous tuons le temps en bavardant.

– Elle voulait savoir ce qui s'était passé dans *Les Voisins*, me murmure Van à l'oreille, environ dix minutes plus tard.

Je me raidis de le sentir aussi proche.

– Moi aussi, je veux savoir ce qui se passe dans *Les Voisins*, je réplique en levant les yeux vers lui. Ici, Jason Donovan n'a toujours pas quitté le feuilleton.

L'Australie a dix-huit mois d'avance sur nous dans la diffusion des épisodes.

– Je ne regarde pas, réplique-t-il en désignant le banc d'un signe du menton. Ce que tu sais parfaitement.

Je m'écarte, mais il n'empêche qu'il est tout de même collé contre moi. La chaleur qui émane de son corps s'infiltre sous ma peau et je dois admettre que la sensation est agréable. J'avais un peu froid, même avec tous les gens massés ici.

– Brooke t'aime bien, je constate. (Ellie, qui discute avec un autre copain du lycée, n'écoute pas.) Tu sais qu'elle habite juste ici, j'ajoute avec une nonchalance feinte en lui montrant d'un signe de tête l'adorable cottage de Brooke, de l'autre côté du fleuve.

J'ai l'impression qu'il s'est écoulé bien plus de trois semaines depuis que j'y suis allée, pour l'anniversaire de son frère.

– Oui, elle m'a invité à venir chez elle, plus tard.

– Ah bon ? je fais en lui jetant un coup d'œil. Donc tu es en route pour un cinquième ?

– Un cinquième ? (Son profil ne me révèle d'abord que de la perplexité, puis son expression me montre qu'il a compris. *Un cinquième baiser.*) Ce n'était pas dans mes intentions, réplique-t-il en louchant vers moi. Et toi ? Tu vas tenter le deuxième ?

Il lève le menton droit devant lui. En suivant la ligne de son regard, je tombe sur Drew qui zigzague dans la foule avec un plateau de petits-fours. Il croise mon regard et se dirige vers nous, ce qui m'évite d'avoir à répondre à la question de Van.

– Je vous en prie, soulagez-moi de quelques-uns de ces trucs, dit-il en nous présentant son plateau.

– Merci.

Van se saisit d'un mini-Yorkshire pudding, se lève et nous plante là.

Où va-t-il ?

– C'est bon, je prends une pause, décrète Drew, qui libère de la place pour son plateau, parmi les verres vides abandonnés sur la table.

Il s'assied à l'emplacement laissé vide par Van sur le banc.

Est-ce que Van va chez Brooke ?

Je tente de me concentrer.

– C'est toi qui les as préparés ?

Je suis certaine que ces petits-fours sont délicieux, mais mes papilles gustatives affolées leur trouvent le goût et la consistance du carton.

– Pas ceux-ci, non. Ma plus grande contribution à cette soirée, c'est la *playlist*, répond-il. Le meilleur de ce que les années 1980 ont à offrir.

Je n'arrive pas à croire que le lendemain, nous entamerons une nouvelle décennie. Les années 1990.

– J'adore cette chanson, je déclare.

Il s'agit de « Don't You Forget About Me » des Simple Minds, qui figure sur la bande originale de *The Breakfast Club*, un autre de mes films préférés.

– Moi aussi.

– Mais tu aimes cuisiner, non ?

Il hausse les épaules.

– Ça ne me dérange pas, même si ce n'est pas ce que je veux faire de ma vie.

– Qu'est-ce que tu veux faire ?

– Je ne sais pas. Je pense aller étudier la philosophie à l'université, en espérant que ça me donnera quelques idées. Et toi ?

– La littérature anglaise, je pense.

Je jette un coup d'œil par-dessus mon épaule. *Van est-il au bar ?*

– Non, je veux dire, dans quel genre de domaine tu aimerais travailler ?

– Ah ! Peut-être quelque chose en lien avec l'édition : les livres ou les revues.

Je sais que ma réponse peut paraître vague, mais je suis distraite. *Il est peut-être allé aux toil…*

Je profite de ce que je me ressers en petits-fours pour balayer la salle du regard. J'y cherche désormais aussi bien Brooke que Van. Faute de repérer ni l'un ni l'autre, je me sens mal.

– J'ai l'impression que je devrais retourner en cuisine, déclare Drew qui se lève et récupère son plateau. À plus.

J'ai des remords en le regardant s'éloigner. Ai-je été grossière ? À l'anniversaire de Brad, il avait mon attention pleine et entière et le voir m'emplissait le ventre de papillons.

Où sont-ils, mes papillons, désormais ?

Presque en réponse, mon cerveau fait ressurgir le souvenir du baiser de Van et voilà mon ventre qui reprend aussitôt vie, sous les battements d'ailes de ces créatures.

Oh, zut.

Est-ce que Van a gâché Drew à mes yeux ?

Van réapparaît et revient s'installer sur le banc. De manière déroutante, mes papillons se démultiplient, apaisant toutes mes inquiétudes, vieilles de quelques secondes, quant à l'endroit où il pouvait bien se trouver.

– Je croyais que tu étais allé chez Brooke, je lâche d'une voix essoufflée.

Il me tend un cocktail sans alcool.

– Non, répond-il en fronçant les sourcils. J'étais au bar. (Il fait tinter son verre contre le mien.) Je n'arrive pas à croire que j'aie abandonné un été australien pour un hiver britannique, ironise-t-il.

– Je vais essayer de ne pas le prendre personnellement.

Je sirote une gorgée de ma boisson et il sourit en examinant la foule.

– Sérieusement, j'ajoute, tu es content d'être venu ?

Il hésite avant de secouer la tête.

– J'ai un peu le mal du pays, admet-il.

– Vraiment ?

Son commentaire ne fait pas que me surprendre, il me blesse. Van hausse les épaules.

– Mes amis me manquent. Et papa aussi.

Ma souffrance se fait plus profonde. Je ne sais pas pourquoi. J'imagine que j'aurais préféré le voir se contenter de nous, mais pourquoi après tout ? Je devrais être contente que son univers ne se résume pas à nous. Je suis contente. Alors pourquoi est-ce que je me sens blessée ?

Son auriculaire se referme sur le mien et je m'efforce de ravaler ma douleur, mais il plaque alors un délicat baiser sur mon épaule. Je me raidis aussitôt, examinant les gens à la ronde pour voir si quelqu'un a remarqué son geste.

– Relax, m'intime Van avec lassitude.

– Mes amis te considèrent comme mon frère, je réplique, la mine sombre, en dégageant mon doigt.

Il repousse ses cheveux de son visage, puis se tourne pour me regarder et ses cheveux lui retombent sur les yeux quand il se rapproche.

– Merde, Nell, je ne suis *pas ton frère.* (Il insiste sur les trois derniers mots.) Et tu veux que je te dise la vérité ? (Ses yeux lancent des étincelles.) En fait, ça me tue que tu aies détesté ça, parce que depuis que je t'ai embrassée, bon sang, je ne pense qu'à une chose : à recommencer.

Je suis abasourdie puis, surgie de nulle part, l'envie la plus irrésistible qui soit me claque un grand coup dans le dos et me propulse vers l'avant.

Comme il s'écarte légèrement, je cesse de me focaliser sur ses lèvres pour croiser son regard.

– Voilà, murmure-t-il, comme s'il venait tout juste de recevoir la réponse à une question qu'il se posait à lui-même.

– Nell, il faut que tu viennes danser avec moi sur cette chanson ! me crie Ellie, presque en plein visage.

J'ai toutes les peines du monde à rassembler mes pensées. Qu'est-ce qu'elle veut ?

– Viens ! s'impatiente-t-elle alors que je la fixe d'un regard vide. On va danser !

Elle lève les mains, frustrée, avant de tendre le bras en riant pour me remettre sur pied.

Elle m'entraîne sur la piste de danse : la zone de restauration a été débarrassée de ses tables et des lumières disco font rebondir des cercles de couleurs scintillantes sur les murs. Je note avec un temps de retard que la chanson qui passe est l'une de nos préférées : « Kids in America » de Kim Wilde, mais je suis trop hébétée pour m'amuser.

Je ne retourne pas auprès de Van pendant le reste de la soirée, mais je suis toujours consciente de l'endroit où il se tient et je sais qu'il ne reste jamais tout seul : la plupart du temps, il parle surf avec les autres garçons.

Quand le décompte des minutes jusqu'à minuit commence, je suis entourée de mes amis, sur la piste de danse. Drew est dans les parages, ainsi qu'Ellie et Brooke, mais Van se trouve de l'autre côté de la salle, en compagnie de Nick et Max.

– Dix, neuf, nuit… (La foule commence à scander.) Sept, six, cinq… (Je croise les yeux de Van, par-delà l'espace bondé, et nous ne nous lâchons plus du regard.) Quatre, trois, deux, un…

Les acclamations fusent de toutes parts. Ellie me serre dans ses bras, puis Brooke et puis c'est Drew qui se tient devant moi, souriant de toutes ses fossettes.

Je suis immunisée contre son charme. Il prend mon visage entre ses mains et se penche pour m'embrasser, mais, à la dernière seconde, je détourne le visage afin que ses lèvres atterrissent sur ma joue. Quand il s'écarte, je fixe Van du regard.

*

– Tu veux utiliser la salle de bains en premier ? je chuchote quand nous arrivons à la maison.

Je suis dans l'entrée, en train de retirer mes chaussures d'un coup de pied, histoire de faire comme si tout était normal.

– Non, vas-y, répond Van, dans un murmure, lui aussi, afin de ne pas déranger papa.

J'y vais tout droit, actionnant au passage le commutateur électrique, et je referme la porte de la salle de bains derrière moi. Je me démaquille, me brosse les dents aussi vite que possible, sachant qu'il est dans le couloir, à attendre son tour.

Mon cœur manque un battement quand, en ouvrant la porte, je le découvre juste devant moi. Le ciel nocturne de ses yeux s'insinue dans les miens tandis que l'instant s'éternise. Et mon cœur d'effectuer un demi-tour avant d'accélérer. Van fait un pas vers moi, je recule lentement dans la salle de bains. Sans me quitter des yeux, il referme la porte derrière lui et la verrouille. Puis, d'une main, il cherche l'interrupteur. Il y a un « clic », la pièce tombe dans l'obscurité.

J'ai la conscience aiguë de nos souffles. Il se rapproche encore, si bien que nos hanches se touchent. Mes reins sont appuyés contre le bord froid et dur du lavabo. Mes yeux s'habituent assez à la pénombre pour distinguer sa silhouette. Je comprends donc au moment où il incline la tête qu'il va m'embrasser, pourtant le choc est toujours aussi puissant quand je sens ses lèvres sur les miennes.

En pleine effervescence, je lui rends son baiser. Mes mains agrippent le tissu de sa chemise, mes genoux sont en coton. Il serre mon visage entre ses mains et approfondit notre baiser. J'en ai la tête qui tourne, maintenant que nos langues se mêlent. Sans crier gare, les visages choqués d'Ellie et Brooke se lancent à l'assaut de mon esprit et je recule, pantelante. Mais Van est toujours là, pressé contre moi, l'attirance est trop forte. Je chasse Ellie, Brooke, papa et tout le monde pour revenir à ses lèvres.

*

Une semaine et demie plus tard, je suis au lit, en proie au mélange d'émotions le plus étrange, le plus complexe qui soit. Demain matin, Van repart en Australie et ma tristesse est écrasante, dévastatrice, quand je songe à son départ. Dès que papa sera endormi, je vais retourner le trouver.

Au cours de ces dix derniers jours, notre relation a progressé à une vitesse fulgurante. Il nous est presque impossible de ne pas nous toucher, sauf quand papa est dans la même pièce que nous. Chaque occasion est bonne pour nous voler baisers et caresses – derrière les portes, en bas sur le ponton et même sur le canapé, pendant que papa est dans la salle de bains. Mais au cours des deux heures qui séparent le départ de mon père pour son travail et l'arrivée de la mère d'Ellie qui m'emmène au lycée, nous n'avons pas à nous cacher.

Au départ, nous restions à la maison, à nous embrasser et à nous caresser dans le salon, mais ces derniers jours ont vu nos étreintes se faire nettement plus osées et dès que la voiture de papa quitte l'allée, nous nous réfugions dans la chambre de Van, où nous nous découvrons mutuellement de façon bien plus intime.

Hier, nous avons été dangereusement proches de franchir le pas. La même chose s'est produite ce matin, où nous n'avons réussi qu'*in extremis* à nous arrêter. Nous n'avions aucune protection et l'expérience a été très pénible, mais nous ne pouvions pas acheter des préservatifs à la boutique du village sans craindre que mon père ne soit mis au courant. Et même si Van est allé quelques fois surfer avec Nick et Max, il n'en a pas trouvé lors de ses expéditions.

Et puis, ce soir, au club nautique, il a découvert que les toilettes pour hommes recelaient des distributeurs…

Ce soir, nous irons jusqu'au bout.

Je m'étais toujours dit que j'aurais un petit ami depuis des mois, ou même une année, avant d'envisager de coucher avec lui et je n'avais certainement pas imaginé que je perdrais ma virginité à l'âge de quinze ans.

Mais j'ai désespérément envie que Van soit mon premier homme – de toutes les façons possible – et lui que je sois sa première femme.

Je suis excitée, inquiète, affligée à l'idée de son départ, et je suis la proie de sentiments persistants de culpabilité et de honte. Même si nous ne sommes pas frère et sœur au sens propre, Van et moi avons tout de même vécu comme tels pendant cinq ans et je déteste penser au jugement des gens. Papa, j'en suis certaine, serait horrifié de découvrir l'évolution de nos sentiments.

J'ai également de la peine quand je songe que je suis sur le point de franchir ce pas immense sans même pouvoir en parler à ma meilleure amie. Ellie se sent déjà ignorée parce que je ne l'ai pas invitée à passer du temps avec nous après les cours.

Je tends le cou et j'écoute. Papa doit dormir, à présent. Ce n'est pas la première fois que nous prenons un risque, mais il y a une énorme différence entre les premiers jours, où nous étions dans le lit de Van, à discuter en toute innocence, et ce que nous sommes sur le point de faire.

Nous nous sentons tous les deux très mal d'agir dans le dos de papa et de trahir sa confiance, mais, ce soir, nous ferions presque n'importe quoi pour étouffer la douleur que nous cause le départ imminent de Van.

Je me glisse hors de mon lit et m'engage sur le plancher, en évitant soigneusement les lattes qui grincent. Quelques secondes plus tard, je suis dans le couloir, les pieds passés dans mes chaussures pour courir jusqu'à l'annexe à travers l'air glacé de la nuit. Je frappe un coup léger sur la porte, elle s'ouvre.

Toutes mes émotions s'intensifient quand je plonge le regard dans les yeux de Van. Il m'attire dans la chambre et referme la porte pour me plaquer contre le mur. Son jean frotte rudement contre le tissu moelleux de mon pyjama. Quand il rompt notre baiser pour me dévisager, ses yeux ont viré au noir sous l'effet du désir.

Derrière son épaule, j'avise ses valises, déjà prêtes, et des larmes jaillissent de mes yeux. Le visage déformé par la douleur, il presse le front contre le mien. Je refoule mes larmes, refusant de gâcher de précieux instants par mes pleurs.

Nous nous déshabillons et nous déplaçons jusqu'au lit, sans cesser de nous embrasser, de nous caresser, de nous rapprocher du point de non-retour. Je suis tendue à me rompre, comme si quelque chose en moi risquait de se briser net si ça n'arrivait pas bientôt.

– Tu es prête ? chuchote-t-il.

Son haleine est chaude à mon oreille. Je hoche la tête et il s'assied. Comme la couette a glissé de son dos, je me retrouve exposée à son regard.

– Tu es si belle, murmure-t-il en faisant courir ses mains sur les courbes de ma taille.

Le froid me couvre de frissons, mais je tends le bras pour le toucher, lui aussi, suivant du bout des doigts les dessins de son torse.

– Toi, tu es sexy, je réplique.

Il me sourit avec une immense douceur, avant d'attraper le préservatif sur sa table de chevet.

J'ouvre des yeux comme des soucoupes en le regardant dérouler le latex, la boule au ventre.

Puis je cille et je me réveille dans un cauchemar.

La porte s'est ouverte à la volée, la lumière s'est rallumée et papa se tient en plein milieu de la chambre. Il secoue frénétiquement la tête, comme s'il n'en croyait pas ses yeux.

Van fait un bond en arrière, me découvrant par mégarde. Dès qu'il réalise son erreur, il tente précipitamment de la réparer, mais papa entrevoit alors le corps nu de Van et je le jure, je ne veux plus jamais revoir cette expression sur le visage de mon père.

Il a les sourcils qui lui remontent presque jusqu'à la racine des cheveux face à mon « frère » qui se flétrit devant lui.

– Qu'est-ce qui se passe, BON SANG ? hurle-t-il. Qu'est-ce que vous FICHEZ ?

C'est une question rhétorique. Ce que nous fichions est absolument évident.

– Elle est comme ta SŒUR ! vocifère-t-il, tandis que le choc et l'effroi se peignent sur ses traits.

Je me rends compte avec un pincement au cœur que sa rage est, en cet instant, entièrement dirigée contre Van.

Papa s'avance, les yeux écarquillés. Van se hâte d'attraper son sweat-shirt et de l'enfiler.

– Je t'ai fait venir ici ! lui hurle mon père au visage. J'ai payé ton billet ! Tu étais… tu es comme mon fils ! Et tu fais ça ici, ajoute-t-il en balayant la chambre du regard, avec ma fille… sous mon nez… dans le studio de ta mère ?

Van sursaute violemment et mon cœur se brise en deux.

– Papa, s'il te plaît ! j'interviens, sachant que la blessure que mon père est en train de lui infliger est irréparable. Ne lui reproche rien !

Je m'empare de la main de Van. Mon père me regarde comme s'il n'arrivait pas à croire que je me trouve ici, mais il détourne les yeux presque aussitôt.

– Habille-toi, crache-t-il dans ma direction. (Il ramasse mon pyjama au sol et le lance sur le lit.) Comment tu as pu ?

Il a l'air si blessé que j'éclate en sanglots, accablée par le regret et le remords.

– Je suis désolée ! je lâche entre deux accès de larmes.

Je passe les bras dans mon haut de pyjama. Van, qui sort de son hébétude, enfile son jean.

– Vous étiez censés être frère et sœur !

Il ne peut même pas me regarder. Mes pires craintes se sont réalisées.

– Mais on n'est pas frère et sœur ! proteste Van en haussant la voix, plein de colère. Je l'aime. (Il secoue énergiquement la tête et me désigne.) Je l'ai toujours aimée, mais ce que j'éprouve pour elle maintenant n'a rien à voir avec ce que j'éprouvais quand on avait dix ans. Je suis amoureux d'elle.

Les yeux de papa se posent sur moi et je hoche la tête, le cœur atrocement serré.

– On s'aime, je murmure, désireuse de lui faire comprendre, de lui faire accepter les choses telles qu'elles sont. Je suis amoureuse de lui.

Il me dévisage un long moment, puis son expression désemparée s'assombrit, se mêlant de consternation et de déception.

– Retourne te coucher, m'ordonne-t-il d'une voix étranglée, avant de se tourner vers Van. Si tu ne repartais pas demain matin, je te réserverais une place dans le prochain vol.

Van s'écroule sur son lit et enfouit la tête dans ses mains. Papa attend que je quitte la chambre.

★

J'ignorais qu'on puisse se sentir aussi mal. Oui, nous avons tous les trois traversé pire, il y a cinq ans, mais la souffrance présente est d'un genre différent. Ce sentiment d'humiliation, ce niveau de remords… Je ne sais pas si je serai capable de m'en remettre.

Deux semaines ont passé depuis le départ de Van et je ne comprends toujours pas comment je parviens à me lever et à traverser chaque journée. Ellie pense que j'ai le cœur brisé par le départ de mon « frère » et la pensée qu'elle découvre ce qui s'est réellement passé m'emplit d'effroi. Tous les jours, dès que je rentre du lycée, je me réfugie dans ma chambre. Je peux à peine avaler quoi que ce soit, je ne dors presque pas et pour ne rien arranger, j'ai le cœur complètement brisé, parce qu'en plus, j'ai aussi perdu Van.

– Nell.

Papa est devant la porte de ma chambre.

Je ne réponds pas, mais il entre quand même. On est samedi, donc, comme je n'ai pas à traîner ma carcasse hors du lit, je n'ai aucune intention de le faire.

– Je me disais qu'on pourrait emmener Langoustine se promener sur la plage, murmure-t-il. (Je secoue la tête.) Nell, on ne peut pas continuer à vivre comme ça.

Je roule dans mon lit pour regarder le mur. Je serre contre moi le koala en peluche que Van m'a offert pour Noël. Papa pousse un lourd soupir et s'assied sur mon lit, ce qui fait ployer l'extrémité du matelas.

– Il est temps de passer à autre chose, me dit-il d'une voix rauque. Ce qui est fait est fait. (Ma poitrine se soulève, secouée par des sanglots silencieux.) Nell, répète-t-il.

– Il me manque !

Je pleure. Cette fois, il ne dit rien, mais une minute plus tard, je sens sa main sur mon épaule. Il m'oblige, doucement, mais fermement, à me tourner vers lui.

– Je t'aime, ma chérie, lâche-t-il d'une voix rongée par l'émotion.

Les yeux débordant de larmes, il repousse les cheveux tombés sur mon visage.

J'ai l'impression que c'est la première fois qu'il me regarde vraiment depuis qu'il nous a trouvés ensemble. Il presse mon épaule.

– C'est mieux ainsi. Tu es trop jeune pour faire ça. Tu n'as que quinze ans ! s'écrie-t-il d'un ton implorant. Je sais que c'est peut-être difficile à croire maintenant, mais un jour, dans cinq ans peut-être, tu regarderas en arrière et tu comprendras pourquoi tout ceci est arrivé.

Une sensation de déjà-vu s'abat sur moi et je nous revois, Van et moi, âgés de cinq ans, en haut des escaliers. On espionnait nos parents et Ruth a lancé une réplique similaire.

Mais non. Je ne comprendrais jamais la raison de ce qui s'est passé, ni dans cinq ans, ni dans vingt, ni quand je serai une vieille femme chenue et desséchée.

Le seul garçon que j'aie jamais aimé est à l'autre bout du monde. Et Dieu seul sait quand je le reverrai.

Vingt

– Merci d'avoir conduit.

Je tends le bras pour passer les doigts dans les cheveux courts, brun foncé, sur les tempes de Joel. Il bâille et m'adresse un sourire plein de sommeil.

– Oui, le trajet a été long, hein ?

– Maintenant tu comprends pourquoi je ne le fais pas très souvent.

Il se frotte l'œil droit du poing.

– Tu penses que ton père est encore debout ?

Il a l'air crevé. Je doute qu'il soit d'humeur à rencontrer mon père pour la première fois. Je regarde le cottage blanchi à la chaux devant nous et hausse les épaules. Quelques lueurs brillent à travers les interstices dans les rideaux du salon, mais il pourrait s'agir de la veilleuse laissée allumée pour la nuit.

– On ne va pas tarder à le savoir.

J'ouvre la portière et sors dans l'air glacé, étirant les bras au-dessus de ma tête pour relâcher la tension accumulée au terme de notre long trajet en voiture. Huit heures, porte à porte, mais nous avons roulé pendant les heures de pointe.

Nous sommes dans les Cornouailles pour les vacances de Pâques. Joel et moi étudions ensemble à l'université de Liverpool, où nous suivons des études de communication. Je ne savais pas vraiment quoi penser de lui, au départ. Il n'arrêtait pas de blaguer et de faire des traits d'esprit pendant les cours magistraux et je le trouvais un peu trop prétentieux et sûr de lui, mais il m'avait ensuite aidé pour des devoirs et je lui avais découvert un côté adorable. Des étincelles avaient crépité un soir, à l'association des étudiants, et nous avions fini la soirée chez lui. Nous sommes ensemble depuis à peu près sept mois.

Ses parents habitent à Stoke-on-Trent, ce qui est seulement à une heure de route environ de notre campus, si bien que je les ai rencontrés deux fois. Je me sens mal de n'avoir toujours pas présenté Joel à papa. Je ne suis pas rentrée depuis Noël et à l'époque, cela me paraissait prématuré de ramener mon petit ami.

J'étais censée aller à New York pour voir maman, mais Robert, son mari, et elle avaient décidé de s'offrir une croisière à la dernière minute. Elle n'insiste pour que j'aille la voir que si ma visite l'arrange. Je déteste laisser papa seul à Noël, de toute façon, donc j'ai été soulagée qu'elle prenne d'autres dispositions.

– Tu peux laisser ton sac ici, j'indique à Joel, larguant le mien sur le seuil de l'annexe.

– Tu es sûre que ton père n'a rien contre le fait qu'on dorme ensemble ? demande-t-il.

– Je ne pense pas, non. C'est ce qu'il a dit, en tout cas.

La conversation avait été gênante, pour être honnête, mais il aurait été un peu étrange pour nous de dormir dans des chambres séparées, alors que nous vivons presque ensemble depuis quelques mois.

Je déverrouille la porte d'entrée et lui montre le chemin. Les lumières du couloir et du salon sont allumées, mais la télévision est éteinte et le cottage plongé dans le silence. Je passe la tête par la porte du salon et je souris. Mon père est endormi dans le canapé.

– Papa ! je lance dans un chuchotement sonore.

Il remue, ouvre des yeux au regard trouble et pousse un cri en me voyant.

– Nell ! s'exclame-t-il d'une voix rauque, en décollant lentement des coussins ses membres fatigués.

En souriant, je vais l'aider à se remettre debout. Joel reste sur le pas de la porte pendant que nous nous étreignons.

– Papa, voici Joel.

Mon père s'avance pour lui serrer la main.

– Bonjour, Joel. Désolé de n'avoir pas été réveillé pour t'accueillir.

Papa a-t-il rétréci depuis la dernière fois où je l'ai vu ? Joel mesure un petit mètre quatre-vingts, pourtant il paraît bien plus grand que mon père.

– Quelle heure est-il ? me demande papa.

– Vingt-trois heures, je réponds.

– Vous avez envie d'une tasse de thé ?

Les yeux de mon père courent entre nous deux.

– Joel ? je demande.

– Avec plaisir.

J'ai l'impression que mon petit ami préférerait filer droit au lit, mais il fait preuve de politesse. Je lui serre l'avant-bras – il a gardé son pull – pendant que nous suivons papa dans la cuisine.

– Je te ferai visiter demain matin, je lui glisse.

– Ça ne prendra pas beaucoup de temps, intervient papa.

– Nell m'a dit que vous aviez passé toute votre vie ici, avance Joel, histoire d'alimenter la conversation pendant que nous nous installons autour de la table.

– Cinquante-cinq ans, confirme papa.

– Il répète sans cesse qu'il quittera cet endroit dans un cercueil, je renchéris, ironique.

– On ne peut pas vous le reprocher, dit Joel avec un sourire. J'ai vu des photos de la vue qu'on a d'ici.

C'est exactement ce qu'il faut dire à mon père.

Peu de temps après, nous nous préparons à nous retirer dans l'annexe. Papa a l'air complètement épuisé – comme nous tous.

– On se voit demain matin, je souffle en pressant mes lèvres sur la joue chaude et râpeuse de mon père.

Il m'embrasse le front en retour.

– Ça me fait plaisir que tu sois là, ma chérie.

Joel s'affaire à la salle de bains tandis que j'attrape mes clefs et pénètre dans l'annexe. Les battements de mon cœur s'accélèrent toujours un peu quand je viens ici : j'ai presque l'impression que l'endroit est hanté, tant il regorge de souvenirs qui me submergent. Je n'y ai encore jamais dormi, mais certains de mes amis, si, quand ils ont séjourné chez nous. J'espère que la présence de Joel m'aidera.

Il s'endort presque à l'instant où sa tête touche l'oreiller, mais je reste éveillée pendant un moment, les yeux rivés aux placards.

Les œuvres de Ruth sont toujours à l'intérieur, de même que le matériel de peinture de Van. Il n'a rien emporté, il y a cinq ans, mais il a laissé une lettre sur son lit, adressée à papa. Lequel m'a dévoilé l'une des requêtes contenues dedans : Van demandait qu'on lui garde les œuvres de sa mère, jusqu'à ce qu'il soit en mesure de les prendre chez lui. Mais c'est tout ce que papa a bien voulu me révéler du contenu de la lettre. Je l'ai cherchée par intermittence pendant quelques mois, sans jamais parvenir à la dénicher.

Je plisse les paupières, pour tenter de refouler le passé. Je continue à souffrir quand j'y repense. Heureusement, j'ai appris à ne pas le faire trop souvent.

★

Le lendemain matin, à mon réveil, je vois Joel planté en boxer devant la fenêtre, qui jette un œil à travers les rideaux.

– Bonjour, je lui lance, encore vaseuse.

– Salut.

Il me sourit par-dessus son épaule.

– C'est une belle vue, hein ?

– Incroyable. (Il s'agenouille sur le lit pour se pencher et me planter un baiser sur les lèvres.) Je m'apprêtais à filer aux toilettes. Ce serait pas mal d'aménager une salle de bains ici.

Il se redresse et attrape ses vêtements sur la chaise où il les a laissés la nuit dernière.

– Tu m'étonnes.

– À ton avis, ton père est debout ? demande-t-il en boutonnant son jean.

– Sans doute. Il se lève toujours avec le jour. (Je souris devant son air nerveux.) Tu veux que je t'accompagne ?

Comme il opine, je sors du lit et m'habille à la hâte.

Quand nous pénétrons dans le cottage, papa est à la table de la cuisine, devant sa traditionnelle tasse de thé. Joel lui souhaite le bonjour, puis s'en va prendre une douche.

– Vous avez des projets pour la journée ? me demande papa quand nous sommes seuls.

– Pas pour aujourd'hui : nous sommes tout à toi. Ce soir, en revanche, Ellie et quelques potes vont prendre un verre au *Boatman*. Ça t'embête si on les rejoint ?

– Bien sûr que non. Tu me connais, je serai plus que content de me coucher de bonne heure.

– Pardon de t'avoir fait veiller aussi tard, hier soir.

– Je voulais voir ton visage avant d'aller me coucher, réplique-t-il en serrant ma main.

– J'ai l'impression qu'une éternité s'est écoulée depuis qu'on a fêté Noël, toi et moi.

– Un jour, je me traînerai jusqu'à Liverpool, promet-il.

– Avec un peu de chance, on aura plus de place, l'année prochaine.

Pour le moment, je cohabite avec trois autres filles et, plus souvent qu'à leur tour, leurs amoureux aussi. Cependant, pour notre troisième année, Joel et moi allons peut-être prendre un appartement ensemble. Nous devrons sans doute le partager avec un autre couple.

– Joel a l'air gentil, lâche papa en désignant la salle de bains d'un geste du menton.

– Oui, il est super.

Il hésite, puis prend une gorgée de son thé, mais je sens qu'il a quelque chose à dire.

– Tout va bien ? j'insiste.

– J'ai eu des nouvelles de Van, il y a quelques jours, répond-il en soupirant. (Mon cœur fait une embardée.) Il est ici, au Royaume-Uni. (Dans ma tête, je fais grincer ma chaise sur le carrelage, tant je suis pressée de déguerpir, mais je me force à rester assise.) Il a demandé s'il pouvait me rendre visite.

Je sais que papa est resté en contact avec Van, mais de façon sporadique : ils s'envoient des cartes à Noël et aux anniversaires, sans pour autant se parler plus d'une fois par an, probablement.

– Qu'est-ce que tu lui as répondu ?

Ma voix semble provenir d'ailleurs.

– Je lui ai dit que tu étais ici avec ton petit ami... (Mon cœur se serre.) Donc qu'on n'aurait pas beaucoup de place pour lui, achève mon père.

– Il pourrait occuper ma chambre, je m'entends proposer.

– Il voyage avec quelqu'un, de toute façon.

– Avec « quelqu'un » ? je répète. Sa copine ?

– Un certain Dave, si je me rappelle bien. (Je suis perturbée par le soulagement intense que j'éprouve un instant.) Ils projettent de passer quelques semaines à faire du surf sur la côte avant de parcourir l'Europe. Alors ils ont investi dans un camping-car. Je lui ai dit que je verrais avec toi, mais je me suis dit qu'ils pourraient se garer dans l'allée.

La tête me tourne quand j'opine.

Papa couvre ma main de la sienne pour une petite caresse, avant de se lever et d'aller remplir le lave-vaisselle. Je l'aide.

★

Je n'ai pas revu Van depuis qu'il est parti, il y a cinq ans, dans les circonstances terribles que l'on sait. Papa m'a interdit d'appeler l'Australie, mais j'ai défié son interdiction, désireuse d'assumer les conséquences. J'ai dû téléphoner une dizaine de fois avant que Van ne finisse par répondre. Il a prétendu avoir été en mer, à bord de son bateau de pêche qui l'emploie. On aurait dit une personne différente. Notre conversation a été tendue et contrainte, bien, bien pire que tous les échanges guindés que nous avions eus par le passé. Mon père avait parlé à celui de Van, ce qui lui avait valu des tas d'ennuis. Je savais que Van s'était senti profondément mortifié par ce qui s'était passé. Il a beaucoup souffert des répercussions.

Je lui ai écrit des lettres – des dizaines de missives. Mais des mois se sont écoulés sans que je reçoive de réponse. J'ai même accusé mon père de les subtiliser. J'étais devenue paranoïaque et amère – j'ai été affreuse cette année-là.

Mais quand la réponse de Van est enfin arrivée, j'ai regretté que mon père n'ait pas effectivement caché les autres, parce que la lettre que j'avais imaginé recevoir était bien différente de celle qui m'était effectivement parvenue.

Van m'y disait que ce que nous avions fait le rendait malade et qu'il aurait mille fois préféré ne pas avoir franchi cette ligne avec moi. Que je compterais toujours à ses yeux, mais qu'il était inutile que je me languisse de lui parce que nous ne pourrions jamais être ensemble. Il m'avouait avoir abandonné l'école des mois plus tôt et qu'il avait eu trop honte pour me l'avouer à Noël. Désormais, il travaillait à plein temps avec son père et ne voulait plus qu'une chose : être heureux, surfer et traîner avec ses potes. Il pensait que nous nous sentirions mieux si nous nous laissions l'un à l'autre un peu de temps et d'espace pour reprendre nos esprits et il espérait que nous serions à nouveau amis un jour.

Telle était en gros la substance de son message. Je l'ai déchiré avant d'en brûler les morceaux.

⋆

– Qui est Van ? demande Joel quand je lui parle de notre futur visiteur.

– Une sorte de frère adoptif entre mes cinq et mes dix ans, je lui explique, après avoir réussi à éviter jusque-là un sujet qui serait sans doute toujours douloureux pour moi. Mon père et sa mère étaient ensemble, donc ils avaient emménagé chez nous.

Je lui raconte la mort de Ruth et le départ de Van pour l'Australie, chez son véritable père.

– Il est revenu ici quand il avait quinze ans, mais c'est la dernière fois que je l'ai vu.

– C'était il y a combien de temps ? demande Joel.

Je me rends compte alors que je ne lui ai pas parlé de notre quasi-gémellité.

– Il y a cinq ans – nos anniversaires tombent à deux jours d'écart.

– Vous êtes presque jumeaux !

– Nos parents n'arrêtaient pas de plaisanter là-dessus. On devait partager nos anniversaires comme le reste.

– Beurk ! Je n'aurais pas aimé ça.

Joel a un frère aîné et une sœur cadette. Ils s'entendent bien, mais il y a toujours une pointe de compétition entre eux : ils ne sont pas très, très proches.

– Pour être honnête, quand j'ai déménagé dans les Cornouailles en quittant Londres, j'étais si heureuse d'être ici que j'aurais partagé presque n'importe quoi.

– Et vous dormiez dans la même chambre ?

– Oui, je réponds en souriant. La minuscule, en haut des escaliers.

– Ouh là !

– Un poil différent de chez toi, hein ?

Sa maison est un véritable manoir comparé à notre cottage.

– N'empêche, quel endroit où grandir ! réplique-t-il en retenant une branche d'arbre pour moi.

Nous nous trouvons dans l'espace arboré, à gauche du ponton, au bord de l'eau. Le cottage est peut-être petit, mais il est bâti sur un demi-hectare de terrain. Je suis en train de montrer les environs à Joel. Posant le pied sur un tronc abattu en travers du sentier, je sens le bois pourri céder légèrement sous ma chaussure.

Les farfadets... Le mot traverse mon esprit quand un souvenir me revient : les méchantes fées que j'ai imaginées un jour en train de sauter de derrière ce tronc pour causer une frayeur si vive à Caramel et Carie qu'ils ont culbuté vers la berge et effectué un plongeon dans le fleuve.

J'ouvre la bouche pour en parler à Joel, avant de me raviser.

★

– Nell !

Ellie arrive de l'autre bout du bar pour se catapulter presque littéralement dans mes bras.

Je ne l'ai pas revue depuis Noël. Elle étudie à l'université de Newcastle où elle a son copain, elle aussi, si bien que nos visites se sont espacées après la première année où nous nous retrouvions tous les deux mois.

Joel lui fait la bise. Ils se sont rencontrés en octobre, quand elle est venue à Liverpool pour mon week-end d'anniversaire. Nous venions tout juste de sortir ensemble.

– Brooke ! je couine, dépassant Ellie pour foncer vers notre amie qui vient juste d'entrer.

Son frère Brad est à deux pas derrière elle.

– Je t'ai appelée, mais tu ne m'as pas entendue, me réprimande Brooke, alors que nous répétons le même cérémonial de salutations.

Elle étudie pour sa part à l'université de Glasgow, donc elle vit encore plus loin qu'Ellie.

– Ah, de nouveau ensemble, me taquine Nick de l'autre côté du bar.

Il a gardé ses longs cheveux blond clair et ses boucles pour lesquelles Ellie aurait tué quand nous étions plus jeunes. Elle a abandonné sa permanente bien-aimée au bout de quelques semaines seulement. Désormais, ses cheveux châtains sont raides et lui descendent en dessous des épaules, mais les miens sont encore plus longs. Non que quiconque soit en mesure de le constater, car je les ai tressés en natte, ce soir.

Je m'approche du bar, emmenant Joel avec moi.

– Où est Drew ? je demande à Nick après lui avoir présenté mon petit ami.

– L'est dans l'nord pour Pâques, avec sa copine, répond Nick en imitant pitoyablement l'accent du Nord.

Charli, qui sort avec Drew, est du Yorkshire.

– La poisse ! Je ne l'ai pas vu depuis une éternité.

Drew et moi avons fini par devenir amis, une fois qu'il a fini de digérer ma rebuffade du réveillon de la Saint-Sylvestre. Après cette soirée, il a compris que je n'étais pas intéressée et n'a pas tardé à jeter son dévolu sur une fille d'un autre lycée. Ils sont sortis ensemble pendant une année environ, mais il n'est jamais resté seul très longtemps.

À la différence de son frère qui demeure éternellement célibataire.

– Devine qui va séjourner chez nous pour Pâques ? je demande alors que Nick s'occupe de nos boissons.

Je suis stupéfaite d'avoir réussi à prononcer cette phrase avec désinvolture, vu que j'éprouve tout le contraire.

– Qui ?

– Van.

– Cool ! Il est ici pour surfer ?

– Oui, je crois. Il voyage en Europe avec un pote, dans un camping-car.

– Un camping-car ? Ça a l'air marrant. Arrange-toi pour qu'il n'oublie pas de m'appeler. Il fait toujours de la compétition ?

Je hausse les épaules.

– Je ne sais pas trop.

J'ai honte d'avouer que je n'ai plus jamais reparlé à Van. La dernière fois que j'ai eu de ses nouvelles, c'est le jour où il m'a envoyé une carte pour mon dix-huitième anniversaire. Autrement dit il y a plus de deux ans et j'ai éprouvé une sensation très étrange. Il envoie des cartes de Noël, mais elles sont également adressées à papa, donc elles ne comptent pas.

Nous ne restons pas longtemps car Joel, qui conduit, ne peut pas boire, mais nous nous organisons pour aller ensemble à la plage dans les prochains jours. Tout le monde est dans les parages pour deux bonnes semaines, donc nous aurons beaucoup de temps pour nous voir.

– J'ai toujours voulu apprendre à surfer, me confie Joel sur le chemin du retour.

– Tu pourrais apprendre. Pourquoi tu ne prendrais pas deux ou trois leçons pendant que tu es ici ? Il y a une super école de surf à Poldhu Beach, pas très loin de chez nous.

– Je suis un peu vieux, non ? Et l'eau, elle n'est pas glacée ?

– Si, mais tu portes une combinaison de plongée et on n'est jamais trop vieux. Prends à droite, ici.

Il met son clignotant.

– Je tenterai peut-être l'expérience.

Je me crispe quand il dépasse la ferme de Steven et Linzie. C'est au niveau du virage que le chauffard a renversé Ruth.

– Fais attention sur ce tronçon, je le préviens. La route est étroite.

– C'est bon, se moque-t-il alors que mes entrailles se tendent comme un arc sous l'effet de l'anxiété.

Une voiture déboule du tournant dans notre direction, obligeant Joel à braquer.

– Merde ! explose-t-il. Il était en plein de mon côté de la route !

– Je t'avais prévenu, je lâche entre mes dents serrées.

Je me cramponne aux accoudoirs, les jointures blêmes.

– Ouais, c'est bon, Nell, je n'avais pas réalisé que les conducteurs étaient des cinglés à la ramasse par ici.

Je ne prends pas la peine d'objecter que les vacanciers sont encore pires.

Mon stress est tel que je remarque le camping-car seulement quand nous tombons presque dessus.

– Il est déjà arrivé ? demande Joel, les sourcils froncés. (Il se gare dans l'allée et jette un coup d'œil par sa fenêtre.) C'est un peu petit, non ?

Mon corps est tendu comme un arc.

C'est un VW Syncro, pas un VW Combi de collection, plutôt un modèle moderne, des années 1980. Sa moitié inférieure arrière est noire, l'autre est crème et deux planches de surf sont arrimées sur le toit.

– Comment deux gars peuvent-ils cohabiter là-dedans pendant des mois ? s'étonne Joel en me lançant un regard.

Ils sont homos ? Même si ça ne me gêne pas, cela dit, ajoute-t-il nonchalamment, en sortant de voiture.

Je suis contente qu'il n'attende pas vraiment de réponse, parce que je suis incapable de lui en fournir une. Pour l'instant, tout ce que je peux faire, c'est lutter pour respirer. Une anguille électrique s'est faufilée dans mes tripes et enroulée autour de mes entrailles, pulsant, serrant et m'emplissant d'énergie nerveuse.

Le camping-car est complètement silencieux, autrement dit soit ils dorment à poings fermés, soit ils sont dans le cottage. Comme il n'est que vingt-deux heures, je pencherais plutôt pour la seconde hypothèse.

Ma main tremble quand je tire mes clefs de mon sac pour déverrouiller la porte. Des voix graves résonnent de la cuisine.

– Les voilà, lance papa alors que je veille à bien mettre un pied devant l'autre.

Je suis vaguement consciente qu'il y a trois personnes à la table, mais ma vision se focalise uniquement sur Van. Il est assis en bout de table, dans une posture décontractée, une de ses longues jambes croisée sur l'autre, sa cheville reposant sur le genou opposé. Une bouteille de bière vide se dresse devant lui et il en a une autre dans la main, le coude planté sur la table. Ses cheveux sont un peu plus longs que par le passé, puisqu'ils lui descendent sous le menton. Ils forment comme une balafre sombre en travers de son front, mais je vois clairement ses yeux rencontrer les miens. Les commissures de ses lèvres remontent très lentement.

J'ai l'impression qu'une vague, en déferlant, m'a aspiré le cœur pour l'anéantir à ses pieds.

Joel m'attrape par les épaules et me pousse joyeusement dans la pièce. Dave se lève d'un bond pour lui serrer la main, puis Van, déployant son corps mince, abandonne sa position détendue pour se redresser avec indolence et l'imiter. Abasourdie, je le regarde s'avancer et saluer mon petit ami. Il me paraît encore plus grand que la dernière fois où je l'ai vu, plus large d'épaules aussi, comme s'il avait en quelque sorte rempli sa carcasse. Il porte un jean troué et un T-shirt noir délavé, dont le motif a été partiellement effacé par les lavages. Il est insupportablement séduisant.

Dave se plante devant moi, ce qui me tire de ma stupeur.

– C'est vraiment chouette de te rencontrer, lâche-t-il avec un chaleureux accent australien, puis il me serre dans ses bras.

Je m'efforce de lui sourire, pourtant je suis secouée. Il est grand lui aussi, la peau bronzée et des cheveux châtain clair tellement éclaircis par le soleil qu'ils en sont presque blonds.

– Vous avez passé une bonne soirée ? nous demande papa d'un ton guilleret.

J'imagine qu'il essaie de conserver une certaine légèreté à l'atmosphère. Il doit se douter que c'est difficile pour moi.

Je suis reconnaissante à Joel de répondre à ma place.

– Oui, c'est un pub génial, non ? Juste au bord du fleuve, ajoute-t-il à l'intention de Van et Dave.

– Vous voulez une bière, vous autres ? demande Dave en indiquant un seau au sol, plein de bouteilles nichées dans de la glace.

– Vous n'êtes pas venus les mains vides ! s'exclame Joel.

– Je sais, fait papa. J'ai l'impression de ne pas savoir recevoir.

– Ne soyez pas bête, le rabroue Dave. On ne voulait pas s'imposer. On est très contents que vous nous ayez laissé nous garer dans votre allée.

– Je vous prends une bière, consent Joel. Je n'ai pas pu boire au pub, comme je conduisais.

– Nell ? propose Dave.

– Merci.

Ma voix se brise, mais je hoche la tête. *Je prendrais bien le seau entier, s'il te plaît.*

– C'est dingue ce que vous êtes grands, s'esclaffe Joel. (Il regarde Van, mais Dave est presque de la même taille.) Comment vous faites pour rentrer dans ce truc, dehors, les gars ?

Dave jette nonchalamment un bras autour des épaules de Van.

– On a du mal, répond-il sans la moindre gêne. Il faut qu'on se procure une tente, n'est-ce pas, mon pote ? ajoute-t-il en secouant l'épaule de Van.

– Oui, obligé, répond l'interpellé avec lenteur.

Il a l'air somnolent ou ivre, je n'arrive pas à déterminer. De nouveau, ses yeux reviennent aux miens.

Je prends alors conscience que nous ne nous sommes même pas salués. Nous ne nous sommes pas touchés, ni serrés dans nos bras, nous ne nous sommes même pas serré la main. Et j'ai le sentiment que nous ne le ferons pas. Il n'est qu'à un mètre de moi, mais il pourrait tout aussi bien se trouver à l'autre bout du monde.

Une bière glacée trouve son chemin jusqu'à ma main. Je colle aussitôt mes lèvres au goulot et bois.

– Venez vous asseoir, nous intime papa.

Je contourne la table pour aller tirer une chaise à côté de Dave, en face de papa, de façon à ce que Joel ait la place de s'asseoir entre Van et moi.

Papa croise mon regard, depuis son côté de la table : ses yeux sont pleins d'inquiétude. Je prends une autre gorgée de bière, incapable de me concentrer vraiment sur les questions que Joel leur pose sur leur voyage jusqu'à présent. Il est bon pour faire la conversation.

Dave se charge de la plupart des réponses, mais Van ne dit pas grand-chose, à moins d'y être incité.

– On a rencontré deux surfeurs au pub, tout à l'heure, hein, Nell ? fait Joel. Nick et…

– Max, je complète en regardant vaguement vers Van. Tu te souviens d'eux ?

– Bien sûr, répond-il en opinant.

– Ils ont dit qu'ils aimeraient te voir pendant que tu es ici.

– Ce serait cool.

Un frisson court le long de mon échine chaque fois que j'entends sa voix.

– Je me demandais si je pourrais prendre quelques cours, déclare Joel alors que je me tourne vers lui pour lui sourire. Je ne sais pas surfer. Non que je n'aie pas déjà essayé, mais ce serait sympa si je pouvais. Vous surfez, vous, monsieur Forrester ? demande-t-il à papa.

– Appelle-moi Geoff, s'il te plaît, répliqua mon père. Et non, je ne fais pas de surf. On peut me trouver dans un jardin, mais jamais sur la mer.

– Papa travaille à Trelissick, une propriété du National Trust, à environ une demi-heure d'ici.

– Je croyais que tu travaillais aux jardins de Glendurgan, l'interrompt Van, les sourcils froncés.

– Plus maintenant, répond papa.

– Mais il postule pour être jardinier en chef, donc s'il obtient le poste, il travaillera sur Trelissick et Glendurgan, je précise avec fierté.

Mon père se trémousse, gêné, mais il me rend mon sourire.

– J'aimerais visiter quelques endroits dépendant du National Trust, pendant que je suis ici, déclare Joel.

Ses parents lui ont offert une adhésion au National Trust entre autres cadeaux de Noël.

– Il y en a des tas, dans cette partie du pays, je précise en lui souriant.

Il tend le bras pour coincer derrière mon oreille une boucle de cheveux égarée. Je secoue la tête et la libère de nouveau, ce qui le fait rire doucement.

J'ai résolument évité de regarder Van, mais mes yeux glissent sur lui quand je tourne la tête vers papa. J'ai l'impression de recevoir un coup de poing dans le ventre.

Dès que je reprends mes esprits, je feins un bâillement.

– Il est l'heure d'aller au lit.

– Oui, ça me semble une bonne idée, approuve Joel en aspirant les dernières gouttes de sa bière.

– Je te laisse la salle de bains en premier ? je lui demande.

– Non, vas-y toi d'abord.

Je repousse ma chaise de la table, que je contourne pour aller déposer un baiser sur la joue de mon père.

– Bonne nuit, ma chérie, dit-il affectueusement, en me caressant la main.

Je lance un « bonne nuit » à la cantonade et file dans la salle de bains dont je referme la porte, le cœur battant. Je me brosse les dents avec le zèle d'une folle, un filet de sang se mêlant à mes larmes quand je recrache le dentifrice écumant dans le lavabo. Puis je me redresse et je m'observe dans le miroir.

« La couleur du miel liquide à la lumière du soleil... »

« On n'est pas frère et sœur. »

« Je suis amoureux d'elle. »

Et n'oublions pas : *« J'aurais mille fois préféré ne pas avoir franchi cette ligne avec toi et j'espère que nous pourrons être amis un jour »*, je me remémore avec amertume.

Je prends une profonde inspiration en inhalant lentement. *J'aime Joel*, je me répète. *Je suis passée à autre chose. J'ai vingt ans maintenant, je ne suis plus une adolescente stupide qui croit tout ce que lui sort un joli garçon. Je suis adulte. Je suis dans une relation adulte.*

Mon cœur se sent vaguement plus léger après ce laïus de motivation et je quitte la salle de bains pour aller droit dans l'annexe, sans un regard vers la cuisine.

Quelques secondes plus tard, j'entends un léger grattement à ma porte. Je l'ouvre et sursaute à la vue de Van sur mon seuil.

– Nous aussi, on va se coucher, lâche-t-il. Mais à un moment ou à un autre, j'aimerais jeter un œil dans ces armoires. (Il les désigne d'un signe du menton.) Pas maintenant, évidemment, peut-être demain.

– Bien sûr. (Je m'éclaircis la gorge.) Bien sûr, je répète, plus distinctement cette fois.

– Merci.

Il m'adresse un petit sourire. Ses yeux sombres sont impénétrables. Je voudrais détourner le regard, mais je m'aperçois que c'est impossible. Mes doigts, cramponnés au cadre de la porte, sont engourdis.

Joel doit être dans la salle de bains. Pourvu qu'il se dépêche.

Pourvu qu'il prenne son temps.

– C'est bizarre d'être ici sans Langoustine, reprend Van, l'air abattu.

Je hoche la tête, réussissant enfin à mettre un terme à notre échange visuel.

– Il est mort il y a environ trois ans.

– Qu'est-ce qui lui est arrivé ?

– Il a eu une leucémie.

J'ai la gorge serrée. Alors, comme il demeure silencieux, je me sens obligée d'entrer dans les détails parce que je pense qu'il attend ça de moi. C'était son chien aussi, après tout.

– Il avait perdu beaucoup de poids, mais on pensait que c'était dû à son âge. Le véto a dit que la décision la plus charitable pour lui, ce serait de le faire piquer. Papa et moi, nous avons été à ses côtés, à ce moment-là.

Nous avons étreint son corps tout doux en essayant de ne pas pleurer, jusqu'à ce qu'il s'éteigne. Tout s'est passé très vite.

– Je suis désolé, souffle Van quand mes yeux se remplissent de larmes.

La sensation est toujours vive.

– Merci.

Je me résous finalement à regarder son visage et j'éprouve une reconnaissance étrange à la pensée qu'il n'ait pas été avec nous pour endurer en personne ce qui s'est passé.

La porte d'entrée s'ouvre derrière lui, sur Joel. Van, qui recule de deux pas, lui adresse un sourire contraint.

– À demain matin, vous deux.

– Dors bien, lance Joel, alors que je garde le silence.

– Je ne suis pas certain de réussir à dormir aussi bien que vous, réplique sèchement Van.

Joel rit et passe devant moi pour entrer dans la chambre.

– Qu'est-ce qu'il voulait ? chuchote-t-il en refermant la porte.

– Les peintures de sa mère sont dans ces armoires, j'explique. Il m'a demandé s'il pourrait y avoir accès demain.

– Oh, d'accord ! Ça ne me dérangerait pas de les voir, moi aussi.

La pensée de Joel, ici, quand Van ouvrira les armoires, me cause un profond malaise.

Il se retrouve bientôt en boxer, alors que je passe un temps infini à me déshabiller, rien que pour essayer de déboutonner mon jean. Il s'est déjà blotti sous les couvertures quand j'enfile le short et le haut de pyjama pastel, dans des tons de rose et blanc, que ses parents m'ont offert pour Noël. Quand je grimpe dans le lit, Joel se colle contre mon dos, pour me rapprocher de lui. Je demeure raide en sentant ses mains glisser sur ma taille et son pouce caresser le renflement de ma poitrine. Il plaque un baiser dans mon cou.

– Pardonne-moi, je suis trop fatiguée, je lui dis sèchement.

– Vraiment ?

Sa surprise se teinte de déception. Nous faisons l'amour presque tous les soirs, mais depuis trois jours…

– Demain, je lui promets.

Alors quelques secondes plus tard, il me relâche et roule de l'autre côté du lit.

Je reste allongée dans l'obscurité, à fixer les armoires. Tout à coup, je suis poignardée par une rage incroyable. Des vagues de colère déferlent sur moi, bientôt chassées par l'amertume.

Je ne peux pas le laisser me miner comme ça. Il a fait son choix, il y a cinq ans. Il est temps de le laisser assumer.

Je me tourne vers Joel et glisse les mains autour de sa taille. Il ne tarde pas à se réveiller.

⋆

Le lendemain matin, en entrant dans la cuisine, je trouve Dave accroupi devant le lave-linge, la mine perplexe.

– Tu veux de l'aide ? je demande.

– S'il te plaît, oui, répond-il, reconnaissant.

Il s'écarte et je charge la machine, avant de tendre la main vers la bouilloire.

– Une tasse de thé ?

– Oui, j'aimerais bien.

– Vous avez l'intention de rester combien de temps, par ici ? je demande.

– Je ne sais pas trop. On ne veut pas abuser de votre hospitalité.

– Ce n'est pas vraiment un problème, vu que vous êtes garés dehors, dans l'allée.

Il hausse les épaules et me sourit. Il a un visage ouvert, amical, avec des manières cordiales et sympathiques. J'ai été trop distraite, hier soir, pour les apprécier à leur juste valeur.

– Est-ce que Van est réveillé ? je demande avec désinvolture, en sortant quatre mugs du placard, sans trop savoir si c'est nécessaire.

– Il est descendu sur le ponton avec ton père.

– Ah, d'accord.

Je m'empare d'un cinquième mug quand Joel entre dans la cuisine.

– Tu as le numéro de cette école de surf dont vous parliez ? me demande-t-il.

– Tu vas t'inscrire ? Tu vas prendre des cours ?

– Je me suis dit qu'on était là suffisamment longtemps.

– Si tu veux économiser ton argent, je pourrai te donner deux-trois astuces, mec, propose gentiment Dave.

– Non, c'est bon, répond Joel. Ce sera plus marrant si je me retrouve avec un groupe de gens qui ne savent pas faire. Comme Nell, par exemple.

– Quoi ? je m'étonne, en lui jetant un coup d'œil.

Il s'approche lentement, un sourire espiègle aux lèvres.

– Tu vas prendre ces cours avec moi.

– Quoi ? Non, pas question, je réplique en secouant la tête.

– Oh que si.

Il s'arrête devant moi et repousse mes cheveux derrière mes oreilles. J'ai dormi avec ma tresse, la nuit dernière, et je ne me suis peignée que dix minutes plus tôt, si bien que, maintenant, ils tombent dans mon dos, truffés de nœuds.

Van entre dans la pièce, papa sur ses talons.

– Bonjour, lance Joel, tout joyeux.

Je me raidis, mais ne m'écarte pas.

– Bonjour, répond papa. Ah, super, Nell, j'étais sur le point de mettre la bouilloire à chauffer.

Joel me sourit en me pinçant la joue. Je secoue la tête.

– Pas question, je lâche, mes yeux dans les siens.

– Bien sûr que si, réplique-t-il en hochant la tête avec détermination.

– Non.

Du coin de l'œil, je vois Van qui nous regarde.

– Que se passe-t-il ? demande papa.

– Nell et Joel vont prendre des cours à l'école de surf, explique Dave, amusé. J'ai proposé de leur donner quelques tuyaux, mais ils ont décliné.

– Je ne savais pas que tu voulais apprendre à surfer, Nell, intervient Van de sa voix basse et grave qui me remue les entrailles.

– Je n'en ai pas envie, je me dépêche de répondre.

Comment peut-il avoir l'air aussi détendu et à l'aise quand, de mon côté, j'explose de l'intérieur ?

Surgie de nulle part, la rage que j'ai éprouvée la nuit dernière réapparaît et s'abat sur moi. Je m'en délecte pendant quelques merveilleuses secondes, puis je me tourne en souriant vers mon petit ami.

– Mais si c'est ce que tu veux, alors ça marche pour moi.

– Super !

Il lance son poing en l'air, d'une manière ridiculement exagérée, qui nous fait rire l'un de l'autre. Ma colère est balayée, mais elle s'amasse en une flaque rouge qui attend calmement au fond de ma psyché.

– Je vais chercher le numéro, je lance, en levant les yeux au ciel.

Et je quitte la pièce non sans envoyer, par-dessus mon épaule, un sourire à Joel.

★

Van et Dave partent peu de temps après et je me sens bien plus détendue quand il n'y a plus que papa, Joel et moi dans la maison. Nous allons dans un pub, à deux villages du nôtre, pour notre déjeuner dominical. La journée est parfaite, qui se poursuit par une balade sur la falaise près de Poldhu, où nous passons enfin pour nous inscrire à notre cours.

Ce soir-là, nous regardons un film sur le magnétoscope. Quand Joel s'absente un instant, je jette un coup d'œil à ma montre et me tourne vers papa.

– C'est un peu fort de café, je râle. Et si on les avait attendus pour dîner ?

– Ils m'ont prévenu qu'ils seraient partis pour la journée, répond papa.

– Ah bon ?

– Oui, Van me l'a dit quand on est allés se promener ce matin. (Il hésite.) Il voulait te laisser de l'espace. (Papa me fait ces révélations dans un chuchotement gêné, afin que Joel n'entende pas.) Il m'a demandé si je pensais qu'ils devaient partir, du genre, ne pas rester dans le coin pour Pâques. (Je suis sous le choc.) Je lui ai dit que je t'en parlerais, achève-t-il en tournant la tête vers moi.

Ses yeux sont pleins de pitié. Je ne supporte pas de le regarder, en fait.

– C'est ridicule, je rétorque, chuchotant moi aussi. Il n'a pas besoin de partir. Ça ira pour moi. C'est un peu étrange, c'est tout. Mais je vais m'y habituer. Ça me fera sans doute du bien. (On entend la chasse d'eau des toilettes.) Ça remonte à des années, je continue. Mais je suis avec Joel, maintenant, ce qui me facilite la tâche.

– C'est ce que je pensais, chuchote papa en remettant le magnétoscope en marche, au moment où Joel revient.

*

Mon père a encore quelques jours de travail avant les vacances de Pâques, si bien que le lendemain matin, il part de bonne heure, tandis que Joel et moi prenons notre temps. Notre premier cours de surf débute à dix heures et nous ne devons y arriver qu'une demi-heure en avance, pour nous équiper.

Je me tresse les cheveux dans la salle de bains, afin qu'ils ne me gênent pas, quand Van apparaît dans le miroir. Je me fige.

– Tes cheveux ont poussé, constate-t-il.

– C'est ce qu'ils font en général, je réplique, sarcastique, une fois que j'ai repris mes esprits.

Un ange passe.

– Ça te dérange si on se joint à vous, à Poldhu, aujourd'hui ? demande-t-il.

– Tu te moques de moi, c'est ça ? (Je lui lance un regard noir dans le miroir.) Tu ferais du surf sur des vagues de débutants ?

– Vous serez en bord de plage, répond-il en s'appuyant contre le cadre de la porte, bras croisés. Nous, nous irons au-delà des brisants. On devrait avoir de belles vagues par là-bas.

– Vous ne pourriez pas aller ailleurs ?

J'espère que personne ne se trouve à portée d'oreille pendant que je me montre aussi impolie. C'est la seule manière que j'ai trouvée pour gérer les montagnes russes des émotions qui m'assaillent en permanence.

– Oh, regarde son petit minois, fait Dave en se matérialisant, un sourire aux lèvres. (*Merde.*) Ça fait cinq ans qu'il ne t'a pas vue, ajoute-t-il en ébouriffant les cheveux de Van.

Lequel chasse son copain, avec un sourire en coin.

Mon cœur se serre. Je me retourne vers Dave, une moue ironique aux lèvres.

– OK. Du moment qu'aucun de vous deux ne se paie notre tête.

Je leur indique la porte d'un signe du menton et ils s'écartent afin de me laisser passer. Dave s'amuse, mais j'ai la sensation que c'est bien moins le cas de Van.

*

Joel saute sur l'occasion de faire le trajet tous ensemble. Nous nous asseyons, lui et moi, sur la banquette du camping-car, pendant que Dave et Van s'installent devant.

– Je n'arrive pas à croire que tu m'obliges à faire ça, je marmonne sous les chansons d'Oasis que crache à plein volume la stéréo du véhicule.

– On va bien s'amuser, réplique-t-il en exerçant une petite pression sur ma main.

Une fois débarrassée de la partie « je me glisse dans une combinaison de plongée pleine de sable mouillé »...

Nous nous échauffons et nous entraînons sur la plage, avant de nous élancer dans les vagues. Je réussis en fait à me mettre debout à mon troisième essai et, avant la fin du cours, j'arrive à surfer presque jusqu'au rivage.

Les mains en l'air, Joel m'applaudit et m'encourage. Je pense que je suis aidée par ma petite taille. Je me rappelle que Van avait atteint la plage au bout de son deuxième ou troisième essai seulement, quand on avait dix ans.

– Je t'ai vue réussir à te mettre debout, commente Van un peu plus tard, sur un ton badin.

Nous sommes attablés au café, sur les dunes, parmi de grosses touffes de plantes ammophiles. Joel et Dave sont allés passer les commandes.

– Tu t'es bien débrouillée.

– Merci, je marmonne, en tapotant la table du bout des doigts.

Il pousse un soupir silencieux.

– Ça va aller entre nous ?

– Je ne sais pas, qu'est-ce que tu en penses ? je rétorque, d'une voix hargneuse.

Il reste muet quelques secondes avant de répliquer :

– Est-ce qu'on devrait partir, avec Dave ? (Je secoue la tête, à contrecœur, mais ne pipe mot.) C'est difficile pour moi aussi, tu sais, ajoute-t-il d'un ton implorant que je ne peux pas supporter.

– Ça ne se voit pas, je jette en enfouissant mes orteils dans le sable blanc et fin sous mes pieds.

Une expression de profonde tristesse se peint sur ses traits. Au bout de quelques secondes, il tend le bras en travers de la table et crochète mon petit doigt avec le sien. Je le lui arrache, comme sous l'effet d'une brûlure.

Du coin de l'œil, je vois Joel et Dave revenir. Je plaque aussitôt un sourire faux sur mon visage.

Heureusement que ce sont des bavards, tous les deux, parce que Van et moi n'ouvrons presque pas la bouche. Quand nous avons regagné le camping-car, Van se tourne vers Dave.

– Allons à Porthleven.

– Maintenant ? lui demande Dave.

– Oui, je ne suis pas encore rassasié. Et toi ? On dépose d'abord les surfeurs débutants à la maison.

– Merci, répond Joel. J'ai très envie de prendre une douche.

Pendant le reste de l'après-midi, je n'arrive pas à me débarrasser de la sensation que je ne vais jamais revoir Van. Quand leur camping-car se gare à seize heures trente, j'en suis presque à pleurer de soulagement. Une occasion m'est offerte de me faire pardonner et j'entends la saisir.

– On se charge du dîner ! lance Dave en débarquant du coin de la maison, les bras chargés de sacs du supermarché. (Van le suit, qui en porte deux autres.) On s'est dit qu'on allait faire un barbecue.

– C'est une super idée ! je m'exclame avec enthousiasme. (Joel et moi sommes assis à la table du patio, devant l'annexe.) Qu'est-ce que je peux faire ?

– Rien. Reste ici et repose-toi. Toi, en revanche, ajoute-t-il en désignant Joel, tu pourrais aller nous chercher quatre bières au frigo.

Joel se lève de bonne grâce. Je lance un sourire amical à Van, mais il arbore une expression plus dure. Il lève le menton vers l'annexe.

– Je peux aller jeter un œil dans les armoires ?

– Oui.

Je me lève aussitôt et le précède. Mon pouls fait des bonds désagréables quand je prends la clef de son crochet près de la porte et déverrouille les armoires. Dès que j'ai ouvert les portes, je recule et nous restons à contempler la peinture du château de sable devant nous.

– On aura débarrassé le plancher demain matin, déclare Van d'une voix basse et tendue.

– Ne pars pas, je murmure. Je ne veux pas que tu t'en ailles.

– Je n'arrive pas à supporter la situation, Nell, murmure-t-il.

Mon cœur veut s'arracher de ma poitrine quand j'entends mon prénom sur sa langue.

– Ça va aller. Ne pars pas. Je t'en prie.

Il a les yeux braqués devant lui, mais je fais un pas vers lui et reçois une bouffée d'océan. Froid, sauvage et libre.

– Tout va bien ? clame Joel depuis la porte, ce qui nous fait sursauter.

– Très bien, je réplique sèchement. Tu peux nous laisser une minute ? (Il s'attarde.) On n'en a pas pour longtemps.

J'ai parlé d'une voix ferme. Il quitte la chambre d'un pas raide.

Van a les sourcils froncés quand il se retourne vers moi.

– Ce n'est pas la peine que tu t'en ailles, j'insiste, sincère. Je veux que tu restes. Je vais faire plus d'efforts. Peut-être qu'on pourra être amis, comme tu l'as dit. Peut-être qu'on arrivera à mettre tout ça derrière nous. Je vais essayer, d'accord ?

Il hoche lentement la tête.

– D'accord.

*

Quelques jours plus tard, je réponds au téléphone. C'est Van, à l'autre bout du fil. Il est allé surfer avec Nick et Max et ils se trouvent au *Boatman* en ce moment.

– Brooke et Brad sont ici, me dit-il et, à son phrasé détendu, débonnaire, je devine qu'il n'en est pas à son premier verre. Brooke est en train d'appeler Ellie pour lui proposer de venir. Vous pouvez nous rejoindre, vous deux ? demande-t-il dans un chuchotement sonore. Nick promet de nous laisser rester après la fermeture.

La situation s'est nettement détendue entre nous. C'est une bénédiction que Dave soit dans les parages, car il est si relax, si adorable et si drôle que j'attends en fait avec impatience les soirées que nous passons ensemble.

– Je vais devoir poser la question à papa et Joel.

– Dis à Joel de conduire et laisse la voiture ici, insiste Van. On prendra un taxi pour rentrer et on reviendra la chercher demain matin.

Comme ce matin, Nick et Max sont venus les chercher, le camping-car est toujours dans l'allée.

– Je vais voir ce que je peux faire.

Dès que je raccroche, le téléphone sonne à nouveau. C'est Ellie, qui propose de nous conduire.

– Je ne peux pas boire, de toute façon, je vais voir mes grands-parents demain matin à la première heure, explique-t-elle.

Je m'engage aussitôt et mets Joel devant le fait accompli. Papa ne sera pas embêté, il n'a jamais besoin d'être motivé pour se coucher tôt.

Je me prépare rapidement, choisissant des talons compensés, un jean et un pull noir, très doux, qui tombe de façon lâche sur mes épaules, révélant la bride rose vif de mon soutien-gorge. Je me suis lavé les cheveux depuis notre cours du jour et je ne me suis pas fatiguée à les sécher, si bien qu'ils retombent dans mon dos en vagues souples. Deux-trois vaporisations de parfum sur mes poignets et je suis prête.

*

Tout le monde est dehors, autour d'une table à bancs quand nous arrivons. Le soleil s'est couché et le reflet des guirlandes lumineuses scintille sur le fleuve noir. Van est assis de biais sur l'un des bancs, l'air décontracté dans son jean troué et sa chemise écossaise bleu et noir. Brooke rejette la tête en arrière en riant aux propos de Dave et Van regarde vers nous. Il a les yeux braqués sur mon visage.

– Nell ! Dis donc, t'es canon, ce soir ! s'exclame Nick avec un sourire.

Il se lève d'un bond et Joel recule, inquiet.

– Nick, tu te rappelles mon copain, Joel, je réplique en accentuant « copain », au moment où il enveloppe un bras autour de mes épaules et me colle un baiser sur la joue.

À l'évidence, il est ivre.

– Tout va bien, mec, lâche-t-il en souriant à Joel avant de lui tendre sa main libre.

Joel la serre, sourcils froncés.

– On dirait bien que vous avez un peu de retard, tous les deux, ajoute Nick avec un sourire espiègle, en même temps qu'il me relâche. Je vais au bar. Qu'est-ce que vous prenez ?

– Tu travailles ? je demande, sidérée.

– Oh que non, je suis décalqué, là, mais je peux toujours te servir un verre. Ou dix, ajoute-t-il en souriant à Joel.

– Ignore-le, je conseille à Joel quand nous nous sommes installés. Nick est un dragueur, mais il sait qu'il ne parviendra jamais à ses fins avec moi.

– Ni avec moi, renchérit Ellie.

Les joues de Brooke virent au rose. Dès que nous le remarquons, nous éclatons de rire, avec Ellie.

– Taisez-vous, marmonne-t-elle. Ça n'est arrivé qu'une fois.

– Ça n'arrive jamais qu'une fois, intervient Max en gloussant.

Chacun sait que Nick ne s'engage pas : des aventures de vacances, c'est à peu près tout ce qu'il réussit à se dégoter, ces jours-ci, en partie parce qu'il a épuisé les filles du coin.

Quand Nick revient avec un plateau garni de shots, nous avons changé de sujet de conversation.

– Ceux-là, ils sont pour vous, annonce-t-il, l'air entendu, en plaçant quatre godets devant Joel et moi.

– Pas question ! déclare fermement Ellie quand il en dispose encore deux autres devant elle. Je conduis.

– Ne sois pas assommante, réplique Nick. Prends un taxi pour rentrer.

– Non, je peux pas. Enlève-moi ça, conclut-elle en repoussant les verres.

– Très bien, dans ce cas…

Il fait glisser les godets vers Joel et moi.

– Tu plaisantes ? je demande. Je vais être bourrée.

– Génial, fait-il en se frottant les mains avec jubilation. Je n'ai jamais vu Nell bourrée.

Il distribue les verres restants aux autres membres de la tablée, non sans en prélever un pour lui-même. Ellie mise à part, tout le monde l'imite : une foule de petits verres se rapprochent dans une série de tchin-tchin-tchin. Van s'envoie le sien sans l'ombre d'une hésitation, s'essuie la bouche d'un revers de la main et replace son verre vide sur la table. J'avale le mien plus lentement, tressaillant et grimaçant tout le long du processus.

– Au suivant, nous houspille Nick, qui glousse en désignant d'un signe de tête les shots alignés devant Joel et moi.

Joel hausse les épaules et accepte le défi, vidant son deuxième godet. Je sens les yeux noirs de Van posés sur moi quand je m'empare de mon verre. Bof, il ne m'arrive pas souvent d'être ivre. Ce shot passe plus facilement que le premier et je me sens la tête légère quand la chaleur monte de mon ventre.

Joel se saisit de son troisième verre avec un sourire. Je l'imite en gémissant : je vide le mien d'un seul coup.

– OK, c'est bon, maintenant on a rattrapé notre retard, je lance à Nick avec un sourire doucereux.

– Génial, réplique-t-il en approchant un second plateau, demeuré dans son dos, pour me tendre le cidre que j'avais commandé à l'origine.

Brooke me donne un petit coup de coude.

– Il est encore plus mignon que quand il avait quinze ans.

– Il est juste là, je lui indique en riant.

Et je lui montre Van qui a parfaitement entendu ce qu'elle a dit. Il lui adresse un sourire narquois et, tout à coup, je suis heureuse qu'elle ait un petit ami, à l'université.

– Qu'est-ce que tu fais, en ce moment, Van ? demande Ellie. Tu travailles toujours sur les crevettiers ?

Je lui ai tout raconté sur son travail quand il est venu la dernière fois, et elle a trouvé le récit fascinant, elle aussi.

– Non, j'étais sur un thonier, avant de venir ici, répond-il.

– Ça consiste en quoi ?

– À rester assis pendant deux mois sur un bateau et à regarder des films dans sa cabine, intervient Dave avec un sourire. Tellement le bateau avance lentement. (Il lève une main et la déplace de gauche à droite à la vitesse de l'escargot.) Ils tirent une énorme nasse – un filet – pleine de milliers de thons vivants jusqu'à Port Lincoln, depuis la pleine mer. Van doit plonger tous les jours dans la nasse afin d'en virer tous les poissons morts, mais le reste du temps, il se prélasse, il bouquine et il joue aux jeux vidéo.

– Et je cuisine, intervient l'intéressé. Je cuisine vachement.

– Ouais, ouais, c'est ça, fait Dave en balayant cette intervention du revers de la main.

– Tu as déjà vu des requins ? s'enquiert Ellie, curieuse.

– Des tas. Surtout des requins cuivre.

– Ils croquent le filet avec leurs dents effilées, l'interrompt Dave. Van doit les aider à ressortir.

– Comment tu t'y prends ? demande Brooke, les yeux comme des soucoupes.

– Tu les attrapes par les branchies et…

– Tu les touches ? s'étonne-t-elle en déglutissant.

Van hausse les épaules.

– Ils sont plutôt doux. Une fois qu'ils sont dans la nasse, ils n'ont plus qu'une envie : en sortir. Mais ils ne sont pas toujours amicaux. S'ils se retournent et viennent vers toi, tu lèves ton pied et ils ont tendance à tourner autour.

– Tu as déjà vu un grand requin blanc ? s'enquiert Nick, très intéressé.

– Oui, répond Van. Il y en a un qui n'est pas passé loin de moi récemment, en fait.

Toute l'assistance est penchée en avant, captivée par ce qu'il raconte.

– En haute mer, l'eau est claire comme le cristal, explique-t-il. Mais plus on se rapproche de Port Lincoln, moins la visibilité est bonne. Tu ne vois qu'à un ou deux mètres devant toi. Quelques semaines avant de venir ici, j'étais au fond de la nasse quand un requin blanc a surgi de l'eau trouble, derrière moi. Il avait la gueule grande ouverte, prêt à mordre. Ça m'a flanqué une sacrée trouille : il aurait pu déchirer le filet sans problème. J'ai décampé à toute allure.

– Oh mon Dieu ! glapissent Brooke et Ellie à l'unisson.

– Van ! je m'écrie, le ventre retourné.

– Personne n'a été blessé, réplique-t-il avec un petit sourire.

Il tend la main vers sa bière, dont il boit une gorgée, mais ses yeux me cherchent et restent rivés sur moi, nous emprisonnant dans un regard qui dure plusieurs pénibles secondes.

– Parle-leur des orques, l'encourage Dave.

– Ah, ça a été l'une des meilleures expériences de ma vie. (Van secoue la tête, ému, avant de croiser de nouveau mon regard.) Il y en avait tout un banc, qui nageait sous la nasse, à quatre-vingts pieds de profondeur. (J'ai la sensation qu'il ne s'adresse qu'à moi.) J'étais avec mon pote, en train de pousser un poisson mort par un trou dans le filet et une orque énorme est arrivée pour prendre, très, très doucement, le poisson dans mes mains. Puis elle m'a donné un petit coup de queue et, hop, elle a filé droit vers la surface. Ensuite, un petit l'a suivie et a commencé à jouer avec le poisson. Mais la manière dont cette grande orque l'a pris de mes mains… Waouh… c'était si doux. Elle n'avait pas du tout l'intention de nous faire du mal. On aurait dit un chiot géant.

Je suis totalement et définitivement captivée.

À côté de moi, Joel tousse. Il me faut quelques secondes pour réaliser qu'il s'agit en fait de sa toux signifiant « tout ça, c'est des conneries ». Je le fixe du regard, bouche bée. Il sourit, mais je n'arrive pas à croire à son impolitesse. Je suis dégoûtée.

– Je plaisante, marmonne-t-il en levant les yeux au ciel.

Je me retourne vers Van, ébranlée.

★

L'heure de fermeture arrive avant qu'on ne s'en rende compte, mais comme Nick a promis qu'on pourrait rester après la fermeture, nous migrons tous à l'intérieur. Je récupère autant de bouteilles vides que je peux en transporter, pour les emporter dans la cuisine.

– Où tu veux que je les mette ? je demande à Nick depuis la porte.

Il est en train de charger des verres dans le lave-vaisselle.

– Oh, merci, Nell. Ça te dirait un job ici ? (Je souris et reste dans les parages pour l'aider.) Tu sors avec Joel depuis combien de temps, alors ? demande-t-il, mine de rien, en ratissant ses boucles blondes pour dégager son champ de vision.

– Sept mois, je réponds.

– Il a l'air marrant.

Je ne sais pas s'il est sarcastique.

– En effet, je confirme.

Il me sourit, de ses yeux vert bouteille qui étincellent.

– Viens, on va se boire encore un coup.

Il fait claquer la bretelle de mon soutien-gorge en me précédant hors de la pièce.

Joel fronce les sourcils quand nous apparaissons dans le bar, Nick qui ricane comme un vilain garnement et moi qui lève les yeux au ciel.

– Quoi ? je réplique face à la question – ou à l'accusation, je ne suis pas très sûre – que je lis sur le visage de Joel. Je l'aidais avec les bouteilles vides. Tu n'as vraiment pas à t'inquiéter, je ne le toucherais même pas avec des pincettes.

Joel m'attire dans ses bras, inclinant la tête pour déposer un baiser amoureux dans ma nuque. Je pouffe et me débats, parce que ça chatouille, ce qui le fait rire et le pousse à recommencer. En levant les yeux, je saisis le regard de Van sur moi. Sa mâchoire se contracte et ses yeux sont légèrement troubles. *Combien de verres a-t-il bus ?*

Je tente de me détacher de Joel, mais il est collé à moi comme de la glu. Je suis trop ivre pour être en mesure d'y faire quoi que ce soit, alors je désigne un tabouret dans une ultime tentative pour me libérer. Il me laisse partir, si bien que je peux m'asseoir.

– J'y vais, ma puce, me lance Ellie. Tu veux que je te ramène ?

– Non, ça va.

– Tu es sûre ?

– Oui, vraiment.

Elle paraît inquiète. *Est-ce que je bafouille ?*

Van est penché par-dessus le bar, le corps tordu de telle sorte que sa chemise est remontée, exposant une bande de peau lisse, dorée comme le miel, au niveau de sa taille. J'éprouve le désir aussi subit qu'irrésistible de me pencher pour l'embrasser à cet endroit. Je meurs littéralement d'envie de le toucher. Mis à part le moment où il s'est emparé de mon petit doigt à Poldhu, nous n'avons eu aucun contact.

Ellie passe une main dans le dos de Van.

– Garde un œil sur elle, lui conseille-t-elle alors qu'il tourne la tête par-dessus son épaule afin de la regarder.

– C'est ce que je fais, répond-il en se retournant pour attraper le verre d'eau du robinet que Nick lui tend.

Il doit le lui avoir demandé.

– Et moi, je compte pour du beurre ? demande Joel, légèrement indigné, quand j'accepte le verre dont j'écluse le tiers.

– Il est quasiment son frère, l'envoie promener Ellie avec un sourire. C'est à ça que servent les frères.

Je manque de m'étrangler avec ma boisson. Dès que mes amis ont quitté l'établissement, je saute du tabouret et file en ligne droite vers les toilettes. La voix de Joel me parvient de l'autre côté de la porte.

– Ça va ? (Ce n'est pas la voix que mon cœur espérait entendre, mais ma tête lui en est reconnaissante.) Tu n'es pas en train de vomir, j'espère ?

– Non ! je m'exclame.

– Tant mieux. Nick nous commande un taxi. Tant pis pour la soirée au bar après la fermeture.

– Joel, tu pourrais me laisser ? Je fais pipi.

– Oh, d'accord.

La pièce redevient silencieuse. Je prends une profonde inspiration que je relâche lentement, m'efforçant de dissiper une nausée qui, je le soupçonne, n'a pas grand-chose à voir avec la quantité d'alcool que j'ai ingérée.

★

À mon grand soulagement, Van s'installe sur le siège passager du taxi qui nous ramène. Joel s'endort avant l'arrivée et Dave l'aide à gagner l'annexe en titubant, puis le laisse tomber sur le lit, entièrement habillé.

– Tu vas t'en sortir avec lui ? me demande-t-il avec circonspection.

– Pas de problème, je réponds en bataillant avec les chaussures de Joel, qui ne se rend compte de rien.

– Je te laisse alors, dit-il avec un petit gloussement.

– Merci.

J'ignore où Van a disparu – sans doute est-il allé se coucher. Une fois que je me suis débrouillée avec Joel, je fais un saut à la salle de bains. Je suis en train de regagner l'annexe quand une silhouette obscure, surgie de nulle part, se dirige vers moi et m'entraîne derrière le cottage.

– Qu'est-ce que tu fabriques ? je m'écrie quand Van me plaque contre le mur froid.

Ma peau est vivante sous le choc et les tremblements qui me secouent à son contact.

Il bloque mes poignets de ses mains, me brûle, m'embrase. Un pas en avant et ses hanches m'épinglent.

Je prends une brève inspiration, puis sa bouche est sur la mienne. Je lutte pour libérer mes mains et m'agripper à sa taille. Malgré l'état d'ébriété qui est le mien, j'enregistre qu'il est plus musclé qu'il ne l'était à quinze ans. Et voilà qu'il m'embrasse dans le cou, baisse le haut de mon pull pour découvrir ma clavicule. Alors j'ai la tête qui tourne, qui tourne, qui tourne, et mes mains se faufilent sous sa chemise pour caresser la peau que je brûlais tant de toucher un peu plus tôt. Ses doigts volent vers les boutons de mon jean et…

Qu'est-ce qu'il fait ? On va coucher ensemble ici, maintenant ?

Je repousse son torse, fort, et il titube en reculant, l'air abasourdi.

– Arrête ! je siffle. Mon copain est juste là !

Je lui désigne l'annexe, incrédule.

– Je suis désolé, murmure-t-il, d'un air contrit.

– Ne me touche plus jamais ! je le préviens.

Des larmes brûlantes jaillissent de mes yeux alors que je me précipite dans l'annexe, sous le choc.

Je n'assimile pleinement ce qui s'est passé que le lendemain matin, quand j'émerge, des martèlements plein la tête. Joel continue à ronfloter à côté de moi tandis que je suis si pleine d'horreur et de remords que je peux à peine le regarder.

Je n'arrive pas à croire que j'aie embrassé Van la nuit dernière. Je sais que c'est lui qui a commencé, mais j'ai répondu à son baiser.

Je ne comprends pas. Si Van regrette à ce point ce qui s'est passé entre nous quand nous avions quinze ans, comment peut-il me faire ça maintenant ? N'est-ce rien d'autre que sa jalousie qui prend encore une fois le dessus ?

Il ne se montre pas au petit déjeuner, mais Dave si, qui n'a pas l'air au mieux de sa forme. Joel est en train de vomir dans la salle de bains. Je suis étonnée que ce ne soit pas mon cas, pour être honnête. Je suis heureuse que papa ne soit pas là pour voir les épaves que nous sommes. C'est son dernier jour de travail avant les vacances de Pâques.

– Van va bien ? je finis par demander à Dave, quand la curiosité a pris le dessus.

– Je suppose que oui, répond-il. Il a dormi dans ta chambre, la nuit dernière.

– Dans ma chambre ?

– Ton ancienne piaule, à l'étage. Ton père lui a dit qu'il pouvait, il y a deux jours.

– Oh.

Le désir d'aller jeter un œil sur lui est trop puissant. Je laisse Dave à la cuisine pour monter à l'étage et frapper à la porte de ma chambre. En l'absence de réponse, je la pousse.

Il flotte dans la pièce un air vicié, lourd d'alcool. Van est couché dans le lit simple qui a remplacé les superposés, il y a quelques années. Il est tourné vers le mur. La couette s'est entortillée entre ses jambes et son dos musculeux, dénudé, est tourné vers moi.

Mes yeux dérivent jusqu'à la table de chevet où gît un rouleau de papier que je connais bien. C'est sa peinture, la couleur du blé. Je l'ai décrochée du mur, il y a des années, ainsi que ses cartes postales et j'en ai fait un rouleau que j'ai caché au fond d'un tiroir, afin de ne pas les avoir sous les yeux comme un rappel de lui.

Il les a trouvées.

– Van, je chuchote et il remue.

Je répète son prénom, il roule sur le dos, l'air vaseux. Nous nous dévisageons pendant un long moment.

C'est lui qui prend la parole en premier.

– On va partir, murmure-t-il.

Mon cœur hurle d'angoisse, mais ma tête opine, sachant que c'est la meilleure solution.

Je me sens désespérément triste de le voir tenir sa promesse un peu plus tard ce même jour, mais savoir qu'il a laissé derrière lui les peintures de sa mère me procure un certain apaisement.

Au moins je suis sûre qu'il reviendra pour les récupérer.

Vingt-cinq

– Je pense que c'est classé comme harcèlement sexuel sur le lieu de travail, Nicholas Castor, je le préviens quand il m'attrape sur mon passage.

– Tu me tues, Bella Nella, me chuchote-t-il à l'oreille.

– Et c'est un surnom totalement nul, je réplique pardessus mon épaule en ôtant fermement les mains qu'il a posées sur ma taille. Tu n'es pas plus italien que moi.

– N'empêche qu'il te va bien, déclare-t-il, le sourire insolent.

Ses yeux verts étincellent quand il harponne de l'auriculaire l'un des passants de la ceinture de mon jean, ce qui me coupe sur ma lancée.

C'est ma faute. Je n'aurais jamais dû coucher avec lui.

Je me suis dit que ce serait le moyen de m'en débarrasser et qu'il me laisserait tranquille, mais à ma surprise quasi constante, ma reddition a produit l'effet contraire.

Dieu seul sait comment il a pu trouver notre partie de jambes en l'air aussi mémorable : je m'en rappelle à peine les détails tant j'étais ivre à ce moment-là.

– Tu as des clients.

Je lui désigne d'un geste du menton deux jeunes femmes séduisantes qui viennent d'entrer.

Il soupire et me relâche.

Je travaille au *Boatman* depuis quinze mois désormais et l'expérience me semble toujours irréelle. Après avoir obtenu mon diplôme universitaire avec la mention Bien, j'ai déménagé à Londres où j'ai pris un travail de nuit dans un bar afin de pouvoir me forger une expérience de boulots non rémunérés dans des magazines pendant la journée. J'espérais que les contacts que je m'y ferais se traduiraient finalement par une offre d'emploi, mais mon univers entier s'est effondré quand papa a eu le cancer. J'ai mis tous mes projets en attente et je suis rentrée aussitôt à la maison pour m'occuper de lui. Nous avons passé deux années affreusement difficiles, mais il est en rémission à présent, et ma gratitude est immense.

À un moment, je me botterai les fesses et je retournerai à Londres, mais pour l'instant, je ne peux envisager de le laisser. Il est encore si fragile. De toute façon, le pub est un endroit aussi amical que convivial, et les parents de Nick, Christopher et Theresa, sont faciles à contenter. Nick beaucoup moins, en revanche. Bien davantage entré dans le rôle de manager, il s'avère plutôt tyrannique.

Il m'appelle de l'autre bout du bar, tout en fouillant dans sa poche.

– Eh, Nell, tu pourrais aller à l'étage me chercher la compil de musique indé sur ma chaîne ? demande-t-il en me lançant ses clefs.

– Tu ne peux pas y aller toi-même ? je réplique, les sourcils froncés.

Je récupère toutefois le projectile.

– Je suis occupé.

Il referme brusquement la caisse enregistreuse et me lance un regard appuyé.

– Papa va arriver d'une minute à l'autre, je proteste.

C'est mon anniversaire et nous sortons dîner.

– Eh bien, tu ferais mieux de te presser, dans ce cas, insiste-t-il, inébranlable.

Je quitte le bar en soufflant. On voit ce que je veux dire quand je parle de tyran, non ?

Nick et Drew ont grandi dans le cottage de l'autre côté de la route, mais désormais, Nick vit seul dans l'appartement au-dessus du pub. C'est un véritable baisodrome : nul ne sait combien de femmes sont passées par là. Je n'arrive pas à croire que je figure à présent parmi elles.

Je ne sais pas comment c'est arrivé. Je traînais dans les parages, samedi dernier après la fermeture, histoire de boire quelques verres. J'imagine que je m'ennuyais, que je me sentais seule et en manque. Nick flirte avec moi depuis toujours. Je dois l'admettre, ses attentions me flattaient. Par-dessus le marché, ce n'est pas comme si j'étais amoureuse de lui, donc je savais que je serais capable de gérer la situation quand il passerait à la fille suivante, aussi sûrement que le soleil se lève chaque matin. N'empêche, je suis un peu étonnée par moi-même.

Mon ascension de ses escaliers fait remonter un souvenir. On s'est embrassés juste ici. Nick s'est allongé sur moi. Il m'a retiré mon jean, puis ma culotte et ensuite il…

Oh la la ! J'ai le visage en feu quand je me rue en haut des marches pour déverrouiller sa porte.

À l'intérieur de son appartement, les souvenirs sont encore plus forts. La porte de sa chambre est ouverte. Aussi, lorsque je jette un coup d'œil à son lit double défait, je suis frappée par une autre réminiscence – lui au-dessus de moi, qui plonge ses yeux dans les miens, le visage encadré de ses splendides boucles dorées.

Son corps était impressionnant, je veux dire, sérieusement. Mince, sexy, musclé : un vrai corps de surfeur.

Et, oh j'ai honte ! Je lui ai griffé le dos quand j'ai joui.

Car j'ai joui. Deux fois. Une fois dans l'escalier et… non, minute, il y a eu trois fois en tout.

Je presse mes paumes sur mes joues brûlantes pour qu'elles reprennent une température normale.

Nick Castor a été bon au lit.

C'est vrai qu'il a une sacrée expérience, je pense ironiquement. *Bon, maintenant, où se trouve cette foutue compil ?*

Alors que je referme à clef et que je redescends l'escalier en tapotant distraitement la cassette contre ma paume, quelque chose me semble bizarre. Les sourcils froncés, je passe la tête au coin du couloir et manque de m'évanouir. Tout le personnel des cuisines, du bar et du restaurant, ainsi que quelques clients réguliers, et même mon père, sont debout au centre de la pièce. Ils se lancent collectivement dans une interprétation de « Joyeux anniversaire », puis Nick sort des cuisines, tenant un énorme gâteau glacé au chocolat, surmonté de bougies allumées.

Je souris jusqu'aux oreilles quand il s'arrête devant moi, les yeux étincelants à la lumière des bougies. Tout le monde applaudit et m'acclame. Je souffle les bougies, puis Nick écarte le gâteau d'un côté pour se pencher et m'embrasser… sur les lèvres.

Je suis habituée à ses manifestations tactiles, cependant quand il se retire, j'ai du mal à croiser son regard.

Theresa, la mère de Nick, interrompt notre « moment ».

– Bon anniversaire, ma puce, dit-elle en me serrant dans ses bras.

– Merci, je bredouille, très émue.

– C'est une idée de Nick, ajoute-t-elle avec un hochement de tête affectueux en direction de son fils en train d'ôter les bougies du gâteau, à une table voisine.

Papa, qui s'approche, est salué avec chaleur par Theresa.

– Oui, je sais que vous allez dîner quelque part, tous les deux, mais vous pourriez peut-être trouver une petite place pour un morceau de gâteau, avant de partir ?

– Je pense qu'on pourrait y arriver, n'est-ce pas, Nell ? réplique papa avec un sourire.

– Tout à fait, je conviens.

Aimee, l'une des serveuses, apparaît avec une pile d'assiettes et Tristan, le chef, sort des cuisines muni d'un couteau qu'il tend à Nick. Lequel me le passe aussitôt.

– Fais un vœu, lâche-t-il en souriant.

Je me saisis du couteau et tranche une part de gâteau en fermant brièvement les yeux pour demander en silence que le cancer de papa ne revienne jamais.

Quand je les rouvre, Nick est toujours en train de me sourire.

Papa et moi attrapons le ferry pour le pub sur l'autre rive du fleuve. Il s'agit plutôt d'un bateau-taxi, en fait, capable de transporter seulement quelques passagers à la fois. Mais c'est une traversée agréable et, au coucher du soleil, comme maintenant, l'expérience est absolument formidable. C'est un peu étrange d'aller d'un pub à un autre, surtout quand le second est un concurrent du premier, mais ils offrent l'un et l'autre une cuisine exceptionnelle et c'est plaisant de changer de décor.

Comme il fait frais sur le ponton, nous allons droit à la table que nous avons réservée près de la fenêtre. Papa commande une bouteille de champagne.

– Ce n'est pas tous les jours que votre fille a vingt-cinq ans, déclare-t-il.

J'éclate de rire et il me sourit.

– Comment s'est passée ta journée ? je demande.

– Et la tienne ?

– Je t'ai posé la question en premier.

Il hausse les épaules.

– J'ai enfin trouvé le temps de planter ce pommier sauvage pour toi.

– Oh, merci, papa. J'espère que tu ne t'es pas épuisé à la tâche.

– Je me porte comme un charme, réplique-t-il.

Mon père n'est jamais retourné travailler après sa maladie, mais je sais que ses jardins lui manquent. Parfois, nous allons passer du temps à Glendurgan ou à Trelissick, afin qu'il puisse prendre des nouvelles de ses anciens amis et collègues. Il s'est également mis à visiter des expositions florales : nous sommes allés ensemble à Londres, au festival floral du château de Hampton Court, en juillet, et nous en sommes revenus avec une cagette pleine de bégonias aux couleurs vives. Le jardin du cottage n'a jamais été plus joli.

Papa attend que la serveuse ait rempli nos coupes de champagne avant de me tendre une enveloppe.

– Un autre cadeau d'anniversaire pour toi, lâche-t-il. Qui est aussi un cadeau de Noël en avance pour moi, ajoute-t-il de façon énigmatique.

Intriguée, j'ouvre précautionneusement l'enveloppe dont je tire plusieurs coupons de carton blanc. Je les retourne et me fige en découvrant le logo rouge de QANTAS dans un coin. Des billets. Pour l'Australie.

– Qu'est-ce que c'est ? je demande, hésitant toujours à croire ce que je vois.

– Je ne suis jamais allé en Australie, répond-il. J'ai toujours eu envie d'y aller. Si ces dernières années m'ont appris quelque chose, c'est que la vie est trop courte. J'aimerais faire ces expériences-là tant que je suis assez jeune pour en profiter et il n'y a personne avec qui j'aimerais plus me lancer dans ce voyage que ma fille bien-aimée.

Ses yeux étincellent quand il couvre ma main de la sienne. J'ai la gorge nouée.

Je baisse de nouveau les yeux sur les billets et remarque la date.

– On part le 1er novembre ? je demande, inquiète. C'est dans quinze jours, non ?

– Oui. Je sais que tu devras poser des congés, mais j'ai déjà résolu la question avec Christopher et Theresa. Ils m'ont dit que ça ne poserait pas de problème. Et qu'ils étaient heureux que tu y ailles.

Je me demande si Nick est au courant...

– Je paie pour tout, ajoute-t-il, catégorique, quand je secoue la tête pour protester. Non, Nelly, je ne veux rien entendre, me coupe-t-il. C'est moi qui régale, j'ai tout prévu. Van m'a aidé. On arrive à Sydney où on va passer quelques jours... (Il continue à développer, mais ma tête reste focalisée sur Van.)... rendre visite à Van à Uluru...

– Pardon ? je l'interromps en entendant ce dernier bout de phrase. Qu'est-ce que tu as dit ?

– J'ai dit qu'on irait rendre visite à Van, à Uluru. Tu sais, à Ayers Rock, là où il travaille en ce moment. Puis il viendra nous voir à Adélaïde et à Port Lincoln, où on passera un peu de temps avec son père. Ce serait une bonne chose de faire vraiment la connaissance de John. Je n'étais pas vraiment dans mon assiette quand il est venu, il y a quinze ans.

C'est la dernière – et unique – fois où nous avons rencontré le père de Van, quand il est venu après la mort de Ruth pour emmener Van avec lui.

– Alors qu'en penses-tu ? demande-t-il. Tu m'accompagnes ?

C'est à l'évidence quelque chose qu'il a envie de faire depuis longtemps. Je pose les mains sur ses épaules.

– Tu plaisantes, j'imagine ? Bien sûr que je t'accompagne. Je suis même impatiente de partir.

Je me penche pour le serrer dans mes bras, espérant qu'un peu de la paix et du bonheur émanant de lui déteignent sur moi

– Il fait quoi, Van, ces jours-ci ? me demande Nick quand je reprends mon poste, le lendemain.

Il s'avère qu'il est au courant du voyage. Il a dû faire de gros efforts pour garder le secret.

– Il travaille dans un hôtel à Uluru. Il est juste barman…

– « Juste barman » ? me coupe Nick. Il y a quelque chose qui cloche dans le fait de n'être « rien de plus » qu'un barman ?

Il agite les bras pour désigner l'espace derrière lequel il se tient. Je suis perchée sur un tabouret devant lui. Il est trop tôt pour que la foule de midi soit déjà là, donc nous avons le temps de discuter.

– Tu vois ce que je veux dire. De toute façon, tu es plus qu'un simple barman, vu que c'est presque comme si tu dirigeais cet endroit.

– Je ne répéterai pas tes propos à mes parents.

– Non, s'il te plaît, je réplique en haussant les sourcils.

Il m'adresse un petit sourire en coin et se tourne vers le percolateur.

– Tu veux un café ?

– Oui, s'il te plaît.

– Bon, donc Van…, reprend-il.

– Il est barman. Sans « juste », je réponds gaiement. Sa copine, Sam, travaille au centre culturel d'Ayers Rock, avec des artistes aborigènes. C'est elle-même une artiste.

De temps à autre, nous nous envoyons des mails, Van et moi. Je lui en ai envoyé un, il y a deux jours, pour lui souhaiter bon anniversaire.

Nick dépose un *latte* devant moi. Ma boisson préférée.

– Merci. C'était l'idée de Sam de s'installer là-bas, j'ajoute avec un haussement d'épaules. J'ai l'impression que Van est vraiment amoureux de cette fille. Il me semble qu'il la suivrait quasi n'importe où.

Si je donne l'impression d'être indifférente, c'est seulement parce que j'ai appris à ignorer la douleur. Et j'en suis venue à accepter que cette situation me ferait sans doute toujours souffrir. Je doute d'être en mesure un jour de ne plus éprouver une pointe de douleur dès l'instant où il s'agit de Van, mais la sensation est supportable.

C'est la maladie de mon père qui nous a de nouveau rapprochés, Van et moi. J'ai dû l'appeler pour l'informer que papa avait un cancer et je pense que la nouvelle a remis les choses en perspective pour tous les deux. Nous n'avons jamais parlé de ce qui s'est passé – ni quand nous avions quinze ans, ni quand nous en avions vingt –, mais on aurait dit que nous avions pris tous les deux la décision de laisser le passé derrière nous et d'aller de l'avant. Comme l'a dit papa, la vie est trop courte. Le moment était venu d'essayer d'être amis, comme nous l'avions déclaré. Nous nous y sommes tenus depuis.

– Ça te dirait de venir voir *Fight Club* au cinéma, ce soir ? demande Nick, mine de rien.

Nous sommes vendredi soir et, par miracle, ni l'un ni l'autre nous ne travaillons.

– Brad Pitt ? je fais en souriant. Oh oui ! Attends : tu me proposes un rencard ? je demande avec prudence.

– Ce serait embêtant, si c'était le cas ?

– Je croyais que tu étais contre les rencards, Nicholas Castor.

Il se prend le torse à deux mains et se détourne en secouant la tête.

– C'est la façon dont tu as prononcé mon nom, répond-il de façon mélodramatique.

Je ne peux retenir un éclat de rire qui le fait sourire, puis il pivote et se penche par-dessus le comptoir en prenant appui sur ses coudes.

– Alors ? Ça te dit de venir ?

– Seulement parce qu'il y a Brad, je déclare. Pas pour toi.

Je téléphone à papa afin de le prévenir : je n'aurai pas besoin qu'il passe me prendre. Maintenant qu'il ne travaille plus, il est en quelque sorte enrôlé volontaire comme chauffeur personnel de sa fille : nous n'avons qu'une voiture pour deux et il semble apprécier de me convoyer ici et là. Je me sens déjà assez bizarre de vivre avec mon père à l'âge que j'ai, alors le fait qu'il me conduise partout me donne encore plus l'impression d'être une adolescente. Mais bon, ça le rend heureux, alors…

*

– À ton avis, tu t'es tapé combien de filles ? je demande à Nick quand nous sommes confortablement installés au cinéma.

Il recrache un grain de pop-corn.

– Pardon ?

– Tu m'as très bien entendue.

Il répète ma question, incrédule.

– Combien de filles je me suis tapées ?

– Oui. Ça ne me dérange pas, c'est juste par curiosité. (Je lui coule un regard en coin et pouffe devant son air gêné.) Tu rougis ? je constate avec délice. C'est hilarant. Allez, propose une estimation. Combien ? Cinquante, soixante, cent ?

– T'es folle ! explose-t-il. Tu me prends vraiment pour un queutard en folie ?

Je suis prise de court.

– Quoi ? Pas autant ?

– Rien d'approchant ! s'exclame-t-il.

– Mais tu es toujours en chasse !

– Je ne me suis pas envoyé une fille depuis des semaines ! Des mois même !

– Ah bon ? je m'étonne.

– Mais non, qu'est-ce que tu crois, marmonne-t-il.

Les lumières s'éteignent dans la salle et le public se tait. Je me penche vers lui, intriguée.

– Mais toutes les filles, pendant les vacances ? je chuchote.

– Qu'est-ce que tu racontes ? réplique-t-il en fronçant les sourcils.

– Chaque été, tu sortais avec une fille différente. Tes relations ne duraient jamais plus de deux ou trois semaines, en fonction de la durée de leur séjour. Drew m'a dit que…

– Drew ? répète-t-il avec un petit grognement. Le coquin. Qu'est-ce qu'il t'a raconté ?

– Il m'a parlé de tes aventures de vacances. Que tu avais une peur panique de l'engagement, dès le moment où il était question de voir une relation se prolonger.

– Il cherchait seulement à te détourner de moi.

– Hein ? (Je le dévisage, incrédule.) Pourquoi ?

– Il craquait à fond pour toi. Tu as dû t'en rendre compte.

– Oui. Plus ou moins, je nuance en haussant les épaules. Mais il s'en était remis bien avant de commencer à sortir avec Deborah.

– C'est vrai, admet-il au souvenir de la petite amie que Drew a eue à cette époque. (Il est toujours avec Charli, la fille qu'il a rencontrée à l'université.) Qu'est-ce qui s'est passé entre mon frère et toi ? ajoute-t-il, perplexe. À un moment, j'ai cru que tu l'aimais bien, toi aussi.

– Oui, je réponds prudemment.

– Il a pensé qu'il avait tout gâché la fois où vous êtes venus surfer, avec Van, et que tu as eu peur pour lui. Drew est sûr que tu lui en as voulu d'avoir mis ton frère en danger.

– Non, pas du tout, je réponds en secouant la tête.

– En fait, ajoute-t-il avec un sourire, c'est le jour où il s'est aussi mis à penser que tu craquais peut-être pour moi. Il m'a interdit de te draguer, à partir de ce moment-là.

– Vraiment ? (Je glousse.) C'est trop drôle. Tu lui as révélé que depuis, tu m'avais traînée dans ta grotte et que tu étais parvenu à tes fins avec moi ?

Nick éclate de rire et les gens devant nous se retournent pour nous fusiller du regard.

– Pardon, je chuchote.

– C'est juste les bandes-annonces, grogne-t-il tout en baissant quand même la voix. Non. Il rentre pour Noël. Peut-être que je lui en parlerai à ce moment-là.

– Pourquoi te donner cette peine ? Ça ne se reproduira pas, je lui dis d'un ton badin.

C'est le dernier propos que nous échangeons, car le film démarre.

*

Nick n'est pas au travail, ce jour-là – il est allé surfer avec Max – et je me surprends à regretter sa conversation. Il était silencieux en me ramenant à la maison, la nuit dernière, bizarrement silencieux, même. Pas au même point que papa ou Van, mais pour lui, c'était vraiment inhabituel.

Theresa vient discuter avec moi, après le rush de midi, avant l'arrivée de ceux qui sont impatients de dîner.

– Il était bien, ce film ? me demande-t-elle avec un sourire.

Elle est adorable, Theresa. Je l'ai toujours aimée. Nous faisons à peu près la même taille – ses fils nous surplombent, toutes les deux –, mais elle est assez voluptueuse, avec de longs cheveux noirs, qu'elle laisse en général détachés. Elle est chic, ce qui ne l'empêche pas d'être chaleureuse, aucunement distante ni imbue d'elle-même de quelque manière que ce soit. Et elle a les yeux de ses fils : le vert bouteille des Castor.

– Génial, je réponds. Très distrayant. On est rarement déçu quand il s'agit de voir Brad Pitt torse nu.

– Nick a bien aimé ? demande-t-elle.

– Je crois. Mais pas pour les mêmes raisons que moi, cela dit.

Elle me jauge du regard et j'aimerais bien savoir ce qu'elle pense.

– Je ne devrais pas m'en mêler, commence-t-elle, ce qui déclenche aussitôt une petite voix dans ma tête : « Aïe ! » Mais tu sais que ce garçon en pince vraiment pour toi ? (Je la dévisage, sidérée.) Je ne l'ai jamais vu comme ça auparavant, me révèle-t-elle, hésitant manifestement à parler ou à se taire. Il n'est pas le même, les jours où tu ne travailles pas.

– Dans quel sens ? je demande prudemment.

– On dirait un ours blessé.

– Vous voulez dire qu'il est encore pire quand je ne travaille pas ? j'insiste, alarmée.

Eh ben ! Je plains le personnel.

– Oh, ma chérie ! réplique-t-elle avec un sourire indulgent. S'il t'en fait voir, c'est uniquement pour essayer d'attirer ton attention. Peut-être que l'image de l'ours n'était pas la bonne. « Docile comme une souris », ce serait sans doute plus proche de la réalité. (Elle hausse les épaules, démunie.) Je sais que je suis sa mère et que je devrais rester en dehors de ça, sauf que je te connais depuis longtemps, Nell, et je t'aime vraiment beaucoup. Tu es une fille super. Il me tuerait s'il savait que nous avons cette conversation, mais j'espère que tu ne le considères pas comme un bon à rien. Il a fait des tas de bêtises au fil des années, mais si tu trouves en toi de quoi lui donner une chance, je pense qu'il pourrait te surprendre.

Je ne sais même pas quoi lui répondre quand elle a fini de me déballer les secrets de son fils.

Elle me caresse l'épaule et me laisse seule pour méditer ses paroles. Et pour les méditer, je les médite.

*

– Que s'est-il passé ? j'entends Theresa crier un peu plus tard, cet après-midi-là.

Je tourne la tête : Nick franchit la porte en boitillant, appuyé sur le bras de Max.

– Balayé sur le récif de Porthleven, marmonne Nick, piteux, alors que je quitte précipitamment le bar. C'était tellement idiot. Je n'étais pas concentré.

Son pied droit est enflé et son visage blafard. Ses cheveux sont encore mouillés du passage qu'il vient de faire dans l'océan.

– Max, tu peux l'aider à monter à l'étage ? je demande. Je vais aller demander des sacs de petits pois surgelés à Tristan.

Nick est installé sur le canapé quand j'entre dans son appartement. Il a le pied calé sur la table basse devant lui.

– C'est bon, mec, vas-y, lance-t-il à Max.

– Je suis en retard pour le boulot, m'explique celui-ci, désolé.

Il est pompier. Une fois Max parti, j'attrape un coussin sur le canapé et je le place précautionneusement, ainsi que le sac de petits pois surgelés, sous le pied de Nick. Je dépose un autre sac par-dessus sa cheville.

Son visage se plisse de douleur quand il me remercie.

– Je peux t'apporter quelque chose ? je demande, compatissante. Une tasse de thé ?

– Ce serait sympa, oui.

Sa cuisine est propre et bien rangée, à l'exception d'une tasse et d'un bol sales dans l'évier, avec des miettes de céréales collées sur les parois. Une minuscule fenêtre ouvre sur le fleuve au loin, par-delà le toit de chaume des cottages voisins. La vue depuis son salon est encore plus jolie, qui s'étend des voiliers amarrés de ce côté jusqu'à l'autre rive.

– Tu as mangé ? je lui lance.

– Non, mais ne te tracasse pas pour moi.

– Ça ne me prendra pas plus de deux secondes.

J'ouvre son frigo et jette un œil dedans : j'attrape du fromage, du jambon, du beurre et des cornichons. Je lui confectionne un sandwich vite fait, que je lui apporte avec sa tasse de thé.

Il a les yeux fermés, mais il les rouvre en entendant le bruit de mes pas.

– Merci, Nell, murmure-t-il quand je lui passe deux antidouleurs dénichés dans un tiroir de sa cuisine.

– Je peux faire autre chose ? je lui demande, inquiète.

– Ça te dérangerait d'appeler Jack pour voir s'il peut me remplacer ce soir et demain ?

– Moi, je peux te remplacer, je réplique. J'ai besoin d'argent de poche pour l'Australie.

– Tu es sûre ? Tu as passé toute la journée ici.

– Oui, absolument sûre. Tu as besoin de quelque chose d'autre ?

– Tu reviendras vérifier un peu plus tard ?

– Cela va sans dire.

*

Je passe deux fois et, en fin de soirée, je le trouve endormi dans son canapé. Il change de position et ouvre les yeux.

– Salut, fait-il.

– Tu veux de l'aide pour aller au lit ? (Il me lance un sourire narquois.) Je suis heureuse de voir que tu n'as pas perdu ton sens de l'humour.

– En fait, je voudrais passer aux toilettes, d'abord.

Il tend sa main vers moi pour que je l'aide à se mettre debout. Nous boitillons ensemble vers la salle de bains, mais, soudain, il s'arrête net, le souffle court et grimaçant, la main cramponnée à son flanc. Je le dévisage, alarmée, puis soulève son T-shirt : ses côtes sont noires et bleues !

– Nick ! Mais qu'est-ce que c'est ? (Ignorant mes exclamations, il recommence à avancer.) Tu devrais voir un médecin !

– C'est bon. J'ai juste besoin de deux jours de repos.

– Maudits surfeurs, je grommelle. Je ne sais pas pourquoi vous prenez ces risques.

– On est une bande de drogués.

– Oui, je sais que c'est addictif.

Je secoue la tête, désespérée, et le laisse devant la porte de la salle de bains. Une fois qu'il est ressorti, je l'aide à gagner son lit. Va-t-il réussir à ôter son jean ?

Il remarque mes tergiversations.

– Je vais m'en sortir, Nell. Rentre chez toi, tu dois être épuisée.

– OK. (J'hésite.) Tu es certain que ça va aller, cette nuit ?

– Pourquoi ? Tu te proposes de rester ?

Comme je tarde à le rabrouer, il hausse les sourcils, surpris.

– Tu as envie que je reste ? Je pourrais piquer un somme sur le canapé. Il faut que je sois de retour ici demain matin, de toute façon.

– Tu parles sérieusement ?

Je hausse les épaules, peu sûre de moi. Il me dévisage un long moment, puis indique l'espace vide, près de lui, d'un petit mouvement du menton.

– Dors à côté de moi. (Je le regarde, suspicieuse.) Je te promets que je ne poserai pas les mains sur toi. À moins que tu ne me supplies du contraire, nuance-t-il avec un sourire malicieux.

Je lève les yeux au ciel et envoie un texto à papa, en lui expliquant pourquoi je ne rentre pas à la maison ce soir.

*

Quand je me réveille, le soleil coule à flots par la fenêtre de la chambre sous les combles de Nick. Il dort à côté de moi et je l'observe un moment, étudiant l'éventail que forment ses cils. Ils sont plus foncés que le reste de sa pilosité : plus bruns, moins dorés. Le début de barbe qui pointe sur sa mâchoire est blond foncé et j'éprouve l'envie étrange de passer mes doigts dessus. C'est vraiment un garçon très séduisant.

J'ai étonnamment bien dormi, sachant que j'ai passé la nuit dans un lit qui n'est pas le mien. Je devais être épuisée après deux services d'affilée.

Mon téléphone vibre sur la table de chevet. C'est un texto de papa. « Fais attention à toi. »

– Qu'est-ce qu'il y a de drôle ? marmonne Nick à côté de moi.

Je le dévisage.

– Mon père me recommande de me méfier des grands vilains messieurs.

– Il me range dans cette catégorie ?

La voix lourde de sommeil, il a pourtant l'air surpris.

– Il t'a toujours rangé dans cette catégorie. Ta réputation te précède, Nicholas Castor.

Je souris, mais pas lui.

– OK, j'ai changé d'avis. En fait, je n'aime pas quand tu m'appelles par mes nom et prénom, lâche-t-il, avant de river ses yeux au plafond, boudeur.

Zut, on dirait que je l'ai blessé.

– Je ne faisais que plaisanter, je proteste. Je te prépare ton petit déjeuner et je repasse chez moi prendre une douche vite fait. Je ne voudrais surtout pas que quelqu'un dans le personnel s'imagine que j'ai replongé avec toi.

Je jette mes jambes hors du lit.

– Dieu nous en préserve, réplique-t-il sèchement.

*

Deux jours plus tard, en arrivant au travail de bonne heure, je tombe sur Nick assis à une table près de la fenêtre, environné de paperasse. Il regarde la vue par la vitre. Il n'a pas encore remarqué ma présence et je suis déconcertée par l'expression de profonde tristesse peinte sur son visage.

– Bonjour, je lance enfin, en m'efforçant d'y insuffler un peu de gaieté.

Il se tourne vers moi, un sourire aux lèvres, pourtant la tristesse n'a pas disparu de ses yeux.

– Ça va ? je demande.

– Oui, répond-il en baissant les yeux vers ses papiers. Je me mets à jour sur des trucs.

– Tu as besoin de quelque chose ?

– Non, ça va, je te remercie, répond-il d'une voix étouffée.

Je fronce les sourcils tout en le laissant seul.

*

Le vendredi soir, Max arrive avec Dawn, sa copine. Nous sommes débordés, mais ils viennent au bar une fois qu'ils ont dîné et, quand les choses se sont calmées, je vais les saluer.

J'aime beaucoup Dawn : elle a un cœur en or et le rire le plus rauque qui soit. Elle travaille dans le pub de l'autre côté du fleuve, ce qui lui vaut de se faire traiter d'espionne par Nick, chaque fois qu'elle vient ici. C'est uniquement pour plaisanter, car il l'adore vraiment. Max la fréquente depuis à peu près un an et Nick est persuadé que c'est la bonne.

– Nick va bien ? je demande à Max, profitant de ce que Dawn passe derrière le comptoir.

– Dans quel sens ?

Il est plus petit et plus trapu que Nick, d'un physique moins remarquable, mais quand il sourit, tout son visage se transforme. Pour l'instant, cela dit, il ne sourit pas.

– Il m'a paru un peu démoralisé, cette semaine, je précise. Et pas seulement à propos de ses blessures. (Il remue, mal à l'aise.) Quoi ? j'insiste. Il n'est pas sérieusement malade ou quelque chose du genre ?

– Non.

Il me fait signe de m'éloigner, puis regarde à l'autre bout de la pièce, là où Nick est en train de ramasser des bouteilles vides. Avisant qu'il sort de la salle pour se diriger vers les cuisines, Max se retourne vers moi.

– Il m'a parlé de votre conversation au cinéma, me confie-t-il.

– Quelle partie ? je demande, confuse.

– Sur toutes les filles avec lesquelles tu pensais qu'il avait couché.

– Oh, ça, je fais en feignant la réprobation.

– Tu sais, pour l'essentiel, il se contente de faire le mariole.

– Je m'en fiche.

– Je parie que tu pourrais compter le nombre de filles avec lesquelles il a couché sur les doigts des deux mains, poursuit-il.

– Ça fait quand même un nombre important.

– Je croyais que tu t'en fichais ?

– Et Brooke alors ? j'objecte. Il se l'est tapée.

– Il ne s'est jamais tapé Brooke ! rigole-t-il. Ils se sont embrassés.

– Elle a dit qu'elle avait couché avec lui, j'en suis sûre. Pourquoi tu me racontes tout ça, de toute façon ?

– Parce que tu lui brises le cœur, Nell ! Je ne l'ai jamais vu dans cet état-là ! Chhhut, il arrive, chuchote-t-il.

– Vous venez boire un verre chez moi, tout à l'heure ? demande Nick à Max alors que je ramasse ma mâchoire qui traîne au sol. Nell ? ajoute-t-il en me regardant.

– Euh… d'accord.

Vraiment ? Qu'est-ce que je suis en train de faire ?

Le sourire qui me répond est le plus sincère que j'aie vu de toute la semaine.

*

Une heure et quelques plus tard, je suis assise à côté de Nick. J'ai ôté mes chaussures et ramené mes pieds sur le canapé. Max nous fait tous rigoler en nous racontant une anecdote sur un pompier junior, dans sa caserne. L'atmosphère est gaie et détendue, avec Blur qui passe en fond sonore sur la chaîne.

Pourtant, je me sens étrangement nerveuse. Le bras de Nick est étendu derrière moi, sur le dossier du canapé, et cela fait quelques minutes qu'il enroule distraitement une boucle de mes cheveux autour de son index.

– Bien, déclare Dawn en donnant une tape sur la cuisse de Max. Tu ferais mieux de me ramener à la maison, avant que je ne m'endorme ici.

Ils se remettent péniblement sur pied. C'est le signe pour moi aussi qu'il est temps de partir, mais j'hésite. Max s'approche et se penche afin de me faire la bise, mais je me lève, je veux serrer Dawn dans mes bras.

Nick doit descendre au rez-de-chaussée pour les faire sortir par le pub. Quand il revient, deux minutes plus tard, il paraît légèrement déconcerté de me trouver encore sur son canapé.

– Tu veux boire autre chose ? demande-t-il.

– Je n'ai pas fini mon verre.

Je lève ma bouteille de cidre. Il revient s'asseoir à côté de moi, et pivote pour que nos deux corps soient face à face. Sans réfléchir, il tend le bras et entortille une autre mèche de mes cheveux autour de son doigt. Je me laisse aller à sa caresse et nous nous dévisageons pendant de longues secondes.

Mon cœur effectue un saut périlleux.

Et quand il se penche très lentement, puis s'arrête, je ne le fais pas attendre longtemps avant de le retrouver à mi-chemin.

*

Le sable est orange pâle, de la couleur du soleil levant. Le désert, lui, est constellé d'arbustes, comme si un géant l'avait saupoudré de poivre. Au loin, l'horizon s'estompe dans une brume de chaleur. Puis nous le voyons – le rocher – et tous les passagers de notre côté de l'avion se mettent à jacasser avec excitation.

Vu du dessus, Uluru est très différent de ce que j'avais imaginé. Les photos que j'ai vues m'ont portée à penser que ce rocher était étroit et oblong, pourtant il s'agit en fait d'un bloc de grès trapu.

Même s'il n'a rien de trapu en réalité : en son point le plus haut, il s'élève à trois cent quarante-huit mètres au-dessus du niveau de la mer, autrement dit il dépasse la tour Eiffel.

Van vient nous chercher dans le minuscule aéroport. J'ai passé presque cinq ans – peut-être même dix – à endurcir mon cœur contre lui, pourtant il se serre dès que je l'aperçois.

La première chose que je remarque, ce sont ses cheveux. Ils sont coupés très court, ce qui lui donne d'une certaine manière l'air encore plus adulte. Il porte un T-shirt jaune et un short gris foncé. Avec ses bras croisés, ses biceps sont saillants. Il s'avance, sourire aux lèvres, serre d'abord papa dans ses bras. Ils s'étreignent avec force et Van paraît bouleversé quand il s'écarte puis se tourne vers moi.

Je ne sais pas si nous allons recommencer cette espèce de ballet bizarre revenant à éviter de se toucher, et puis, tout à coup, je me retrouve écrasée contre son torse définitivement-plus-qu'un-peu large et, avant que je ne puisse seulement reprendre mes esprits, il s'écarte.

– Je suis si heureux de vous voir, tous les deux, nous lance-t-il avec un sourire plein de nostalgie.

– On est très heureux de te voir, nous aussi, déclare papa à son tour, en attrapant Van par l'épaule pour le secouer affectueusement.

Van veut tout savoir sur notre voyage jusqu'ici, mais, surtout, il désire être sûr que papa est bel et bien en forme.

– Je ne me suis jamais senti mieux, répond mon père.

Van et moi échangeons un regard dans le rétroviseur.

Il conduit une jeep et ça lui va bien. Les muscles de ses bras, toniques et bronzés, se fléchissent quand il agrippe le volant et conduit le véhicule sur la piste bosselée d'où s'envolent des nuages de poussière. Sam et lui vivent dans l'un des logements réservés au personnel, à quelques minutes du complexe, mais Van nous conduit à notre hôtel, afin que nous puissions nous enregistrer et nous rafraîchir. Plus tard, nous irons regarder le soleil se coucher sur Uluru. Sam nous y retrouvera, en rentrant du travail. Van est de service, ce soir, donc nous irons occuper un moment le bar, c'est sûr et certain. Au moins avons-nous passé le pire du décalage horaire : je ne me suis jamais sentie aussi à l'ouest de ma vie et mon pauvre père a été complètement KO. Résultat : je ne pense pas que nous ayons apprécié Sydney à sa juste valeur, mais heureusement, nous y séjournerons de nouveau quelques jours avant de rentrer.

*

Je n'ai pas envie de faire un effort de tenue ce soir, mais finalement, je n'arrive pas à m'en empêcher. Je suis sur le point de rencontrer Sam, la première petite amie de Van que j'aie jamais eu l'occasion de voir en vrai. Je ne sais pas à quoi elle ressemble, mais je m'attends à ce qu'elle soit étourdissante. Ce que je veux dire : grande, mince et bronzée, comme les filles des photos de l'époque où il avait quinze ans. J'ai l'impression de devoir m'appliquer des peintures de guerre pour me donner confiance. Aussi je mets plus de soin que d'ordinaire à me maquiller, en tamponnant un fard brun doré sur mes paupières et en traçant un trait de khôl noir au ras de mes cils. Une touche de mascara noir, de blush couleur pêche, un brillant à lèvres tout simple, et je suis prête.

Comme la chaleur de la journée commence à s'estomper, je prends un gilet blanc que je jette sur ma robe d'été bleu marine. J'ai attaché mes cheveux encore humides en un chignon lâche sur le sommet de mon crâne.

Toute cette procédure ne fait rien pour apaiser mes nerfs.

Quand j'arrive, papa et Van sont installés sur deux chaises en plastique, devant la chambre de papa. Les yeux de Van parcourent ma silhouette avant de revenir à mon visage.

– Prête ? demande-t-il avec un petit sourire.

*

Une heure et demie plus tard, le soleil s'est couché sur Uluru, projetant non seulement sur tout le rocher, mais sur le désert alentour, la lumière rouge orangé la plus spectaculaire.

– Voici Sam, annonce Van en inclinant la tête vers une Honda bleu foncé qui se gare dans le parking.

J'ai bu un verre de champagne – il en a apporté une bouteille dans de la glace – et le breuvage m'a communiqué son bourdonnement chaud et agréable, mais à présent, j'ai l'estomac retourné.

Une main sur mon bras m'enjoint à me retourner brusquement : papa me fixe du regard, les yeux pleins de compassion. Je m'écarte de lui, plaquant un sourire sur mon visage tandis que la copine de Van sort de sa voiture.

– Salut ! lance-t-elle, avec un immense sourire.

Elle se dirige vers nous et, pendant quelques secondes, je demeure stupide, avant de revenir à la vie.

– Salut ! je réponds.

Elle n'est absolument pas comme je l'avais imaginée. Grande, oui, mais pas mince du tout, avec de robustes dreadlocks auburn qui lui dégringolent jusque dans le milieu du dos. Sa peau est marron clair, à force d'être exposée au soleil, elle a un piercing dans le nez ainsi qu'au niveau des sourcils et Dieu seul sait combien d'anneaux dans les oreilles. Elle s'approche, la main tendue, mais elle la retire en éclatant de rire quand je m'avance pour la serrer.

– Je déconne, viens dans mes bras.

Et elle me serre entre ses muscles puissants, puis répète l'opération avec papa.

Avant d'arriver sur place, je ne savais pas trop ce qui serait le pire : la détester ou l'apprécier. Je crois que je l'apprécie.

– Merde, t'es jolie ! s'exclame-t-elle en revenant me reluquer. Merde, il faut vraiment que j'arrête de jurer. Pardon.

Elle jette un regard repentant à papa, mais il lui sourit, imperturbable.

Van n'est pas perturbé, lui non plus. J'ai l'impression qu'il est assez habitué au langage fleuri de sa petite amie.

Il y a quelque chose de sauvage et d'indomptable, chez elle. Il me vient à l'esprit que j'ai eu un jour la même pensée à propos de Van, toutefois, par comparaison, il semble pour l'heure presque traditionnel.

Mon esprit est encore en train de ruminer ces pensées quand nous nous retrouvons au bar, un peu plus tard. Sam est rentrée « piquer un roupillon » chez eux, mais papa et moi nous sommes installés ici pour regarder Van travailler et lui tenir compagnie. Nous discutons pendant qu'il prend les commandes, mais le reste du temps, je ne fais rien d'autre que l'observer. Il est très attentif aux clients, totalement concentré sur ce qu'ils commandent, puis d'une rapidité et d'une efficacité impressionnantes pour les servir. C'est la première fois que je le vois dans un cadre professionnel et c'est plutôt étrange.

Il ne faut pas très longtemps pour que papa déclare qu'il se fait tard.

– Tu veux que je te raccompagne à ta chambre ? je lui propose.

– Je ne suis ni vieux ni croulant à ce point. Je trouverai mon chemin.

Il se penche pour m'embrasser sur le front, puis souhaite bonne nuit à Van. Je pivote juste à temps sur mon siège pour voir ce dernier remplir mon verre de vin blanc.

– Merci.

D'un geste du menton, il désigne le dos de papa qui s'éloigne.

– Il va bien ? me demanda-t-il, redevenu sérieux.

– Je crois. Fatigué. Il ne s'est pas encore complètement remis de tout ça.

Il pince les lèvres tandis que ses yeux suivent mon père en train de quitter la salle. Attrapant une serviette derrière le bar, il se met à essuyer des verres à vin. Aucun client n'est en attente.

– Sam a l'air gentille, je lâche en tâchant de paraître décontractée. (Il hausse les sourcils et me regarde, l'air un peu amusé.) Quoi ? Mais si ! je m'exclame. Pourquoi ? Elle n'est pas gentille ? j'ironise.

– Ce n'est pas le premier mot que j'emploierais pour la décrire, réplique-t-il avec un petit sourire.

Je suis intriguée.

– Comment tu la décrirais, alors ?

– Je ne sais pas, répond-il en haussant les épaules. « Difficile », sans doute. (Il sourit en s'emparant d'un autre verre.) On a une relation tumultueuse, pour ne pas dire plus. Et toi ? Tu as quelqu'un dans ta vie ?

– Oui, disons que je vois quelqu'un. (Il me regarde en m'invitant à continuer d'un petit signe de tête.) Tu le connais. Nick, je précise en buvant une nouvelle gorgée.

– Nick ? répète-t-il, alarmé. Nick du pub ? Le surfeur ?

Il tient toujours son torchon et un verre, mais ses mains se sont immobilisées.

– Oui. Nicholas Castor.

– Tu te moques de moi ?

– Non.

Il est sous le choc et je ne peux l'en blâmer. Papa a été horrifié, lui aussi, mais il a fini par se faire à l'idée.

– Comment ça se passe ? demande-t-il en fronçant les sourcils.

– Pour l'instant, ça va.

– C'est sérieux ?

– Repose-moi la question dans quelque temps. (Je hausse les épaules, avant de me rendre compte, avec du retard, que je fais du tort à Nick – et peut-être à moi-même.) Je ne sais pas, sa mère et Max semblent penser que c'est du sérieux. Ils m'ont encouragée à lui donner une chance : ils n'en pouvaient plus de le voir se morfondre.

Je cherche à m'exprimer avec désinvolture, tout en espérant ne pas paraître vaniteuse.

Une femme attend devant le bar, que Van n'a même pas regardée tant il est focalisé sur ce que je lui dis. Je hoche ostensiblement la tête vers elle.

Sortant de sa stupeur, il jette le torchon sur son épaule afin d'aller servir sa cliente. Elle commande des cocktails pour une table de six, donc pendant qu'il se met à les mixer, je me saisis de mon téléphone et réponds à un message d'Ellie que j'ai reçu un peu plus tôt. Elle vit désormais à Newcastle où Liam, son petit ami, et elle sont allés à l'université. Nous restons en contact régulier par mail et texto : elle veut savoir comment ça se passe en Australie.

Pendant que je tape un message à son intention, j'en reçois un autre. De Nick. Je finis de répondre à Ellie avant de le lire.

Il ne dit qu'une chose : *« Tu me manques. »*

Waouh. Je réponds : *« Tu ne deviendrais pas très sentimental, Nicholas Castor ? »*

Il répond : *« Peut-être. Qu'est-ce que tu fais ? »*

« Je suis au bar de l'hôtel, je discute avec Van. »

« Passe-lui le bonjour de ma part. »

« Je n'y manquerai pas. »

« Nell ? »

« Oui ? Tu te rends compte que ça te coûte de l'argent chaque fois que tu m'envoies un texto ? Applique-toi avec celui-là… », je le taquine.

J'attends sa réponse, mais elle ne vient pas. Les sourcils froncés, je repose le téléphone pour découvrir Van, planté devant moi. Il essuie un autre verre, le visage dénué d'expression. Puis il désigne mon téléphone du menton.

– Nick ?

– Oui. Il te passe le bonjour.

L'appareil vrombit de nouveau. Mes yeux s'agrandissent quand, m'en étant emparée, je lis ce qu'il a écrit.

« J'éprouve beaucoup d'amour pour toi en ce moment. Je te l'aurais dit en face avant que tu ne partes, mais pas voulu te faire flipper. Je suppose que tu ne peux pas parler ? »

– Qu'est-ce qu'il dit ? demande Van, vaincu par la curiosité.

Sans lui répondre, je tape mon message en essayant de me concentrer. Certes, il m'a prise au dépourvu, mais je ne suis sans doute pas aidée par la personne que j'ai en face de moi.

« Je peux pas pour le moment, peut-être plus tard ? »

« Je t'ai fait flipper, c'est ça ? Merde. »

« Non, pas du tout. »

C'est un pur mensonge, cependant je ne veux pas le blesser. Il ne m'est pas indifférent. Pas du tout, au bout du compte. Je continue à avoir des doutes, bien entendu. Comme quoi les gens ne changent pas, ce genre de choses. Mais j'apprécie sa compagnie, il me fait rire et il est doué au lit au point que c'en est ridicule. Autrement dit, trois bonnes raisons de lui donner sa chance.

« Van se trouve juste devant moi », j'ajoute.

« Demande-lui ce qu'il fabrique aussi loin du surf. »

Je montre le message à Van qui sourit.

– Réponds-lui que j'ai besoin de faire le point.

Je signe ma réponse d'un baiser et d'une promesse de l'appeler plus tard. Dieu seul sait combien ce coup de fil va me coûter.

– Donc… Nick Castor ? reprend Van sèchement, en croisant les bras. Qui l'eût cru ?

Le geste tend ses biceps sous les longues manches de sa chemise blanche réglementaire.

– Il arrive des choses plus étranges, je réplique avec un sourire.

L'heure de fermeture arrive sans que nous ayons vu le temps passer. Je rassemble mes affaires et attends près de la piscine que Van ait terminé et souhaité bonne nuit à son patron.

– Ça te dirait qu'on aille faire un tour en voiture ? me propose-t-il quand il arrive. Je voudrais te montrer quelque chose.

– OK. Avec plaisir.

Il gare sa jeep dans un endroit appelé Yulara, où vivent les sept cent cinquante membres du personnel du complexe et, pendant que nous y déambulons, il me parle de la vie au « Gregory's » – nom donné au logement qu'ils occupent, Sam et lui, en colocation avec deux autres filles. Ils ont chacun un lit simple et partagent une minuscule salle de bains et une cuisine, si bien que les choses peuvent être tendues parfois, surtout entre Sam et une de leurs colocataires. Le personnel n'a pas le droit de traîner dans les zones dévolues aux touristes, mais ils ont leur propre piscine, ainsi que le « résidium » – le club réservé aux résidents –, où ils dépensent en boissons une grosse partie de leur salaire. Il ne semble pas y avoir grand-chose à faire en dehors de leurs heures de travail, à part s'ébattre dans la piscine et boire, mais ses collègues sont une bande de jeunes gens marrants et Van déclare s'être fait quelques amis.

Après vingt minutes de route, nous quittons l'asphalte pour une piste poussiéreuse, pleine de bosses. Cinq minutes plus tard, Van coupe le moteur et saute de la jeep.

– Viens, dit-il en récupérant quelque chose sur la banquette arrière.

Je descends moi aussi du véhicule dans un noir d'encre.

– Van ?

– Je suis là-haut.

Il est sur le toit ? Il tapote le flanc du véhicule pour me guider et le bruit me guide jusqu'à ce qui m'apparaît comme une échelle à l'arrière de la jeep. Je grimpe un échelon, puis une main chaude et puissante s'enroule autour de mon bras et m'aide à effectuer le reste de la grimpette. Il a apporté des coussins et des couvertures. Nous passons quelques minutes à nous installer confortablement avant que…

– Lève les yeux, m'intime-t-il.

Je bascule la tête vers le ciel. Où des milliards d'étoiles clignotent pour moi. C'est le ciel le plus grand, le plus étincelant que j'aie jamais vu.

– Waouh ! je murmure avec un infini respect.

Nous nous allongeons, si près que nos bras se touchent.

– Tu as assez chaud ? me demande-t-il.

– Oui, ça va.

Pas la peine de couverture, il fait office de radiateur, avec toute la chaleur qui émane de son corps.

– L'une des choses que j'ai remarquées après quelques jours ici, c'est à quel point le désert était vivant, alors qu'il te paraît en sommeil au premier abord, lâche-t-il. Tu ne t'en apercevras pas en vivant à l'hôtel, parce qu'il y a toujours quelqu'un pour balayer les passages et ainsi de suite, mais là où on vit, nous, personne ne déblaie le sable.

– Tu as vu beaucoup d'araignées ?

– Oh que oui ! Surtout des sparassidae. (Il glousse lorsque, frissonnante, je me rapproche.) Elles sont énormes, mais inoffensives, sauf si tu fais une crise cardiaque en les voyant. Le truc le plus inouï sur lequel je sois tombé, c'est un diable cornu.

– Qu'est-ce que c'est ?

– Un lézard. Ils ont des épines sur tout le corps et boivent à l'aide de leurs pieds.

– Quoi ? Comment ça ?

– Apparemment, ils se plantent dans une flaque et l'eau monte par capillarité le long des sillons qu'ils ont sur la peau, jusqu'aux commissures de leur bouche. J'ai vu une de ces bestioles en rentrant du boulot, un soir. Il a levé les yeux vers moi, très, très curieux. Bref, un vrai personnage. S'il ne fallait pas un permis pour en posséder un, j'aurais été tenté de le rapporter dans mon dortoir.

Je souris.

– Donc tu aimes travailler ici ?

– Oui, ça va. Ça me change beaucoup de la pêche au thon. Comme j'ai fait ça pendant plusieurs années, je commençais à me lasser un peu.

– Je me rappelle encore ce que tu nous avais raconté là-dessus, quand on était au pub, pendant ton dernier séjour chez nous. J'ai été furax contre Joel, ce soir-là.

– Oui, il était un peu con.

Je ris, amusée.

– Vous avez rompu peu de temps après ?

Je me crispe au souvenir du sentiment de culpabilité qui, je le sens, m'a poussée à mettre fin à notre relation. Si tu apprécies vraiment quelqu'un, tu n'en embrasses pas un autre.

– Oui.

– Je suis désolé.

De quoi ? D'avoir causé ce sentiment de culpabilité ? Je décide de ne pas demander. C'est la dernière parole que nous prononçons pendant un moment.

– Comment va ta mère, ces jours-ci ?

Sa voix ponctue les ténèbres.

– Hmm. Je ne l'ai pas vue depuis deux ans, je réponds brièvement.

– Vraiment ? fait-il, à l'évidence surpris.

– On s'est fâchées quand papa a été soigné pour son cancer.

– Je n'étais pas au courant.

Il semble préoccupé.

– Ce n'était pas comme si on était proches avant, mais elle s'est montrée particulièrement peu solidaire. Elle aurait pu téléphoner pour vérifier comment papa se portait ou si j'allais bien, mais c'était toujours à moi de la contacter. Un jour, j'ai cessé de l'appeler. J'imagine que son égoïsme a fini par me taper sur les nerfs. On ne se parle presque plus à présent. Je ne me sens pas obligée d'aller lui rendre visite à New York et il est bien certain qu'elle n'a aucune intention de venir me voir.

– Ça craint, murmure-t-il.

– C'est comme ça et c'est tout.

– Elle est toujours avec le type qui vend des yachts ?

– Robert. Oui, ils sont toujours mariés, Dieu merci. Au moins, je sais qu'elle a quelqu'un pour s'occuper d'elle.

Plus nous nous attardons à regarder le ciel, plus nous y voyons d'étoiles. Maintenant, il semble presque d'une blancheur laiteuse, avec les innombrables petites galaxies qui explosent dans ce noir d'encre.

– Tu veux des enfants ? me demande Van tout à trac.

– Euh, oui. Je veux dire, c'est sûr et certain, un jour, avec la bonne personne. J'ai toujours désiré une grande famille. J'étais plutôt seule, avant que tu n'arrives. Alors je préférerais ne pas avoir un enfant unique, si je peux l'éviter. Et toi ?

– Oui, pareil.

Avant que je ne puisse découvrir pourquoi cette question l'intéresse, il m'en pose une autre.

– Ton père n'a jamais rencontré d'autre femme ?

– Non, il ne s'est jamais remis de ta mère. À un moment, j'ai voulu l'encourager à sortir davantage, mais ça ne l'intéressait pas. Elle a été le grand amour de sa vie et personne n'aurait pu la remplacer. C'est assez tragique.

– Qu'est-ce qu'on dit ? réplique-t-il. Mieux vaut avoir aimé et perdu son amour que de n'avoir pas aimé du tout ?

– Oui.

Je réfléchis à cette affirmation. Papa aurait-il préféré une vie stable, uniforme, plutôt que les cinq merveilleuses années qu'il a vécues avec Ruth, suivies par la douleur écrasante de sa perte ?

Jamais de la vie.

Il aurait même pris une année, si c'était tout ce qu'on lui avait offert. Il aurait sans doute même été d'accord pour un mois.

Parfois, je m'interroge : si Ruth n'était pas morte, s'ils étaient restés ensemble, avec papa, si je n'avais pas eu à m'inquiéter de sa santé – dont tout le souci m'incombe –, est-ce que je serais encore à Londres, à travailler dans un magazine, à la poursuite de mes rêves ?

Est-ce que Van et moi aurions jamais ressenti la moindre attirance si nous avions grandi ensemble sans discontinuer depuis l'âge de cinq ans ?

Il y a de quoi se rendre dingue si l'on y réfléchit.

Je prends une profonde inspiration :

– Un jour, papa m'a dit : « Dans cinq ans, tu regarderas en arrière et tu comprendras pourquoi ces événements se sont produits. »

– Quand est-ce qu'il t'a dit ça ?

– Peu importe. Je te le cite parce que ça m'a rappelé qu'on avait entendu ta mère prononcer la même phrase.

Je ne sais pas s'il s'en souvient lui-même ou s'il attend que je comble les trous, mais il écoute quand je poursuis :

– On avait cinq ans et on les espionnait, en haut des escaliers. Ta mère parlait de la terreur qu'elle avait éprouvée en découvrant qu'elle était enceinte de toi et devait retourner vivre avec sa mère. Elle racontait qu'elle avait cru sa vie fichue.

Van se crispe et je tends instinctivement le bras pour crocheter son petit doigt avec le mien, aussi protectrice que bien des années plus tôt. J'ai la voix étranglée quand je reprends :

– Mais ensuite, elle a ajouté que si elle avait su où elle se trouverait cinq ans plus tard, elle ne se serait jamais inquiétée. Qu'elle était immensément heureuse avec papa et nous. Elle t'aimait jusqu'aux étoiles et bien plus encore.

Il resserre son petit doigt autour du mien.

– Tu devrais appeler ta mère, murmure-t-il. Elle est peut-être nulle, mais c'est quand même ta mère.

*

Van ne travaille pas le lendemain, donc il nous emmène voir Uluru. Quand nous sommes sortis de l'avion, la chaleur nous a presque causé un choc et aujourd'hui, l'expérience se répète quand nous quittons l'air conditionné de sa jeep.

Pour être honnête, je n'étais pas très enthousiaste à l'idée d'aller voir un gros rocher au milieu de nulle part, mais, hier soir, j'ai été soufflée par le spectacle de cette masse énorme baignée dans la lumière du soleil couchant. Encore plus surprenant, c'est l'effet sidérant qu'il produit quand on est tout près. Impossible de se figurer sa taille et sa forme quand il se dresse au-dessus de vous. Il est absolument énorme.

Uluru est sacré pour les Pitjantjatjara Anangu, le peuple aborigène de la région, et c'est manquer de respect que d'escalader le rocher. Ce qui ne signifie pas pour autant que tout le monde s'en abstienne – pour aussi incroyable que ce soit, ce n'est pas illégal – et je suis dégoûtée à la vue des dizaines de touristes qui traînent leurs pieds sales jusque-là. Un homme largement en surpoids doit presque se mettre à genoux pour se hisser dessus grâce à la corde prévue à cet effet et, étonnamment, des enfants gravissent eux aussi le rocher. Des tas de gens sont morts pourtant ici depuis les années 1950.

– Ils sont complètement stupides, en plus d'être ignorants et irrespectueux, je marmonne.

Van serre les mâchoires.

– Oui, ça m'agace aussi. Ne branche pas Sam sur le sujet, tu en auras pour des heures.

Nous nous promenons sur le sentier, à l'ombre d'arbres étonnamment nombreux. Aux alentours, tout paraît sec et aride, mais ici, l'herbe est verte plus que jaune.

– Tu devrais voir cet endroit quand il y a un orage, reprend Van. L'eau ruisselle du rocher, en formant des dizaines de cascades.

Papa flâne aux abords d'une grotte, où il contemple des peintures aborigènes.

– C'est tellement beau quand on les voit de près comme ça, je murmure en essayant de tout admirer. Le grès étincelle sous le soleil.

Des fragments de roche ont glissé de la surface, laissant derrière eux des zones mouchetées de gris-noir, qui contrastent avec le rouge orangé.

– C'est presque comme un truc qui vit et respire, et qui perd ses écailles en muant, j'ajoute.

Van me dévisage un long moment, puis il demande :

– Tu écris toujours ?

Je secoue la tête en grimaçant :

– Je ne me suis pas sentie très inspirée, ces derniers temps.

Je m'efforce d'ignorer la déception dans son regard et regarde par-dessus mon épaule pour vérifier où se trouve papa. Nous ne marchons que lentement, pourtant il ne semble pas se presser le moins du monde pour nous rattraper.

– Tu as pu parler avec Nick, hier soir ? demande-t-il.

Quand Van m'a déposée à l'hôtel, je me suis rappelé que j'avais promis de lui téléphoner.

– Non. Il était déjà descendu travailler, donc j'ai laissé un message. La réception des portables est très mauvaise au pub.

– Je n'arrive pas à croire que tu travailles au *Boatman*, lâche-t-il sur un ton aussi aride que le sable sur lequel nous marchons.

– Pourquoi ? (Mes poils se hérissent.) Où est le problème ?

– Aucun si tu étais moi. Oublie, ajoute-t-il avant que je ne puisse comprendre de quoi il retourne. Je sais que tu as eu un tas de trucs merdiques à gérer. Je suis désolé de ne pas avoir été là pour t'aider.

– C'est bon, il s'agit de mon père.

– Il compte aussi beaucoup pour moi.

– Je sais.

Nous avançons en silence.

– J'aime bien cette grotte, déclare-t-il en s'arrêtant. Elle me fait penser à une vague.

Elle est immense – trois fois la taille de Van – et elle s'incurve très loin derrière nous, et juste au-dessus de nos têtes quand nous y pénétrons. Je peux presque imaginer Van en train d'en surfer la face avant de disparaître dans un *barrel*.

– J'ai trop hâte de retourner surfer, lâche-t-il.

– Tu n'as plus trop longtemps à attendre, maintenant. Sam ne vient pas avec nous, c'est ça ? je revérifie.

– Non, elle ne veut pas poser de jour de congé. On rentrera chez nous pour quelques jours à la fin janvier.

– Pas pour Noël ?

– Non. C'est l'une de nos périodes les plus chargées.

Je hoche la tête et me tourne pour sourire à papa qui arrive.

★

Nous rentrons finalement au centre culturel où travaille Sam. C'est intéressant de lire des informations sur le Tjukurpa, la loi traditionnelle qui gouverne la vie quotidienne d'Anangu, et j'aime les histoires du *Temps du rêve*, qui affirment raconter comment Uluru est sorti de terre.

Sam est en train de servir un client quand nous pénétrons dans le magasin qui vend de l'artisanat aborigène.

Deux femmes Anangu sont assises par terre, occupées à peindre. Fascinée, je me plante à côté d'elles pour les regarder. Elles appliquent des points minuscules, d'une forme parfaite sur une toile pour créer une image colorée. Elles ne prêtent même pas attention à moi et continuent leur travail, sans cesser de discuter entre elles.

– Alors, c'était comment, le rocher ? me demande Sam quand je viens la saluer.

– Incroyable. Bien plus joli de près que je ne m'y attendais.

– Tu as grimpé dessus ?

Vu le regard moralisateur au fond de ses yeux, je suis très contente de répondre « non » à cette question.

– Donc tu es une artiste, toi aussi ? je demande en reportant mon regard sur les femmes aborigènes.

– J'essaie, répond Sam.

– Tu as déjà cherché à ramener Van à la peinture ?

Elle fronce les sourcils.

– C'était sa mère qui peignait, pas lui.

– Si, lui aussi, il peignait. Il était vraiment bon quand il était plus jeune.

Elle me jette un drôle de regard avant de quitter son comptoir pour aller de l'autre côté du magasin, où Van est en train de discuter avec mon père.

– Eh ! lance-t-elle en lui donnant une grande claque sur le bras.

– Quoi ? aboie-t-il en pivotant.

– Pourquoi tu ne m'as pas dit que tu peignais ?

Elle a parlé sur un ton accusateur, mais je n'arrive pas à déterminer si elle est sérieuse ou si elle plaisante.

Van tourne aussitôt les yeux vers moi, puis il revient sur elle, sourcils froncés, mécontent.

– Je ne sais pas peindre, crache-t-il, avant de reporter son attention sur moi. J'avais dix ans, Nell. Je ne faisais que barbouiller.

– Non, tu étais bon, j'entends papa protester. Tu as gagné un concours.

Van lève les yeux au ciel, puis se détourne. Quelques secondes plus tard, il pose une main sur l'épaule de papa et continue à discuter avec lui comme si cette interruption ne s'était jamais produite.

Sam revient à moi en haussant les épaules et me sourit, totalement impassible, mais je me sens repoussée.

*

Ce soir-là, papa et moi nous retrouvons au bar où Van travaille. Une fois de plus, Sam a décliné notre invitation à se joindre à nous et je me sens un peu soulagée. Je ne suis pas fière de l'admettre, pourtant je suis heureuse qu'elle ne nous accompagne pas à Adélaïde et Port Lincoln. Je ne me sens pas du tout détendue en sa compagnie.

Je suis toujours blessée après ce qui s'est passé un peu plus tôt, si bien que quand papa commence à parler d'aller se coucher, je m'oblige à partir, moi aussi. Van paraît surpris de m'entendre trouver des excuses pour sauter de mon tabouret.

– Je n'ai pas encore réussi à joindre Nick, je lui dis.

– Qu'est-ce que tu penses de la situation ? demande-t-il à papa.

Même s'il m'adresse un signe de tête aimable, je détecte quelque chose de tranchant dans son ton.

– Oh, Nick est un bon gars, répond papa avec désinvolture. Il la fait sourire et c'est tout ce qu'un père demande. De toute façon, on est innocent jusqu'à ce qu'on soit reconnu coupable, plaisante-t-il en me donnant un petit coup de coude.

– Demain, je vous emmène à Kata Tjuta, déclare Van, histoire de changer de sujet. Je pense que c'est encore plus beau que Uluru.

Nous l'avons vu depuis la voiture : c'est un grand groupe de formations rocheuses en forme de dôme, dont la plus haute mesure près de deux cents mètres de plus qu'Uluru.

– Tu penses que tu seras capable de faire un peu de randonnée ? demande-t-il à papa.

– Tout à fait. Mais je serais tout aussi heureux de m'asseoir à l'ombre pendant un moment si vous voulez continuer tous les deux.

– Je prendrai un sac à dos plein d'eau, promet Van.

*

Le lendemain, je me réveille aux aurores, pressée de me lancer. Mon humeur se dégonfle quand je vois que Van amène Sam avec lui.

Je suis fâchée contre moi-même. *C'est sa petite amie*, me réprimande une voix intérieure. Elle constitue une part importante de son existence, en ce moment, et je dois faire un effort pour mieux la connaître. Je décide de passer la journée à ses côtés.

À la fin d'une randonnée longue et épuisante, Sam nous serre dans ses bras, papa et moi. Van travaille à l'hôtel, ce soir, et demain, nous nous envolons tous les trois pour Adélaïde, c'est donc un au revoir, pour Sam et nous.

– C'était sympa de rencontrer l'autre famille de Van, s'épanche-t-elle. Peut-être qu'on fera un jour le voyage jusqu'en Angleterre. J'ai entendu dire que c'était époustouflant, là où vous vivez.

– Ce serait génial, je réplique avec le sourire le plus chaleureux possible.

Au travail, ce soir-là, Van paraît plus sombre. Quand papa s'en va aux toilettes, il me demande si je suis partante pour une autre balade en voiture, un peu plus tard.

J'ai essayé d'ignorer mon envie de me retrouver seule avec lui, mais maintenant, elle submerge tout. Je réponds d'un hochement de tête.

Une fois de plus, nous allons au milieu de nulle part et nous grimpons sur le toit de sa jeep, où nous restons allongés en silence pendant un moment, avec les étoiles pour seuls témoins.

– Tu as parlé de nous à quelqu'un ? demande Van.

– Non ! je m'exclame, alors qu'un trac nerveux me tord aussitôt le ventre. Parce que toi, oui ?

– Dave a deviné. Après la dernière fois.

– Ah bon ? Qu'est-ce qu'il a dit ?

– Pas grand-chose. Je ne suis pas entré dans les détails.

– Tu en as parlé à Sam ?

– Mais non ! (Mon esprit gamberge à toute allure alors que nous restons silencieux.) Quand est-ce que tu projettes de retourner à Londres ? finit-il par demander.

– Je ne sais pas, je réponds. Je ne suis pas prête à laisser papa pour le moment.

– Oui, mais n'attends pas trop longtemps.

Je fronce les sourcils dans l'obscurité.

– Pourquoi dis-tu ça ? (Il me met sur la défensive, une fois de plus, et je sais quel est son problème.) Je ne déteste pas travailler au *Boatman*. Tu travailles bien dans un bar, toi…

– Oui. Mais j'avais de plus grandes espérances pour toi. Tu avais des projets. Des espoirs. Des rêves.

– Et toi ? Qu'est-ce que tu fais de tes espoirs et de tes rêves ?

– Je n'en ai pas.

– N'importe quoi !

Je me rassieds, frustrée. Il se redresse, lui aussi.

– Nell, j'ai abandonné l'école quand j'avais quinze ans. C'est ma vie. Je ne suis pas exactement quelqu'un qui ira loin. Mais toi… Pourquoi tu n'écris plus ? insiste-t-il, exigeant.

– Pourquoi tu ne peins pas ? je rétorque en élevant la voix.

– Tu n'es pas allée à l'université pour décrocher un diplôme de serveuse, s'emporte-t-il.

– Toi, en tout cas, tu n'as peut-être pas obtenu un diplôme universitaire de connard, mais tu en es quand même un !

– Ah, te voilà enfin, déclare-t-il. Je croyais t'avoir perdue, aujourd'hui, avec toutes ces amabilités à la noix.

– Va te faire voir, Van, j'essayais d'être gentille avec ta copine, je lui jette à la figure, tout en me levant pour descendre l'échelle. Ramène-moi à l'hôtel !

Je grimpe dans la jeep dont je claque la portière. Van me rejoint une minute plus tard.

Nous roulons sans ouvrir la bouche, en ébullition tous les deux. Il se gare dans le parking et coupe le contact, mais si je m'imaginais qu'il allait me faire des excuses, j'en suis pour mes frais.

– Tu es en train de gâcher ta vie, déclare-t-il.

– Je ne suis pas en train de gâcher ma vie ! je souffle. Je suis heureuse, je m'amuse.

– Avec Nick ? Nick, Nell ? Sérieusement ? (D'un doigt, il allume l'éclairage intérieur du véhicule et me dévisage.) Mais enfin ! « Je ne le toucherais même pas avec des pincettes… » Ce sont tes propres mots !

Il a dû m'entendre les lancer à Joel, à l'époque !

Et il n'en a pas terminé.

– Ce gars va baiser tout ce qui porte une jupe. Pourquoi tu n'as pas un peu de respect pour toi-même ?

Le son se répercute dans l'habitacle. Je ne me rends pas compte que je le frappe avant d'enregistrer une douleur cuisante dans ma paume.

Je le regarde, choquée. Il est encore plus stupéfait que moi. Une marque de fouet rouge prend vie sur sa joue.

– Je suis tellement désolée !

Des larmes d'horreur jaillissent de mes yeux.

– C'est bon, marmonne-t-il en détournant les yeux. Je l'avais mérité.

Je plaque les mains sur ma bouche, sous le choc. Je n'ai jamais frappé personne de ma vie.

– Putain ! explose-t-il en abattant violemment les mains sur le volant.

Ses yeux, béants, expriment une souffrance immense tandis qu'il les rive par-delà le pare-brise avant.

– Je suis désolée, je répète en chuchotant.

Il secoue la tête.

– Non, c'est moi qui suis désolé, Nell. S'il te plaît, juste, descends de la voiture. (Sa voix est tendue.) On se voit demain.

*

L'avion pour Adélaïde étant plein, nous ne sommes pas assis côte à côte. Papa est de l'autre côté de l'allée et Van, endormi dans le siège derrière moi. Quand il nous a retrouvés à l'hôtel pour attraper le bus de transfert vers l'aéroport, il avait une mine affreuse. Ses yeux, rougis, étaient gonflés. La peau moite et terreuse, il empestait l'alcool rance.

– J'ai bu quelques verres au bar du personnel, hier soir, a-t-il grogné en guise d'explication à l'intention de papa.

Nous avons à peine échangé un regard, lui et moi. Je suis heureuse de ne pas être assise à côté de lui.

J'observe par la fenêtre. Le soleil, bas sur l'horizon, se reflète dans l'océan, boule de lumière dorée qui ondule sur les vagues. Les eaux de marée tourbillonnent autour des bancs de sable et ressemblent à des nuages. Le soleil, en se réverbérant sur les fenêtres des maisons de la ville, très loin en dessous, me fait penser aux étoiles.

Sentant un mouvement dans mon dos, je baisse les yeux vers le côté de mon siège et ils tombent sur un feu d'artifice explosant dans un ciel nocturne.

– À quoi tu penses ? me demande Van.

Il se penche en avant, afin de ne pas être obligé de hausser la voix. Je lui désigne le spectacle en dessous de nous.

– On dirait que le ciel est sur Terre.

Quelques secondes passent avant que je ne me tourne de nouveau vers lui. Il a les yeux noyés de larmes.

– Sam est enceinte, lâche-t-il d'une voix monocorde. (Tout se flétrit à l'intérieur de moi.) Je lui ai proposé de m'épouser.

Mon cœur se chiffonne et se replie sur lui-même, encore et encore, jusqu'à atteindre la taille minuscule et la résistance d'un cœur en origami. Autrefois fragile, il me semble à présent aussi dur qu'une pierre et impossible à broyer.

Et juste comme ça, le livre de ma vie se referme sur un autre chapitre.

Et un nouveau commence.

Trente

– Tu es impatient de faire du jardinage avec grand-père ?

Je souris à Luke dans le rétroviseur alors que nous nous garons dans l'allée.

– Oui.

Il hoche la tête, avec le plus grand sérieux, tout en détachant sa ceinture de sécurité. *Trop mignon…*

– Papa ? j'appelle en pénétrant dans le cottage par le couloir.

Luke se laisse aussitôt tomber lourdement sur le carrelage et entreprend de retirer ses Crocs bleu marine d'un coup sec.

– Papa ? j'appelle encore.

Il n'est ni dans la cuisine ni au salon et il n'était pas non plus dans l'annexe quand nous sommes passés devant, j'ai jeté un œil par la fenêtre.

– Peut-être qu'il est déjà dans le jardin, je murmure, plus pour moi-même que pour mon fils.

Je sais qu'il est quelque part par là, parce que sa voiture est dans l'allée, mais il est étrange qu'il ne se soit pas montré quand il nous a entendus nous garer.

En renfilant mes tongs, j'ai un drôle de pressentiment au creux de l'estomac.

– Va jouer avec tes Lego, mon chéri. Maman revient dans une minute.

Je me précipite dans le patio, mais, quand j'ai tourné à l'angle du cottage vers les plates-bandes de fleurs, je le vois sur le banc qui surplombe le fleuve. Son corps est pour l'essentiel masqué par le buisson d'hortensia devenu une explosion de fleurs violettes.

– Te voilà ! je lance.

Il ne répond pas. *Dort-il ?* Mon cœur commence à marteler dans ma poitrine alors que je dévale la colline. Mes pieds glissent dans ma hâte de le rejoindre. Il est recroquevillé, le visage grisâtre, les yeux fermés.

– Non, non, non… Papa ! je crie en posant les mains sur ses bras. (Il murmure en remuant.) Oh, Dieu merci ! Papa ! je m'exclame. Ça va ? Tu dormais ?

Il bat des paupières et marmonne quelques mots.

– Papa ?

– Tu ferais bien d'appeler une ambulance, répète-t-il.

La peur déferle sur mon cœur et le réduit en bouillie. Parce que je le sais avec certitude : le cancer est de retour.

★

Nick arrive juste après le départ de l'ambulance. Il me serre dans ses bras et j'éclate en sanglots, même si j'ai, je ne sais comment, réussi à les retenir jusqu'à présent. Luke regarde des dessins animés à la télévision dans le salon.

– Nell, chuchote Nick en berçant ma tête entre ses mains avant de me déposer un baiser sur le front. Je suis tellement désolé. Je vais prendre Luke. Tu files directement à l'hôpital ? demande-t-il d'une voix rauque.

Il s'écarte pour me dévisager.

Je hoche la tête, essuyant un flot constant de larmes.

Il serre de nouveau mon visage et m'embrasse encore le front puis, sur une petite pression à ma main, il me relâche.

Je sens ma poitrine se comprimer en le regardant réapparaître, Luke dans les bras. Notre fils, qui a presque cinq ans, n'a certainement pas besoin d'être porté par son père, mais dans des moments comme celui-là, un parent veut avoir son enfant près de lui.

– Mets tes chaussures, mon grand, déclare Nick en remettant notre fils sur ses pieds.

– Mais j'allais faire du jardinage avec grand-père ! proteste Luke qui fronce ses petits sourcils, en signe de perplexité.

Nick lui ébouriffe ses boucles blond clair.

– À la place, tu vas aller à la plage avec moi.

– Youpi !

– Tu es sûr ? je demande à Nick. Je croyais que tu travaillais ?

– Je peux y aller plus tard. Maman a promis qu'elle s'occuperait de lui cet après-midi.

– Merci, je marmonne.

– Ça va aller ? demande-t-il, inquiet. Tu veux que je t'emmène à l'hôpital ?

– Non, c'est mieux que j'aie ma voiture. Je vais me débrouiller.

– OK. Fais un gros bisou à maman, mon grand, lance Nick avec allégresse alors que je m'empresse de sécher mes yeux et de sourire.

Il prend Luke dans ses bras pour le pencher vers moi, ce qui le fait rire. Notre fils dépose un baiser baveux sur ma joue avant que Nick ne l'enlève en lui chatouillant les côtes tandis qu'ils franchissent la porte.

Je souris quand j'entends notre fils partir de son rire rauque, mais dès que la porte s'est refermée dans un tintement, je m'effondre.

Comme il faut que j'aille réunir quelques affaires de première nécessité pour papa, je me dirige vers l'annexe. Nous avons fini par y faire installer une salle de bains, quand il a emménagé dans cette pièce. Non seulement il avait de toute façon du mal à monter les escaliers, mais il était de plus logique que je dorme dans la chambre voisine de celle de Luke. Nous vivons avec papa depuis la séparation.

Nick et moi avons passé trois années incroyables ensemble. Je ne veux pas dire que ces années ont été incroyables en soi, je veux dire qu'il a été incroyable que nous tenions pendant trois ans. En définitive, nous sommes plutôt des amis très proches que des amants.

Nous avons cherché à faire fonctionner notre relation, même si ma grossesse a été un choc énorme pour tous les deux. Ça s'est produit peu de temps après mon retour d'Australie – une rupture de préservatif que je n'ai pas assez prise au sérieux pour aller demander à mon généraliste de me prescrire une pilule du lendemain.

Il m'a traversé l'esprit que la même chose aurait pu survenir à Van et moi, quand nous avions quinze ans. Si papa ne nous avait pas interrompus, serions-nous devenus parents avant notre seizième anniversaire ? La pensée est hallucinante.

Quoi qu'il en soit, Nick m'a demandée en mariage et tout le monde a paru heureux de le voir faire : sa mère était ivre de joie ! De l'avis général, j'étais celle qui avait dompté Nicholas Castor.

Nous avons organisé un mariage précipité, suivi d'une réception brillante au *Boatman*. Tous nos amis sont venus et Theresa et Christopher ont joliment décoré l'endroit, avec trois fois plus de guirlandes lumineuses que d'habitude et des lanternes pastel, roses et blanches ainsi que des pompons en papier de soie suspendus partout.

Même ma mère et Robert se sont joints à nous pour la célébration. J'avais suivi le conseil de Van en l'appelant.

Les mois ont été durs après la naissance du bébé, bien entendu, mais il me semblait que nous nous en sortions plutôt bien. Et puis un jour, j'ai surpris Nick en train de flirter avec une nouvelle serveuse, absolument splendide. Sa mère a viré la donzelle *illico presto*, mais cet incident a été le point de départ de quelque chose qui n'allait pas cesser.

Je ne voulais vraiment pas finir par le détester, pourtant la situation en prenait le chemin. Nous avons eu d'innombrables disputes, suivies de conversations à cœur ouvert, et nous avons versé tous les deux des torrents de larmes. Finalement, nous avons décidé qu'il valait mieux pour Luke que nous nous séparions de façon amicale et que nous concentrions tous nos efforts sur le fait d'être de bons parents.

Avec la naissance de Luke, j'ai dû, une fois de plus, mettre ma vie en pause. Je ne suis jamais retournée à Londres et je sais que je n'y retournerai pas, désormais. Vu la relation formidable qui unit Luke et Nick, je ne chercherai jamais à priver mon fils de son père. Alors je me suis installée dans les Cornouailles et c'est dans les Cornouailles que je resterai. Je travaille toujours au *Boatman*, mais j'arrive à bien m'organiser entre les obligations de service et la garde de mon fils. Theresa et Christopher nous aident beaucoup : tous les deux en préretraite à présent, ils sont les meilleurs ex-beaux-parents dont je puisse rêver. Je me considère comme chanceuse.

Parfois, j'éprouve un pincement au cœur quand je réalise que j'ai laissé une carrière glamour dans un magazine me filer entre les doigts, mais Luke me procure plus de joie qu'un travail n'aurait jamais pu le faire.

*

Le téléphone sonne alors que je suis en train de récupérer des affaires de toilette dans la salle de bains de papa.

– Allô ? je réponds entre deux reniflements.

– Nell ?

C'est Van.

– Comment tu es au courant ?

– Au courant de quoi ? J'appelais ton père pour discuter avec lui. Qu'est-ce qui ne va pas ?

– Il est à l'hôpital. Je pense que son cancer est de retour.

– Oh non, Nell…

– J'ai cru qu'il était mort ! J'ai un pressentiment affreux, vraiment. J'ai l'impression que ça pourrait bien être la fin. (J'ai du mal à parler tant je pleure.) Il m'a caché qu'il souffrait. Je l'ai entendu en parler aux ambulanciers. Il ne voulait visiblement pas m'inquiéter, mais il savait, Van, il savait !

Il écoute mes sanglots sans rien dire et, quand il ouvre enfin la bouche, c'est pour déclarer d'une voix rauque :

– Je vais en parler à Sam. Je veux être là, cette fois.

– Prends ta décision quand on en saura plus, je réussis à lui glisser avant de mettre un terme à l'appel et de m'enrouler en boule sur le lit de mon père.

Je m'accorde deux minutes pour me vider de mes émotions, puis je me reprends en mains et je réunis le reste des affaires de mon père.

★

Quatre jours plus tard, Van monte à bord d'un avion pour le Royaume-Uni. Je vais le récupérer à l'aéroport. Je n'ai pas arrêté d'aller et venir de l'hôpital. Le cancer de la prostate de papa s'est propagé à son foie et ses os : il en est rongé. Le mal est incurable désormais, il ne s'agit plus que de gérer la douleur. Papa n'a peut-être plus que quelques semaines à vivre, personne ne sait. En tout cas, il ne rentra plus à la maison.

J'ai un flash-back pendant que je me tiens dans le hall des arrivées, en train d'attendre celle de Van. Je le revois, franchissant ces mêmes portes quand nous avions quinze ans. Il m'était apparu comme un inconnu, alors, un *alien*.

Je n'arrivais pas à comprendre comment il avait pu changer autant en cinq ans.

Aujourd'hui, cela fait plus de cinq ans et demi que nous ne nous sommes pas vus et nous avons l'un et l'autre vécu de gros bouleversements au cours de cette période. Nous sommes devenus parents tous les deux. Van a une petite fille, Libby, née quatre mois avant Luke. Il nous envoie des photos – elle a des yeux bleus, des cheveux auburn et le sourire le plus espiègle qui soit. Elle est absolument magnifique et il en raffole.

Quand Van m'a appris la nouvelle, j'ignorais que Sam était déjà enceinte de trois mois le jour où il lui avait proposé de l'épouser. Il lui avait fait sa demande peu de temps avant que papa et moi ne redécollions pour les Cornouailles.

Elle lui avait répondu qu'elle allait y réfléchir pendant qu'il était à Port Lincoln avec nous, puis elle avait fini par refuser. Ils ont rompu avant la naissance du bébé, de son fait à elle, pas de celui de Van. Il était écœuré. À présent, leur situation est identique à la nôtre, à Nick et à moi, même si j'ai l'impression que leur relation est bien plus instable.

C'est surtout Sam qui mène la danse, quand il s'agit de Van et de Libby. Elle a voulu rentrer à Port Lincoln, pour être près de ses parents, donc Van y est retourné, lui aussi. Il a toujours voulu jouer un grand rôle dans la vie de Libby, où qu'elle se trouve, mais au moins a-t-il de la famille et des amis à Port Lincoln – sans même parler de l'océan –, donc je pense qu'il est heureux. Aux dernières nouvelles, il fréquentait une fille appelée Cherie, mais je ne sais pas si c'est une histoire sérieuse.

J'en suis là de mes réflexions quand les portes s'ouvrent et Van les franchit. Alors que ses yeux scrutent la foule, à ma recherche, je me rends compte que mon pouls accélère. Il a les cheveux plus longs, mais toujours assez courts, et les joues ombrées par ce qui confine presque à une barbe. Ses yeux, qui rencontrent les miens, s'obscurcissent quand je contourne la barrière pour marcher vers lui.

Il laisse tomber son sac et me serre dans ses bras, contre son large torse. La dernière fois, il était un « garçon ». Maintenant, il donne l'impression d'être un homme. Mon cœur ne le reconnaît plus. Il tambourine comme un furieux, contre les parois de ma cage thoracique.

Ou peut-être au contraire que mon cœur le reconnaît. Peut-être qu'il ne le reconnaît que trop bien.

Je m'extirpe de son étreinte avant de lâcher prise et me détourne pour lui cacher mes larmes.

Je ne lui demande pas comment s'est passé son vol – nous aurons tout le temps plus tard pour la conversation. Pour l'heure, je dois regagner ma voiture sans m'effondrer.

Sur le trajet du retour, je le mets au courant des dernières nouvelles en provenance de l'hôpital. Il veut y aller directement.

Comme papa dort quand nous arrivons, nous nous asseyons sans rien dire à son chevet. Quand il se réveille, la première chose qu'il fait, c'est de chercher Van du regard : je l'ai informé de son arrivée.

– Van, lâche-t-il en tendant la main.

Les yeux de Van se remplissent de larmes pendant qu'il referme ses deux paumes sur celle de papa et se penche au-dessus du lit. Je décide de leur laisser un peu de temps en tête à tête et je quitte la chambre.

★

Van est brisé quand nous rentrons au cottage – il a à peine dormi dans l'avion.

– Je t'ai installé dans l'annexe, je lui annonce. J'espère que ça te va.

Je sais qu'il risque d'avoir du mal à dormir dans la chambre de papa, parmi les affaires de papa, mais j'ai tout rangé du mieux que j'ai pu.

– Je vais peut-être prendre une douche, répond-il.

– Au moins, il y a une salle de bains attenante, maintenant. On se retrouve à la cuisine, quand tu es prêt. Je vais préparer deux-trois bricoles à manger.

Il me rejoint quinze minutes plus tard, les cheveux mouillés, mais sa barbe de trois jours toujours bien en place.

– C'est ton nouveau look ? je demande, tendant le bras avec audace pour passer les doigts sur sa joue.

– Euh oui, fait-il en haussant les épaules, un petit sourire aux lèvres.

– Qu'est-ce que tu veux boire ? je reprends. On a de la bière, du vin, du cidre, une boisson sans alcool… Je vais ouvrir une bouteille de rouge. J'ai besoin d'un verre.

– Ça ne m'étonne pas. Je t'accompagne sur le rouge. Où est la bouteille ? Je m'en occupe.

Je choisis l'une des meilleures bouteilles dans le casier du cellier et la lui tends. Il n'a pas oublié où trouver un tire-bouchon et les verres à vin.

– Ça sent bon, commente-t-il en désignant le four d'un signe de tête.

Il fait un sort rapide au bouchon. Parfois, j'oublie qu'il a travaillé comme barman. Il est retourné à la pêche au thon, depuis qu'il est rentré à Port Lincoln, bien qu'il ait déclaré en avoir assez par le passé.

– Tourte au bœuf et à la bière. Nick l'a rapportée du pub, aujourd'hui, je lui avoue. Tout ce que j'ai eu à faire, c'est la réchauffer.

– C'était gentil de sa part.

– Il m'épaule quand j'ai besoin de lui.

Je ne pense pas que Van sache quoi répondre à cette déclaration. Je m'empare du verre qu'il me propose et m'installe à la table, pressant la main contre mon front. Je sens une redoutable migraine arriver. Le vin ne fera sans doute rien pour la dissiper, mais flûte ! Nécessité fait loi.

– Comment va Sam ? je demande. Elle l'a bien pris, finalement, que tu viennes ici ?

– Oui, elle a été d'accord. Elle a commencé par faire un esclandre : comment elle allait faire pour garder les enfants, mais Libby est à l'école et sa mère l'aidera.

Nous sommes en août, donc ce sont les vacances d'été pour Luke, mais en Australie, le grand congé estival ne survient qu'au moment de Noël.

– Que fait-elle en ce moment ?

– Tout et rien. Elle continue à peindre. Des peintures murales et des trucs du genre. Mais elle est surtout accaparée par son rôle de mère.

Sam a eu un deuxième enfant, d'un autre homme : encore une fillette, Brittney, qui a deux ans. Et elle n'est plus avec le père de Brittney non plus.

– Et toi ? je demande. Ça n'a pas posé de problème que tu t'absentes de ton travail ?

– Non, on avait fini la récolte, donc j'étais censé prendre un congé.

– C'est différent de ce que tu faisais avant, quand tu ramenais des filets pleins de thon capturés en pleine mer ?

– C'est une partie du même boulot. Une fois qu'on a ramené les poissons, ils restent quatre mois dans des cages de rétention où on les nourrit. Et on les récolte ensuite.

Je ne sais toujours pas ce que cette « récolte » implique, mais Van change de sujet avant que je ne puisse lui poser la question.

– Quand est-ce que je vais faire la connaissance de Luke ?

– Je dois le récupérer demain après-midi, je réponds en me saisissant de mon verre. Je n'arrive pas à croire que je n'ai toujours pas rencontré ta fille.

– Ben, ce n'était sans doute pas le moment de l'emmener en visite au Royaume-Uni.

Il a parlé d'un ton neutre, pourtant son expression se déforme et il se plie en deux, pour se couvrir le visage de ses mains.

Reposant mon verre, je vais aussitôt vers lui et place une main dans son dos tandis qu'il ravale un sanglot.

– Je suis désolé, lâche-t-il d'une voix saccadée.

Il se redresse et se frotte vigoureusement les yeux.

Il y a une boule de la taille d'une balle de golf dans ma gorge, mais je réussis malgré tout à tenir bon.

– Je viens juste de réaliser que Geoff ne rencontrera jamais ma fille, balbutie-t-il.

Bon. Maintenant, je suis fichue, moi aussi.

★

La croûte de la tourte est brûlée quand nous songeons à sortir le dîner du four. Je ne pense pas que ni l'un ni l'autre n'y ayons pris garde. Nous avons du mal à avaler quoi que ce soit de toute façon.

Au bout d'un moment, nous nous retirons sur le canapé du salon avec nos verres à nouveau remplis de vin.

– Comment peux-tu être encore réveillé ? je lui demande, en passant mes doigts sous mes yeux pour récupérer les larmes parasites.

Elles sont intarissables. Van n'a plus craqué, Dieu merci. Je n'ai jamais pu supporter de le voir souffrir.

– Je ne crois pas que j'arriverais à dormir, même si j'essayais. Je vais probablement m'écrouler avec l'aide de deux autres de ces messieurs.

Il lève son verre.

– Tu peux si tu veux, même si tu ne tiendras pas sur le canapé. Tu dépassais déjà quand tu avais quinze ans. Je me rappelle encore papa disant qu'il te trouvait ici, en train d'utiliser Langoustine comme bouillotte.

– Il me manque ce cabot maboul, déclare-t-il avec nostalgie. Libby meurt d'envie d'avoir un chien, mais c'est trop difficile avec mon travail.

– Comment elle va, en ce moment ? je demande.

Son visage s'illumine d'un sourire.

– Elle est géniale. Elle est tellement drôle, tellement douce. Elle s'est fait du souci pour moi quand Sam lui a dit que mon « Autrepapa » était malade. (Devant mon expression perplexe, il explique :) Sam lui a dit un jour que j'avais de la famille – un autre papa – ici, au Royaume-Uni. Libby s'est mis en tête que son nom était « Autrepapa » et c'était trop mignon pour qu'on songe à la corriger.

– C'est adorable, je déclare.

– Oui, elle est comique, confirme-t-il d'une voix pleine d'amour.

– Comment ça va avec Sam ?

Il me lance un regard cynique.

– La routine. Toujours aussi imprévisible. Elle voit un nouveau type, en ce moment. On va voir où ça va la mener… sans doute nulle part. C'est une bonne mère, cela dit. C'est tout ce qui m'importe.

– Et toi ? Tu es toujours avec Cherie ?

Le vin m'a bel et bien aidée à lui poser la question. Il fronce les sourcils.

– On a rompu il y a belle lurette. Je ne vois personne. Et toi ?

– C'est difficile de rencontrer des gens, au pub, je réponds en secouant la tête. Ce qui est ironique, parce qu'il y a pas mal de types qui y viennent. Mais Nick et ses parents sont souvent dans les parages, donc je me sentirais mal à l'aise.

Nous portons simultanément nos verres à nos lèvres. Je ne sais pas si l'idée lui passe par la tête en même temps qu'à moi, mais, pour la première fois depuis nos quinze ans, nous sommes tous les deux célibataires en même temps.

Je ne suis pas en état, émotionnellement parlant, de m'appesantir sur la question.

*

Grâce à Van et, sans aucun doute au vin, ma peur pour papa n'a pas été dévorante, hier soir. Mais au matin, je suis de nouveau frappée par l'évidence : je suis sur le point de le perdre. Aussi suis-je une loque quand je descends à la salle de bains. Je suis arrêtée dans mon élan par la vue de Van attablé à la cuisine, là où papa s'assied normalement, devant une tasse de thé. Il jette vers moi un regard par-dessus son épaule.

– Salut, lance-t-il en se levant.

Sa chaise racle le sol dans un grincement terrible quand il s'écarte de la table. Je me protège les oreilles, incapable de réprimer un rire, mais je me retrouve ensuite dans ses bras, en proie à une détresse qui submerge mon amusement.

– Chuuut, murmure-t-il dans mes cheveux alors que je me cramponne à sa taille.

Je me rends compte une fois de plus que mon cœur bondit et s'agite dans ma poitrine.

Je tente de m'écarter de lui, mais comme il se contente de resserrer son étreinte, je capitule, acceptant son réconfort pendant quelques secondes encore. Il paraît rechigner à me laisser partir quand je m'extirpe finalement de ses bras pour aller me rafraîchir.

Il m'a préparé une tasse de thé au moment où je reviens, le visage encore marbré de taches, en dépit de mes efforts.

– Quand veux-tu aller à l'hôpital ? demande-t-il.

– Dès qu'on est prêts, je réponds. Je dois retourner chercher Luke cet après-midi.

★

Papa est à peu près dans le même état qu'hier : fatigué, mais pas trop souffrant. Il est heureux de nous voir, cependant parler semble l'épuiser. Van lui montre des photos de Libby pour passer le temps et, au bout d'un moment, il s'endort. Nous restons alors assis à ses côtés sans rien dire, jusqu'à ce que le médecin arrive et commence à parler de le transférer dans un centre de soins palliatifs. J'ai beaucoup de mal à garder la tête froide.

Mon père se réveille alors que nous nous préparons à partir.

– Je dois aller chercher Luke, papa, d'accord ? Tu veux que je le ramène ce soir ?

– Non, ma chérie, je t'en supplie, répond-il. Je ne veux pas qu'il garde le souvenir de moi dans cet état.

Comment m'abstenir de pleurer quand il me tient ce genre de propos ?

– Oh, Nell. C'est bon. Je ne vais nulle part pour le moment.

– Je pourrais rester ? propose Van.

– Non, je dois me reposer, insiste papa. Revenez demain après-midi. N'amenez pas Luke, répète-t-il.

Je suis toujours en larmes lorsque nous regagnons la voiture.

– Tu veux que je conduise ? suggère Van.

– Tu sauras trouver le chemin ?

Je l'ai fait ajouter à ma police d'assurance avant son arrivée.

– Bien sûr. Entre l'adresse de Nick dans le GPS, comme ça tu pourras décompresser.

Il nous faut plus d'une heure pour atteindre Helford, mais Van ne cesse de me distraire en me parlant de sa vie en Australie. Une fois de plus, je suis captivée par tout ce qui touche à son travail, notamment quand j'apprends comment il attrape chaque poisson à main nue, dont certains pèsent quatre-vingts kilos et mesurent près de deux mètres de long. Pendant la saison de la récolte, il oriente six cents thons au quotidien jusqu'à un tapis roulant qui les fait monter dans un bateau d'où ils vont jusqu'au Japon. Rien d'étonnant à ce qu'il soit aussi musclé.

Pendant ses congés, il travaille dans une ferme d'ostréiculture à Coffin Bay, où il élève les huîtres que nous voyons dans les restaurants à partir de minuscules larves. Chaque jour, il effectue un trajet en bateau d'une vingtaine de minutes, vers la zone où les paniers sont fixés à des poteaux alignés. Ensuite, il s'occupe des huîtres en les triant et en rapportant celles qui sont vendables.

Je suis en mesure de me figurer les endroits dont il parle – les pubs et les plages – parce que j'y suis allée et je suis heureuse d'avoir eu l'occasion de visiter la ville de Van avec papa, même si je me sentais plutôt engourdie à cette époque. Cependant, quand j'exprime combien je suis heureuse que mon père ait pu passer de bons moments avec John – chose qu'il avait toujours voulu faire –, nous luttons tous les deux pour contenir nos émotions.

Nous arrêtons alors de parler et je réfléchis à l'inhabituel bavardage de Van dans la voiture. J'apprécie ses efforts pour me distraire bien plus qu'il ne s'en doute.

Quand nous parvenons à Helford, je lui donne les indications nécessaires pour qu'il nous conduise jusqu'à la maison des parents de Nick, plutôt que sur le parking. La marée est basse, si bien que la route en bas est praticable, quand bien même l'eau du fleuve éclabousse les flancs de la voiture pendant que nous traversons.

– Là, c'est bon, je déclare. (Van se gare sur une place de stationnement et coupe le moteur.) Tu viens ? je demande.

– Je peux ?

– Nick voudra te saluer.

Hésitant, il détache sa ceinture de sécurité. Je n'ai pas prêté une grande attention à la météo, mais c'est une magnifique journée d'été. Les fuchsias rouges qui explosent au milieu des haies bordant la route donnent l'impression que les haies elles-mêmes sont en fleur.

Theresa et Christopher vivent dans un adorable cottage au toit de chaume, en face du pub. Le parfum des roses montant de leur jardin se mêle avec l'odeur de la marée quand nous franchissons le portillon de bois blanc. J'aperçois Theresa par la fenêtre de sa cuisine. Elle agite la main dans notre direction et atteint la porte avant nous.

– Bonjour, ma chérie. (Elle me gratifie d'un câlin réconfortant avant de saluer Van.) De l'eau a coulé sous les ponts depuis que tu es venu ici pour notre soirée du Nouvel An.

– Dix ans, il me semble, répond-il.

– Maman !

Luke déboule dans le couloir, précipitant le poids de son petit corps contre le mien.

– Ouf ! je m'exclame en souriant.

Je le soulève à bout de bras. Il enfouit le visage dans mon cou et je le serre contre moi pendant plusieurs longues secondes avant de le tourner vers Van.

– Voici Van, j'annonce. Un ami de maman.

– Bonjour ! lance gaiement Van.

Luke lui rend son sourire. Nous déclinons l'invitation de Theresa à rester prendre une tasse de thé et nous traversons la route pour gagner le pub. J'ai la sensation que Van est tendu, mais Nick ne tarde pas à le mettre à l'aise.

– Salut, mec ! s'exclame-t-il en quittant aussitôt le bar pour venir lui serrer la main avec chaleur et simplicité. C'est chouette de te voir ! Désolé que ce soit dans des circonstances aussi affreuses.

Pendant que nous discutons, Aimee, une de nos serveuses de longue date et accessoirement mon amie, sort elle aussi pour me saluer.

– Ça va, ma chérie ? demande-t-elle.

Je hoche la tête, en lui serrant le bras.

– Comment ça se passe, ici ? Je suis désolée de ne pas vous avoir aidé.

– On s'en sort, réplique-t-elle. On a pris deux étudiants pour le reste des vacances d'été. Ce sont des cas assez désespérés, pour être honnête, mais ils vont s'améliorer.

Prends tout le temps dont tu as besoin. Va voir Tristan, ajoute-t-elle. Il a préparé des dîners pour toi.

Lorsque je ressors des cuisines, munie de deux sacs garnis des meilleurs plats tout prêts imaginables, Nick et Van parlent de surf.

– Tu penses que tu pourras faire une sortie, un de ces jours ? demande Nick.

– Je ne suis pas sûr, répond Van en me regardant.

– Tu devrais, je l'encourage. Tu vas avoir besoin d'une pause. On pourrait peut-être travailler en équipe : je vais voir papa le matin et toi l'après-midi.

– Ça pourrait fonctionner, convient-il.

– Après-demain ? suggère Nick.

Une fois de plus, Van me regarde, en quête d'approbation. Je hoche la tête.

– Ce sera un peu plus peuplé que la dernière fois, ajoute Nick avec un sourire.

C'est un euphémisme : à cette époque de l'année, les plages sont noires de monde.

– Entre huit et dix personnes, on considère ça comme bondé, là d'où je viens, réplique Van, ce qui provoque le rire de Nick.

– Eh bien, on risque d'être loin de ces chiffres, mais je connais deux endroits plus isolés.

Nick enroule un bras autour de mes épaules et dépose un baiser sur mon front.

– Ça va ? demande-t-il doucement.

Je hoche la tête, refoulant mes larmes.

– Évite de me faire pleurer à nouveau.

– Je me disais que je pourrais faire un saut à l'hôpital, un peu plus tard.

– Vraiment ? je demande, soulagée. Je me sentais mal de ne pouvoir y retourner avant d'avoir déposé Luke, demain après-midi.

– Pas de problème. (Nick m'embrasse encore une fois.) Je t'aime. Rentre chez toi, repose-toi. On se voit demain.

Il me serre une dernière fois dans ses bras avant de dire « au revoir » à notre fils.

– Vous vous entendez bien, tous les deux, constate Van une fois que nous avons regagné la voiture.

J'ai choisi de conduire sur la dernière portion du trajet qui nous ramène à la maison.

– Oui, en effet. Ça a été un peu rude pendant un moment, mais on a fait en sorte que ça fonctionne.

J'ai lâché cette phrase en chuchotant, sans quitter Luke des yeux dans le rétroviseur.

– On peut faire une promenade en barque, maman ? demande Luke dès que nous sommes rentrés au cottage.

– Tu sais, mon chou, maman ne se sent pas vraiment d'attaque.

Son visage se fripe sous l'effet de la déception.

– Allez, insiste Van. Ça nous fera du bien de sortir un peu.

– D'accord, je concède avec un soupir.

Nous devons nettoyer l'*Ornithorynque* pour commencer, mais le côté ingrat de la tâche me distrait de la pensée de papa. Je m'installe à l'arrière, en essayant d'équilibrer mon poids avec celui de Luke, afin que nous n'allions pas de travers. Van rame pendant que mon fils se penche par-dessus bord avec son filet, afin de pêcher quelque chose d'intéressant. Il est fort improbable que son butin finisse par inclure un poisson.

– On s'amarre de l'autre côté ? demande Van en nous conduisant dans cette direction.

– Oui ! s'écrie Luke.

La décision est prise, donc.

Le champ est planté de blé, cette année, dont la récolte n'a pas encore été faite. Pendant que nous grimpons au sommet de la colline, un souvenir me revient à l'esprit : un jour où nous étions venus là, avec Ruth qui peignait. Le blé, d'un jaune crémeux, se balançait sous le vent, comme maintenant. Je me rappelle Ruth cueillant un épi de blé pour me montrer combien sa couleur approchait celle de mes cheveux. Van et papa construisaient une cabane au bord de l'eau.

– C'était juste après ton arrivée de Londres, commente-t-il quand je lui fais part de ce souvenir.

Je passe les doigts dans les cheveux de mon fils.

– Luke a les cheveux encore plus clairs que les miens à son âge. Il les tient de son père, boucles comprises.

– Il a tes yeux en revanche, remarque Van.

– « Du miel liquide à la lumière du soleil », je complète avec un sourire. Ta mère avait une manière bien à elle d'utiliser les mots pour parler des couleurs, non ? Tu te rappelles comme elle avait été tenace le jour où elle a voulu me faire désigner mon vert favori ?

Il hoche la tête, les lèvres relevées dans un sourire.

– Quelle est ta couleur préférée ? demande-t-il à Luke en s'accroupissant, pour se mettre à son niveau.

– Jaune, répond Luke avec le plus grand sérieux.

– Ah, le jaune est une magnifique couleur, approuve Van. La couleur du soleil. (Il lève les yeux vers moi.) Où sont les peintures de maman, en ce moment ?

– Toujours dans les armoires de l'annexe. Tu y as bien dormi la nuit dernière ?

Il secoue la tête et se lève.

– Je me suis écroulé sur le sol du salon. Je ne me sentais pas trop de dormir dans la chambre de ton père.

– Je suis désolée. Tu dois avoir mal partout.

– C'est bon. J'ai pris des coussins. J'ai déjà dormi dans des conditions plus difficiles. Tu devrais essayer de passer des semaines en mer. (Il ébouriffe les cheveux de Luke.) Ça te dirait de construire une cabane, bonhomme ?

– Ouais ! hurle Luke.

– Premier arrivé en bas.

J'éclate de rire en les voyant démarrer, Van faisant mine de chercher à rattraper mon fils qui couine pendant tout le trajet.

*

Ce soir-là, une fois Luke au lit et le dîner dans le four, nous nous installons dans le patio avec deux bières bien fraîches.

– Il est génial, Nell. Tu as fait du bon travail, constate Van.

– C'est le meilleur. Je n'arrive pas à croire qu'il entre bientôt en grande section.

Luke, prématuré de trois semaines, est le plus jeune de sa classe. J'étais une épave, l'année dernière, quand il est entré en moyenne section.

– Son anniversaire tombe la semaine prochaine, c'est bien ça ?

– Mercredi. Je ne me sens pas trop d'humeur à le fêter, pour être honnête, mais il faudra bien faire quelque chose.

– Dis-moi comment je peux t'aider.

– Merci. Libby te manque ? je demande.

– Terriblement. (Il jette un coup d'œil à sa montre.) Ça te dérange si je l'appelle de ta ligne fixe, un peu plus tard ? Je te donnerai de l'argent pour la facture.

– Ne sois pas bête. Bien sûr que tu peux.

– Je n'ai pas beaucoup de temps pour penser à elle quand je suis en bateau pendant des semaines, mais ici, avec lui, c'est plus dur, explique-t-il en désignant l'étage du cottage d'un signe de tête.

– Je comprends.

Van porte la bouteille à ses lèvres. Sa pomme d'Adam monte et descend pendant qu'il boit. Il m'observe du coin de l'œil, puis il pivote pour me faire face, jetant une jambe de l'autre côté du banc, afin de le chevaucher.

– Comment ça va avec ta mère, en ce moment ? demande-t-il.

Je hausse les épaules et tends les bras pour resserrer ma queue-de-cheval.

– Mieux que la dernière fois qu'on a parlé d'elle, à Uluru. Elle est venue à mon mariage, accompagnée de Robert.

– Je suis désolé de ne pas avoir pu venir.

– Menteur.

– Tu m'as percé à jour, concède-t-il, avec un petit sourire narquois.

Sur ce, il prend une nouvelle gorgée de bière. Je pars d'un petit rire et secoue la tête en le regardant. Puis je tends le bras pour attraper ma propre bouteille de bière.

– Finalement, tu avais raison sur Nick, au bout du compte.

Son expression redevient sérieuse.

– Pourquoi étais-tu nerveux quand on est allés au pub, tout à l'heure ? je demande soudain.

Il a l'air si mal à l'aise que je ne suis pas certaine d'obtenir une réponse, pourtant il se met à parler :

– La dernière fois que j'ai vu Nick, il n'était rien de plus qu'un gars banal. Maintenant, il est l'homme que tu as choisi d'épouser. Ça le place à un tout autre niveau.

Un niveau qu'il ne peut pas concurrencer.

J'ai pigé.

– Je suis désolé que ça n'ait pas fonctionné, ajoute-t-il à voix basse.

– Je ne regrette rien, je réplique.

– Comment tu pourrais ? (Une fois de plus, il désigne l'étage du cottage d'un mouvement de tête.) Donc ta mère est venue à ton mariage ? demande-t-il, revenant à notre sujet précédent.

– Oui. Pour la première fois dans les Cornouailles depuis qu'elle y avait vécu avec mon père. Elle n'a pas approuvé mon choix d'époux, elle non plus, je commente, ironique.

– Tu la vois souvent maintenant ?

– Non. Cela dit, elle envoie des super cadeaux de Noël et d'anniversaire à Luke. Il faut que je l'appelle, d'ailleurs. Je ne lui ai pas encore dit, pour papa.

Je suis assez peu encline à le faire après le peu de soutien qu'elle m'a apporté, la dernière fois.

Van tend la main et me caresse la joue de la pulpe du pouce. C'est un geste banal destiné à me manifester le soin qu'il prend de moi, mais je suis obligée d'inhaler brusquement. Il recule, pour avaler les dernières gouttes de sa bière, et me désigne l'annexe du menton.

– Je peux aller jeter un œil dans les armoires ?

La puissance de l'odeur de peinture est stupéfiante, même après toutes ces années.

– Je pensais que tu les emporterais avec toi, quand tu avais vingt ans, je lui avoue quand il sort la toile de nous deux, à Kynance, en train de construire un château de sable.

Il secoue la tête.

– Je n'avais pas vraiment d'endroit où les entreposer, à ce moment-là. Je me suis dit qu'elles seraient plus en sécurité ici. Mais je vais les emporter cette fois-ci.

J'ai l'impression d'avoir reçu un coup de pied en plein ventre. Une fois qu'elles seront parties, que papa sera parti, qu'est-ce qui pourra l'inciter à revenir ?

– Eh, ça va ? demande-t-il, ayant remarqué mon expression. (Je secoue la tête, pressant mes paumes sur mes yeux.) Normalement, c'est moi qui pète les plombs dans cette pièce, pas toi, ajoute-t-il affectueusement.

Et il m'attire dans ses bras. La boule dans ma gorge est énorme, mais je lutte contre les sanglots. Ma respiration s'accélère pendant qu'il me tient contre lui. Plus notre étreinte se prolonge, plus je suis tendue. Peut-être perçoit-il un changement dans l'atmosphère, toujours est-il que ses mains se retrouvent soudain sur mes bras et qu'il nous écarte l'un de l'autre.

– Je vais aller jeter un coup d'œil sur le dîner, je déclare d'une voix tremblotante, en quittant l'annexe.

*

Plus tard, ce soir-là, Van va dans le couloir pour appeler Libby. Je monte le son de la télé, histoire de ne pas tendre l'oreille, mais impossible d'ignorer combien il paraît détendu et heureux, à mille lieues de l'adolescent qui avait toutes les peines du monde à relier deux phrases entre elles quand il nous parlait, à papa ou à moi, restés ici. À travers une fissure dans la porte, je le vois assis par terre, ses longues jambes étendues devant lui, chevilles croisées.

– Je t'aime. Je te rappellerai dans deux jours, d'accord ? Sois gentille avec maman.

Mes entrailles sont pleines de chaleur quand je l'entends mettre un terme à la conversation.

– Comment allait-elle ? je demande quand il revient.

– Bien. Elle venait juste de se réveiller.

C'est samedi matin, en Australie.

Il s'assied à côté de moi, mais comme je ne coupe pas le son de la télévision, nous restons pendant un moment à fixer l'écran.

Pourtant, je ne suis pas une miette de ce qui s'y passe.

Je suis trop consumée par un autre événement en train de se produire. La partie de mon cœur qui appartenait à Van a beau avoir été réprimée pendant très longtemps, je la sens qui se déploie et s'ouvre pour le laisser entrer. Ça me terrifie : je ne veux plus souffrir encore.

Et comment puis-je seulement songer à Van de cette façon alors que mon père est en train de mourir ?

Une fois de plus, je coupe court à la soirée et monte de bonne heure à l'étage.

*

Le lendemain matin, je me réveille avec le soleil qui coule à flots par les interstices entre mes rideaux. Je suis à deux doigts de paniquer quand je constate qu'il est huit heures trente. Luke ne dort jamais aussi tard ! Je me sens plus reposée que je ne l'ai été depuis une éternité, mais la pensée de papa revient me frapper et avec elle le malaise et la tristesse qui m'envahissent jusqu'au plus profond de moi-même.

Enfilant ma robe de chambre, l'âme en peine, je vais passer la tête par la porte de la chambre de mon fils. À ma grande surprise, son lit est vide, mais j'entends des voix au rez-de-chaussée.

Les jacasseries haut perchées de Luke se mêlent à la basse profonde de Van quand je m'approche de la cuisine. Le spectacle qui s'offre à ma vue m'emplit d'étonnement et de joie.

Ils sont en train de peindre, utilisant le cadeau de Noël que nous avions acheté pour Van, des années plus tôt.

Tout le matériel est étalé sur la table et ils ont chacun devant soi une feuille A3.

– Regarde mon dessin ! s'exclame Luke au lieu de me saluer quand il s'avise de ma présence dans l'encadrement de la porte.

– C'est incroyable ! je m'exclame en m'avançant pour poser une main dans son dos.

– C'est un jardin de fleurs, m'explique-t-il avec le plus grand sérieux. Je le fais pour grand-père.

– Il va adorer. (Je croise les yeux de Van et mon cœur se déploie un peu plus.) Bonjour.

– Bonjour, répond-il. Je l'ai entendu se réveiller et je me suis dit qu'un peu de sommeil ne te ferait pas de mal.

– Merci, je murmure. Et toi, qu'est-ce que tu peins ?

Je désigne sa peinture d'un air entendu.

– Des barbouillages, répond-il, gêné, en appliquant une touche d'orange brillant à un coucher de soleil.

– C'est beau.

Il me tend son téléphone.

– Tu vois les couchers de soleil les plus incroyables quand tu es en mer.

J'examine le cliché qu'il est en train de copier. Le pont du bateau est à l'arrière-plan de l'image, puis il y a un océan gris, rude, au milieu et, en haut, un ciel éclatant de couleurs.

– J'ignorais que tu t'étais remis à peindre. (Je suis abasourdie.) Quand as-tu recommencé ?

– À l'instant, répond-il en se penchant pour voir ce que fait Luke. C'est magnifique, mon grand. J'aime beaucoup la couleur que tu as obtenue avec ton mélange.

C'est une sorte de vert marron orangé boueux. Je plisse le nez au moment même où Van lève les yeux vers moi et me sourit.

– Tu as encore dormi au rez-de-chaussée ? je demande.

Il hoche la tête.

– J'étais réveillé quand je l'ai entendu remuer.

– Vous avez mangé ?

– Oui, on a pris des céréales il y a environ une heure. Tu veux que j'aille te chercher quelque chose ?

– Non, ça va, je te remercie. Continuez, tous les deux.

Oh, mon Dieu, je suis dans la panade…

⋆

– Tu aimes bien Van ? je demande à Luke alors que je suis en train de le conduire chez son père.

– Oui, répond-il avec détermination.

– Tu trouves qu'il parle comme Tom dans *Sam le pompier* ?

C'est l'un de ses programmes de télévision préférés et Tom est le pilote d'hélicoptère de sauvetage australien.

– Euh… (Il grimace et hausse les épaules.) Tu vas donner mon dessin à grand-père ?

– Bien sûr.

– Quand est-ce que je pourrai faire du jardinage avec lui ?

Il me faut beaucoup de temps pour répondre.

– Grand-père est très malade, mon chéri. Je ne pense pas qu'il soit de nouveau partant pour faire beaucoup de jardinage. Mais toi et moi, on pourra planter des fleurs, si ça te dit. (Ne recevant pas de réponse, je lui jette un œil dans le rétroviseur : il regarde par la vitre, perdu dans ses pensées.) Ça va, Luke ?

– J'aimerais bien voir grand-père, répond-il. Quand est-ce que je pourrai le voir ?

Je prends une longue respiration, pleine de tremblements.

– Je ne sais pas trop, mon chéri. Grand-père est très malade. Je ne crois pas qu'il va ressortir de l'hôpital.

– Est-ce que je peux aller le voir avec toi ? insiste-t-il, plein d'espoir.

Oh, mon Dieu…

– Il n'est pas vraiment lui-même en ce moment. (Non, ça ne va pas dire grand-chose à un enfant. Je me creuse la cervelle, en quête d'une explication compréhensible.) Tu peux penser à grand-père, là, maintenant ? (Il fronce les sourcils.) Qu'est-ce que tu vois à l'intérieur de ta tête ? À quoi ressemble grand-père ? Qu'est-ce qu'il fait ?

– Il est dans le jardin, répond-il.

– C'est ça.

Des larmes jaillissent de mes yeux, m'obligeant à mettre mon clignotant pour me garer au bord du trottoir. Je ne peux avoir cette conversation pendant que je conduis. Je pivote sur mon siège pour regarder mon fils.

– Comment est-il ?

– Il est grincheux, marmonne Luke, ce qui me fait rire. Et ses mains sont toutes sales.

– Est-ce qu'il se plaint de ses genoux ? je demande.

– Oui ! s'exclame-t-il.

– C'est comme ça qu'il veut que tu te souviennes de lui.

*

La compagnie de Luke nous a aidés, mais à présent, nous sommes de nouveau seuls, Van et moi, et nous restons silencieux sur le long trajet en voiture qui nous conduit jusqu'à l'hôpital. J'ai voulu lui parler de ma conversation avec Luke, mais je me suis effondrée et il a dû prendre encore une fois le volant. Je ne sais pas trop ce que je ferais sans lui.

Les yeux de papa brillent de larmes quand il voit la peinture de Luke, mais lorsque, ensuite, je lui apprends que son petit-fils se languit de le voir, son visage s'affaisse complètement.

– Non, pas comme ça, marmonne-t-il. Pas comme ça.

Je tente de le réconforter en lui racontant que, quand je suis descendue ce matin, j'ai trouvé Van en train de peindre. Il tend la main vers la sienne pour l'agripper.

– Bien ! déclare-t-il. Je peux voir ce que tu as fait ?

Van se contorsionne, intimidé.

– Ce n'est pas encore terminé, mais je l'apporterai demain, si ça te fait plaisir.

– Maintenant il faut qu'on la pousse à se remettre à écrire, glisse papa à Van, en m'attrapant la main de celle qui lui reste de libre. Caramel et Carie !

– Oh, papa ! je geins. Vraiment ?

– Oui, vraiment ! Luke adorerait ces histoires ! C'est pour lui que tu devrais en écrire, pas pour moi.

– Oui, c'est vrai, intervient Van.

– Je m'y remettrai peut-être, si tu me promets de faire les illustrations, je réplique d'un air entendu, avant de détourner le regard.

– Oui ! s'écrie papa.

Et à la manière dont Van sursaute, j'en déduis qu'il a serré nos mains en même temps.

– On dirait bien qu'on a un accord, conclut Van.

Un frisson court le long de ma colonne vertébrale au moment où je croise son regard. Rompant le contact, je me tourne vers papa, mais son regard me met mal à l'aise, lui aussi.

*

Le constat me frappe avec la violence d'une tonne de brique, ce soir-là. Nous allons perdre papa très bientôt et je n'y suis pas le moins du monde préparée.

– J'aimerais pouvoir te débarrasser de ta peine, murmure Van alors que nous sommes assis ensemble sur le canapé.

Je suis inconsolable. J'ai l'impression d'avoir avalé toute la tristesse du monde, qui pèse sur mon ventre, aussi lourde qu'un bloc de béton.

– Qu'est-ce que je peux faire ? ajoute-t-il, des larmes dans les yeux.

– Serre-moi, je réponds, sachant que, quoi que papa ait pensé de notre relation par le passé, il ne va pas me refuser ce réconfort à présent.

Van me prend dans ses bras et me tient contre lui, mais pas assez près. Il semble s'en rendre compte lui aussi, car il me soulève sur ses genoux et nous nous enlaçons, serrés l'un contre l'autre. Et il se trouve que nous nous ajustons parfaitement.

Je ne sais pas combien de temps nous restons ainsi, mais quand mes larmes sèchent, ni l'un ni l'autre n'esquissons le moindre geste.

Mon cœur se déploie complètement, aussi ouvert et fragile qu'une feuille de papier. On dirait que tout un jardin de fleurs en origamis aux couleurs éclatantes a éclos autour, frêles, graciles et ondulant sous la brise.

Je l'aime. Je l'ai toujours aimé et je l'aimerai toujours. Je suis amoureuse de lui. Mon père se meurt à l'hôpital et toute l'ancienne honte, la vieille culpabilité que Van et moi avons éprouvées quinze ans plus tôt sont encore là, gravées entre nous.

Nous nous écartons au même instant, pour mêler nos regards. Van me caresse la joue de la pointe du pouce, je lui rends la pareille, et c'est un geste tendre, plein d'amour. Je sais alors, sans l'ombre d'un doute, qu'il m'aime encore, lui aussi. Il est amoureux de moi.

Et mon père se meurt à l'hôpital et mon père se meurt à l'hôpital et mon père se meurt à l'hôpital et nous ne pouvons rien y faire.

– Je t'aime, je lui dis d'une petite voix étranglée par le désespoir.

– Je t'aime aussi, répond-il en prenant mon visage entre ses mains.

Mon ventre se soulève alors que des milliards de papillons y prennent leur envol. Nos lèvres entrent en contact pour le baiser le plus doux, le plus tendre qui soit. Nos bouches s'entrouvrent à peine, nous avons du mal à bouger, mais les secondes passent. Puis il appuie son front contre le mien et nous restons ainsi, tandis que les larmes ruissellent sur nos visages, parce que nous sommes perdus dans notre sentiment de culpabilité et nos regrets à propos du passé.

*

Nick est censé venir le lendemain matin pour emmener Van surfer, mais celui-ci annule.

– Je ne peux pas te laisser, explique-t-il pendant qu'il m'emporte dans ses bras jusqu'à la cuisine.

Je ne proteste pas.

Il nous conduit de nouveau à l'hôpital, ce matin. Je me tourne sur mon siège, afin de le regarder. Mes entrailles sont un kaléidoscope tourbillonnant d'amour et du chagrin le plus profond.

Papa dort quand nous arrivons. Nous nous asseyons de part et d'autre de son lit, pour attendre qu'il se réveille. Une fois de plus, nos yeux s'attirent. C'est l'expérience la plus étrange qui soit, d'être capable de dévisager quelqu'un d'autre, sans interruption, alors que les minutes s'égrènent. Je ne sais pas combien de temps nous restons comme ça, mais la voix de papa nous fait sursauter.

– Nell…

Il a aussitôt mon attention pleine et entière. Je quitte ma chaise.

– Papa ! Comment te sens-tu ?

Il lève une main et je cherche à m'en saisir, mais je vois alors ses doigts s'agiter entre Van et moi.

– Vous…, commence-t-il, deux…

Ma gorge se noue.

Non, s'il te plaît, papa, ne dis rien… Je n'en peux plus…

– Je…

L'effort se peint sur son visage. Chaque mot l'épuise.

– Tout va bien, papa.

Je voudrais tout faire pour l'empêcher de poursuivre. S'il nous demande de rester loin de l'autre – s'il en fait une prière sur son lit de mort –, ça me tuera.

Il se cramponne à ma main avec encore plus de force qu'hier. Puis il s'empare aussi de celle de Van.

– Je…, reprend-il. D-d-d-désolé.

Il réunit nos mains sur son ventre, celle de Van sur la mienne. Je m'effondre sur ma chaise.

– Je suis désolé, répète papa. Vous deux… Ensemble…

Il ferme les yeux et ses mains deviennent molles, sous cet effort trop intense pour lui. Je cherche à étouffer mes sanglots, mais sans succès. À travers le brouillard de ma douleur, je distingue le corps de Van, secoué par les pleurs.

– Il faut qu'on le ramène à la maison. Il voudra être chez lui.

Il me serre la main si fort que c'en est douloureux.

*

Je sais que Van a raison et, quelques jours plus tard, nous ramenons papa au cottage. Il est bouleversé de découvrir que nous avons déplacé son lit face à la fenêtre.

Comme il ne voulait pas être un fardeau, il n'a jamais formulé cette requête lui-même, mais bien sûr qu'il veut passer ses derniers jours ici, dans l'endroit où il a grandi et qu'il n'a jamais quitté.

L'équipe de l'hôpital a mis en place un système de soins palliatifs et une femme adorable, répondant au prénom de Kerrie, nous aide à s'occuper de lui, nous rassurant en ce qui concerne tout ce qu'il faut faire pour qu'il soit confortablement installé.

Personne ne sait combien de temps il reste à vivre à papa, mais ce n'est qu'une question de jours. Il dort beaucoup et s'avère somnolent, même quand il est éveillé. Sa respiration est courte, il a perdu tout appétit et refuse de manger ou de boire. Kerrie nous certifie que tout ceci est normal au cours des derniers jours de vie et elle nous montre comment lui humecter la bouche au moyen d'une éponge, comment lui masser les mains, qui sont froides maintenant que sa circulation s'est réduite.

Luke n'arrête pas de demander quand il pourra voir son grand-père. Il fêtera ses cinq ans demain.

– Qu'est-ce que tu en penses, papa ? je lui demande à l'occasion d'un de ses moments de lucidité.

Je sais qu'il détestait l'idée de voir Luke à l'hôpital, mais ici, dans son propre lit, papa passerait presque pour normal.

– On ne te rendrait qu'une toute petite visite. Je me dis qu'on pourrait lui chanter « joyeux anniversaire » et manger son gâteau ici, puis Nick a promis de l'emmener à Flambards pour le restant de la journée.

C'est un parc d'attractions non loin d'ici.

– Ça me ferait plaisir, répond papa en hochant la tête.

Pendant qu'il dort, le lendemain matin, Van et moi attachons silencieusement quelques ballons aux tringles à rideaux de l'annexe. Papa se réveille au milieu de l'opération.

– Sortez aussi les peintures, ordonne-t-il.

– Les peintures de maman ? demande Van.

Papa hoche la tête.

– Et les tiennes aussi. Pour égayer un peu l'endroit.

Nous sortons consciencieusement les toiles de l'armoire et les appuyons contre les murs. J'affiche le coucher de soleil de Van à côté de la peinture que Luke a effectuée, il y a quelques jours. Après que j'ai appelé ma mère pour l'informer, elle a envoyé un énorme bouquet de fleurs, hier, si bien que la chambre est aussi agréable à la vue qu'à l'odorat. Elle a été vraiment affectée par la nouvelle : je ne suis pas sûre qu'elle ait bien assimilé l'information, la dernière fois, mais comme papa s'en était finalement tiré, peut-être ne s'est-elle pas rendu compte de la difficulté de ce que nous avions traversé.

Les yeux de papa restent longuement fixés sur la peinture du château de sable, avant qu'il ne s'endorme de nouveau.

Quand Nick et Luke arrivent, notre petit garçon est plus réservé que d'ordinaire. Je ne sais pas si Nick lui a demandé d'être attentif, mais il se montre très doux quand il grimpe dans le lit de papa pour lui déposer un baiser sur la joue.

– Salut, mon petit Luke, lance papa d'une voix étonnamment joyeuse, en lui attrapant la main. Bon anniversaire.

– Je t'ai préparé une carte, réplique mon fils en lui montrant la peinture colorée qu'il lui met sous le nez. Ça, c'est toi et ça, c'est moi.

Pendant qu'il commente sa peinture à mon père, les yeux de ce dernier ne cessent de s'ouvrir et de se fermer lentement, mais il sourit tout du long.

– C'est fantastique, le félicite-t-il avec chaleur.

Je les laisse pour aller chercher le gâteau à la cuisine et prendre une minute avant de revenir, les bougies allumées. Nous chantons « Joyeux anniversaire » à Luke, puis papa s'endort.

Il se réveille au milieu de la nuit. Je suis assise à côté de son lit, veillant sur lui, sa main dans la mienne.

– Ruth, murmure-t-il.

– Non, c'est Nell, papa, je réponds, les yeux pleins de larmes.

– Nelly, fait-il. Où est Vian ?

– Van est en train de dormir. Tu veux que j'aille le chercher ? Il dort par terre, dans le salon, je me sens obligée d'ajouter.

Son visage se crispe de douleur.

– Nelly, je suis désolée, dit-il. Toi. Van. C'est bien.

Chaque mot est une épreuve.

– Je t'en prie, papa, ne t'inquiète pas, je le supplie.

– Je t'aime, Nelly. Je suis si fier de toi.

– Je t'aime aussi, papa. Et je sais que tu l'es. (Il tend le bras et tapote le lit.) Qu'est-ce qu'il y a, papa ?

Il continue à tapoter le lit. Je peux à peine parler à cause de la boule dans ma gorge.

– Langoustine, murmure-t-il.

Je détourne le visage et pleure toutes les larmes de mon corps, le corps agité de sanglots silencieux.

Quand je retourne le visage vers lui, il a sombré dans l'inconscience.

Il ne se réveille plus et, le lendemain, nous le perdons complètement.

★

On dirait que toutes les personnes que mon père a connues sont venues à ses funérailles. Les bancs de l'église sont pleins de vieux amis et anciens collègues des domaines du National Trust où il a travaillé. Steven et Linzie, les fermiers, les amis et les relations du village sont là, ainsi que les parents d'Ellie et de mes autres amis, même Ellie et Brooke ont fait le long voyage depuis Newcastle et Londres.

Toutefois, la personne la plus surprenante parmi celles qui ont fait le déplacement, c'est ma mère. Elle est assise à côté de moi sur le banc de devant, et j'ai Van de l'autre côté. Nick, Theresa et Christopher surveillent Luke sur le banc d'en face, afin que je n'aie pas à redouter de craquer devant lui.

Je verse des seaux de larmes quand un ancien collègue de papa se lève pour raconter combien il était aimé et respecté dans les jardins et combien il était fier, non seulement de moi, mais aussi de Van, qui était comme un fils pour lui.

Maman tend le bras pour me prendre la main. Ses doigts sont froids et son contact n'a rien de familier. Je me languis de saisir plutôt la main de Van, mais je m'en abstiens. On dirait qu'elle a besoin de moi, de sa fille, en cet instant.

Sa main ne tarde pas à se réchauffer dans la mienne.

Les Castor, qui organisent la veillée au *Boatman*, me disent de ne me soucier de rien, ce dont je leur suis immensément reconnaissante. Je ne sais vraiment pas comment les gens parviennent à rester à flot quand ils sombrent dans le chagrin.

J'ai versé tellement de larmes qu'à présent, je me sens étrangement engourdie. Les gens ne cessent de venir me parler de papa, mais tout ce dont j'ai envie, c'est me pelotonner sur le canapé du salon avec Van. Luke est une distraction bienvenue, au même titre que ma mère. Les gens ne cessent de répéter à quel point nous nous ressemblons, même ceux qui ont déjà fait le même commentaire à mon mariage, quelques années plus tôt. Nous sommes minces toutes les deux, d'une taille avoisinante, grâce aux talons qu'elle porte. Il est curieux pour moi de me rendre compte que je suis légèrement plus grande qu'elle, désormais. Elle est très séduisante, dans son tailleur bleu marine, avec ses cheveux toujours blond doré relevés en un chignon alambiqué.

Luke est triste à propos de son grand-père, mais il ne comprend pas vraiment ce que signifie sa perte. Aussi est-il assez guilleret. Theresa s'occupe de le distraire pendant la plus grande partie de l'après-midi et je surprends de fréquents regards de ma mère dans leur direction.

– Tu veux que j'aille le chercher ? je lui demande quand nous nous retrouvons seules quelques instants.

Pour l'heure, Van discute avec Nick et Ellie et je brûle d'aller les rejoindre. Mais le taxi de ma mère ne va plus tarder pour l'emmener dans un hôtel de l'aéroport – elle s'envole pour rentrer chez elle de bonne heure, demain, donc c'est la dernière fois que je la vois avant un moment.

Elle détache les yeux de ma belle-mère et de son petit-fils.

– Je ne pense pas qu'il m'aime beaucoup.

– Bien sûr que si, maman, je la rassure. C'est juste qu'il ne te connaît pas très bien. Mais on a encore le temps.

– Pourquoi tu ne viendrais pas nous voir plus souvent ?

Il y a des notes accusatrices dans sa question, ce qui m'agace.

– Et toi, pourquoi tu ne viens pas nous voir ? je rétorque.

– Je ne me suis jamais sentie la bienvenue, répond-elle.

– Quoi ?

– Ton père et toi, vous êtes si proches.

Le nez me picote quand je l'entends utiliser le présent. Je farfouille dans la poche de ma robe-chemisier noire, tandis qu'elle fixe l'escalier, abattue.

– Je suis désolée, déclare-t-elle, catégorique. Ton père et toi avez toujours été très proches. J'ai toujours eu la sensation d'être une pièce de rechange, au fil des années.

– Tu n'as jamais été une pièce de rechange, je grommelle en me mouchant. Mais oui, on était proches.

– J'aimerais te voir davantage... et Luke aussi, ajoute-t-elle.

– Tu seras toujours la bienvenue chez nous, et on va essayer de venir te voir plus souvent. C'est une histoire d'argent. On a toujours été un peu justes.

– Je peux t'aider.

– Ça ira, mais merci quand même.

– C'est le moins que je puisse faire, insiste-t-elle.

– Merci, maman.

Sa voiture arrive sur ces entrefaites, donc je vais récupérer Luke et nous sortons tous les deux pour la voir partir.

– Fais un câlin à ta grand-mère, je souffle à Luke en le penchant vers elle.

Il enroule les bras autour de son cou. Elle lui sourit, puis ferme les yeux.

– Tu as dit « merci » à grand-mère pour le camion de pompiers Playmobil qu'elle t'a envoyé ?

– Merci, répète-t-il consciencieusement.

– Merci, maman, tu lui offres toujours des cadeaux splendides, j'ajoute.

– Je ne compte pas arrêter, annonce-t-elle avec un sourire.

Elle pince le nez de mon fils aux anges.

– On va essayer d'aller te voir bientôt, je promets.

– D'accord, ma chérie.

Elle me gratifie d'une étreinte malaisée, alors que je tiens Luke dans mes bras, et elle m'embrasse sur la joue. Après quoi elle se détourne et monte dans son taxi. J'attends de voir la voiture disparaître, alors mon cœur se serre. J'espère qu'il ne s'écoulera pas trop de temps avant que nous ne nous revoyions : elle est le seul parent qui me reste, dorénavant.

Serrant Luke contre moi, je retourne à l'intérieur pour me diriger droit sur Van, Nick et mes amis.

– Ça va ? me demande Nick, en passant un bras autour de ma taille et en déposant un baiser sur ma tempe.

Sentant les yeux de Van sur nous, je hoche la tête. Il porte un costume, qu'il a dû aller acheter à Falmouth. Je ne l'ai jamais vu aussi élégant, si bien que mes yeux ne cessent de revenir vers lui.

– Quand est-ce que tu rentres en Australie ? j'entends Brooke lui demander.

– Je ne sais pas trop, répond-il. J'ai déjà changé mon billet une fois, mais je vais rester encore un peu.

Mon cœur s'emballe. Je sais que Libby lui manque cruellement. Il doit se sentir affreusement déchiré, parce qu'il veut aussi être ici pour moi qui, égoïstement, désire qu'il reste le plus longtemps possible.

Luke se trémousse dans mes bras, impatient de descendre et de se précipiter vers Theresa.

En pilotage automatique, je fais deux pas vers Van avant de m'arrêter brusquement. J'étais à deux doigts de lui enlacer la taille – je voulais qu'il me serre dans ses bras, comme il le fait à la maison. Je le fixe du regard, hébétée, tandis qu'il fronce les sourcils, désemparé. Réalisant alors que tous mes amis me regardent, je pivote aussitôt sur mes talons et je m'éloigne.

Je le regrette aussitôt – je viens juste d'attirer encore plus l'attention sur moi –, mais j'ai paniqué. L'un des anciens collègues de papa lève la main pour attirer mon attention, mais j'en suis incapable, je ne suis plus en mesure de soutenir la moindre conversation. Je me précipite dans l'escalier qui conduit à l'appartement de Nick – qui a un jour été le mien – et j'entre grâce à la clef qui est toujours en ma possession.

Nick me trouve en larmes, sur son lit. Je pleure aussi fort que mon cœur souffre, appelant Van. Nick s'allonge à côté de moi pour me prendre dans ses bras.

– Eh, fait-il doucement. Qu'est-ce qui s'est passé ? Pourquoi tu t'es enfuie ? Tu as regardé Van et tu as déguerpi.

Oh mon Dieu, tout le monde l'a remarqué…

Mes sanglots redoublent.

– Nell…, murmure-t-il, passant une main apaisante dans mes cheveux. Ça va. Ça va aller. Je suis vraiment désolé, bébé, mais ça va aller.

– Je suis amoureuse de Van.

Les mots sont sortis de ma bouche avant que je ne puisse les ravaler. Je m'écarte de Nick que je dévisage, hésitante.

Il incline la tête sur le côté, analysant l'information.

– Tu veux dire… (Sa voix s'est éteinte, mais il continue à me regarder pensivement.) Tu es amoureuse de lui, confirme-t-il.

– Depuis que j'ai quinze ans, je chuchote.

Il prend une brusque inspiration. Mes yeux l'implorent de comprendre.

– Il est au courant ? demande-t-il prudemment.

Je lui dis tout. Je purifie mon âme. Et il écoute, assimilant mes aveux, sans jamais me donner une seule fois l'impression de me juger. J'aurais été incapable de m'arrêter de parler, même si j'avais pensé qu'il désapprouvait.

– Tout s'explique, lâche-t-il enfin. C'est pour cette raison que tu t'es refroidie à l'égard de Drew. (Son commentaire me fait rire, en fait, bien que je sois loin de m'amuser.) Oh Nell, marmonne-t-il en se passant une main sur le visage.

Il a l'air grave.

– Je te dégoûte ?

Il recule, abasourdi.

– Qu'est-ce que tu racontes ? gronde-t-il. Vous n'êtes pas frère et sœur, enfin ! Vous étiez des gamins quand vous viviez ensemble. Je n'arrive pas à croire que tu trimballes toute cette culpabilité depuis des années.

– Papa..., je commence à répliquer, mais il me coupe.

– Ton père a fait ce qu'aurait fait n'importe quel père d'une adolescente : il a cherché à empêcher un garçon de sauter sur sa fille ! explose-t-il. Que Dieu ait son âme, mais il aurait dû te dire plus tôt qu'il n'avait rien contre le fait que vous soyez amoureux l'un de l'autre.

– La dernière fois que Van est venu ici, j'étais avec Joel, je tente d'expliquer, avec la sensation de devoir prendre la défense de mon pauvre père défunt. Et quand je suis allée en Australie, je venais de commencer à sortir avec toi et Van était avec Sam.

Nick pousse un lourd soupir.

– Oui, c'est sûr, donc ton père s'est peut-être dit que ce n'était pas la peine de remuer le passé. Tu n'en as vraiment jamais parlé à personne ? (Il me coule un regard en coin.) Pas même à Ellie ?

Je secoue la tête.

– Tu devrais lui en toucher deux mots, décrète-t-il d'une voix ferme. Elle te dira la même chose que moi. Bon sang, Nell, libère-toi de ça. Arrête de te sentir coupable. Tu as eu assez à gérer comme ça.

J'ai besoin d'une autre crise de larmes après cet échange.

Quand nous redescendons au rez-de-chaussée, la plupart des gens sont partis. Ellie m'observe, inquiète, et tend la main vers moi.

– Ça va ? me demande-t-elle.

Je hoche la tête, mais mes yeux volettent vers ceux de Van. Son expression est indéchiffrable.

– Ça va aller, je réponds à Ellie. Quand est-ce que tu rentres à Newcastle ?

– Après-demain. Ça te dirait de venir prendre une tasse de thé demain matin ?

Nick donne une tape sur le torse de Van avant que je ne puisse répondre.

– Demain matin, on va surfer. Et pas question de te défiler, mon pote. Ellie tiendra compagnie à Nell.

Je souris à Nick, puis à Ellie.

– Oui, c'est une bonne idée.

Van acquiesce, d'accord lui aussi avec le plan de Nick.

★

J'ai vraiment envie de prendre Luke à la maison avec nous, mais Nick m'en dissuade.

– Tu devrais parler à Van, me glisse-t-il à l'oreille quand je les serre dans mes bras, notre fils et lui, pour leur dire au revoir.

Van conduit, cependant ni l'un ni l'autre n'ouvrons la bouche dans la voiture. Le désespoir et la nervosité se disputent l'avantage dans ma tête quand nous nous dirigeons vers le canapé.

– Tu es restée très longtemps à l'étage avec Nick.

Qu'avons-nous fait, selon lui ?

– Je lui ai tout dit, je murmure. Il a compris.

Van a l'air sous le choc, puis il se penche lentement en avant et enfouit sa tête entre ses mains. Il ne trouve pas ses mots.

Papa nous a inculqué une telle honte pour les sentiments que nous éprouvions l'un envers l'autre, quand nous étions adolescents, que notre difficulté à nous débarrasser de notre culpabilité n'a rien d'étonnant, même après ses excuses à l'hôpital. Nous refoulons nos émotions depuis des années et, bien que je me sente mieux après ma confession à Nick, Van n'a pas eu la même opportunité.

– Van, je murmure en posant une main dans son dos. J'ai besoin de toi.

– Qu'est-ce que tu veux que je fasse ? demande-t-il d'une voix basse et torturée.

– Tu peux me tenir dans tes bras, ce soir ? je trouve le courage de demander.

Il s'avance pour m'enlacer, mais je secoue la tête.

– Pas ici. À l'étage.

Il hésite, puis hoche la tête.

Quand je sors de la salle de bains, Van a disparu. Je monte dans ma chambre pour enfiler rapidement mon haut, mon short de nuit et m'enfouir sous les couvertures.

Dix minutes supplémentaires s'écoulent avant que je n'entende ses pas dans l'escalier. Je n'étais pas certaine qu'il vienne.

Il apparaît sur le seuil de ma porte, apparemment peu sûr de lui. Puis il entre et contourne le lit, ôte son costume, sa cravate, déboutonne sa chemise et dépose tous les vêtements sur une chaise. Ces gestes, il les accomplit en me tournant le dos, puis il passe un T-shirt, se retourne et se glisse sous les couvertures. Croisant quelques instants mon regard, il ouvre un bras pour moi. Je me blottis contre lui et ce même bras s'enroule autour de mon corps pour m'attirer au bon endroit. Il est si chaud et si solide que le réconfort est instantané. Je prends une profonde inspiration, le sens faire de même et son corps se détend peu à peu sous ma paume. Remontant la main vers sa mâchoire, je passe le pouce sur son début de barbe, encore et encore, jusqu'à ce que je sois trop fatiguée pour continuer. Je m'endors avant lui.

*

Je reviens à moi de bonne heure le lendemain matin. Je suis toujours dans les bras de Van et, alors que je suis étendue là, soupesant les événements de la veille, toute la situation m'apparaît comme étrangement irréelle. Nous avons enterré papa, sa perte est incroyablement brutale, pourtant, en cet instant, je n'ai pas envie de pleurer. Je n'arrive pas à croire que j'aie tout raconté à Nick et qu'il ait compris. Vraiment compris. Je me sens bien plus légère.

Les doigts de Van se déplacent sur mon bras. Comme je m'écarte pour le regarder, il roule sur le flanc et se retrouve face à moi. Il somnole, pourtant sa main s'avance, cherchant en quelque sorte la mienne. Dès que je m'en saisis, il s'immobilise. Une seconde plus tard, il ouvre les yeux, cille, fait le point pendant que nous nous dévisageons.

J'ignore combien de secondes s'écoulent – vingt, trente, quarante –, mais nous nous précipitons l'un vers l'autre au même instant. Nos bouches se trouvent, nos jambes se mêlent, d'un bras nous enlaçons la taille de l'autre pour l'attirer plus près. Notre baiser, d'abord doux, devient passionné. J'ai faim de lui.

Il me retourne sur le dos et plaque mes poignets sur le matelas, au-dessus de ma tête. Mais mes jambes, toujours libres, entourent sa taille, pour le presser contre moi.

Il me désire autant que je le veux...

Nous haletons, bouche contre bouche, tandis qu'il oscille contre moi. Puis, à l'instant où il relâche mes poignets, mes mains volent vers son T-shirt, que je remonte et fais passer au-dessus de sa tête. À son tour, il règle son compte à mon haut de pyjama, mes pouces se referment sur la ceinture de son boxer.

– Je n'ai pas de protection, lâche-t-il, pantelant, pressant son front contre le mien. Je ne peux pas avoir deux enfants aux deux bouts du monde.

C'est un rappel brutal et douloureux qu'il ne va pas tarder à repartir. La séparation sera affreusement douloureuse et ceci ne manquera pas de rendre la souffrance plus aiguë encore, mais comment pourrions-nous nous arrêter maintenant ? Nous avons foncé vers ce point pendant la moitié de nos vies.

– Je prends la pilule, je chuchote.

Ses lèvres reviennent sur les miennes. Quand nous sommes nus tous les deux, il entrelace nos doigts. Je n'ai pas tiré les rideaux la nuit dernière et, à l'aval du fleuve, le soleil est en train de se lever. Dans la lumière grisâtre de l'aube qui s'insinue par le carreau, des yeux bleu nuit se rivent aux miens. Et nous nous connectons, nos deux corps s'assemblent enfin – *enfin !* – pour n'en faire plus qu'un.

C'est si beau que je vois des feux d'artifice.

★

Van est déjà parti avec Nick quand Ellie arrive. Tout me paraît encore irréel : la perte de papa, la nuit dernière avec Van, le fait que j'aie décidé d'avouer à ma plus vieille amie le secret que je porte depuis si longtemps. Je m'entends babiller, l'interroger sur son travail, sa vie amoureuse et ce qu'elle fait. Je pense qu'elle est un peu effrayée, sans doute inquiète de me voir dans le déni, parce que je ne suis plus la fille perdue, vide que j'étais hier au pub.

– Ça va ? finit-elle par demander.

Je m'efforce de prendre une profonde inspiration, mais mes poumons refusent de se gonfler.

– Il faut que je te dise quelque chose.

Son expression est un mélange d'impatience et d'inquiétude. Elle attend.

Je déglutis, des picotements désagréables dans le visage.

– Van, je lâche. Van et moi. On est amoureux.

Quand j'ai fini mes explications, elle soupire.

– Je ne peux pas dire que je sois surprise. (Son affirmation me met le visage en feu.) Je ne veux pas dire que j'avais deviné, se hâte-t-elle de préciser. Tu as très bien réussi à le cacher, c'est incroyable. Quand je dis que je ne suis pas surprise, c'est parce qu'il est super sexy. Moi aussi, j'avais un faible pour lui. Je te l'aurais dit si Brooke n'avait pas exprimé aussi bruyamment les vues qu'elle avait sur lui. Je suis désolée, bredouille-t-elle d'un air contrit, même si je ris. Je ne sais pas pourquoi je t'ai fait cet aveu. Nell ! s'exclame-t-elle, brusquement. Tu n'as pas de honte à avoir. Aucune. Je ne crois pas que ton père ait jamais été dégoûté par vous deux. Il s'est senti trahi, c'est tout. Lui et toi, vous étiez très proches et tu as fait des choses derrière son dos, avec cet énorme secret. J'ai toujours vu Van comme ton meilleur ami – bien plus que comme ton frère. Pour être honnête, j'étais même un peu jalouse de la connexion qui existait entre vous deux. Tu devrais être franche à partir de maintenant. Dire aux gens que c'est comme ça. Ne pas te sentir gênée. Vous êtes deux adultes qui, pendant qu'ils étaient enfants, ont vécu quelques années dans la même maison. Vous ne faites rien de mal. Et d'après ce que je comprends, ton père voulait que tu sois heureuse avec Van.

– Qu'est-ce qui va se passer quand il rentrera chez lui ? je demande, en quête d'un mouchoir.

Sa mine se fait sérieuse.

– Je ne sais pas. Mais tu trouveras un moyen de faire fonctionner votre relation.

Comment ?

*

Ellie est partie quand Nick et Van reviennent. Nick n'entre pas et j'en suis heureuse : je le verrai plus tard, en allant récupérer Luke. Je le ramène à la maison pour le reste de la semaine.

J'attends dans le couloir, incapable de tenir en place, en écoutant Nick et Van prendre congé l'un de l'autre, puis le portail se refermer. Van ouvre la porte du cottage avec sa clef, entre dans le vestibule et s'arrête dans son élan quand il me découvre.

Ses pupilles se dilatent alors qu'il s'approche, mais je reste là où je suis, tendant le bras pour enfouir mes doigts dans la masse sombre de ses cheveux. Ils sont humides et glacés, imprégnés de l'odeur de l'océan. Il me prend dans ses bras puissants pour m'emporter dans ma chambre à l'étage. Nous avons beaucoup de temps à rattraper.

*

Quelques jours plus tard, nous allons à Kynance pour contempler le dernier coucher de soleil de Van. J'ai ramené Luke à Nick parce que je voulais avant tout conduire Van à l'aéroport. Il remporte les œuvres de sa mère, mais il promet de revenir.

Nous ne savons pas quand cette visite aura lieu, ou si ce sera moi qui irai lui rendre visite la prochaine fois. L'un et l'autre, nous arrivons tout juste à joindre les deux bouts quand il s'agit de finances, mais nous trouverons d'une manière ou d'une autre un moyen de nous voir et nous nous sommes juré de nous parler aussi souvent que possible. Dieu merci pour l'invention de Skype – au moins nous serons en mesure de nous voir. Mais nous ne nous faisons pas d'illusion : nous savons que ce sera difficile.

Libby a terriblement manqué à Van, d'autant plus que Luke a été avec nous pendant les derniers jours. Le temps que nous avons passé ensemble a aussi été incroyablement poignant à cause du décès de papa, toujours aussi douloureux, mais nous avons quand même réussi à éprouver des moments de joie pure.

Après nous être garés en haut de la falaise, nous descendons par le sentier abrupt et poussiéreux qui mène à la plage, en nous écartant régulièrement pour laisser passer les vacanciers qui regagnent leur véhicule. Comme la marée est en train de monter, tout le monde rentre chez soi. Nous allons devoir faire vite si nous ne voulons pas être pris au piège, nous aussi.

Il y a pire dans la vie que de se retrouver coincé pendant des heures sur une plage déserte, mais je ne suis pas assez égoïste pour faire rater son vol à Van, en dépit de tout ce que l'idée peut avoir de tentant. Nous disposons tout au plus d'une demi-heure, donc je suggère qu'il règle une alarme sur sa montre au cas où nous perdions le fil du temps, ce qui est tout à fait probable.

Il y a encore quelques retardataires quand nous atteignons la crique, mais nous faisons de notre mieux pour les ignorer, en grimpant sur le rocher où nous nous sommes embrassés pour la première fois. Van me sourit, une expression douce-amère sur le visage.

Je lui parle de ce que j'ai remarqué dans ses yeux, bien des années plus tôt, les éclats vert et or sur le fond bleu marine, qui m'évoquent la nature morte d'un feu d'artifice, suspendu dans un ciel nocturne.

Il s'en amuse, puis redevient sérieux.

– J'ai toujours aimé la façon dont tu vois les choses. Tu es née pour écrire. (Je détourne les yeux, les entrailles vrillées par le regret.) Il n'est pas trop tard, supplie-t-il. Je sais que, Londres et une carrière dans un magazine, c'est raté pour toi, mais tes histoires pour enfants implorent d'être écrites. (Je lui retourne un regard éloquent.) Oui, je me chargerai des illustrations, lâche-t-il de guerre lasse, avant de sourire quand, de plaisir, je tape dans mes mains. Vu que je ne peux pas te garantir qu'elles seront assez bonnes, tu dois me promettre – promets-le-moi, Nell – que tu ne te sentiras pas obligée de les utiliser si elles ne le sont pas. Mais oui, je remporte mon matériel de peinture et je vais voir ce que je peux faire.

Je me hisse sur la pointe des pieds pour lui enrouler mes bras autour du cou et presser mes lèvres sur les siennes. Il s'écarte.

– Le *Boatman*…

Je soupire. Le vertige se dissipe.

– C'est facile.

Je sous-entends le travail, les horaires, les questions de garde d'enfant, tout.

Il secoue la tête.

– Ce n'est pas une raison suffisante. Tu devrais chercher un travail dans l'édition ici, dans les Cornouailles. Ça doit bien se trouver, même ici.

Je recule d'un pas.

– Arrête ça, Van ! je m'écrie, agacée de le voir sur une autre planète. Comment je vais y arriver ? J'ai trente ans, là, et aucune expérience. Tu imagines la difficulté à décrocher un emploi, ici ? À quel point ces boulots seront rares ? Tu te figures la compétition qui règne sur le marché ? Ce n'est pas comme si j'avais la possibilité de commencer tout en bas ou d'accumuler de l'expérience. J'ai besoin d'argent ! Je ne peux pas travailler sans rémunération et, même si je pouvais prendre les services du soir au *Boatman* pour avoir un salaire, quand est-ce que je verrais Luke ? Je suis sa mère et ça passe avant tout le reste. C'est impossible, je conclus, catégorique.

Il soupire, soudain découragé. Puis une pensée lui traverse l'esprit.

– Et qu'est-ce que tu dirais d'une librairie ? demande-t-il. Hier, il y avait un panneau sur celle de Falmouth, disant qu'ils avaient besoin d'aide. Tu travaillerais au quotidien entourée de livres et tu te sentirais plus inspirée. Ce serait un pas dans la bonne direction, non ? Et va savoir, si – pardon, quand – tes histoires de Caramel et Carie seront écrites, tu auras peut-être quelques contacts, une chance de placer ces livres sur les étagères. C'est juste une idée, mais ça vaut la peine d'y réfléchir, non ?

J'incline la tête sur le côté pour lui sourire.

– OK. J'irai faire un saut à la librairie, dans les jours qui viennent.

– Demain, ordonne-t-il.

– Mais je t'emmène à l'aéroport !

– Sur le trajet du retour.

Je secoue la tête, des picotements dans le nez.

– Je serai au trente-sixième dessous.

– Oh, Nell, murmure-t-il. C'est exactement pour ça que tu devrais y aller. Ça te changerait les idées. Promets-le-moi, insiste-t-il. (Je tente de l'embrasser, mais il m'en empêche.) Promets-le.

Je hoche la tête, des larmes plein les yeux.

– Je te le promets.

Son alarme se déclenche quand nos lèvres se rencontrent. Un sanglot me noue la gorge, nous devons nous séparer.

Revenus au sommet de la falaise, nous nous installons pour observer le coucher de soleil. C'est l'un des plus beaux que j'aie jamais vus et je sais que je garderai en mémoire ces minutes avec Van jusqu'à la fin de ma vie. Nous restons sur l'herbe mouillée jusqu'à ce que le soleil devienne gris, puis noir, et nous rentrons ensuite au cottage pour faire l'amour une dernière fois.

Je n'ai pas été capable de penser aux questions de logistique, sauf à me dire que nous allions nous parler autant que possible au téléphone, mais dans le silence de la nuit, je me sens glacée par la peur. Comment pouvons-nous faire fonctionner notre relation ? Van ne peut vivre sans Libby, pas plus que moi sans Luke. Jamais je n'éloignerais mon fils de son père – je ne pourrais pas partir à Londres, sans même parler de l'Australie – et il est impensable que Sam laisse Libby émigrer avec Van. Même s'il en avait la possibilité, jamais Van ne priverait la petite fille de sa mère. Lui-même n'a eu aucune relation avec son père jusqu'à l'âge de dix ans et on voit le résultat. Il fera tout ce qui est en son pouvoir pour épargner cette douleur à Libby.

Je suis amoureuse de quelqu'un qui est attaché à sa fille et à un pays situé à l'autre bout du monde. Nous aurons beau faire, il n'y a pas de solution.

Je sens notre fin heureuse nous échapper. C'est accablant.

Trente-cinq

– Arrête-toi tout de suite.

– Tu m'as flanqué une sacrée pétoche ! je m'exclame quand Ed Allister, mon chef, me pousse d'un côté du trottoir, pour faire de la place aux autres passants. Qu'est-ce qui t'arrive ?

Il sourit, ses yeux marron luisent d'un éclat joyeux.

– Tout va bien. Je voulais juste être ici pour voir ça.

– Voir quoi ?

Il désigne d'un signe de tête le *Cœur de dragon* en face de lui – la librairie dont il est le propriétaire et mon lieu de travail principal depuis cinq ans. Je fronce les sourcils, moqueuse, et mes yeux s'écarquillent de plaisir et d'impatience.

– Ils sont arrivés ? je m'écrie, en me précipitant avant qu'il n'ait pu répondre.

Je plaque les mains sur ma bouche, devant la vitrine qu'Ed a dû venir installer plus tôt ce matin. Le téléphone déjà en main, il prend des photos de mon visage. J'éclate de rire, folle de joie.

Je n'arrive pas à y croire : ils sont là, dans la vitrine, une pile entière. Plusieurs livres font face à la rue : de petits livres reliés à la riche couverture crème, avec Caramel et Carie assis sur le pommier sauvage. Leur visage bronzé a l'air exceptionnellement malicieux et leurs oreilles pointues sont presque aussi hautes que leur chapeau. Je danse une petite gigue sur place, puis je me retourne pour jeter les bras autour du cou de mon chef.

– Je suis très fier de toi, me marmonne-t-il à l'oreille avant de s'écarter.

– Merci, je chuchote, submergée par l'émotion. J'aurais bien aimé que Van soit ici pour les voir.

– Il va venir bien assez tôt, réplique-t-il d'un ton bourru, en me caressant le dos alors que nous nous dirigeons vers l'immeuble.

Je travaille dans la librairie pour enfants de Falmouth où Van m'avait incitée à me rendre, afin de me renseigner sur le poste proposé. Le truc étrange – et je pense que c'est vraiment étrange –, c'est que j'avais déjà rencontré Ed, mon chef, auparavant.

Je m'étais déjà rendue plusieurs fois dans cette boutique, pour y jeter un œil avec Luke, si bien que j'ai attribué l'impression de le connaître à ces visites, quand je suis venue l'interroger sur un éventuel travail. Mais plus nous avons discuté, plus il s'est montré perplexe.

– J'ai l'impression de vous avoir déjà rencontrée, a-t-il lâché en se grattant la tête.

Ses cheveux couleur chocolat au lait m'ont paru encore plus ébouriffés qu'avant.

– Moi aussi ! me suis-je exclamée, heureuse que ce ne soit pas seulement une impression de ma part. Je travaille au *Boatman*. Vous y êtes déjà venu ?

– C'est un pub ? a-t-il demandé.

– Oui, à Helford, en bord de fleuve.

Il a eu l'air pensif.

– Je vois de quel pub vous voulez parler, mais cela fait des années que je n'y ai pas remis les pieds. Je viens de déménager de Londres, il y a quelques mois seulement.

– Vraiment ? Où avez-vous vécu, à Londres ?

– Chiswick.

– Pas possible ! C'est là où j'ai grandi ! Enfin, jusqu'à l'âge de sept ans. Je suis venue vivre ici avec mon père quand ma mère a déménagé à l'étranger. Qu'est-ce qui vous a poussé à changer de lieu de vie ?

Je me rappelle m'être sentie très à l'aise, en discutant avec lui. Je n'avais pas le sentiment de passer un entretien d'embauche, mais plutôt de discuter avec un vieil ami.

– Je venais ici quand j'étais gamin, m'a-t-il répondu. J'ai également effectué deux autres séjours dans le coin, vers la vingtaine, et j'ai attrapé le virus. Ma femme et moi, on avait envie d'un changement de décor, donc on a décidé d'acheter cet endroit.

Il a jeté un regard autour de lui, de façon un peu fantasque.

– Bastien, j'ai murmuré quand l'idée m'a frappée. Le garçon de *L'Histoire sans fin*...

Il m'a jeté un drôle de regard.

– Vous êtes Edward ! me suis-je écriée. Je suis Nell ! Vous ne vous rappelez pas ? Vos parents avaient loué un cottage à Mawgan. Vous êtes venu chez moi, on venait d'attraper un caneton !

Son regard est devenu éclatant. Il s'est complètement éclairé, une fossette s'est creusée dans sa joue, ce qui lui a donné l'air très doux, même à son âge qui, si je me rappelais bien, devait être plus ou moins le même que le mien.

– Bien sûr que je me rappelle ! s'est-il exclamé. Je n'arrive pas à y croire. Nell ! J'ai pensé à toi pendant des années ! Ça ne te dérange pas que je te tutoie ? (Son visage s'est décomposé quand la mémoire lui est revenue.) Ta mère…

Je secoue la tête.

– Ce n'était pas ma mère, c'était la petite amie de mon père. Mais oui, j'ai ajouté en baissant les yeux, ça a été une tragédie.

Il m'a offert le poste le jour même.

*

– J'espère que tu vas célébrer l'événement ce soir, me dit Ed à la fin de notre journée de travail.

– J'aurais bien aimé. Mais non, Nick emmène Luke camper, donc il n'y aura que moi, moi-même et mézigue. Je ne peux même pas appeler Van, parce que c'est le milieu de la nuit en Australie.

– Pourquoi on ne sortirait pas dîner ? propose-t-il.

– Vraiment ?

– Oui. Allez, on est samedi. On portera un toast.

– OK, je consens en souriant.

Je ne suis pas bien difficile à convaincre. Il vit à Falmouth, mais suggère que nous allions quelque part près de chez moi, afin que je puisse déposer d'abord ma voiture à la maison : il conduira donc je pourrai boire un verre. Nous nous garons à Helford et prenons le petit ferry qui traverse le fleuve jusqu'au pub sur l'autre rive. C'est une agréable soirée d'été, le ponton le plus bas est baigné de soleil. Ed va chercher nos boissons à l'intérieur, d'où il revient avec un verre de Prosecco pour moi et une bière pour lui.

– À Caramel et Carie, lance-t-il. (Même si ses yeux sont cachés derrière des lunettes de soleil, je sais qu'ils sourient.) Et à Van et toi, naturellement, ajoute-t-il avec un sourire. Et au premier d'une longue série de livres. Santé !

– Merci, je réponds, emplie d'une gratitude sincère, quand il trinque avec moi. Si tu n'avais pas été là...

Il balaie mes remerciements d'un geste de la main, puis avale une gorgée de bière.

– Vous auriez écrit ce livre quoi qu'il arrive.

Le père d'Ed et son frère cadet – le frère dont sa mère était enceinte la première fois que nous nous étions rencontrés – possèdent et gèrent une petite maison d'édition à Londres. Par leur entremise, Ed a des contacts dans le milieu et il nous a aidés, Van et moi, à soumettre nos histoires à des éditeurs. Trois d'entre eux ont manifesté leur intérêt, mais nous avons décidé de signer avec l'entreprise familiale d'Ed. Son père, Simon, et son frère, Jamie, se sont montrés aussi enthousiastes qu'Ed pour les livres, il nous a donc semblé que c'était la bonne décision.

J'ai eu du mal à en croire mes oreilles quand on nous a proposé ces contrats d'édition, neuf mois plus tôt. Je revois nettement le visage de Van le jour où je lui ai appris la nouvelle en FaceTime : estomaqué. Il en a même embrassé l'écran ! Que n'aurais-je pas donné pour pouvoir le lui dire en personne ! Mais c'était le mieux que nous puissions faire.

Ces cinq dernières années ont été difficiles, sur certains plans plus rudes que les autres. Leur début a été particulièrement redoutable. J'avais perdu papa, puis Van dans la foulée. Nous parlions tous les jours où il n'était pas en mer – parfois deux fois par jour – et c'était mieux que rien, mais j'avais envie qu'il me tienne dans ses bras et une longue période s'est écoulée avant que nous ne puissions faire en sorte que ça arrive. J'ai réussi à aller en Australie environ huit mois après le décès de papa, et Van et moi avons passé trois semaines ensemble. J'étais nerveuse à la perspective de rencontrer Libby : qu'allait-il se passer si elle ne m'appréciait pas ? Mais elle s'est avérée absolument adorable et nous avons beaucoup ri toutes les deux.

Cependant, je me suis affreusement languie de Luke pendant ce temps-là. Je ne pouvais me permettre de lui payer un billet en plus du mien, donc j'ai dû le laisser. Un an plus tard, Van est venu en Cornouailles pour me voir, mais une fois de plus, il a dû se déplacer sans Libby. Il ne s'agissait pas seulement d'argent : Sam ne voulait pas que sa fille disparaisse à l'étranger pendant des semaines et elle a catégoriquement refusé de la laisser partir.

Depuis, Van et moi nous sommes vus environ une fois par an, mais ce n'est pas suffisant, ni de près ni de loin. Près de douze mois se sont écoulés depuis que nous nous sommes vus la dernière fois, mais il arrive dans quelques jours… avec Libby, finalement. Sam a cédé et je n'en reviens toujours pas. Libby va manquer l'école pendant un mois entier ! En Grande-Bretagne, ce sont les vacances d'été et nous allons passer des semaines merveilleuses. J'ai toutes les peines du monde à contenir mon excitation.

*

– Tu fais quoi, demain ? je demande à Ed, époussetant le sable qui traîne sur le plateau de la table en bois.

La plage est littéralement de l'autre côté de la route, à cinq mètres de là. J'aime venir ici parce que je peux me détendre au soleil pendant que Luke s'amuse au bord de l'eau, à faire des ricochets ou à s'ébattre avec ses petits copains.

– Je vais sortir le bateau.

La librairie est fermée, le dimanche. Ed a acheté un petit voilier, quelques mois plus tôt, mais je ne suis toujours pas montée à bord.

– Pourquoi tu ne viendrais pas ? propose-t-il. À moins que tu n'aies d'autres projets ?

– J'ai bien peur que ce ne soit le cas, je réponds avec regret. Je dois construire des lits superposés.

– Des lits superposés ?

– Pour Libby et Luke. Ils vont dormir dans la chambre qu'on partageait, Van et moi. Bêtement, j'ai échangé nos lits superposés contre un lit simple, quand j'étais adolescente.

Désormais, j'aborde très librement le sujet de ma relation avec Van. J'ai suivi le conseil d'Ellie, cinq ans plus tôt, et depuis, j'en ai parlé sans fard aux gens. En fait, ils trouvent plutôt romantique l'idée que je sois tombée amoureuse de mon meilleur ami.

Maman a été la seule personne à hausser les sourcils, mais surtout parce qu'elle est snob et pense que je pourrais trouver mieux. D'ailleurs, elle n'avait pas non plus caché son opinion sur Nick.

Nous sommes en assez bons termes en ce moment, sans doute les meilleurs que nous ayons jamais eus. Nous nous parlons toutes les semaines au téléphone et Luke aime beaucoup ses conversations avec sa grand-mère.

– Tu vas t'en sortir pour construire ces lits superposés toute seule ? demande Ed, inquiet.

Je hausse les épaules.

– Il faudra bien. Sans quoi je vais devoir supplier ce pauvre Nick de m'aider, or il a eu plus de choses à régler qu'il n'en faut, cette semaine.

Nick et Stefanie, sa petite amie depuis trois ans, convolent en justes noces vendredi. Je l'aime beaucoup, cette Stefanie, et Luke l'adore. Quant à Nick, il est complètement mordu : je n'ai été témoin d'aucune infidélité de sa part. Je suis heureuse de le voir si rangé.

Nick a demandé à avoir quelque temps en tête à tête avec Luke avant de partir pour sa lune de miel avec Stefanie, d'où leur excursion camping. La dernière fois où Van est venu, Nick a emmené Luke en Italie pendant deux semaines, avec Stefanie et lui, ce qui a été une bonne solution pour tout le monde. Mais cette fois, Van et moi allons finalement être en mesure de passer du temps à quatre, avec Luke et Libby.

– Ne le dérange pas, déclare Ed en fronçant les sourcils. Je peux te donner un coup de main, si tu as besoin.

– Non ! je m'exclame en le repoussant d'un signe de main. Tu ne vas pas refaire tout ce trajet.

– Dans ce cas, faisons ça ce soir. Après le dîner.

– Vraiment ? je demande, sceptique.

– Pourquoi pas ?

– Je ferais mieux d'arrêter de boire, dans ce cas.

Ed et moi avons sympathisé d'emblée et je nous classerais vraiment plus comme des amis que comme des collègues, pourtant c'est seulement depuis six mois à peu près que nous nous sommes mis à nous voir en dehors du travail. La principale raison de ce changement tient dans le fait que la femme d'Ed a été une vraie peau de vache. Je dis : « a été », mais je veux dire : « est ». C'est toujours une vraie peau de vache, mais elle n'est plus sa femme. Ils se sont séparés à la fin de l'année dernière, après qu'il l'a trouvée en fâcheuse posture avec un autre homme. Je pense qu'il la soupçonnait d'infidélité – elle l'avait trompé au moins une fois, à Londres –, mais il a tout de même été sous le choc de la surprendre en pleine action.

Tasha n'avait pas envie de quitter Londres : elle s'était plainte à plusieurs reprises auprès de moi de l'ennui qu'elle éprouvait ici. J'en étais arrivée à trouver étonnant qu'un type aussi gentil qu'Ed ait épousé une garce à ce point geignarde et pitoyable, mais il prétend qu'elle n'a pas toujours été ainsi.

J'ai découvert plus tard qu'elle n'avait consenti à leur nouveau départ que sous la contrainte. Elle lui avait confessé une aventure avec son chef marié, pensant qu'elle ferait mieux de lui en parler d'abord quand la femme dudit chef avait découvert le pot aux roses. Ed avait accepté de lui accorder une seconde chance et ils avaient déménagé dans les Cornouailles, mais je sais que ces dernières années avaient été difficiles pour eux. Il s'est ouvert à moi en décembre, après s'être effondré. J'ai toujours aimé travailler pour lui, mais ce jour-là, nous sommes devenus de vrais amis.

J'adore Ed. C'est un homme adorable, gentil, et la pensée que Tasha l'ait trompé me rend furieuse. Il n'aura aucun mal à la remplacer quand il sera prêt.

– J'espère que le temps va se maintenir, je dis en présentant mon visage au soleil.

J'entends un froissement de papier : Ed s'est emparé du menu.

– La météo à cinq jours a l'air bonne, murmure-t-il.

– Et que prévoit-on sur le mois ? je demande avec un sourire.

Il m'examine par-dessus ses lunettes de soleil.

– Si seulement je pouvais te répondre.

Il remonte ses lunettes en haut de son nez et étudie le choix de plats. Je n'ai pas besoin de regarder : je sais déjà ce que je vais commander.

Ed se tâte le bras. Il fait tant de voilier qu'il est tout bronzé en ce moment et que le duvet châtain sur ses avant-bras minces s'est teinté de blond. Il est au meilleur de sa forme depuis que je le connais. Il a perdu du poids après la rupture, non qu'il ait été en surpoids auparavant, mais il a l'air musclé et éclatant de santé et… oui, la serveuse l'a remarqué.

Ed la remercie distraitement pendant qu'elle ramasse les bouteilles vides laissées par les clients qui ont occupé la table avant nous.

– Cela vous dérangerait de passer commande au bar ? lui demande-t-elle avec un sourire aguicheur.

– Non, pas de problème, répond-il avant de me regarder, une fois qu'elle s'est éloignée. Tu sais ce que tu prends ?

– À ton avis, quand est-ce que tu seras de nouveau prêt à rencontrer quelqu'un ?

Penchée vers lui pour poser ma question, je souris devant l'expression comique qui se peint aussitôt sur son visage.

– Pour une question inattendue, c'est une question inattendue.

– Je me disais juste que tu es plutôt sexy, en ce moment. Tu pourrais séduire quelqu'un sans mal si tu en avais envie.

– Merci, répond-il, ironique.

Je souris.

– Alors ? Quand songes-tu à te remettre en selle ?

– Ce n'est pas une question de quand. Si la bonne personne... (Sa voix s'éteint et il fronce les sourcils.) De toute façon, je ne suis même pas encore divorcé.

– Tasha non plus, mais ça ne l'a pas empêchée de quoi que ce soit.

Il ricane amèrement.

– Oui, eh bien, c'est du Tasha tout craché.

Elle se balade en effet dans tout Falmouth au bras d'un nouveau type – qui n'est même pas l'homme avec lequel elle a trompé Ed.

J'aurais bien aimé qu'elle retourne à Londres. Elle s'est assez lamentée de l'avoir perdu, mais elle est toujours ici, à verser du sel sur les plaies d'Ed. Elle a été sidérée qu'il demande le divorce : à mon avis, elle pensait le mener par le bout du nez et imaginait qu'il lui accorderait encore une chance.

– La serveuse ne te lâche pas des yeux, je chuchote, en me penchant encore.

Ed se crispe, les épaules raides.

– Vraiment ? chuchote-t-il en réponse.

– Oui. (Je lui souris.) Elle est jolie.

– Je n'avais pas remarqué.

– Alors commence à faire attention !

– Tu es bien, dehors, ou tu préférerais qu'on s'installe à l'intérieur ?

– Joli changement de sujet, je m'esclaffe. Restons encore un peu dehors.

– Tu sais déjà ce que tu veux manger ? redemande-t-il.

– *Fish and chips*. Je vais aller commander, je conclus en me baissant pour attraper mon sac sous la table.

– Non, c'est moi qui régale, déclare fermement Ed, qui est déjà debout. On fête ton livre.

– Tu as déjà payé les boissons.

– Chuut. Tu veux un autre Prosecco ?

Je sais reconnaître quand je suis battue.

– Oui, s'il te plaît.

Je lui souris, rayonnante, et il a l'air amusé quand il se détourne.

Laissant tomber lourdement mon sac sur la table devant moi, j'en tire un exemplaire de *Caramel et Carie, les lutins du fleuve*. Ça me semble complètement irréel : je n'arrive pas à croire que j'aie écrit cette histoire et que Van l'ait illustrée.

Il nous a fallu cinq ans pour y parvenir, mais nous avons réussi – oui, nous avons réussi –, et il y en a d'autres dans les tuyaux. Nous avons signé un contrat pour trois livres, que nous avons livrés dans la foulée, et nous sommes en train de travailler sur trois autres opus. Avec un peu de chance, il y aura un marché pour ces ouvrages, mais nous ne les écrivons pas pour gagner de l'argent, de toute façon. Et c'est tout aussi bien, car l'avance a été minimale.

J'ouvre le livre à la page de la dédicace :

« À nos petits lutins espiègles, Luke et Libby »

Quand ils seront plus vieux, ils vont sans doute détester que nous les ayons qualifiés de lutins. La pensée me fait sourire.

Les enfants ont été étonnants. J'écrivais les histoires et les lisais à Luke puis, quand j'avais tenu compte de toutes ses suggestions, je transmettais le texte à Van, afin qu'il le lise à Libby.

La fascination de Luke m'a énormément stimulée. Mais le moment que j'ai aimé entre tous, c'est quand son visage s'est transformé, le jour où je lui ai montré le tout premier dessin de Van. Il représentait Caramel et Carie, blottis l'un contre l'autre sur une branche de pommier sauvage, avec le fleuve étincelant en arrière-plan. C'est cette image que nous avons utilisée pour la couverture du premier livre.

Van a travaillé sur cette œuvre pendant des mois, recourant à un mélange de dessin au crayon et d'aquarelle. Il ne m'a pas laissé voir son œuvre tant qu'elle était en cours, ni la moindre des esquisses qu'il a écartées. Il n'était pas du tout certain de pouvoir en venir à bout, mais j'ai été époustouflée quand il m'a montré son travail en FaceTime.

Il frémissait de nervosité en guettant ma réaction. Le dessin original est bien plus grand, mais j'ai été capable de prendre la pleine mesure de son effet quand il m'en a envoyé une petite photo par mail.

Luke a trouvé magique de voir les personnages prendre vie.

Ed revient. Il dépose ses lunettes de soleil devant lui, sur la table. Le soleil ayant disparu derrière les bâtiments, nous nous retrouvons malheureusement dans l'ombre. Peut-être serions-nous mieux avisés de nous replier à l'intérieur, après tout.

Je fais disparaître mon livre et repose mon sac sur le sol sablonneux, tout en souriant à Ed.

– À ta santé, lance-t-il, en trinquant avec mon nouveau verre.

– Merci, je répète.

Et je le pense au plus profond de mon cœur. Ed ne s'est pas contenté de me mettre en contact avec les bonnes personnes, il a lu mes histoires et m'a aidée à les préparer en vue de les soumettre aux éditeurs. Quand je lui ai fait remarquer qu'il s'était avéré lui-même un excellent éditeur, il m'a avoué avoir travaillé par intermittence avec son père et son frère au fil des années. Il aurait pu continuer dans l'entreprise familiale, mais, apparemment, ils auraient été trop nombreux sur l'affaire : trop de cuisiniers gâtent la sauce. Il ne voulait pas que les relations deviennent tendues – surtout entre son frère cadet et lui –, donc il a décidé de faire cavalier seul.

– Je t'en prie, répond-il, conscient de la lueur de sincérité au fond de mes yeux. Je continue à être sidéré que tu m'aies parlé de Caramel et Carie quand on était gosses.

Il s'en est souvenu peu de temps après mes débuts au *Cœur de dragon*, quand je lui ai avoué écrire des histoires pour enfants à mes heures perdues. Sous la menace, je lui ai timidement raconté de quoi parlaient mes histoires et son visage s'est illuminé à ce souvenir. Il m'a rappelé qu'on était assis dans le pré devant le cottage, pendant que Van se trouvait dans le studio, occupé à peindre. J'ai éclaté de rire quand je me suis remémoré l'humeur grincheuse de Van ce jour-là. Depuis, je ne peux m'empêcher de penser que si Ed s'est tant investi dans ces histoires, c'est parce qu'il les a entendues quand il était enfant.

– Vingt-cinq ans, je confirme. Il nous en a fallu du temps.

– Mieux vaut tard que jamais.

La serveuse revient pour débarrasser la table. J'adresse un regard entendu à Ed quand elle s'empare de son verre de bière.

– Merci, fait-il en me lançant un regard scrutateur. Quoi ? ajoute-t-il quand elle s'est de nouveau éloignée.

– Tu ne l'as même pas regardée !

– Je ne suis pas intéressé, réplique-t-il en balayant mon objection d'un revers de la main.

Une pensée surgie de nulle part me frappe tout à coup.

– Oh, mais oui ! je m'écrie. Mon amie Brooke ! Il faut que tu la rencontres ! Elle vient de se réinstaller dans les Cornouailles ! (Ed secoue la tête.) Sérieusement ! Elle est célibataire. Elle a rompu avec son amoureux il y a quelques mois.

– Nell, je t'en prie, grommelle-t-il en prenant une gorgée de bière, sourcils froncés.

– Oh, Ed, je le réprimande. Elle est superbe. Honnêtement, je suis sûre que vous iriez bien ensemble. On pourrait peut-être organiser un barbecue quand Van sera là.

Il repose brutalement son verre dans un bruit sourd.

– OK, dans ce cas, oublie.

– Si tu m'invites à un barbecue, soupire-t-il, bien sûr que je viendrai. Mais s'il te plaît, n'essaie pas de trouver chaussure à mon pied, d'accord ?

– D'accord.

Je hausse les épaules. Je n'aurai pas besoin de jouer les entremetteuses si Brooke se trouve dans les parages.

*

– Toujours partante pour t'amuser à construire des lits superposés ? demande Ed, en se garant derrière ma voiture, dans l'allée.

– Tu es sûr ? je vérifie, inquiète. Tu as passé toute la journée avec moi, tu as vraiment envie de faire du bricolage par-dessus le marché ? Tu sais que c'est comme ça que les gens se brouillent ?

Un petit sourire narquois aux lèvres, il détache sa ceinture de sécurité.

– J'aurais dû apporter ma visseuse électrique, déclare-t-il, peu de temps après, tout en prenant connaissance de la situation.

La nuit dernière, j'ai démonté le lit simple et l'ai déplacé, ainsi que tous les meubles hors de la chambre de Luke. À présent, nous avons déballé les lits superposés et des planches de bois de tailles variées jonchent le sol ou sont appuyées contre les murs.

Il se baisse rapidement pour ramasser les instructions.

– Donc il faut assembler cette pièce avec celle-là.

Comme j'étais en train de récupérer mon verre de Prosecco, je n'ai pas remarqué ce qu'il a désigné.

– Pardon, quelles pièces ?

– Ce serait plus marrant avec une bière, déclare-t-il alors que je bois une gorgée de ma boisson.

– Pourquoi tu ne passerais pas la nuit dans l'annexe ? Le lit est fait. Allez ! j'insiste puisqu'il n'a pas refusé sur-le-champ. J'ai une brosse à dents en rab, je vais aller te la chercher.

Je me lève d'un bond, m'attendant à moitié à ce qu'il me rappelle. Je suis contente qu'il s'en abstienne.

Je lui tends une bière à mon retour.

– Les clefs et la brosse à dents sont sur le rebord de fenêtre dans l'entrée, donc te voilà pourvu d'une sortie de secours, quand ça deviendra trop pénible.

Ed accepte la bouteille d'une main hésitante.

⋆

– Tu es sûre ?

– Oui, je suis sûre. Pourquoi pas ?

– Merci.

– Non, merci à toi. (Je grimace.) Tu me retires une sacrée épine du pied.

– Attendons de voir le résultat. Tchin !

– Je n'arrive pas à croire que j'essaie de monter un lit d'enfant alors que je suis complètement, et sans hésiter, pompette !

Ed glousse.

– On a presque terminé.

– Est-ce que c'est totalement irresponsable ?

Il ouvre la bouche pour répliquer.

– Ne réponds pas à cette question, je l'interromps.

– Je pense qu'on a suivi les instructions comme il fallait. (Il attrape la barrière du lit et la secoue énergiquement.) Ça m'a l'air solide.

– Je devrais peut-être dormir dedans cette nuit, histoire de le tester, je déclare.

– Au moins tu rentreras dedans, réplique-t-il en souriant.

– Oui, je sais, je ne suis pas bien grande.

Lui-même n'est pas immense.

– Je prends la couchette du haut, je déclare, résolue, en me hissant sur l'échelle.

– Attention.

– Ooh, j'adore ! (Je me laisse tomber sur le ventre.) Je pourrais très bien passer la nuit là-dedans. Viens ici ! (Il secoue la tête.) Allez !

En lui attrapant le bras, j'ai la légère surprise de sentir la fermeté de son biceps sous mes doigts.

– On va largement dépasser la limite de poids autorisée.

Il se dégage de ma main. Je roule sur le flanc pour appuyer ma tête dans ma paume et lui sourire.

– Merci, Ed, je lui lance avec chaleur.

– De rien.

Il a de la sciure de bois sur le nez.

– Eh, tu as de…

Je lui fais signe de s'avancer. Il fronce les sourcils pendant que je le nettoie.

– Tu en as toi aussi, murmure-t-il en passant le pouce sur ma joue.

Nos yeux se rencontrent et une sensation de nervosité se déclenche dans mon ventre. Je sursaute quand mon téléphone vibre sur le rebord de la fenêtre.

– Tu peux me lancer mon téléphone ? je demande, la voix tremblante.

– Van, lit-il sur l'écran alors même qu'il me tend l'appareil.

– Bonjour ! je lance en décrochant.

– Salut ! répond gentiment Van dont le visage emplit l'écran.

– Attends ! je lance à Ed qui est sur le point de quitter la chambre.

– Van, dis bonjour à Ed. (Je fais pivoter l'écran : Ed agite timidement la main.) Il m'a aidée à monter les lits superposés, j'ajoute gaiement. Regarde.

Je montre à Van l'endroit où je suis assise, pendant qu'Ed est planté dans l'encadrement de la porte.

– Joli travail, constate-t-il. (En gloussant, je retourne l'écran vers mon visage.) Tu es saoule ? demande-t-il à juste titre.

– Oui. On a fêté quelque chose. Oh ! Où est mon sac ?

Je balaie la chambre du regard, mais il n'est pas en vue.

– Il est resté en bas. Je vais te le chercher, propose Ed qui sort de la chambre.

– Merci ! je crie en me déplaçant pour m'asseoir, dos contre le mur.

Van patiente.

– Vous avez fêté quoi ?

– Tu vas voir, je réponds, énigmatique.

Van a les cheveux courts et une barbe, désormais – pas une grosse barbe broussailleuse ou quoi que ce soit d'approchant, mais tout de même de quelques millimètres plus longue qu'une barbe de trois jours.

Il a également une cicatrice en travers de l'arcade sourcilière gauche. Pendant un moment, je ne suis pas arrivée à la regarder sans éprouver moi-même une douleur physique. Il se l'est faite en surfant la Yanerbie Bombie à Streaky Bay, une vague absolument énorme, d'une puissance terrifiante. Il a été balayé contre le récif où il s'est fait plutôt sérieusement cabosser : il a eu de la chance de ne pas s'être rompu les os.

Ça me tue de ne pas avoir été la première personne qu'il ait appelée, mais comment aurais-je pu ? Je ne peux être sa « personne à contacter d'urgence » alors que je vis aussi loin. Je suis reconnaissante qu'il ait des amis comme Dave sur lesquels il puisse compter quand quelque chose va mal.

Il m'a promis qu'il ne retournerait plus surfer là-bas. L'accident lui a flanqué la frousse, à lui aussi.

– Tu veux que je te rappelle plus tard ? demande Van.

– Non, attends une minute. (Ed revient en me tendant mon sac.) Merci. Tu peux rester, je m'empresse de lui lancer, en le voyant rebrousser chemin vers la porte.

– Je vais me chercher un autre verre, réplique-t-il.

Je le regarde s'éloigner, puis je reviens à l'écran.

– Il est tard, pour qu'il soit encore chez toi, constate Van, avec un léger froncement de sourcils.

– Il va dormir dans l'annexe, ce soir. (Je pense que ma nonchalance est convaincante, mais je me sens légèrement tendue.) On est allés dîner dehors, puis il est revenu pour m'aider. On a pensé que ce serait plus marrant de bricoler avec un peu d'alcool. (Aucun commentaire de la part de Van.) Bref, comme je te le disais, on fêtait quelque chose ! j'ajoute en insufflant de l'enthousiasme dans ma voix alors que je sors mon exemplaire de *Caramel et Carie*. Ta-da !

– Tu as enfin reçu les exemplaires !

Son attitude change du tout au tout.

– Oui !

Je glisse le petit livre relié sous mon menton et lui souris.

– Oh my God, fait-il en secouant la tête, soufflé.

– J'aurais bien aimé que tu sois là aujourd'hui pour les voir dans la vitrine de la librairie. Ed était arrivé de bonne heure pour les installer.

– Je les verrai ce week-end. On y va toujours ?

– Oui.

Nous allons dédicacer nos livres à la librairie – Ed a fait faire des affiches et tout le tralala. L'expérience a été des plus étranges : servir les clients avec mon visage – et celui de Van – qui les regardait depuis le mur dans mon dos.

– Je ne sais pas comment je vais réussir à survivre aux journées qui arrivent, je lâche dans un soupir. (Les deux derniers mois ont traîné en longueur.) Si je pouvais m'endormir maintenant et ne me réveiller que jeudi, je le ferais.

Il sourit. Ses yeux sont encore plus foncés sur l'écran qu'en vrai – *« bleu nuit »*, je me suis mise à les appeler dans ma tête.

– Tu devrais retourner voir Ed. Tu peux le remercier de ma part ? Je me sens gêné qu'il ait dû t'aider pour ça.

– Ça lui était égal. C'est quelqu'un de gentil.

– Oui, admet-il en prenant une brusque inspiration. Je t'aime.

– Je t'aime, moi aussi.

Nous coupons la communication et je reste assise quelques secondes, légèrement abasourdie. Puis je rampe vers le pied du lit et descends l'échelle avec précaution.

– Ed ? je l'appelle en me dirigeant vers l'escalier.

– Je suis dans la cuisine. J'ai opté pour du café, précise-t-il avec un sourire quand j'apparais. Tu en veux un ?

Il a réussi à se dégoter ce dont il avait besoin.

– Non, je crois que je vais rester à l'eau. Van m'a chargée de te remercier.

– Ce n'était rien. On s'est bien amusés.

– Oui. En effet.

Nous échangeons un sourire, mais détournons les yeux en même temps.

– Je crois que je ne vais pas tarder à aller me coucher, j'annonce avec un bâillement.

– Moi aussi, réplique-t-il. J'avale ça et j'y vais.

Il prend une gorgée de son café.

Je m'attarde encore un moment, en lui faisant promettre de ne pas déguerpir dès l'aube.

– Je te dois un petit déjeuner avec saucisses et bacon ! je lui lance joyeusement avant de m'esquiver dans la salle de bains.

– Je te prends au mot, réplique-t-il.

Je ne le serre pas dans mes bras, ni ne l'embrasse sur la joue, ce qui aurait été un comportement normal et approprié entre nous. C'est juste que... ces quelques secondes... à l'étage... Ce n'était pas la première fois que ça se produisait.

*

Le mois dernier, je suis allée à un dîner que donnait Ed chez lui, pour son anniversaire. Son frère et quelques amis proches étaient venus de Londres. Je les avais déjà rencontrés à sa crémaillère et ils se sont tous rapprochés de lui depuis la rupture. La soirée avait été extrêmement drôle et, une fois qu'elle s'était achevée, j'étais restée pour aider Ed à ranger. Lui et moi avions tendu la main au même instant vers une bouteille de vin vide et nos doigts s'étaient effleurés. Quand nos yeux s'étaient rencontrés, j'avais éprouvé le même sentiment de nervosité au creux du ventre.

J'en ai eu des sueurs froides pendant un moment, mais je me suis fait la réflexion que je me sentais seule et négligée, après une année sans Van, et qu'il était compréhensible de voir mon corps répondre à un peu de contact humain. Je tente de me dire la même chose aujourd'hui et décide de chasser ces préoccupations de mon esprit.

*

Ed frappe à la porte du cottage alors que je suis en train de préparer le petit déjeuner. Il glousse quand il voit les lunettes noires que j'ai chaussées.

– Oh là là, gros mal de tête ?

– Comment vas-tu, toi ? je demande en regagnant la cuisine.

Il hausse les épaules.

– Ça va. Je n'ai pas bu tant que ça. (Il examine les ingrédients posés sur le plan de travail : œufs, bacon, saucisses, boîte de haricots blancs, pain…) Qu'est-ce que je peux faire ?

– Rien. Je t'ai fait une promesse.

– Ne sois pas stupide, marmonne-t-il en attrapant un couteau pour pratiquer une ouverture dans le paquet de bacon. Tu vas être capable d'engloutir tout ça ?

– C'est pour toi, je réplique.

– Oh ! Je me serais contenté d'un sandwich au bacon.

Oh… Peut-être que j'ai bel et bien envie de manger en fait…

Nous finissons par nous installer dans le patio, à la table bordée de bancs, côte à côte pour admirer l'océan. La matinée est splendide et lumineuse, la marée haute. La surface du fleuve affiche le calme lisse d'un miroir. Les vieux chênes ont poussé si proches les uns des autres, depuis le sommet des rives abruptes jusqu'au ras de l'eau, que leurs cimes vertes forment comme une grosse masse spongieuse. Les oiseaux descendent en piqué les uns sous les autres, tels des avions à réaction de la patrouille acrobatique de la Royal Air Force en démonstration, et un héron prend son envol de la branche d'un tronc mort, défiant la gravité avec ses ailes immenses d'un blanc étincelant sur fond de ciel bleu.

– Un bien bel endroit où grandir ! murmure Ed, d'une voix admirative.

– Ça a été très spécial.

La plupart du temps, j'ajoute silencieusement, en repensant aux années douloureuses qui ont suivi la mort de Ruth et le départ consécutif de Van.

– Comment as-tu géré le problème de l'eau avec Luke, quand il était petit ?

– Nous avons été très attentifs, je réponds. Mais oui, nous aurions dû poser une barrière. Je me suis dit que je réglerais le problème avec le suivant, et puis il n'y a jamais eu de suivant.

– Tu n'as que trente-cinq ans, proteste-t-il.

– Ça ne se produira pas.

– Pourquoi pas ?

– Avec Van à l'autre bout du monde ? (Je lui jette un regard.) Il a toujours eu une peur bleue que je tombe enceinte. Il n'a pas rencontré son père avant d'avoir sept ans et ce n'est pas une façon de vivre. Ça le tuerait d'abandonner Libby et Sam ne le laisserait jamais la lui prendre, du moins pas de façon permanente. Il devrait se couper en deux.

Je m'étais toujours dit que j'aurais au moins deux enfants, assez rapprochés en âge. J'aurais aimé un garçon suivi d'une fille et, quand Luke est né, mon rêve a semblé sur le point de se réaliser. Mais plus Luke a grandi, plus le rêve s'est éloigné. À présent, cela fait presque dix ans qu'il est enfant unique.

Peut-être Nick et Stefanie feront-ils de lui un grand frère, mais je ne vois pas comment ce pourrait être mon cas. Van est fixé en Australie jusqu'aux dix-huit ans de Libby, il n'envisage pas de la laisser plus tôt. Je ne peux même pas imaginer laisser Luke et déménager à l'autre bout du monde, même quand il sera adulte. Je sais que Van fait l'autruche sur la question parce que ce déménagement l'anéantira, mais nous n'arrivons pas à envisager une alternative.

– Tu veux des enfants ? je demande à Ed.

– Oui, je me suis toujours dit que j'en aurais deux.

– Tasha et toi, vous n'avez jamais…

– On en a parlé. C'était censé faire partie du plan, quand on a quitté Londres, mais ce n'était jamais le bon moment. Je suis très content qu'on n'ait pas embarqué des enfants dans ce bourbier.

– Au moins, pour toi, il n'y a pas d'urgence. Tu es un homme.

– Merci pour cette observation.

Il me gratifie d'un regard ironique et achève son petit déjeuner.

*

Quatre jours plus tard, j'effectue mon trajet préféré entre tous : je conduis jusqu'à l'aéroport. Du moins est-ce mon trajet préféré jusqu'à ce qu'il devienne mon trajet honni entre tous, quand j'irai y redéposer Van et Libby, mais j'essaie de toutes mes forces de ne pas y penser.

Luke est sur le siège passager, à côté de moi, nous avons mis la musique à plein volume. Je chante « Don't Stop Believing » de la série *Glee* en poussant ma voix au maximum et Luke se montre indulgent à mon égard. Je suis sans doute bien trop vieille pour être obsédée par cette série télévisée, mais elle me donne l'impression d'être jeune. C'est le genre de programme qu'Ellie et moi aurions regardé religieusement quand nous étions adolescentes : elle aussi est complètement accro en ce moment.

Ma vieille copine continue à me manquer : elle s'est fermement installée à Newcastle avec son mari Liam et leurs deux enfants, Thomas, qui a presque deux ans, et Ciara, âgée de quatre mois. Ils viennent passer des vacances familiales dans les Cornouailles la semaine prochaine, donc nous nous reverrons à cette occasion. J'ai réussi à faire coïncider sa venue avec la date de notre barbecue, dimanche prochain. Brooke et Ed seront là tous les deux, même si j'ai promis à ce dernier de ne plus me mêler de ça à partir de maintenant.

La chanson se termine et Luke baisse le volume.

– Ça va ? je demande.

– Elle ne pourrait pas dormir avec son père ?

Je pousse un profond soupir.

– Arrête, Luke, ne recommence pas. Ce sera marrant de partager ta chambre avec Libby. De toute façon, Van sera dans ma chambre, pas dans l'annexe.

Nous avons également abordé cette question…

Il souffle et tourne le regard vers la vitre.

– OK, mais dans ce cas, c'est moi qui prends le lit du haut.

– Je pensais qu'on avait décidé d'en discuter une fois qu'on serait rentrés à la maison, je réplique prudemment. (Nous étions censés garder l'esprit ouvert : je ne sais pas comment Libby va prendre le fait de se voir attribuer la couchette du bas.) S'il te plaît, sois gentil, je le supplie en lui caressant la jambe. Tu sais à quel point je suis impatiente de les voir arriver.

Il remonte le son de la musique.

*

Une heure plus tard, nous nous tenons dans le hall des arrivées et j'essaie de réguler les rebonds de la balle d'impatience et d'anxiété contre les parois de mon ventre. Luke, qui s'agite parce qu'il s'ennuie, ne cesse de donner des coups de pied dans la rambarde.

– Arrête ça, je le réprimande en ébouriffant ses boucles blondes.

– Y en a encore pour longtemps ? gémit-il.

– Plus que quelques minutes, maintenant.

Il lève au ciel ses yeux couleur de miel.

Quand je reporte mon attention sur la porte, mon regard tombe pile sur Van.

– Ils sont là ! je m'écrie, en luttant contre l'envie de me précipiter vers lui.

Nous nous sommes déjà mis d'accord pour contenir notre enthousiasme, afin de ne pas effrayer les enfants, mais, zut, c'est sacrément dur. La joie me fait tourner la tête.

Il est d'une beauté renversante : grand et bronzé, le torse large, passé dans un T-shirt orange délavé, un sweat-shirt gris foncé nonchalamment noué autour de la taille. Ses yeux bleus pétillent quand il s'approche. J'ai toutes les peines du monde à détourner le regard pour sourire à Libby, mais j'y arrive et, ce qu'elle est mignonne ! Les yeux de son père me dévisagent derrière une frange clairsemée. Ses cheveux auburn lui descendent jusqu'aux omoplates et elle est tellement grande ! Plus grande même que Luke. Elle porte des leggings rose vif, des baskets et un sweat-shirt gris clair constellé d'étoiles argentées. Elle sourit quand j'avance pour la serrer dans mes bras.

– Salut, Luke ! j'entends Van lancer de sa voix chaude et profonde, alors que je dis à Libby que je suis enchantée de la voir.

Van secoue affectueusement l'épaule de mon fils : ils ne s'étreignent pas. Nos yeux se croisent dans un sourire, puis il s'avance, enferme mon visage entre ses mains et plante un chaste baiser sur mes lèvres.

Non, pas question.

J'enroule les bras autour de sa taille et le serre fort, sentant mon cœur cogner contre le sien. *Il est incroyable...* Ça me fait mal de le relâcher, mais il faut bien s'y résoudre, en nous lançant un regard lourd de sous-entendus. Nous nous dirons bonjour comme il faut un peu plus tard.

– Luke, tu connais Libby.

Ils ne se sont rencontrés que sur FaceTime.

– Salut, lâche-t-il timidement, en demeurant un peu en retrait.

Le « bonjour » par lequel elle lui répond est plus assuré.

– Je n'arrive pas à croire comme tu as poussé ! je lui dis. Tu dois être la fille la plus grande de ta classe ?

Elle hausse les épaules.

– Il y en a deux qui sont plus grandes que moi.

– Ça doit être un effet du soleil australien.

– Il pleuvait des cordes quand on est partis, réplique Van. N'est-ce pas, Libby ?

– Oui. C'est l'été, ici ?

Elle paraît sceptique, comme si on lui avait bien mentionné la chose, mais qu'elle n'y croirait qu'en la constatant de ses propres yeux.

– En théorie, oui, je réponds avec un sourire.

– Il fera plus chaud qu'à la maison, promet Van.

Je plisse le nez à son intention. *Ce n'est pas forcément vrai*… Il me sourit, envoyant mon cœur effectuer un nouveau salto.

– Allez, venez, mes petits lutins espiègles, je lance avec un sourire. Laissez-moi vous ramener à la maison.

Libby et Luke échangent un regard et grimacent. À en juger par leur expression, je ne vais pas pouvoir utiliser encore bien longtemps cette apostrophe affectueuse. Il va falloir que je me dépêche d'en profiter.

Libby est une bavarde. Elle parle et pose des questions pendant l'essentiel du trajet. Je ne cesse de couler des regards en douce à Van, en m'efforçant de ne pas éclater de rire.

– Elle ne tient pas de toi, je le taquine quand sa fille est trop occupée à parler de Pokémon avec Luke pour nous prêter la moindre attention.

De façon surprenante, Luke s'avère animé, lui aussi. Nous ne savons pas d'où il tient ses habituels « trajets silencieux en voiture » – ni de Nick ni de moi, c'est une certitude. Sans doute de mon père.

Nous nous arrêtons à un feu rouge et je tends le bras pour passer le dos de ma main sur la mâchoire de Van. Sa barbe est étonnamment douce. Je me languis de la caresser depuis des mois.

– Elle fait quoi, ta mère, au visage de mon père ? j'entends Libby demander, circonspecte.

Je retire aussitôt la main et Van secoue la tête, les yeux au plafond de la voiture, alors que j'éclate de rire.

J'ai la sensation que ce séjour va être bien différent de celui de la dernière fois, quand nous avons été presque tout le temps entre nous.

*

– Je peux dormir sur la couchette du haut ? demande Libby dès qu'elle voit la chambre de Luke.

– Euh…

Mon fils me jette un coup d'œil hésitant.

– Libby, si c'est là que Luke veut dormir…, commence à répondre Van.

– Non, c'est bon, intervient l'intéressé d'un air embarrassé. Elle peut, si elle veut.

– Waouh !

Elle entame aussitôt l'ascension. Luke me jette un nouveau regard et je lui réponds par des yeux interrogateurs. *En es-tu sûr ?* Il hausse les épaules.

– Viens en haut ! le presse Libby.

– Euh, d'accord, répond mon fils en se dirigeant d'un pas hésitant vers l'échelle.

– À tout à l'heure en bas, quand vous êtes prêts, je leur lance à tous les deux, mais surtout à Libby. Ton papa et moi, on sera dans la cuisine.

– On pourra faire de la barque ? nous demande encore la fillette avant notre départ.

– Plus tard, Libby, répond Van. On se repose un peu d'abord, OK ?

Elle s'est déjà remise à discuter avec Luke quand nous atteignons l'escalier. Je lance un sourire à Van par-dessus mon épaule, mais réussis à attendre que nous soyons dans l'intimité relative de la cuisine avant de jeter mes bras autour de lui. Il me serre si fort que je peux à peine respirer, mais je veux bien me passer d'oxygène. Nous avançons pour nous embrasser en même temps et nos lèvres se verrouillent tandis qu'il me fait reculer jusqu'au plan de travail de la cuisine. Il me soulève, j'enroule mes jambes autour de sa taille. Des frissons fusent de haut en bas de mon échine pendant que nous nous embrassons éperdument. Aucun de nous n'entend Libby et Luke apparaître, jusqu'à ce que la première lâche :

– Beurk. Les adultes sont dégoûtants.

Nous nous écartons aussitôt. Je suis rouge pivoine et Van se passe une main sur le visage, embarrassé.

– Désolée, les enfants, je bredouille, mortifiée. Qui veut un gâteau ?

– Moi ! crient-ils avec un bel unisson.

Je suis devenue mon père…

– On peut aller faire de la barque, maintenant ? demande Libby alors que je déchire l'emballage d'un paquet de Pim's.

– Libby, grogne Van.

Je pouffe. Comme je l'ai dit, je pense que ce séjour va être un peu différent de celui de la dernière fois...

★

Libby s'écroule à dix-huit heures quarante-cinq, n'ayant eu que quatre heures de sommeil en trente-huit heures, mais il faut encore attendre une heure et quart supplémentaire pour que Luke aille au lit avec un livre.

Le pauvre Van a encore moins dormi que sa fille, pourtant il est déterminé à rester éveillé jusqu'à ce qu'on puisse se retirer sans danger dans ma chambre. Nous discutons dans la cuisine, où ses paupières deviennent lourdes de fatigue.

Tendant la main, je passe le bout de mon index sur la cicatrice qui zèbre son arcade sourcilière, les entrailles nouées.

Il m'attrape la main et embrasse le bout de mes doigts. Il n'a aucune envie de revenir sur cet accident de surf. Nous en avons parlé et reparlé au téléphone.

– Je suis désolée que tu doives attendre aussi longtemps pour m'emmener au lit, je dis.

– Le jeu en vaut la chandelle, réplique-t-il.

– Ohhh, mais c'est qu'on est sentimental ! je m'esclaffe. C'est toi qui devrais être écrivain. Pas moi.

– Comment elle avance, la nouvelle histoire ? demande-t-il avec un sourire.

– Lentement. J'étais trop excitée par votre venue pour écrire.

– Ed en a lu un morceau ?

– Avant toi ? (Je fronce les sourcils.) Non. (Il me regarde pensivement et j'éprouve une drôle de petite pointe de culpabilité.) Tu as apporté ton matériel de peinture ? je demande.

Il hoche la tête.

– J'ai aussi apporté deux illustrations récentes. Je me suis dit que Luke aimerait peut-être les avoir dans sa chambre.

– C'est une idée géniale ! On les fera encadrer.

Il sourit et se penche en avant sur son siège pour attraper aussi mon autre main. Nous nous dévisageons pendant un long moment.

– Viens là, finit-il par lâcher, en m'attirant vers lui.

Dès que je suis à califourchon sur lui, il prend mon visage entre ses mains et m'embrasse.

– Rien à fiche, on va dans l'annexe, je marmonne. Je vais brancher le vieux baby-phone, comme ça on entendra si Luke descend au rez-de-chaussée.

Nous nous précipitons dehors, sans nous soucier d'enfiler des chaussures et dès que la porte est déverrouillée, je me retrouve plaquée au mur.

– Qu'est-ce que c'est ? demande-t-il, en écartant sa bouche de la mienne.

– Une planche de surf.

– Oui, je vois bien que c'est une planche de surf, Nell.

– Nick l'a laissée à ta disposition pendant qu'il est à l'étranger.

– Non ? j'adore ton mari.

– Mon ex-mari, je rectifie tandis que Van me soulève et me transporte jusqu'au lit.

Le choc produit par la collision de nos peaux nues se propage à travers chaque centimètre carré de mon corps. C'est douloureusement bon d'être encore une fois près de lui et nous ne perdons pas de temps en préliminaires : les douze derniers mois ont été plus que suffisants.

Van sombre juste après. Je dépose un baiser sur son front et le laisse en paix. Mes habits sur le dos, je retourne dans ma chambre afin d'être dans les parages si les enfants se réveillent. Mais au milieu de la nuit, il me rejoint dans mon lit et je me réveille dans ses bras.

*

Le vendredi, c'est le mariage de Nick et Stefanie. Luke porte leurs alliances. Je suis ivre de fierté en le voyant planté à côté de son père au bureau d'état civil. Il a l'air si grand.

Nick et Stefanie s'envolent demain pour une lune de miel qui va durer deux semaines. Ils laissent le pub entre les mains de Drew, qui est revenu du Buckinghamshire pour l'été, avec sa femme et ses deux enfants. Drew est thérapeute du sport, dorénavant, et j'aime beaucoup passer du temps avec sa famille et lui.

Le lendemain, samedi, c'est jour de dédicaces de notre premier livre. Les enfants sont excités, mais Van et moi sommes nerveux. Nous ignorons si le moindre quidam se présentera à la librairie, néanmoins Ed nous a demandé de signer le stock à tout hasard, donc la journée ne sera pas perdue.

Ed lève les yeux de la caisse enregistreuse et nous sourit quand nous franchissons sa porte. Ses yeux passent de moi à Van. Il contourne son comptoir pour lui serrer la main.

– Content de te revoir, déclare-t-il.

– Ça fait un bail, réplique Van.

– Vingt-cinq ans, je précise. Voici Libby, j'ajoute en la faisant passer devant moi. Et bien entendu, tu connais Luke.

Je regarde autour de moi, en quête de mon fils, mais il s'est déjà dirigé vers la section Jouets – nous en vendons afin de compléter les ventes de livres. Libby le rejoint.

– Quelques personnes sont venues se renseigner sur la séance de signature, nous annonce Ed. Je pense qu'on aura pas mal de monde.

J'entends une voix dans mon dos.

– Est-ce que ça ne serait pas Nell Forrester ? L'autrice ?

Je pivote sur mes talons, pour exploser de rire en découvrant Ellie plantée sur le seuil, agrippant la main de son fils. Sa fillette est coincée, bien en sécurité, dans un porte-bébé.

Je cours jeter les bras autour de son cou, si bien que je lui marche maladroitement sur les pieds, à cause du paquet sanglé sur son ventre.

– Qu'est-ce que tu fabriques ici ? Je croyais que tu n'arrivais que la semaine prochaine !

– Et j'aurais manqué ta séance de signature ? Non, fait-elle en secouant la tête. Hors de question. (Balayant la boutique du regard, elle plaque avec un air comique les mains devant son visage.) Oh, mon Dieu, et voici Van Stirling, l'illustrateur !

Il rit avant de se lancer dans une nouvelle embrassade maladroite par-dessus un bébé.

Van ne se fait plus appeler que Stirling désormais. Stanley Stirling, c'est un peu malcommode à prononcer, donc Stanley est plutôt devenu une espèce de deuxième prénom.

– Rebonjour ! (Ellie va saluer Ed avec chaleur.) Comment vas-tu ? Ça fait un bail depuis qu'on s'est vus, à Pâques.

Van s'accroupit pour échanger quelques mots avec le fils d'Ellie qui, le remarquant, fait les présentations.

– Voici Thomas, dit-elle.

– Bonjour, Thomas, dit Van.

– Il y a eu du monde, aujourd'hui ? je demande à Ed pendant cet échange.

Je lui souris.

– Pas trop mal.

– Je ne te manque pas, alors ?

– Ça ne fait que deux jours que tu n'es pas venue. (Ses yeux marron, pleins de chaleur, pétillent d'amusement.) Repose-moi la question la semaine prochaine.

Van se relève au moment où un autre client franchit la porte de la librairie : Brooke !

– Salut ! s'écrit-elle.

Je me précipite pour l'embrasser. Elle est venue avec la fille de son frère Brad, une petite Megan de sept ans.

– Merci beaucoup d'être venue !

– Je n'aurais manqué ça sous aucun prétexte. (Je me retourne, écarquillant les yeux à l'intention d'Ed.) Voici Brooke, je lance d'un air entendu.

– Salut ! fait-elle en agitant la main vers lui.

– Ravi de faire ta connaissance, réplique-t-il.

– Brad est en train de garer la voiture, m'explique Brooke pendant qu'Ed se met à effectuer du rangement derrière sa caisse enregistreuse. Il est venu avec Lisa et Emily.

Lisa est la femme de Brad et Emily leur fille cadette, âgée de quatre ans.

– Nous avons dépassé Christopher et Theresa qui venaient dans cette direction eux aussi.

Je suis époustouflée par toutes ces manifestations de soutien. Même de vieux amis de papa se présentent, y compris Steven et Linzie de la ferme.

– Ton père aurait été tellement fier de toi, me souffle Linzie avant de serrer la main de Van entre les siennes et d'ajouter : De tous les deux.

Sa remarque nous rend un poil émotifs. Cela étant, on dirait surtout que nous donnons une fête.

La librairie est bondée et l'atmosphère crépite. Quelques personnes du coin débarquent pour récupérer leur exemplaire dédicacé ; certains, qui l'avaient déjà acheté pendant la semaine, attendaient la venue de Van pour le récupérer. Je suis très fière de le voir signer son nom et cette journée ne tarde pas à compter parmi les plus heureuses de ma vie. Je regrette seulement que papa ne soit pas là.

Ensuite, nous décidons de traverser la rue pour aller fêter l'événement en prenant un verre au pub.

– Viens, je propose à Ed, mais il secoue la tête.

– Je dois fermer le magasin.

– Kiran ne peut pas le faire à ta place ?

Elle fait partie du personnel du samedi : je la remplace à l'occasion, quand elle ne peut pas venir, et elle me remplacera pendant que Van et Libby sont ici. Enseignante d'école primaire, elle ne demande pas mieux que de gagner un peu d'argent de poche pendant les vacances.

– On se voit dimanche prochain, OK ? réplique-t-il avec un petit sourire.

Je m'efforce de ne pas paraître trop déçue, mais je n'y arrive pas.

– Si tu changes d'avis…

– Je sais où te trouver, achève-t-il à ma place.

– Ed ne vient pas ? demande Van au moment où nous partons.

– Non, il ne peut pas.

Van glisse un bras autour de ma taille et nous traversons la route, mais, tournant la tête, je jette un regard dépité vers le magasin. Ce ne sera pas la même chose sans Ed.

*

Les premiers jours que nous passons ensemble filent comme dans un brouillard. Van et Libby mettent un certain temps à surmonter les effets du décalage horaire – Libby s'en sort mieux que son père –, mais le mercredi, nous avons pris le rythme.

Ce matin-là, Libby entre dans la salle de bains pendant que je suis en train de me coiffer. Nous n'allons pas tarder à partir pour le Minack Theatre où les enfants vont assister à une séance de contes.

– Je peux te brosser les cheveux ? demande-t-elle.

– À condition que tu me laisses m'occuper des tiens, je réponds avec un sourire.

Nous allons dans la cuisine où je tire une chaise et m'y assieds en lui tendant une brosse. Elle la passe d'une main hésitante dans les boucles qui me tombent à hauteur d'épaule, avant d'acquérir un coup de main plus assuré.

– Je ne peux pas faire ça avec les cheveux de maman, se confie-t-elle.

– Elle a toujours ses dreadlocks ? je demande.

– Oui. (Elle continue à brosser.) Je serai coiffeuse quand je serai grande.

– Super.

Assise là, les yeux tournés vers la fenêtre et la marée qui reflue, j'éprouve un sentiment de déjà-vu. Quand j'étais petite, Ruth me coiffait, pendant que j'étais assise sur cette même chaise. C'était l'un des moments où je me sentais le plus proche d'elle.

Ruth occupe toujours mes pensées quand Libby et moi échangeons nos places. La petite est anormalement silencieuse et je me dis qu'elle aime me sentir jouer avec ses cheveux. Je la coiffe d'une queue-de-cheval nattée, soudain envahie d'une bouffée d'amour pour cette fillette qui n'est pas la mienne. Quand j'ai terminé, je dépose un baiser sur le sommet de son crâne. Elle lève les yeux en me souriant. J'ai toujours voulu avoir une fille. Je tente de ne pas trop m'appesantir sur la tristesse que j'éprouve en sachant que je n'en aurai jamais une à moi. Je ne vois Libby que quelques courtes semaines par an, si j'ai de la chance, donc comment pourrait-elle jouer ce rôle ?

★

Le Minack Theatre est un bâtiment de pierre érigé au bord d'une haute falaise. Ses sièges remontent le long de la pente, à partir de la scène en contrebas. Derrière la scène se trouve le décor le plus époustouflant que l'on puisse imaginer : pour le dire simplement, la mer et le ciel. La journée est légèrement couverte, mais le soleil fait de son mieux pour chauffer à travers les nuages et faire voler en éclats le gris qui a envahi un océan normalement d'un bleu profond. Les bateaux de pêche et les navires militaires passent à l'horizon, des fleurs sauvages éclatantes et des plantes grasses d'allure inhabituelle explosent de toutes les fentes et fissures. Une musique enjouée monte de gros haut-parleurs, venant se mêler aux babillages d'enfants excités et aux cris des mouettes plongeant en piqué.

C'est incroyable, mais la séance de contes porte sur les différents types de créatures merveilleuses. Libby et Luke ne cessent de nous lancer des regards incrédules quand l'acteur introduit avec exubérance ses marionnettes de Farfadets, Knockers, Brownies et Fées des Haies, sans même parler des Lutins. Ces cinq types de créatures figurent dans nos livres.

Submergée par les vagues d'amour qui se succèdent en moi, je regarde Libby rire à gorge déployée.

Quand Van m'a annoncé que Sam était enceinte, une partie de moi est morte à l'idée qu'il allait devenir le père de l'enfant d'une autre. À cet instant, dans l'avion, je me suis dit que je l'avais perdu pour toujours. Je me suis sentie engourdie tout le temps de mon séjour à Adélaïde et à Port Lincoln. En rentrant dans les Cornouailles, j'ai trouvé du réconfort auprès de Nick, mais quand j'ai découvert que j'étais enceinte, mon cœur s'est brisé de nouveau.

Je désirais que Van en soit le père. Et j'aurais voulu que ce soit moi, la mère de son enfant, pas Sam.

Nos vies seraient bien plus faciles si nos enfants nous appartenaient à tous les deux et rien qu'à nous deux, c'est évident. Mais dans ce cas, Libby ne serait pas Libby. Et Luke ne serait pas Luke. Ils sont qui ils sont : une combinaison de Van et Sam, de Nick et moi – et quand je pense à toutes les fois où j'ai souhaité que Sam et Nick ne soient pour rien dans leur conception, je me sens glacée d'horreur.

Dans mes heures les plus sombres, il m'est arrivé de songer que sans Sam dans le paysage, Van serait libre d'emmener Libby hors d'Australie. Mais le simple fait de pouvoir seulement imaginer que cette enfant perde sa mère ou soit obligée de laisser derrière elle ses deux demi-frère et sœur m'emplit de la honte la plus complète.

Je ne cesserai pas de souhaiter que Van et moi puissions passer plus de temps ensemble, mais pas aux dépens de nos enfants ou de leur autre parent.

Je ne pense pas être jamais en mesure de comprendre la mort de Ruth ou le cancer de papa, mais, s'agissant de Van et moi, de Libby et Luke, je suis en paix avec les voies que nous avons empruntées.

Je passe les bras autour de nos enfants pour les serrer fort.

*

Il pleut des cordes jeudi et vendredi. Samedi matin, le temps est couvert et venteux, mais à mesure qu'on avance dans la journée, les rafales se calment et, à mon immense joie, nous nous réveillons dimanche avec un beau ciel bleu. Une météo parfaite pour un barbecue.

Van m'aide à préparer les salades et les marinades pendant que les enfants s'amusent ensemble. C'est un excellent cuisinier, compétence qu'il a développée au cours de ses années à bord du thonier, faute de distraction pendant les longues et lentes journées qu'il leur fallait pour regagner le port avec une nasse pleine de poissons. Il travaille sur un remorqueur, désormais, ce qui convient mieux à son mode de vie actuel. Il a gravi les échelons de matelot à cadet de pont et il est en bonne voie pour devenir capitaine un jour. Je suis très fière de lui.

Ellie et Liam arrivent les premiers, avec Thomas et Ciara. J'arrache la petite Ciara de quatre mois à sa mère et nous sortons dans le patio. Van ouvre le parasol, afin que Ciara puisse être à l'ombre, puis nous regardons un Liam paniqué dévaler la pente à la poursuite de son fils de deux ans.

– C'est ce qui va se passer pendant toute la journée ? demande Ellie, résignée.

Van se retourne alors pour frapper à la fenêtre de l'annexe.

– Libby ! appelle-t-il.

Avec Luke, ils ont transformé l'espace en salle de jeux, en l'occurrence pleine de Lego.

– Oui ? répond-elle.

– Tu pourrais venir faire un peu de baby-sitting ?

Je m'attends à l'entendre ronchonner, ce que je suis certaine d'obtenir de Luke, mais, quelques secondes plus tard, elle passe la tête au coin de la bâtisse, un sourire espiègle aux lèvres.

– Combien tu me paies ?

– Ta mère te paie ? réplique-t-il sèchement.

– Non, répond-elle en haussant les épaules, mais souriant toujours.

– Tu as dit que Jake te manquait, alors va jouer avec Thomas.

En plus de Brittney, la demi-sœur de Libby, qui a maintenant sept ans, Sam a désormais un fils d'une troisième relation : Jake, âgé pour l'heure de deux ans. Elle vit toujours avec le père de Jake et Van affirme qu'il ne serait pas surpris si d'autres enfants pointaient leur nez à l'horizon. Apparemment, Libby est une grande sœur épatante.

Elle hurle à Luke par-dessus son épaule.

– Viens, on roule en bas de la colline !

Je secoue la tête, désespérée, en voyant mon fils sortir en trombe de l'annexe.

– Viens, Thomas, tu veux débarouler de la colline avec nous ? demande Libby, en sautillant.

– Au moins la marée est basse, commente Van.

– Tu te rappelles le jour où on a essayé de rincer toute la boue qu'on avait sur nous ? je lui demande. (Devant son sourire chagriné, je préfère revenir à quelque chose qu'il vient de dire.) Est-ce que Libby t'a confié que Jake lui manquait ?

– Oui, un peu. Même si j'imagine qu'elle manque encore plus à Sam. Libby joue en permanence avec Jake : aux dires de Sam, c'est une bénédiction.

Je n'aime pas l'idée que Libby ait la nostalgie de la sœur et du frère qu'elle a laissés chez elle – je sais qu'elle est également très proche de Brittney.

Si j'avais espéré des frères et sœur pour Luke, ce n'est pas seulement pour maintenant, mais pour plus tard, quand il sera plus vieux, avec des enfants à lui. Mes deux parents étant enfants uniques, je n'ai jamais eu d'oncles et de tantes, et des deux côtés, mes grands-parents sont morts jeunes. Je suis contente de pouvoir considérer les parents de Nick comme une partie de ma famille recomposée, parce que la seule personne avec qui je partage désormais des liens de sang, à part Luke, c'est ma mère.

– Ça va ? me demande Ellie quand Van et Liam partent vers le pied de la colline pour récupérer les enfants.

– J'étais perdue dans mes pensées, je murmure en passant les doigts dans les cheveux extra fins, châtain clair, de sa fille. Mmm, je fais en les inhalant, penchée sur elle.

Ellie sourit et observe Van, au pied de la colline. Son expression devient pensive. Une voiture détourne mon attention en faisant crisser les graviers de l'allée. Je vais voir de qui il s'agit. J'ouvre la porte pour accueillir Ed qui saute du véhicule.

– Bonjour ! je m'écrie. C'est super de te voir.

Je suis sincère, il m'a manqué, cette semaine. Je ne m'étais même pas rendu compte à quel point avant cet instant.

– Salut. Pareil pour moi, répond-il avec un sourire quand nous nous embrassons sur la joue.

Il porte un short et un polo jaune qui fait vraiment ressortir le hâle de ses bras.

– Qui est-ce que nous avons là ? demande-t-il en se penchant pour examiner le bébé que je tiens.

– Ciara.

– La fille d'Ellie, réalise-t-il. Je ne l'ai pas bien vue, la semaine dernière, elle était dans le porte-bébé.

– Je sais, c'est pour ça que je la lui ai piquée aujourd'hui, avant qu'Ellie ne l'emprisonne à nouveau.

– Elle est magnifique, constate-t-il avant de désigner mes cheveux : très princesse Leia.

Je m'esclaffe.

– Une œuvre de Libby. Elle s'est mise à me coiffer tous les matins. Je ne peux pas refuser.

J'ai pour l'heure deux macarons fixés de chaque côté de la tête.

– Ça te va bien, constate-t-il avec un sourire.

Il passe devant moi pour aller ouvrir le coffre de sa voiture, dont il sort un pack de six bières et une bouteille de Prosecco.

– Oh ! Ça pourrait être dangereux, ça, je plaisante, avec prudence, en lui prenant la bouteille des mains.

Face à son nouveau sourire, je suis perturbée de sentir en moi la même sensation de nervosité.

La faute à sa fossette, je me dis, en me rappelant mon béguin d'adolescente pour Drew. *J'ai toujours eu un faible pour les fossettes.*

– Comment ça s'est passé au travail, cette semaine ? je demande.

– Bien, répond-il en refermant son coffre dans un claquement.

– Je te manque, maintenant ? je le taquine en faisant tressauter Ciara dans mes bras quand elle commence à produire ses petits babillages de bébé.

– Je fais à peu près face, rétorque-t-il.

Dans un éclat de rire, je me tourne vers le portail, mais les cheveux à l'arrière de ma nuque se dressent à la vue de Van dans le patio, qui nous observe avec une expression étrange. Il sourit et s'avance pour serrer la main d'Ed avec qui il échange des salutations tout ce qu'il y a d'aimables.

– Je vais mettre ça à la cuisine, annonce Van en s'emparant du pack de bières. Il y en a d'autres au frais. Tu en veux une ? propose-t-il à Ed par-dessus son épaule.

– Volontiers, merci.

Ed s'en va saluer Luke et les autres invités, mais quelque chose m'incite à suivre Van.

– Ça va ? je lui demande quand nous sommes seuls.

Ciara ne compte pas, même si elle continue à émettre de petits bruits dont je ne suis pas convaincue qu'ils expriment la satisfaction.

– Oui, ça va, répond-il sans pour autant croiser mon regard quand il me prend le Prosecco des mains.

– Tu es sûr ? j'insiste.

Il lui faut quelques secondes pour lever les yeux vers moi, mais quand il le fait, la tension que j'éprouve déjà augmente d'un cran. Son expression est impénétrable. À quoi pense-t-il ? Je ne suis pas certaine de vouloir le savoir. Si Van se montre possessif chaque fois qu'Ed se trouve dans les parages, la situation va devenir incroyablement difficile.

– Ça va, répète-t-il à voix basse.

– Van…, je murmure. (J'agite Ciara avec un peu plus de détermination.) Je t'en supplie, ne t'inquiète pas. Nous sommes juste amis.

La déclaration est à peine sortie de ma bouche que je la regrette. Je n'arrive pas à croire que je vienne de parler de la situation comme si elle pouvait poser problème. Mais comment puis-je ignorer ses peurs quand il m'observe avec ces yeux-là ? Ce n'est pas de la colère ou de la jalousie, c'est quelque chose d'autre.

– Je sais, réplique-t-il, en secouant la tête avec un regard vers Ciara qui a vraiment besoin de sa mère désormais. Je suis désolé, ça m'a juste fait un peu bizarre de vous voir franchir le portail ensemble.

– Bizarre comment ? (Le voyant hausser les épaules et détourner le regard, je lui touche le bras.) S'il te plaît, essaie de m'expliquer.

– Je ne sais pas. On aurait dit que quelqu'un marchait sur ma tombe. (Je le dévisage, consternée, et Ciara se met à pleurer pour de bon.) Ça va. Vraiment, déclare-t-il fermement avec un petit baiser sur ma tempe.

– Je la ramène à Ellie. J'en ai pour une seconde.

Je ne veux pas le laisser, pourtant c'est ce que je fais.

Brooke arrive peu de temps après, si bien que je dois l'accueillir. Cependant je suis constamment Van des yeux. En fait, il semble vraiment aller bien. D'ailleurs, quand il allume le barbecue et entreprend de faire griller la viande, Ed et Liam se tiennent à ses côtés, buvant de la bière et discutant avec lui. Les enfants ont emmené Thomas dans l'annexe, ce qui nous permet de garder un œil sur eux grâce à la fenêtre. Ciara s'étant endormie dans sa poussette, mes amies et moi pouvons nous asseoir au soleil et échanger les dernières nouvelles. Je dois me mordre la langue pour ne pas demander à Brooke ce qu'elle pense d'Ed. Ils se sont lancé un « rebonjour » poli, mais ils n'ont pas encore entamé de véritable conversation.

Van s'esclaffe à un propos d'Ed, ce qui ramène mon attention sur lui. Il paraît décontracté et heureux, alors je me détends à mon tour.

C'est étrange : le garçon avec lequel j'ai grandi se montrait souvent jaloux et possessif, mais l'homme que j'ai devant moi est plus serein. À quel moment a-t-il changé ? Je n'ai pas vu quand la transformation s'est opérée. J'ai manqué tant de choses !

Je songe soudain que si ça se trouve, je ne connais pas Van si bien que ça. Quand je calcule le temps que j'ai en effet passé avec lui depuis les années de notre cohabitation, pendant notre enfance, je suis choquée de découvrir qu'on arrive à moins de huit mois.

Je me demande si Van et moi aurions changé, à supposer que nous ayons passé plus de temps ensemble, que nous ayons eu la possibilité de vivre une vie de couple normal. Serions-nous devenus des personnes différentes de celles que nous sommes maintenant ? Ou sommes-nous ceux que nous étions destinés à être ?

Toute à mes efforts de rapprocher Brooke et Ed, je finis assise entre Van et Ed, avec Brooke en face de ce dernier. Sanglé à une chaise dotée d'un rehausseur, Thomas occupe le bout de la table, entre Van et Ellie. Quant à Libby et Luke, ils se trouvent sur un tapis de pique-nique, ce qui n'empêche pas les six adultes que nous sommes d'être un peu à l'étroit sur les bancs autour de la table.

– Qu'est-ce que tu fais dans la vie, Brooke ? demande Ed, histoire de faire la conversation.

– Je suis décoratrice d'intérieur, répond-elle.

– Tu as ta propre affaire ou… ?

– C'est ce que je projette. Je dois repartir de zéro maintenant que je suis revenue dans la région, donc si tu connais quelqu'un…

– Je garde ça en tête, promet-il. Tu as une carte de visite ?

– Oui, dans mon sac. Je t'en donnerai une tout à l'heure.

Elle sourit et je donne un petit coup de genou à Ed sous la table.

Bien joué, mon pote.

Il me rend la pareille.

Arrête, chipie.

Je tente de garder un visage impassible.

– Donc c'est toi qui possèdes l'adorable librairie où on est allés, le week-end dernier ? demande Brooke pour entretenir la conversation.

– Oui, opine Ed.

– Comment c'est d'être le chef de Nell ? demande-t-elle avec un sourire.

Elle dirige vers sa bouche une fourchette chargée d'un tout petit monticule de couscous.

Ed glousse.

– Parfois, j'ai l'impression que c'est l'inverse.

– Qu'est-ce que c'est censé signifier ? je veux savoir. Tu sous-entends que je suis autoritaire ?

Tout le monde s'esclaffe à l'exception d'Ed.

– Non, je veux dire que tu es douée dans ce que tu fais. C'est un compliment, ajoute-t-il en me jetant un regard en coin, avant de revenir à Brooke. Tu savais qu'on s'était rencontrés quand on était enfants ?

Il agite le pouce en direction de Van et de moi.

– Non ? fait Brooke en haussant un sourcil intrigué.

– Avec mes parents, on a séjourné dans un cottage du village. Le jour où on est venus récupérer les clefs, Nell et Van avaient trouvé un caneton.

Libby dresse l'oreille depuis son tapis de pique-nique.

– C'est vrai, papa ?

– Oui, répond Van avec un hochement de tête à son intention.

– Van a entendu la petite bête piauler, alors il s'est précipité dans la maison pour me prévenir, je raconte. Langoustine, notre chien, est devenu complètement givré. (Je souris à Van.) Comme ta maman travaillait, on ne voulait pas la déranger. On a pris la barque tout seuls, même si on n'avait que dix ans.

Je me retourne vers le reste de la tablée.

– Est-ce qu'on pourrait prendre la barque tout seuls ? me coupe Libby, tout excitée.

– Non, répond Van sur un ton brusque et définitif.

Les deux enfants ronchonnent alors que je poursuis :

– C'était une course contre la montre : il fallait qu'on attrape le caneton avant que la marée ne soit basse et qu'on ne se trouve ensablés. On n'a réussi qu'à moitié. On a récupéré le caneton, mais on a dû quitter la barque et rentrer à pied en laissant l'*Ornithorynque*, notre bateau, attaché à un arbre. La mère de Van était furax. Le pauvre Ed se trouvait là avec ses parents quand on a surgi, avec des allures de monstres de la boue. Tu n'as pas été trop paniqué, cela dit, si ? je lance en souriant à Ed.

– Pas le moins du monde, répond-il avec un sourire, lui aussi. Je voulais faire partie de votre bande.

La remarque m'incite à donner un coup de coude dans les côtes de Van, pour lui rappeler à quel point il s'était montré revêche, ce jour-là.

– Oui, c'est bon, grommelle-t-il dans sa barbe.

– Je me rappelle avoir dit à Van que tu me faisais penser au garçon de *L'Histoire sans fin*.

– Lequel ? demande Brooke.

– Bastien, celui qui lit le livre. Van me rappelait plutôt Atreyu. On avait vu le film à peine quelques semaines auparavant.

Van secoue la tête, amusé, et Ed éclate de rire.

– Donc tu m'avais déjà catalogué comme un rat de bibliothèque, constate Ed.

– On aurait bien du mal à te considérer comme un rat de quoi que ce soit, intervient Brooke, ce qui m'incite à donner un nouveau coup de genou à Ed.

Il ne me rend pas la pareille, cette fois-ci.

– Nell m'a dit que tu avais un voilier ? continue Brooke.

– Un petit, répond Ed en haussant les épaules.

– On devrait tous aller faire un tour un jour.

Il sourit et secoue la tête.

– Il est vraiment petit, pour une ou deux personnes.

– Oh, fait-elle en gloussant.

Je m'attends à ce qu'il l'invite à une escapade – rien qu'elle –, mais il reste muet. *Comment peuvent-ils ne pas se plaire, ces deux-là ?* Brooke est éblouissante et Ed est... Eh bien, il est tout simplement... adorable.

À cet instant, Ciara se réveille.

– Je vais la chercher, je déclare en quittant maladroitement ma place entre les deux hommes.

Ellie ouvre les bras, mais je désigne son assiette d'un signe de tête.

– Termine, ça me fait plaisir.

Elle paraît inquiète.

– Tu en es sûre ?

– Tout à fait.

Je reste debout, caressant le dos de Ciara tout en lui chuchotant de petits « chuuut ».

– Tu redeviens mélancolique ? plaisante Brooke en connaissance de cause.

J'éprouve un pincement, mais je me force à sourire.

– Le contraire serait étonnant avec ce petit bout.

– Je la prendrais bien un moment, mais je ne suis pas très douée avec les bébés, déclare mon amie.

– Tu es pourtant géniale avec les enfants de ton frère ! je proteste.

– Seulement maintenant, parce qu'ils sont grands. Les bébés me font peur. Je ne sais pas comment je réussirais à m'occuper d'un enfant qui serait à moi.

– C'est différent quand il s'agit de ton propre enfant, je réplique en embrassant Ciara sur la tempe.

★

Le lendemain, nous nous levons et sortons de la maison de bonne heure pour emmener les enfants à Holywell Bay Beach, qui se trouve à une heure de route environ, sur la côte nord. Ce n'est pas loin de Newquay et l'endroit peut s'avérer fréquenté en été, mais nous emportons un pique-nique et l'idée est d'y passer la journée.

Un ruisseau d'eau douce arrive des terres environnantes, que nous suivons jusqu'à ce que Libby et Luke, incapables de résister plus longtemps, ôtent leurs chaussures et pataugent dans l'eau. D'un côté, le cours d'eau longe des pentes herbeuses et, de l'autre, se trouve la plage elle-même. Deux enfants sont déjà en train de construire des châteaux de sable sur le rivage pendant que leurs parents enfoncent à coups de marteau dans le sable des paravents aux rayures éclatantes.

En dépit de ce qu'on pourrait attendre, la plage principale est grande, près d'un kilomètre et demi de sable doré, mais elle est cachée à la vue par de hautes dunes de sable. Nous abandonnons nos équipements et grimpons pour observer le panorama, sillonnant entre d'énormes touffes de plantes ammophiles. Van a apporté les boogie boards, je lui ai rappelé ce que nous avions coutume de faire sur cette plage quand nous étions enfants. Lorsque nous atteignons le sommet d'une abrupte pente sablonneuse, Van tend sa planche à Luke puis, sans attendre, s'élance sur celle de Libby. Luke s'empresse de l'imiter en poussant un cri et je les regarde, riant aux éclats, glisser jusqu'en bas, à plat ventre sur leur planche. Libby rigole, elle aussi, mais elle trépigne tout autant devant l'impertinence de son père.

– Désolé, Libby, lui lance Van quand il revient.

Tout penaud, il lui tend sa planche, qu'elle lui arrache aussitôt des mains pour s'élancer en criant.

Je suis heureuse de voir Van d'humeur plus légère. Il a été silencieux, hier soir, se couchant de bonne heure avec, soi-disant, une migraine liée à l'alcool.

– Ils vont être claqués, ce soir, je commente alors que nous sommes perchés au sommet de la dune, pour regarder les enfants effectuer une descente complète.

Il ne répond pas, les yeux toujours rivés sur Luke et Libby qui rebroussent chemin et s'engagent sur le long sentier qui les ramènera en haut.

– Ça va ? Pas de gueule de bois ?

– Non, ça va, répond-il en se grattant la barbe. Boire de la bière pendant la journée, ça me casse toujours.

– Mais tu t'es bien amusé, quand même ?

– Oui.

Pourtant, il a hésité avant de répondre.

– Ça va ?

Il soupire, l'air affligé.

– Ce n'est pas la peine de me le demander en permanence.

– Je me fais du souci pour toi.

– Ça va, les enfants ? crie-t-il. Vous refaites un tour ?

Luke et Libby, tout essoufflés, ne cessent de déraper sur le sable, mais ils rient et opinent du chef. Nous attendons qu'ils aient atteint le sommet et se soient élancés de nouveau sur la dune pour poursuivre notre conversation. À ma grande surprise, Van déclare :

– Hier, ça a été génial. Tout le monde a passé un moment agréable et j'aime vraiment bien tes amis.

– Je suis très soulagée de t'entendre dire ça. (C'est le moins que je puisse dire.) Libby a été fantastique avec Thomas, non ? J'ai l'impression qu'Ellie et Liam ont été impressionnés.

– Oui, c'est une chouette gamine, il confirme affectueusement. Et Thomas est adorable.

Il paraît faire un effort pour entretenir la conversation, ce qui explique sans doute pourquoi je commence à jacasser à tort et à travers.

– Brooke était marrante, quand elle a refusé de tenir Ciara, mais j'ai été contente qu'elle pense à donner sa carte à Ed. Avec un peu de chance, il sortira quelque chose de cette mise en relation.

– Mmm, ça doit être difficile de bâtir une nouvelle entreprise de zéro, fait-il, pensif.

– Il me semble que ça a collé entre eux, cela dit, non ? C'est dingue qu'elle soit revenue ici et qu'ils se retrouvent tous les deux célibataires.

De longues secondes s'écoulent avant qu'il n'ouvre la bouche et, lorsqu'il se met à parler, son intonation est cynique.

– Sur ce point, tu peux laisser tomber.

– Bon, ça ne va peut-être pas marcher tout de suite entre eux, je reprends alors qu'il lève une main pour faire signe aux enfants. Je veux dire, il n'est pas encore divorcé pour le moment, mais ça ne va plus tarder. S'ils se voient quelques fois…

– Ça ne marchera pas, Nell, me coupe-t-il d'une voix bourrue.

Je lui jette un coup d'œil.

– Qu'est-ce qui te fait dire ça ?

Il marque une pause, puis répond :

– Parce qu'Ed est amoureux de toi.

Je sens la couleur se retirer de mes joues. Il a toujours les yeux rivés sur les enfants qui sont presque revenus à notre niveau.

– Allez, recommencez donc, les pousse-t-il sans la moindre trace de colère ou d'angoisse dans la voix.

Et les voilà repartis en s'esclaffant. Van tourne son regard vers moi. Alors que je repousse des mèches rebelles de mon visage, je me rends compte que j'ai les mains qui tremblent. J'ai l'impression d'être sur le point de vomir.

– C'est bon, murmure-t-il d'une voix douce.

Je suis pour l'instant incapable de croiser son regard.

– Pourquoi dis-tu une chose pareille ?

J'ai eu toutes les peines du monde à prononcer ces mots, tant ma gorge est serrée.

– Parce que c'est vrai, répond-il avec douceur.

Je secoue la tête, mais je ne peux le nier, pas aussi catégoriquement que je le voudrais. Tout au fond de moi, je crois que j'avais deviné les sentiments d'Ed à mon égard. Mais je n'étais pas capable d'affronter le fait que cela pourrait avoir des conséquences.

Je me force à regarder Van.

– Qu'est-ce que tu veux que je fasse ? Que je quitte mon travail ?

– Bien sûr que non ! raille-t-il.

Je secoue la tête, les yeux piquants de larmes.

– Tu es si différent d'avant.

Il s'appuie sur ses coudes.

– Tu veux dire que je ne suis plus un connard jaloux ? (Je n'arrive même plus à trouver la volonté de rire à son commentaire.) J'ai grandi, Nell, marmonne-t-il. Les choses ne sont plus toutes noires ou toutes blanches, à la différence de l'époque où on était enfants. (Il tend le bras pour me caresser le dos : je me tiens toujours assise, raide.) C'est bon, je ne voulais pas te contrarier ou te mettre mal à l'aise. Mais c'est difficile pour moi de ne rien dire, d'accord ? Ça me donne matière à réflexion.

– Comment ça ?

– Je ne sais pas, répond-il simplement. (Ses sourcils sont froncés quand nous échangeons un regard.) Mais ça va aller.

Mes yeux se remplissent de larmes.

– Eh !

Il se penche pour prendre ma tête entre ses mains et m'attirer dans un baiser.

J'ai la tête en vrac quand nos lèvres se rencontrent. Nous nous séparons au retour des enfants. Van se relève.

– Encore une fois et on emporte ces planches dans l'eau, lance-t-il à Luke et Libby. Viens.

Il me hisse sur mes pieds, mais ne lâche pas ma main et il m'est impossible de ne pas rire quand nous dévalons la dune ensemble.

*

Van me dissuade de reparler d'Ed cette semaine et, comme je ne veux pas gâcher le peu de temps que nous avons ensemble, je me contente d'obéir à sa requête. Mais vendredi soir, Kiran, la personne qui me remplace au *Cœur de dragon*, m'appelle à la maison.

– Je suis désolée de te déranger, lâche-t-elle d'une voix pitoyable, mais Ed n'était pas au travail, aujourd'hui, pour cause de grippe et, à présent, c'est moi qui ai une gastro. Il a dit qu'il viendrait demain, mais il avait une voix affreuse. Il ne voulait pas que je te dérange, sauf que ça me semble dingue qu'il aille travailler en étant toujours malade. Tu ne pourrais vraiment pas nous remplacer ?

– Bien sûr que si, je réponds sans une seconde d'hésitation.

C'est samedi, notre journée la plus chargée. La boutique est à peu près gérable par une seule personne, mais pour un malade, ce serait un véritable cauchemar.

– Je vais prévenir Ed, je promets à Kiran. Va te reposer, d'accord ? J'espère que tu n'en baves pas trop.

– Merci, c'est vraiment gentil.

Van approuve ma décision.

– On passera une journée autour la maison. Les enfants seront sans doute contents de pouvoir rester tranquilles.

– La circulation est affreuse le samedi, de toute façon, j'ajoute en prenant mon portable pour envoyer notre plan à Ed par texto.

*

En fait, je suis impatiente d'aller travailler une journée après deux semaines de congé. En général, Ed est là le matin et je me sens mal à l'aise de reconnaître à quel point son visage amical me manque quand je déverrouille la porte pour entrer dans la boutique sombre et vide. Mais mon cœur se regonfle quand j'inhale le parfum familier et prépare l'ouverture, garnissant les rayonnages de nouveaux livres et réapprovisionnant la caisse enregistreuse.

Quelques moments s'avèrent frénétiques pendant la journée, mais l'un dans l'autre, rien que je ne puisse gérer.

À quinze heures trente, Ed appelle.

– Allô, comment te sens-tu, demandé-je ?

– Bien mieux, répond-il, alors qu'il n'en a pas du tout l'air.

– J'espère que tu es au lit.

– En quelque sorte. Je vais venir faire un petit saut pour prendre la relève, histoire que tu puisses rentrer chez toi de bonne heure.

– N'importe quoi, je rétorque. Reste où tu es. Tu as besoin de quelque chose ? Je pourrais aller te chercher de la soupe ou du pain ou quoi que ce soit d'autre en voiture sur le trajet du retour.

– Non, tu en as déjà fait assez. Tu es sûre que ça ne te dérange pas de rester jusqu'à la fermeture ?

– Bien sûr que non. Ce n'est pas deux heures de plus qui vont faire la différence.

S'ensuit un silence à l'autre bout de la ligne.

– Merci, Nell, finit-il par lâcher. On se voit dans deux semaines.

Qui m'apparaissent soudain comme un laps de temps extrêmement long.

Sur une impulsion, j'envoie un texto à Van pour lui demander s'il n'a rien contre le fait que j'aille déposer quelques courses chez Ed avant de rentrer à la maison. Je regrette aussitôt de lui avoir mis cette responsabilité sur les épaules, et ce regret se renforce au cours des vingt minutes suivantes, car il ne répond pas. Puis mon téléphone vibre et je l'attrape aussi sec : *« Vas-y. Tout baigne ici. Biz. »*

★

Je ne préviens pas Ed de mon arrivée avant de me retrouver presque sur son seuil.

Il ouvre la porte, l'air légèrement abasourdi. Ses cheveux couleur chocolat au lait sont plats d'un côté et hérissés de l'autre, sa mâchoire bronzée a pris une teinte encore plus foncée avec sa barbe de trois jours. Il porte un T-shirt chiffonné gris clair, qui semble tout doux. Mon cœur éprouve un élan de sympathie pour lui.

– Salut, je lance, d'une voix compatissante. Comment tu te sens ?

Il se frotte la nuque et hoche la tête.

– Ça va.

– Je peux entrer ?

Il ouvre plus largement la porte pour que je passe. Il a transformé son canapé marron cabossé en lit de fortune, après y avoir apporté coussins et couette de sa chambre. *Ed*… Je déteste savoir qu'il n'a personne pour s'occuper de lui quand il est malade.

Sa cuisine, moderne, est ouverte, séparée uniquement du salon par un îlot central. Je vais y déposer mes sacs de courses.

– Tu as mangé quelque chose ?

– Une tranche de pain.

– Ça te dirait, une soupe de nouilles au poulet ? je lui propose avec un sourire, en brandissant un sachet.

– Je m'en occupe, rentre chez toi.

– Assis, j'ordonne fermement.

C'est bien de pouvoir faire une pause dans le chaos ambiant.

Il tire une chaise près de l'îlot central pendant que je remplis la bouilloire et l'allume, puis jette un œil sous le plan de travail, en quête d'une casserole.

– Comment s'est passée ta semaine ? demande-t-il.

– Bien. Chargée, je précise avec emphase. Beaucoup d'activités de plage.

– Les enfants font du surf ? demande-t-il.

– Luke en fait un peu, Nick l'emmène à l'occasion. Van a donné des cours à Libby. Les plages d'ici sont un peu plus clémentes que certaines vagues de récif sur lesquelles il surfe chez lui. La plupart du temps, je me suis reposée sur la plage avec un livre.

Je n'ai pas persévéré dans l'apprentissage du surf, après le cours avec Joel.

Une fois que j'ai mesuré la quantité d'eau bouillante et que je l'ai versée dans la casserole, j'y ajoute le sachet de soupe et je mélange. Quand je jette un coup d'œil à Ed, de l'autre côté de l'îlot, il en examine le plateau, abattu.

– Tu devrais rester au chaud, je précise avec un signe de tête vers son lit improvisé. Je t'apporte un bol.

Une expression consternée se peint sur ses traits, qui me glace. Puis il descend de son siège et regagne le canapé. Qu'est-ce que j'ai vu passer sur son visage ? Je tente d'ignorer le sentiment tenace au creux de mon ventre, pendant que je lui sers et lui apporte sa soupe.

– C'est très gentil de ta part, murmure-t-il en s'emparant du bol et de la cuillère.

Je prends son fauteuil.

– Je suis sûre que tu aurais fait la même chose pour moi. Enfin, peut-être pas, je corrige, vu que je vis à quarante-cinq minutes d'ici, alors que tu habites à cinq minutes du travail. Ce n'est vraiment pas grand-chose.

– Je ferais la même chose pour toi, affirme-t-il à voix basse.

Ses yeux croisent quelques secondes les miens, pendant qu'il souffle sur la soupe chaude qui lèche les parois de sa cuillère.

– Tu as appelé Brooke ?

Je ne sais pas pourquoi je lui pose cette question stupide, surtout après la conversation que j'ai eue un peu plus tôt dans la semaine avec Van. Peut-être que j'essaie d'alléger l'ambiance. Peut-être que je tente de faire comme si Ed et moi partagions l'amitié facile et platonique que je me suis convaincue être la nôtre. N'empêche que ça n'enlève rien à la stupidité de ma question parce que je connais déjà sa réponse.

– Non. (Je hoche la tête, sans prendre la peine de mimer la surprise.) Elle m'a fait penser à Tasha, explique-t-il.

– Non ! (À présent, je suis surprise.) Comment ça ?

– Par certaines de ses manières… Ses longs cheveux blonds…

– J'ai bien des cheveux blonds, moi.

Il laisse échapper un petit ricanement amusé.

– C'est bien tout ce que vous avez en commun.

– Donc c'est un « non » pour la pauvre Brooke, alors ?

– Je ne crois pas qu'elle restera célibataire très longtemps, réplique-t-il sèchement.

– Non, sur ce point, tu as raison.

Ed désigne du menton des papiers sur la table basse devant lui.

– Qu'est-ce que c'est ? je demande en m'en saisissant.

– Les papiers du divorce, répond-il. Tasha veut la moitié de mon affaire.

– Quoi ? Mais elle n'y a jamais travaillé ne serait-ce qu'un jour ! Elle n'a même jamais levé le petit doigt pour. La librairie lui est complètement étrangère !

Je suis outrée.

– Ça n'entre pas en ligne de compte, réplique-t-il, la mine sombre. Ce qui m'appartient lui appartient, apparemment. (Il marque un temps d'arrêt.) Ce qui l'intéresse vraiment, c'est la maison.

– A-t-elle seulement l'intention de rester dans les Cornouailles ?

– J'en doute. Elle vendra tout dès que l'affaire sera réglée, mais ce n'est pas comme ça qu'elle le jouera devant la cour. (Il soupire.) Je n'ai vraiment aucune envie d'en arriver au procès.

– Qu'est-ce que tu vas faire ? je demande, inquiète.

– Je crois que je vais lui donner ma partie de la maison.

– Et garder la librairie ? (Il opine.) La maison vaut sûrement plus, j'ajoute avec un froncement de sourcils. J'espère que tu as un bon avocat.

Il me regarde, droit dans les yeux.

– Je veux juste être débarrassé d'elle, Nell, afin de pouvoir repartir à zéro.

Le regard dans ses yeux fait ressurgir la drôle de sensation. C'est déconcertant.

Il soupire et repose son bol sur la table basse, puis indique la porte d'un signe de tête.

– Tu devrais rentrer retrouver Van.

– Il peut rester un peu plus longtemps avec les enfants, ça ne lui pose pas de problème.

Je dois combattre un besoin pressant de me lever et de le serrer contre moi.

Qu'est-ce que c'est que ça ?

J'ai toujours eu une personnalité protectrice. Je maternais Van quand nous étions plus jeunes et je me sens également très protectrice à l'égard d'Ed. Je sais au fond de mon cœur que ce que Van a dit est vrai : Ed a pour moi des sentiments qui vont au-delà de l'amitié. Je crois que je le savais depuis longtemps. Alors qu'est-ce que je fais ici ? Je l'encourage ? Parce que ce serait cruel, or je ne me suis jamais considérée comme cruelle.

La vérité, c'est que je voulais venir. Je voulais prendre soin de lui. *Je voulais le voir.*

Ed interrompt mes réflexions.

– Ça va ?

Mais mes pensées continuent à m'assaillir.

Van devait le savoir. Pourquoi ne m'en a-t-il pas empêchée ?

Je me sens soudain mal à l'aise.

– Je pense que je vais y aller, je marmonne. (Il a l'air surpris : je viens juste de dire que j'allais rester.) Non, je connais le chemin, je l'arrête quand il esquisse le mouvement de se lever.

– Nell ?

– C'est bon. Passe un coup de fil si tu as besoin de moi lundi, d'accord ?

Il hoche la tête. Son expression déroutée est la dernière chose que je vois avant de sortir.

*

Les enfants sont déjà au lit quand je rentre au cottage, même si je doute qu'ils dorment. Nous n'avons rien contre le fait qu'ils chuchotent entre eux pendant quelque temps, du moment qu'ils ne se disputent pas. Dans l'ensemble, ils s'entendent bien, mais à la fin de la journée, Van et moi aspirons à un peu de silence et de paix.

Je trouve Van dans la cuisine, devant une bière. Il regarde par la fenêtre, les yeux rivés sur le soir qui tombe.

– Salut, lance-t-il quand il me remarque.

– Salut.

Il repousse sa chaise de la table, sans réussir à préserver le silence quand il se lève. Je tressaille et lui glisse les bras autour de la taille, posant la joue sur son large torse. Il me tient serrée alors que je tente de ravaler la boule dans ma gorge.

Notre étreinte de cette nuit a quelque chose de doux-amer : je suis au bord des larmes du début à la fin. Nous avons dépassé la moitié de notre mois ensemble et chaque jour nous rapproche de son départ.

Libby est également plus silencieuse que d'ordinaire, cette semaine-là. Jeudi matin, en sortant de la salle de bains, je vois Van l'étreindre dans l'entrée. Luke, je le devine, attend qu'elle vienne le rejoindre pour jouer dans l'annexe.

– Tout va bien ? je demande, inquiète.

– Sa mère lui manque, répond Van d'une voix rauque. (Libby laisse échapper un sanglot angoissé.) Elle n'est jamais restée aussi longtemps loin de la maison.

– Je suis désolée, ma chérie, je murmure en lui caressant le dos.

Les yeux bleus de Van sont douloureux quand il croise les miens.

Hormis le texto que j'ai envoyé à Ed lundi, pour lui demander s'il était retourné au travail, et la réponse que j'ai reçue, me disant que oui, nous n'avons eu aucun contact, si bien que je suis tendue quand nous allons déjeuner dimanche, dans le pub sur l'autre rive du fleuve, et qu'Ed se gare devant, son voilier sur une remorque.

– C'est Ed ! s'écrie Luke.

Van se lève de la table où nous sommes installés et traverse la route pour se diriger vers Ed, en train de sortir de sa voiture.

– Ça va, Ed ? je l'entends lancer en lui serrant la main. Tu as besoin d'aide avec ton bateau ?

Ed regarde de l'autre côté de la route, vers moi, et il lève la main. Je lui rends son salut, m'obligeant à sourire quand je l'entends demander à Van s'il a fini son déjeuner avant d'accepter sa proposition.

– Maman, je peux monter sur le bateau d'Ed ? me demande Luke, tout excité.

– Attends de voir, je réponds.

– Je peux sortir de table ?

– Tu as terminé ? je demande en désignant son assiette presque vide.

– Oui, je suis rassasié.

– OK. Fais attention en traversant la route ! je l'avertis alors que Libby se lève d'un bond, après avoir posé son couteau et sa fourchette sur le rebord de son assiette.

– Moi aussi, je suis rassasiée, déclare-t-elle.

Ils mouraient d'envie de retourner sur la plage depuis l'arrivée de leur repas.

Franchement, je ne sais pas pourquoi je continue à rester assise ici. Tous les autres ont quitté la table, mais je suis scotchée sur place, occupée à regarder Ed et Van œuvrer ensemble pour mettre le bateau à l'eau. Luke trépigne sur le sable caillouteux qui borde le rivage et il lève les mains en signe de victoire en réaction à un propos d'Ed, puis ils regardent tous les deux vers moi.

Ed indique Luke, puis son bateau, puis lève les deux mains, paumes vers le haut, pour signifier une question.

Je hoche la tête, que j'accompagne d'un signe d'assentiment.

Libby sautille. La serveuse vient débarrasser la table et je me lève, sachant que si je reste assise, mon attitude va sembler bizarre. Je traverse la route pour sauter vers la plage. Le soleil réapparaît derrière les nuages et frappe la surface de l'eau juste devant moi. C'est un festival d'étincelles blanches, comme du verre brisé sous une lumière stroboscopique. Protégeant mes yeux, j'arrive à temps pour voir Ed revenir de la boutique de location de bateau avec deux gilets de sauvetage pour enfants.

– Salut, je lance en lui souriant.

– Salut.

Il répond à mon sourire en tendant à Van l'un des gilets de sauvetage pour qu'il le passe à Libby.

– Tu es sûr que ça ne t'embête pas ? je demande quand Luke enfile le second.

– Pas du tout.

Il se penche pour ajuster les lanières de Luke, afin de s'assurer que la tenue est bien sécurisée.

– Juste un petit moment, hein, les enfants, déclare fermement Van quand ils sont fin prêts. Veillez bien à faire exactement ce qu'Ed vous dit, sinon vous allez finir dans l'eau. Ce que je veux dire par là, c'est que je vous ferai boire moi-même la tasse si vous lui désobéissez.

Luke hoche solennellement la tête, tandis que Libby, qui ne prend pas la menace du tout au sérieux, éclate de rire.

Van et moi restons sur la jetée pour les regarder s'éloigner. Le petit bateau blanc s'incline sous le vent, ses voiles blanches se gonflent tandis qu'il glisse sur le fleuve. Le rire des enfants traverse ses eaux pour parvenir jusqu'à nous.

– Je ne comprends pas, je déclare dans ce qui n'est pas davantage qu'un chuchotement.

L'attention de Van est fixée sur nos enfants, mais ses yeux expriment une émotion intense.

S'il est persuadé qu'Ed est amoureux de moi, s'il pense ne serait-ce qu'un tout petit peu que ces sentiments puissent jouir d'un minimum de réciprocité, pourquoi se montre-t-il aussi avenant, prévenant, gentil ?

– C'est quelqu'un de bien, réplique-t-il à voix basse.

– Et donc ? je fais, incapable de masquer l'angoisse dans la mienne.

Il me regarde et je vois dans ses yeux un monde de regrets, d'amour, de tendresse et d'acceptation.

– Ce n'est pas une vie, Nell. (Je laisse échapper un sanglot.) Chuuut. (Il me prend dans ses bras.) Arrête. On en reparlera plus tard.

Je ne veux pas en parler plus tard ! Je ne veux pas en parler du tout. En fait, cette nuit-là, quand les enfants sont au lit, je refuse net en faisant frénétiquement, sincèrement l'amour avec lui, pour tenter de nous rapprocher, pour nous aider à nous reconnecter. Mais il est là, ce sujet, et même si Van ne me pousse pas à en parler, je sais qu'il le fera. Ce n'est qu'une question de temps, or le temps file à toute allure.

⋆

Ça se produit à Glendurgan, le dernier jour de leurs vacances. Les enfants déambulent à travers le labyrinthe, leurs têtes surgissent de temps à autre au-dessus de la haie basse de laurier-cerise, leurs cris de joie retentissant au milieu de leurs rires. Je me souviens de Van et moi, enfants, quand papa travaillait ici, et je sais que Van est perdu dans le passé, lui aussi.

Il tend le bras, s'empare de ma main et me dit qu'il m'aime.

– Ne dis rien, je le supplie.

– On a fait du mieux qu'on a pu.

– Je t'en prie.

– Ne pleure pas, implore-t-il.

– Comment peux-tu me demander de ne pas pleurer ? je m'écrie.

– Tiens le coup pour eux.

Ses paroles m'aident à contenir l'assaut de mes émotions, mais je lui en veux de les avoir prononcées.

– Écoute-moi, me demande-t-il en voyant que je mordille ma lèvre. On a eu cinq ans de cette vie et on en a encore pour huit ans minimum dans les cartons. Je ne peux pas quitter Libby avant ses dix-huit ans.

– Je sais, je l'interromps. Je comprends. Je ne pourrais pas abandonner Luke non plus.

– Ce que nous avons, c'est une existence solitaire, Nell. Et pas seulement toi.

Je suis sous le choc.

– Tu as envie de rencontrer une autre femme ? (Il ne répond rien.) Il y a quelqu'un d'autre ? j'insiste.

– Bien sûr que non, rétorque-t-il.

– Mais ce ne serait pas impossible, je réalise d'une voix sourde.

– On a trente-cinq ans, continue-t-il. Je sais que tu veux d'autres enfants. (Mon cœur se serre.) Je ne peux pas te les donner.

– Je m'en contenterai, je tente, au désespoir.

– Je ne veux pas t'obliger à t'en contenter ! proteste-t-il en haussant la voix, ce qui amène un couple, passant à proximité, à tourner les yeux vers nous. Je veux tout te donner, mais je ne peux pas.

Il me prend par le bras et m'emmène un peu plus loin, pour qu'on ait plus d'intimité. J'observe les gunneras géants à côté de nous et formule le vœu de pouvoir encore me cacher sous leurs feuilles, en faisant semblant de jouer avec les fées, comme nous avions coutume de le faire quand nous étions enfants. Mais il ne s'agit pas d'un conte de fées.

– Je t'aime, déclare-t-il, l'air farouche. Je t'ai aimée en tant que sœur, je t'ai aimée en tant qu'amie et Dieu sait que je t'aime en tant qu'amante. Mais... (Il se tourne vers le labyrinthe où Libby pouffe de rire.) Je l'aime encore plus.

Sa voix s'étrangle et des larmes lui emplissent les yeux. Je le remarque... et puis ma propre vision se trouble.

– Tu sais que je ne voudrais pas qu'il en aille autrement, je balbutie en reniflant, avant de plonger la main dans mon sac, en quête de mouchoirs en papier pour nous deux.

Nous nous détournons du labyrinthe, le temps de sécher nos larmes, et j'ai toujours aussi mal en constatant la douleur qu'il éprouve.

– Tu mérites mieux, déclare-t-il d'une voix saccadée. Tu mérites bien mieux. Ed pourrait te le donner.

– Mais je t'aime ! Je t'ai toujours aimé et je t'aimerai toujours.

– Moi aussi, je t'aimerai toujours. Ça ne signifie pas qu'il n'y ait pas de place pour quelqu'un d'autre dans nos cœurs, afin de recommencer quelque chose de nouveau, quelque chose qui dure. Elle est trop difficile, l'existence dans les limbes que nous menons. Je sais qu'on pourrait continuer comme ça, mais je ne veux pas que tu gâches les meilleures années de ta vie, car je sais tout ce que tu rates. Ton père n'a jamais donné la moindre chance à qui que ce soit d'autre et il a été très seul, Nell. Peut-être ne le voyais-tu pas parce que tu refusais de le voir, mais tu ne lui suffisais pas, en dépit de tes efforts. Tu as été la meilleure fille dont il aurait pu rêver, mais il avait besoin de plus. Je ne veux pas que tu aies la même vie, au bout du compte. (Il prend une profonde inspiration.) Parfois, deux personnes sont destinées à être ensemble. Parfois elles ne le sont pas.

– Eh bien, dans ce cas, on fait partie de la première catégorie, je déclare avec feu.

Il me dévisage pendant un long moment et j'ai l'impression de couler, de me noyer.

– Dans cinq ans…

– Tais-toi, je le coupe. Ne me tiens pas ce genre de discours.

– Je te rends ta liberté, Nell, chuchote-t-il.

– Tu ne peux pas faire ça, je proteste. Je suis à toi.

Quarante

Du brouhaha dans l'entrée me fait sursauter et je regarde par-dessus mon épaule pour découvrir l'une des infirmières les plus amicales en train de se débattre pour faire entrer un lit pliant dans la chambre.

– Son papa vient d'appeler, m'annonce-t-elle avec un sourire. Il a demandé si c'était possible d'installer un lit pour vous.

Je lui suis si reconnaissante que je pourrais pleurer.

– Merci infiniment, je chuchote, espérant que le bruit ne va pas réveiller Luke.

Je ne corrige pas son erreur. Le « papa » de Luke se trouve à Amsterdam pour l'instant, afin de célébrer ses cinq années de mariage, en compagnie de sa femme et de leur petit Zach.

– Non, non, restez assise, m'ordonne-t-elle quand je fais mine de l'aider.

Elle s'acquitte rapidement de sa tâche, puis me laisse terminer seule.

J'ôte mes chaussures et rabats les couvertures pour grimper avec précaution dans le lit et tenter de m'y installer confortablement. Je jette un coup d'œil à Luke et le découvre qui me regarde.

– Je suis désolée, mon chéri, je chuchote aussitôt. J'espérais que tu avais dormi pendant tout ce temps.

– Tu n'avais pas besoin de rester, répond-il.

– Je ne voulais pas te laisser seul.

– Ça ira, maman. Tu devrais rentrer te reposer à la maison.

– Je vais pouvoir me reposer tout mon soûl, ici. Tu as besoin de quelque chose ?

– Non, ça va. Dors, m'intime-t-il.

– Bon. Toi aussi. Bonne nuit.

– Bonne nuit.

– Je t'aime, j'ajoute.

– Je t'aime encore plus.

Il ferme les yeux, un sourire au coin des lèvres. Honnêtement, il n'a pas idée à quel point je l'aime.

Trois ans plus tard

Me revoilà ici…

Je me tiens, les yeux rivés sur les portes, mon pouls fait un bond chaque fois qu'elles s'ouvrent sans livrer le passager attendu. Les bras croisés, Luke soupire et guette les arrivées, l'air du plus profond ennui peint sur le visage. J'ai dû le persuader de m'accompagner. Il voulait aller surfer, mais j'avais besoin de cette distraction.

– Ils ne vont plus tarder, je murmure.

Il soupire de nouveau et plonge les doigts dans ses boucles blond clair. Il ressemble énormément à son père quand il avait son âge. Il jouit aussi d'un certain succès auprès des jeunes filles, mais pour l'heure, il a évité d'écoper de l'ancienne réputation de Nick. Mon fils agit de façon bien plus responsable avec le cœur que certaines jeunes filles ont cherché à lui confier.

– C'est assez dingue que vous alliez à la même université, je lâche, mine de rien, histoire de faire la conversation.

– Hm.

Je ne sais pas si c'est un bon « hm » ou un mauvais « hm », et il se peut qu'il n'en soit pas certain lui-même. Je ne lui en veux pas de se montrer inquiet. L'université est censée être un nouveau départ, mais ce n'est pas facile quand quelqu'un que tu connais te colle aux basques.

Naturellement, s'il avait vraiment voulu un nouveau départ, Luke aurait opté pour des études plus loin que Falmouth.

Il y a deux raisons principales pour lesquelles il a choisi de demeurer près de la maison. Premièrement l'argent : les frais sont plus lourds qu'autrefois pour les étudiants, si bien qu'il peut économiser en rentrant tous les soirs. La deuxième raison, c'est aussi celle qui a poussé Libby à venir étudier à Falmouth : l'accès aux plages des Cornouailles. Libby est encore plus accro au surf que Luke. Elle voulait étudier à l'étranger et son statut de championne de surf junior l'a aidée à décrocher une bourse.

– Tu pourrais peut-être emmener Libby surfer cet après-midi, si elle n'est pas trop crevée ? je suggère en levant les yeux vers lui.

Il me dépasse, à présent.

– Peut-être.

Cache ta joie, mon gaillard…

Il doit trouver intimidante la perspective de surfer avec elle.

Il se raidit, ses yeux s'écarquillent. La gorge nouée, je me tourne pour voir ce qui – ou évidemment qui – a attiré son attention. Mes yeux ne vont pas plus loin que ceux de Van.

J'ai la tête qui tourne quand il s'approche de nous, pour me chambouler par la familiarité si douloureuse de sa présence. Il porte toujours la barbe, mais plus longue, il a le visage buriné, avec des rides aux coins des yeux et une touche de gris au niveau des tempes. Il me rappelle une photo de son père que j'ai vue un jour.

Je prête attention à la jeune fille de dix-huit ans qui se tient à ses côtés et suis obligée de m'y reprendre à deux fois.

Libby est époustouflante. Grande, puissante et belle, avec une cascade de longs cheveux auburn qui lui descendent dans le dos en douces vaguelettes. Ses yeux bleus percent une épaisse frange irrégulière. Elle ressemble énormément à son père.

– Bonjour ! lance-t-elle en laissant tomber son sac à dos par terre.

Elle ouvre grand les bras.

– Je n'en reviens pas comme tu as grandi ! je m'écrie en avançant pour l'étreindre.

En fait, c'est plutôt elle qui me serre dans ses bras : elle doit faire la taille de Luke.

Je me rends compte que Van salue Luke de la même manière, et sa voix profonde, mâtinée d'accent australien, vient me frapper en plein plexus solaire. Il se retourne, je lève les yeux vers les siens, des papillons se bousculent dans mon ventre. Ses prunelles sont emplies d'un sentiment que je n'essaie même pas de déchiffrer.

Il est ici… Après toutes ces années, il est ici…

Il se saisit de mes mains et avance encore, pour appuyer doucement son front contre le mien. Mes yeux se ferment à la seconde où les années se replient sur elles-mêmes. J'ai imaginé cet instant tant de fois.

Les émotions remontent des tréfonds de mon être, malheureusement il relève la tête, puis recule en me relâchant.

Prenant une profonde inspiration, je me tourne vers les enfants.

Pour tomber en arrêt. Ils se dévisagent comme s'ils ne s'étaient jamais vus. Un frisson descend le long de mon échine car je visualise le futur : un futur où mon fils veut déménager à l'autre bout du monde par amour pour une fille. Je secoue la tête afin de me débarrasser de ces vues imaginaires. Luke et Libby détournent en même temps le regard, posant les yeux partout ailleurs à l'exception d'eux-mêmes pendant que nous nous mettons en branle vers le parking.

Libby va étudier le stylisme de mode à Falmouth, alors que Luke a opté pour l'architecture. C'est une décision qu'il a prise pendant l'été de ses quinze ans, quand il était bloqué sur le canapé à cause de sa cheville cassée. Lassé par la télévision et les jeux vidéo, il s'est mis à lire les livres que je rapportais à la maison pour lui. Il n'avait jamais été un grand lecteur. Aussi, sans son accident, je doute qu'il aurait choisi le roman qui lui a donné cette idée. À l'époque, je lui avais dit qu'il lui faudrait peut-être cinq ans pour prendre la mesure de ce qui venait de lui arriver. En réalité, la découverte lui a pris bien moins longtemps.

– Tu es impatiente de visiter ton campus, Libby ?

Je lui souris dans le rétroviseur, faisant de mon mieux pour remplir le silence gênant qui s'est abattu sur la voiture.

– Oui, j'ai trop hâte, répond-elle.

– Tu es sur le campus de Penryn, c'est ça ? demande Luke.

– Oui. Et toi, tu es à Falmouth ?

– Oui. C'est à peu près à vingt-trente minutes de là où tu vas habiter.

– Mais toi, tu ne vis pas dans la résidence universitaire ?

– Non, je reste chez moi. Ce n'est pas si loin que ça.

– Luke loge dans l'annexe qui est séparée du cottage, donc il a son propre espace, j'interviens, heureuse de les voir se dégeler.

– Ah oui ! Je me rappelle l'annexe ! s'écrie Libby, achevant de se réchauffer. On jouait aux Lego, là-dedans, non ?

– Oui, confirme Luke, d'une voix où je perçois de l'amusement.

– Tu as une voiture ? lui demande Libby.

– Oui, mon père m'en a offert une pour mes dix-huit ans. Ça ne tombe pas avant la semaine prochaine, mais il me l'a offerte en avance.

Nous donnerons une grosse fête au *Boatman* pour célébrer l'événement. Même maman et Robert viendront à cette occasion.

– Il te ramènera parfois pour déjeuner avec nous le dimanche, j'ajoute. Je pourrais même m'occuper de ta lessive.

– Cool ! s'écrie-t-elle en agitant les poings.

Van rit puis se détourne pour regarder à travers la vitre. Il pianote du bout des doigts sur sa cuisse.

Je dois me faire violence pour ne pas tendre le bras et serrer sa main.

Finalement, je renonce à alimenter la conversation et Libby reprend le flambeau, entreprenant d'interroger Luke sur le surf et ce qu'il fait avec ses amis. Van et moi demeurons silencieux, l'atmosphère est lourde entre nous.

Finalement, nous arrivons au cottage blanchi à la chaux qu'il a un jour considéré comme sa maison. Luke et Libby sortent de la voiture, cette dernière constatant, tout excitée, que la bâtisse est restée exactement telle que dans son souvenir. Mais je sais que Van a remarqué l'extension qui a été construite depuis la dernière fois qu'il est venu. Elle étincelle sous le soleil, argentée sur fond de nuances de vert : herbe verte, fleuve vert, arbres verts.

Mon cœur est en lambeaux.

– Tu dois faire hyper attention sur la route.

C'est Luke qui met Libby en garde au moment où nous sortons de voiture. Il referme le portail derrière elle même si nous ne sommes qu'à quelques pas en arrière. Je vais conduire Van et Libby au village, dans la maison de vacances qu'ils louent, mais elle n'est pas encore prête pour le moment, donc nous avons un peu de temps à tuer.

La porte d'entrée s'ouvre sur Danny qui se précipite dehors et entre en collision avec Luke. Sur un éclat de rire, celui-ci le prend aussitôt dans ses bras pour un câlin.

À côté de moi, Van a un hoquet.

Danny m'observe par-dessus l'épaule de son grand frère. Ses grands yeux marron s'écarquillent encore et il tend les bras vers moi. Luke me le passe. Un petit corps s'aligne alors contre le mien et les lambeaux qui claquaient furieusement contre les parois de ma poitrine commencent lentement à s'entrelacer de nouveau les uns avec les autres.

– C'est Van, j'indique à mon fils, en pivotant pour qu'ils se retrouvent l'un en face de l'autre. Et voici Daniel.

– Bonjour, petit gars, réplique Van d'une voix douce. Je suis content de te rencontrer enfin en vrai.

S'il est aussi anxieux que moi, il le cache bien. Mais il se tend bientôt, en regardant par-dessus mon épaule. Je me retourne pour voir Ed qui sort du cottage, notre fille de près de trois ans somnolant dans ses bras.

Ivy Ruth Allister.

J'ai demandé à Van sa bénédiction avant de donner en deuxième prénom à notre fille le prénom de sa mère. Daniel porte celui de mon père : Geoffrey.

– Bonjour ! lance Ed.

Comme on aurait pu s'y attendre, Ivy manifeste son mécontentement. Elle est terriblement jalouse de Danny qui pourtant, du haut de ses quatre ans et demi, irait lui décrocher la lune s'il le pouvait. Pour l'heure, il se contente de lui céder sa place : il se tortille pour descendre, afin que je puisse la prendre dans mes bras. Ed et Van se saluent chaleureusement, puis Van revient dire un vrai « bonjour » à la fillette qu'il n'a, jusqu'à présent, rencontrée qu'en FaceTime.

– Bonjour, beauté, gazouille-t-il.

Ivy cramponne ses mains minuscules sur mes épaules, afin de grimper sur moi comme un bébé koala.

– Tu dis « bonjour » à Van ? je lui souffle en déposant un baiser sur sa joue rebondie.

– Bonjour, obtempère-t-elle en souriant de toutes ses dents.

– Elle te ressemble, commente-t-il en se redressant.

Nos yeux se croisent.

– C'est ce qu'on dit, je réplique nerveusement.

Je repousse les fins cheveux blonds tombés sur le visage d'Ivy. Danny a hérité de la couleur d'Ed.

Des voix nous parviennent de l'intérieur de l'annexe : à en juger par ce qu'on entend, Luke fait visiter les lieux à Libby.

Van se dirige vers le grillage, sur lequel il passe les mains : la clôture lui arrive à hauteur de poitrine.

– Ça vous simplifie la vie, je parie.

– Oui, même si ça gâche un peu la vue, confirme Ed avec un sourire, tout en cédant aux suppliques de son jeune fils qui veut qu'on le prenne dans les bras. Ça ne nous empêche pas de faire plein de roulades sur la colline, hein, Danny ?

L'intéressé hoche la tête avec enthousiasme.

Je serre Ivy contre moi quand nous entrons dans le cottage. Elle fait office de bouclier, protégeant mon cœur fragile.

– Je peux utiliser vos toilettes ? demande Van.

– Vas-y. Tu sais où ça se trouve, lui lance Ed par-dessus son épaule.

Dès que nous sommes dans la cuisine, mon mari se tourne vers moi pour m'ouvrir ses bras, plein de sollicitude. Je m'y réfugie. Danny est toujours dans son autre bras tandis que j'ai, pour ma part, installé Ivy sur ma hanche. Le baiser qu'il dépose sur mon front me fait monter les larmes aux yeux. J'enfouis le visage dans son cou tout chaud, pour respirer son odeur. Nos deux enfants se mettent à glousser : quand je relève la tête, ils sont en train de se tirer la langue.

Mon cœur se dilate sous l'effet de l'amour que j'éprouve pour eux et la même émotion se reflète dans les yeux de mon mari. Nous échangeons un sourire.

Tous ces instants… Les premiers rires de nos enfants, leurs premiers pas, leurs anniversaires, Noël, fêtes… Tant de moments heureux que nous avons partagés.

Je me hisse sur la pointe des pieds et dépose un baiser sur les lèvres d'Ed. La tempête en moi s'apaise pour laisser la place à une belle quiétude. Il me rend tendrement mon geste.

Comment puis-je regretter ça ?

Je ne peux pas.

Je ne regrette rien.

★

Quand Van est rentré chez lui, il y a huit ans, après sa dernière visite en Cornouailles, j'étais une épave. Ed ne semblait pas savoir que faire pour moi. Plus tard, il m'a avoué qu'il avait énormément souffert de me voir aussi brisée. Même si j'avais été au courant de la douleur que je lui causais, j'aurais été impuissante à la faire cesser.

Au départ, j'ai résisté à tous les efforts de Van pour mettre un terme à notre relation. Je me suis dit que nous pourrions continuer ainsi éternellement s'il le fallait et j'ai essayé de le convaincre. Au bout de quelques mois, il a semblé désireux de se prêter au jeu. J'ignorais qu'il avait résolu de me quitter en douceur.

Pendant ce temps-là, le divorce d'Ed avait été prononcé et, comme prévu, Tasha a mis la maison sur le marché, avant de regagner Londres sans tarder, chargeant des agents immobiliers de s'occuper de la vente. Quelques jours avant Noël, près d'un an jour pour jour après le jour où j'avais ramassé Ed à la petite cuillère dans la réserve de la librairie, il m'a avoué qu'il songeait à vendre et à partir.

J'ai été terrassée.

Après le départ de Van, j'avais pris moi-même mes distances avec Ed, refusant de fournir à Van la moindre munition pour mettre un terme à notre relation. Mais sans trop savoir comment, en cours de route, j'avais aussi perdu Ed comme ami. Il avait cessé de se confier à moi.

Je l'ai convaincu d'aller boire un verre après le travail avec moi pour parler de sa décision de vendre. Je me rappelle encore nos déambulations dans les rues de Falmouth, sous les éclairages de Noël qui pétillaient joliment dans le ciel noir, en quête d'un pub douillet avec une flambée crépitante dans sa cheminée. Pourtant, j'avais très froid, je me sentais glacée jusqu'aux os à la pensée qu'il s'en aille.

– Je croyais que tu aimais les Cornouailles, j'ai commencé.

– Oui, a-t-il répondu. Mais ça a été rude, ces derniers temps. Je crois que j'ai peut-être besoin d'un nouveau départ.

– Ce n'était pas déjà un nouveau départ pour toi, les Cornouailles ?

– C'était censé l'être.

Il a soupiré. Nous n'étions qu'à quelques centimètres l'un de l'autre, mais il me paraissait distant. Nous avions perdu la camaraderie facile qui nous liait à peine quelques mois plus tôt. Au travail, ce changement s'avérait moins perceptible, car nous nous comportions en professionnels.

– Je sais que tout s'est effondré pour Tasha et toi, mais tu semblais affronter correctement la rupture.

– C'est le cas.

– Ed, s'il te plaît, parle-moi, ai-je insisté.

Un vieil instinct familier est revenu, m'incitant à tendre le bras pour couvrir sa main de la mienne. Il l'a retirée comme s'il avait été victime d'une décharge électrique.

Je l'ai dévisagé, mais il paraissait agité, se passant les doigts dans les cheveux et les hérissant dans tous les sens. Il a vidé sa pinte sans lever les yeux vers moi, cependant, à force de patience, j'ai fini par recroiser ses yeux.

Une sensation étrange s'est élevée dans mon ventre pendant que ce regard se prolongeait et la pensée qui m'est venue à l'esprit a été : *peut-être y a-t-il en effet de la place dans mon cœur pour quelqu'un d'autre…*

– Je ne veux pas que tu partes.

– Pourquoi ? a-t-il demandé.

J'ai secoué la tête pour tenter d'installer des rideaux temporaires autour de Van, afin de pouvoir me concentrer.

– Pas parce que je veux garder mon travail.

Sa bouche s'est incurvée en un petit sourire, absolument adorable, qui m'a donné une envie brûlante de me pencher pour l'embrasser.

– Tu comptes pour moi, j'ai ajouté. Énormément. (Il a hoché la tête et tendu la main vers sa pinte.) Et pas seulement en tant qu'ami.

Le verre s'est immobilisé en l'air, à quelques centimètres de ses lèvres. Il l'a reposé sur la table et s'est tourné pour me regarder vraiment.

– Qu'est-ce que tu es en train de dire ? a-t-il demandé, les sourcils froncés.

– Tu comptes pour moi. Depuis longtemps. Mais Van… (Pendant que ma voix s'éteignait, il a tendu de nouveau la main vers sa pinte pour prendre plusieurs gorgées.) Van voulait rompre avec moi pendant l'été, je finis par lui avouer, achevant ma phrase.

D'un geste ferme malgré sa stupéfaction, il a reposé son verre sur la table collante.

– Je ne te l'ai jamais dit, ai-je repris. J'étais effondrée, mais j'en suis venue à accepter sa décision, désormais. Les cinq dernières années ont été difficiles. Il ne pense pas qu'on parvienne à en affronter huit de plus.

À ce stade, ma vision s'est brouillée, masquant à point nommé le regard de pitié au fond de ses yeux. J'ai secoué la tête et essuyé mes larmes, sachant que je devais lui faire comprendre la situation.

– Mais ce n'est pas pour cette raison qu'il voulait qu'on arrête. (J'ai dégluti, pour me préparer à la suite.) Il avait l'impression qu'il y avait quelque chose entre nous. Pas sur le plan physique, je me suis empressée de préciser en voyant son air horrifié. Sur le plan émotionnel. Et il avait raison. Du moins de mon côté. Je compte pour toi, Ed ? Plus que comme une amie ?

Il m'a dévisagée pendant quelques secondes avant de m'adresser un hochement de tête. Un seul.

– Mais je n'aurais jamais cru que tu sois en mesure de voir au-delà de Van, a-t-il avoué à voix basse.

– Moi non plus, j'ai renchéri. Mais je pense que je me suis peut-être trompée. (Je me suis penchée pour m'emparer de sa main que, cette fois-ci, il n'a pas retirée.) Il faut que je lui parle. Est-ce que tu peux m'accorder un peu de temps ? On pourrait se reparler quand tu rentreras après Noël ?

Il allait rendre visite à sa famille à Londres, en fermant le magasin une semaine entre Noël et le Nouvel An.

Il a acquiescé.

Nous nous sommes enlacés pour nous dire au revoir, mais il a esquissé le mouvement de s'écarter après une brève embrassade. Comme j'ai tenu bon, il m'a resserrée contre lui, ce qui nous a permis de nous reconnecter à un niveau différent.

Et je l'ai senti, mon cœur qui se dépliait, se déployait vers lui, s'ouvrait à un nouvel amour, à un nouveau départ.

J'ai appelé Van cette même nuit.

– Ce que tu m'as dit, cet été, le jour avant ton départ, que tu voulais que je trouve de la place pour quelqu'un d'autre dans mon cœur, tu le penses toujours ?

Une forme d'acceptation bizarre m'a semblé l'envahir.

– Ed ? a-t-il demandé.

J'ai hoché la tête, alors que des larmes ruisselaient le long de mes joues, tel un fleuve à marée refluant vers la mer.

– Oui, a-t-il repris d'une voix douce. Je le pense toujours.

*

Ed s'écarte de moi en entendant la porte de la salle de bains qui se déverrouille. Cela fait huit ans que Van et moi avons été ensemble pour la dernière fois. Ed et moi sommes mariés depuis cinq ans et demi, mais il se montrera toujours respectueux de l'histoire que nous partageons, Van et moi.

– Où se trouvent Libby et Luke ? demande Van en pénétrant dans la cuisine.

– Toujours dans l'annexe, en train de faire connaissance, je réponds nonchalamment.

Il me jette un regard acéré qui me fait rire.

– Du calme, papa, Luke est un gentil garçon.

– Il est peut-être gentil, mais ça reste un garçon, réplique-t-il vertement, en sortant de la cuisine.

Ed me sourit quand je m'élance sur les talons de Van.

– Tu sais, tu ne vas pas être là bien longtemps pour garder les yeux sur elle, je chuchote quand Van s'arrête, alarmé, devant la porte désormais fermée de l'annexe.

Il s'approche de la fenêtre et jette un regard à l'intérieur. Reculant d'un bond, il jure dans sa barbe avant de se précipiter sur la porte. Je regarde moi aussi par la vitre : Luke est adossé contre le mur, avec Libby, assise en tailleur un peu plus bas sur le lit, et elle tient le pied nu de Luke sur ses genoux. Ils tournent vivement la tête vers la porte quand elle s'ouvre à la volée.

– Qu'est-ce qui se passe ? demande Van.

Je le suis de près dans l'annexe.

– J'examine les blessures de guerre de Luke, répond Libby, insouciante. Ça a dû faire mal, reprend-elle à l'intention de Luke. Tu as dû attendre combien de temps avant de retourner dans l'eau ?

– Quelques mois, mais ça a pris un an pour guérir complètement.

– Sa cheville cassée, j'explique à Van, non sans m'efforcer de masquer mon amusement devant la mine dépassée qu'il affiche.

– Je me suis déboîté l'épaule une fois, raconte Libby avec désinvolture. Aux Blacks, les Blackfellows, à Elliston.

– Je crois que j'en ai entendu parler, fait Luke, surpris.

– Ouais, c'est assez connu comme endroit. Je surfe souvent là-bas. Le récif est plein de trous, si bien qu'une fois, j'ai fait un *wipe out* et je me suis retrouvée balayée dans une cavité. L'horreur, je voyais des étoiles et ensuite, mon bras s'est coincé entre deux rochers. Je n'arrivais pas à me libérer. J'ai pensé que j'étais fichue, mais j'ai réussi à sortir.

– Oh, mon Dieu ! je m'exclame. Tu aurais pu te noyer !

Libby s'esclaffe en haussant les épaules.

– Il faut payer pour jouer.

J'aperçois l'expression de Luke et suis heureuse que Van soit absorbé par autre chose. Je n'ai pas vu un tel visage à mon fils depuis qu'il est tombé raide dingue amoureux d'Angela Rakesmith, sa première petite amie sérieuse. Angie et lui sont sortis ensemble peu de temps après qu'il cette histoire de cheville. Elle lui a fourni une super distraction quand le bébé est né. À l'époque, deux enfants de moins de deux ans m'occupaient énormément, pour ne pas dire plus. J'en étais au huitième mois de ma grossesse d'Ivy quand Luke a été hospitalisé. Je me rappelle encore combien j'ai été reconnaissante à Ed de s'être débrouillé pour que je bénéficie d'un lit pliant. De son côté, il devait rester à la maison pour s'occuper de Danny.

Je m'approche de Van qui observe les peintures accrochées au mur.

– Je n'arrive pas à croire qu'elles n'aient toujours pas été remplacées par des posters de voitures ou de filles, murmure-t-il, ébahi.

– Et tous tes vieux cailloux sont sur le rebord des fenêtres d'Ivy et Danny, à présent.

– De quoi vous parlez ? s'enquiert Luke, distrait par notre conversation.

– Van est étonné que tu affiches toujours ses illustrations originales de Caramel et Carie, je lui apprends.

– Oh, ben ouais, fait-il, gêné, en haussant les épaules.

– C'est trop cool, commente Libby qui bondit du lit pour venir regarder les dessins de plus près. Pourquoi je n'en ai pas, moi ? demande-t-elle à son père.

– Je ne pensais pas que tu en voudrais, répond-il.

– Oui, eh ben si, réplique-t-elle, furibonde, en visant le mur d'un regard noir. Elles sont géniales.

– Libby, il y a cinq ans, je t'ai justement demandé si tu aimerais que je t'en fasse encadrer un pour ta chambre chez moi et tu as refusé, lui rappelle Van sévèrement.

– J'avais treize ans, papa, réplique-t-elle, fort à propos. J'étais une petite peste à cet âge-là.

Je ne peux m'empêcher de rire.

– Tu en as d'autres ? demande-t-elle.

– Ton père en a des tas, je réponds à la place de l'intéressé. (Il est trop occupé à lever les yeux au ciel et à émettre des bruits désapprobateurs pour parler.) En fait, il y en a quelques-uns déjà encadrés sur les murs de la librairie. Samedi, tu pourras les prendre si tu veux, j'en ferai encadrer d'autres pour la boutique.

– Super ! s'exclame Libby, rassérénée. Je les accrocherai dans ma chambre, à la résidence universitaire.

Nous donnons notre première séance de dédicace en huit ans, au *Cœur de dragon*. C'est le démarrage d'une grande tournée, même si nous nous focalisons surtout sur les Cornouailles et les comtés avoisinants, là où la série est particulièrement populaire. Je ne veux pas trop m'éloigner d'Ivy et de Danny, vu leur âge.

Nos petits lutins espiègles vont de succès en succès : nous en sommes désormais à douze livres et nous ne comptons pas nous arrêter là. Ils ne nous rapportent pas encore vraiment beaucoup d'argent, mais nous adorons les faire, créer quelque chose en quoi nous croyons et travailler ensemble. Van et moi ne sommes peut-être plus des amants, mais nous resterons toujours les meilleurs amis du monde. Nos livres sont nos bébés, les seuls enfants que nous aurons jamais ensemble.

Van est ici au Royaume-Uni pour aider Libby à s'installer et m'accompagner pour la tournée, mais il ne va pas tarder à rentrer chez lui. Chez lui et à son travail de capitaine de remorqueur, chez lui auprès de son père désormais âgé, chez lui vers sa petite amie (probablement), juste… chez lui… Il aime vivre en Australie et Libby ne veut pas l'avoir dans les pattes, de toute façon.

L'ironie est douce-amère.

Par la fenêtre, je remarque qu'Ed pose un plateau sur la table de jardin.

– Le thé est prêt, j'annonce.

– Mmm, gémit Libby qui écarquille les yeux à la vue d'un présentoir à gâteaux débordant de scones.

Je les ai confectionnés hier et Ed a acheté des seaux de crème fraîche et de confiture de fraise à l'épicerie du village.

Nous nous attroupons autour de la table. Libby jacasse, tout excitée, Ivy escalade les genoux de son père, Luke fait virevolter un Danny couinant dans le patio et moi, je me tiens là, servant le thé et savourant l'ambiance.

Un jour, dans un moment de faiblesse, avant qu'Ed et moi ne soyons mariés, j'ai demandé à Van : « Tu regrettes de m'avoir orientée sur le chemin qui m'a menée à lui ? »

Après tout, c'était Van qui avait suggéré que j'aille postuler au *Cœur de dragon*.

Il a secoué la tête, malgré l'émotion tapie dans les profondeurs de ses yeux bleu nuit.

– Je ne regretterai jamais de te voir heureuse, Nell. C'est tout ce que j'ai toujours voulu.

Assise à ses côtés, autour de la table, je me remémore un autre souvenir, le jour où lui et moi avons décidé de nous séparer. En vrac, j'avais appelé Ellie qui avait cherché à me consoler.

– Qu'est-ce qu'on dit ? avait-elle lâché. Si tu aimes quelqu'un, accorde-lui sa liberté. S'il revient, c'est qu'il est à toi. Sinon, c'est qu'il ne l'a jamais été.

Je n'ai pas besoin de recul ou de cinq années pour revoir ce moment et comprendre que je suis exactement là où je suis censée être. Je souris à mon mari de l'autre côté de la table, heureuse qu'il sache pouvoir me faire confiance, même si Van et moi allons effectuer cette tournée ensemble. Ed sait que je ne le blesserai jamais comme son ex-femme l'a fait. Il sait que je l'aime, que j'aime nos enfants et qu'il n'est pas question pour moi de mettre en péril la vie que nous avons ensemble. Je suis heureuse. Très heureuse.

Mais Ellie avait tort.

J'ai toujours appartenu à Van. Et je lui appartiendrai toujours : au moins une part de moi.

Sous la table, il crochète mon petit doigt avec le sien. Et lui aussi le sait.

Remerciements

Je ne pourrais jamais ouvrir mes remerciements sans m'adresser à vous, mes lecteurs. Je crois vraiment avoir parmi les lecteurs les plus adorables, les plus passionnés du monde et je brûle de savoir ce que vous penserez de cette histoire. Et maintenant, pour les autres mercis qui sont nombreux…

Merci à ma merveilleuse éditrice, Suzanne Baboneau, et à toute l'équipe de Simon & Schuster pour le magnifique travail qu'y accomplissent ses collaborateurs, notamment Bec Farrell, Jess Barratt, Pip Watkins, Sara-Jade Virtue, Dawn Burnett, Laura Hough, Gill Richardson, Richard Vlietstra, Joe Roche, Dominic Brendon, Poppy Jennings, Emma Capron et Jo Dickinson. Un immense merci également à ma relectrice-correctrice, Anne O'Brien, et à Maisie Lawrence, pour tout ce qu'elle a fait pour moi pendant qu'elle était chez S&S.

Il y a environ un an et demi, j'ai reçu une lettre de mon cousin, Dave Beaty, en provenance du sud de l'Australie, où il me donnait des nouvelles de Tom et Morgan, ses fils de vingt ans et quelques. La description par Dave du travail de pêche de Tom et Morgan, notamment Tom qui nourrissait à la main des orques, m'a fait frissonner. Je devais créer un personnage qui pratiquerait ce genre d'activité ! Le plaisir a été immense de faire ainsi mieux connaissance avec mes cousins (ou « cousins au deuxième degré », si je veux être précise) et je ne pourrai jamais assez remercier Tom et Morgan d'avoir partagé avec moi les histoires qui ont inspiré tant de passages de ce livre. J'ai dédié *Rendez-vous dans 5 ans* à leur mère, Pascale, malheureusement décédée en septembre 2015.

Mes vacances en famille sont souvent dictées par l'endroit où sera situé mon prochain livre. Dans le cas présent, il s'est agi des Cornouailles pendant l'été 2017. Nous avons séjourné dans un cottage au bord du fleuve Helford et son emplacement était à ce point féérique que je n'y ai pas changé grand-chose. Merci à Linda Dandy d'avoir rendu aussi agréable notre séjour à Rock Cottage (rockcottagecornwall.com si cela vous tente d'aller juger par vous-mêmes).

Un immense merci à Dan Joel (www.danjoelsurf.com), qui a non seulement appris à notre fils de dix ans à surfer, mais qui a aussi été très généreux de son temps quand je l'ai ensuite contacté pour lui demander de m'aider dans mes recherches. La façon dont il a décrit l'action de certaines vagues m'a amenée à me demander s'il n'était pas écrivain lui-même !

Merci à Ruth Glover d'avoir partagé avec moi sa connaissance des plages de Cornouailles, à l'adorable jardinier de Trelissick qui m'en a fait visiter les coulisses et au

Dr Lewis Barnes pour m'avoir aidée dans mes recherches médicales.

Merci à Kate White d'avoir partagé ses souvenirs d'employée à Uluru et merci également à mes parents, Vern et Jen Schuppan, à mon frère Kerrin et à sa famille, pour les vacances auprès du rocher qui a inspiré une partie de cette histoire. Un merci tout particulier à mon père qui m'a lancé la formule « dans cinq ans » quand j'étais adolescente, un avis qui s'est révélé pertinent au fil des années.

Un immense merci aux adorables amis qui ont lu les premiers brouillons de ce livre et m'ont fait de précieux retours : Jane Hampton, Katherine Reid, Dani Atkins et Kimberly Atkins.

Merci aussi aux blogueurs et à mes camarades écrivains pour la brillante communauté en ligne que vous constituez, surtout Giovanna Fletcher et Lindsey Kelk, qui m'ont apporté un soutien inestimable cette année.

Enfin, merci à Greg Toon, mon super mari, et à nos enfants, Indy et Idha, qui non seulement me font rire tous les jours, mais m'inspirent de tant de façons. Je suis heureuse d'avoir raté mes examens, pris une année sabbatique et fini dans une autre université, parce que si tel n'avait pas été le cas, je n'aurais pas rencontré votre père et vous n'existeriez pas. Je vous aime tous très fort.

Plongez dans l'univers sucré et romantique de Jenny Colgan !
Des dialogues vifs, des péripéties et des aventures humaines, voilà ce à quoi l'autrice à succès nous a habitué au fil de ses séries que l'on déguste sans modération !
LA PETITE BOULANGERIE DU BOUT DU MONDE
UNE SAISON À LA PETITE BOULANGERIE
Noël à la petite boulangerie
Lorsque Polly décide de repartir à zéro et d'ouvrir sa petite boulangerie dans les Cornouailles, elle est loin de s'imaginer toutes les péripéties qui l'attendent. Entre tempêtes, surprises et passion, elle pourra toujours compter sur son petit macareux !
RENDEZ-VOUS au Cupcake Café
Issy part à Londres et doit redoubler de courage pour réaliser son rêve : installer sa boutique de cupcake. Mais combiner sa vie et son cupcake café va s'avérer plus difficile qu'il n'y paraît...
Flora n'est pas la bienvenue sur l'île de Mure en Écosse, où elle a grandi. Et si le vieux livre de recettes de sa mère lui permettait de se réconcilier avec son passé ?
Disponibles en librairies et en e-book
www.editions-prisma.com

L'amour est-il vraiment
là où on l'attend ?
LE MERVEILLEUX PENDENTIF DE LAURA
KAREN SWAN
Un été sans toi
Nos baisers sous la neige
Apres les succes de Un été sans toi et Nos baisers sous la neige,
Karen Swan revient avec un nouveau roman.
Emportée malgré elle dans un véritable tourbillon de mystères et de romantisme,
Laura n'a d'autres choix que de sortir de sa zone de confort.
Disponibles en librairies et en version e-book
www.editions-prisma.com

Le nouveau roman de JENNY COLGAN
Et si cette petite librairie dans les Highlands écossais était le secret du bonheur et le chemin d'une nouvelle vie ?
Jenny COLGAN
La charmante librairie des jours heureux
Par l'autrice de la série à succès Au bord de l'eau
ENFIN DISPONIBLES EN LIBRAIRIES !
www.editions-prisma.com

Entre orages et passion...
Deux héroïnes pleines d'ambition...
Quels sacrifices devront-elles
faire pour sauver leur rêve ?
C. J. ROBERTSON
UNE PREUVE D'AMOUR
LUCY DANIELS
Un été pour tout changer à Vert-Cottage
DISPONIBLES EN LIBRAIRIES ET EN E-BOOK
www.editions-prisma.com

Responsable éditoriale : Ambre Rouvière
Assistante éditoriale : Adèle Jacquet
Correction : Nord Compo Multimédia
Composition : Nord Compo Multimédia
Conception graphique de la couverture : Nord Compo Multimédia
Illustration de couverture : © iStock/sabelskaya @ Shutterstock/I am Balla

ISBN : 978-2-8104-2926-4

Depuis 2009, Prisma Media met en place une politique d'achat éco-responsable. Ainsi, près de 100 % du papier de nos magazines est certifié PEFC (gestion durable des forêts). La fabrication des livres des Éditions Prisma s'inscrit également dans cette démarche.

Dépôt légal : juin 2020 – n° d'impression 96139
Achevé d'imprimer en France par l'Imprimerie Floch